Ulrike Barow

Baltrumer Krimitage

LEDA

Ulrike Barow
Baltrumer Krimitage
Inselkrimi

1. Auflage 2018

ISBN 978-3-86412-212-5

Leda-Verlag, Rathausstraße 23, D-26789 Leer
info@leda-verlag.de
www.leda-verlag.de

Satz: Heike Gerdes
Titelillustration: Jutta Berend
Gesamtherstellung: cpi books GmbH

Ulrike Barow

Baltrumer Krimitage

Inselkrimi

LEDA

Handlungen und Figuren dieses Krimis sind frei erfunden. Eventuelle Übereinstimmungen mit lebenden oder verstorbenen Personen sind zufällig und nicht beabsichtigt.

Das war's dann. Schluss, Ende, aus. Johanna Meckseper klappte ihren Laptop zu und tauchte langsam aus der Franzosenzeit zurück ins wirkliche Leben. Gerade hatte sie den Punkt hinter den letzten Satz ihres neuen Krimis gesetzt. Jedes Mal ein erhebendes Gefühl. Auch wenn sie wusste, dass dies nicht das Ende ihrer Arbeit daran war. Zum einen, weil die eine oder andere geschichtliche Frage offen blieb und zum anderen, weil ihre Lektorin schon dafür sorgen würde, dass das Hochgefühl nicht lange anhielt. Sie sah bereits die roten Anmerkungen vor ihrem geistigen Auge. Aber jetzt würde sie erst einmal einen Spaziergang machen. Seit dem frühen Morgen hatte sie am PC gesessen, nun reichte es. Sie war die Erste im Frühstücksraum gewesen. Erstaunlicherweise hatte es nicht einmal ihre Tochter so früh geschafft. Die ließ es sich sonst nie nehmen, den Tag gemeinsam mit ihr zu beginnen. Im Gegensatz zu ihrem Schwiegersohn – der frühstückte lieber alleine, wenn er überhaupt etwas aß. Johanna konnte damit leben.

Sie ging ins Bad und versuchte, ihre roten Locken ein wenig zu bändigen. Der Blick in den Spiegel sagte ihr, dass ein wenig Make-up ebenfalls nicht schaden konnte. Sie sah müde aus und es passierte durchaus mal, dass sie auf der Straße von Fremden angesprochen wurde, die ihre Bücher liebten. Einige Gäste waren offensichtlich nur wegen der Krimitage auf die Insel gereist. Wahrscheinlich hatten auch sie sich etwas mehr vom Veranstaltungsprogramm versprochen. Drei Lesungen, von denen eine beinahe ausgefallen wäre, und ein wenig Füllkram drum herum – das war es schon.

Ihr war die Anfrage, ob sie als Autorin teilnehmen wolle, gerade recht gekommen. So konnte sie die Woche für umfangreichen Recherchen nutzen. Ihr Krimi war in der Zeit angesiedelt, als Napoleon die ostfriesische Halbinsel kontrolliert hatte. Sie war im Emder Museum und bei der Ostfriesischen Landschaft gewesen und hatte auf Baltrum im Heimatverein nach Informationen gesucht. Schließlich waren die Einwohner damals an vorderster Front mit dem Schmuggel von Tee, Kaffee und anderen Gütern von Helgoland aus beschäftigt gewesen. Und genau das hatte ihr einen wunderbaren Gedanken zum Abschluss ihres Krimis beschert. So war sogar Zeit für den Kurzkrimi geblieben, den sie laut Absprache mit Jens Campen im Gegenzug für den kostenlosen Aufenthalt schreiben und auch vorlesen sollte. Auch den hatte sie in der Zeit der französischen Besatzung spielen lassen. Sie war gerade so schön in dem Thema drin gewesen. Ein Insulaner, der sich in der Franzosenzeit genau auskannte, hatte ihr netterweise mit vielen Informationen weitergeholfen.

Es klopfte und gleich darauf steckte ihre Tochter den Kopf durch die Tür. »Entschuldige, dass ich heute Morgen nicht da war.« Simones Stimme klang immer noch verschlafen.

»Schon gut«, winkte Johanna ab. »Ich gehe raus. So kannst du dich eingehend um deinen lieben Ehemann kümmern.« Sie rauschte an ihrer Tochter vorbei und ließ sie einfach stehen.

Im tiefsten Inneren tat ihr das fast ein wenig leid, aber das Mädchen musste einfach ab und zu daran erinnert werden, wer das Zimmer der beiden bezahlte. Nicht, dass Johanna die große Gönnerin heraushängen ließ, das nicht. Simone erledigte ja im Gegenzug eine Menge Bürokram für sie, hielt den Terminkalender auf dem neuesten Stand und sorgte dafür, dass sie immer genug von ihrem Lieblingsmineralwasser auf dem Zimmer hatte.

Fakt war: Sie liebte ihre Tochter – nur deren Ehemann nicht. Sie konnte bis heute nicht begreifen, wie Simone sich damals mit der Hochzeit gegen sie hatte durchsetzen können. Johanna hatte mit Engelszungen geredet.

Hatte ihrer Tochter klarmachen wollen, wie gut die es bei ihr hatte, aber da war Simone standhaft geblieben. Seitdem war ihre Tochter zwar immer und jederzeit für sie da, aber Bernds Schatten trübte nun einmal die Beziehung. Doch Johanna war sich sicher, dass Simone irgendwann zur Vernunft kommen und dieses arrogante und selbstsüchtige Etwas von einem Mann aus ihrem Leben verjagen würde.

Links, geradeaus oder rechts? Viele Möglichkeiten gab es auf dieser kleinen Insel nicht. Rechts herunter hätte sie nach drei Minuten den Strand erreicht. Allerdings hatte sie auf Sand und Strandkorb keine Lust. Außerdem war sie dafür nicht passend angezogen und es war zwar warm, aber nicht warm genug für einen Bikini. Die Straße geradeaus war von Häusern gesäumt und führte an der Katholischen Kirche und der Schule vorbei. Musste jetzt auch nicht sein. Also links. Sie ging durch das Deichschart und sah in der Ferne einen Segler im Wattenmeer vorbeiziehen. Dahinter, am Festland, bestimmten sich müde drehende Windräder die Silhouette. Könnte sie hier leben? Für immer? Ein paarmal hatte sie sich die Frage bereits gestellt und war zu keinem Entschluss gekommen. Brauchte sie auch nicht. Spätestens Donnerstag würde sie ihr Leben wie gewohnt in Rhauderfehn fortsetzen.

Dabei war sie keine gebürtige Ostfriesin. Sie war, nachdem ihr Mann aus dem gemeinsamen Leben geflohen war, mit ihrer Tochter aus dem Weserbergland in den Ort bei Leer gezogen und hatte sich dort sofort wohlgefühlt. Auch da war kein Großstadtflair zu spüren, aber es war dennoch kein Vergleich zu dieser kleinen Insel. Allerdings hatte sie festgestellt, dass Baltrum zum Schreiben einfach perfekt war. Mangels Ablenkungen, die das tägliche Leben sonst so mit sich brachte, hatte sie viel mehr geschafft, als sie gedacht hatte.

Da war nicht mal der gemeinsame Abend bei Jens Campen mehr ins Gewicht gefallen. Sie hatte darauf erst gar keine Lust verspürt, war aber dann doch gegangen. Zu ihrer Überraschung war es ein netter Abend geworden. Das hatte wohl vor allem an Inga Schubert gelegen, die sehr offen und freundlich war. So offen, wie sie selbst wohl nie sein würde. Sibyll Zahn übrigens auch nicht. Die hatte eher still in ihrem Sessel vergraben Ingas Geschichten zugehört. Nur ab und zu war ein Lächeln über ihr Gesicht geflogen.

Natürlich hätte Johanna mit in die Pension ziehen können, in der die beiden wohnten. Aber sie hatte es vorgezogen, mit Simone und deren debilem Ehemann im Hotel *Strandhof* zu nächtigen, damit sie ihre Ruhe hatte. Johanna hatte dort ihr Zimmer selbst bezahlen müssen, aber das war es ihr wert gewesen.

Eine Fahrradbremse quietschte direkt neben ihr. »Hallo, Frau Meckseper, sind Sie weitergekommen?« Frau Dr. Erna Mühlenholtz, eine Dame Anfang siebzig, die weißen Haare in einem Dutt zusammengebunden, in kurzer Hose und grellroter Jacke, sprang vom Rad.

»Danke, ja«, antwortete Johanna so freundlich wie möglich.

»Wie schön, dass ich Ihnen habe helfen können. Wie ist es, gehen wir ein Stück zusammen? Ich bin auf dem Weg zum Friedhof.«

Johanna seufzte innerlich. Es blieb ihr wohl kaum etwas anderes übrig. Jens Campen hatte den Kontakt zwischen ihr und der Frau Doktor vermittelt, einer ehemaligen Mitarbeiterin der Uni Oldenburg, die seit drei Jahren auf der Insel lebte. Die Frau hatte sie in zwei langen Gesprächen mit jeder Menge Informationen über das Inselleben gefüttert, da konnte Johanna jetzt einfach nicht nein sagen. Außerdem waren es nur ein paar Meter zum Friedhof. Das würde sie schon überstehen.

»Erzählen Sie! Wer ist der Mörder? Oder gibt es gar eine Mörderin?«, fragte Frau Dr. Mühlenholtz.

»Sie erwarten sicher keine Antwort darauf, oder?« Johanna warf ihr aus dem Augenwinkel einen Blick zu. Es war ihr schleierhaft, wie jemand in diesem Alter und dazu mit kräftigem Übergewicht so viel Energie an den Tag legen konnte.

Die Frau lachte. »Sie haben recht. Aber wenn der Krimi erschienen ist, möchte ich bitte das erste Exemplar. Mit Signatur. Warum das erste? Ist doch klar …« Sie zeigte auf die Eingangspforte des Friedhofs. »Vielleicht sehe ich mir auch bald die Radieschen von unten an. In meinem Alter muss man mit allem rechnen.«

Johanna Meckseper schüttelte den Kopf. So fit, wie die drauf war, würde die alle überleben.

Dr. Mühlenholtz stellte ihr Fahrrad ab, forderte Johanna auf, ihr zu folgen, und ging zügigen Schrittes quer über den Friedhof zu einer Grabstätte, die mit Muscheln bedeckt war. Ein Stein in der Mitte wies auf einen Mann hin, der bereits vor dreißig Jahren verstorben war. »Mein Großonkel. Ich kümmere mich. Bis vor ein paar Jahren habe ich regelmäßig Blumen gepflanzt. Damals wohnte ich noch in Oldenburg und die Anfahrt war ziemlich aufwändig. Dann kam ich auf die Idee, das Grab mit Muscheln zu bedecken. Passt ganz gut, dachte ich mir. Schließlich sind wir auf einer Insel.« Sie zeigte auf ein paar andere Gräber. »Haben viele so gemacht.«

»Da haben die Insulaner ganz schön fleißig gesammelt, oder?« Johanna fand den Anblick der vielen mit Muscheln oder Steinen bedeckten Gräber ein wenig trist. Aber die Pflege war sicher einfacher.

»Sie glauben doch nicht im Ernst, dass die Einwohner hier die Muscheln höchstpersönlich vom Strand geholt haben? Das dürfen die gar nicht. Auch wenn Millionen davon rumliegen. Das zerstört die Widerstandsfähigkeit des Strandes, wenn man den Gesetzen Glauben schenken darf. Nein, die Muscheln werden aus Holland eingeführt. Da ist das Sammeln nämlich erlaubt.«

Johanna schaute Frau Dr. Mühlenholtz erstaunt an.

»Glauben Sie mir, so ist das«, antwortete die auf ihre ungestellte Frage. »Aber ich überlege, wieder Blumen zu pflanzen, jetzt, da ich hier wohne. Es ist nämlich so, dass überall, auf allen Friedhöfen, der Bewuchs eingespart wird. Und wer leidet darunter?«

Johanna hatte keine Ahnung. »Die Gärtner?«, wagte sie einen Versuch.

»Die auch«, sagte Frau Dr. Mühlenholtz. »Aber ganz besonders die Bienen. Ist doch logisch.«

Klar. Wäre sie nur nie drauf gekommen. Das Zusammenspiel der Natur hatte Johanna bislang nicht sonderlich interessiert. Wenn sie spazieren ging, dann um ihre Gedanken zu ordnen, nicht unbedingt, um sich an Bäumen, Vögeln und Insekten zu erfreuen. Und Honig gab's beim Discounter. Dieses Wissen reichte ihr.

»Sind hier eigentlich alte Grabstellen aus der Zeit um achtzehnhundert?«, fragte sie. »Also aus der Zeit, mit der ich gerade arbeite?« Das war es, wofür Johanna sich interessierte.

»Nein, um diese Zeit gab es den Friedhof hier nicht. Der wurde erst um 1840 angelegt. Der vorherige Friedhof lag an der Alten Inselkirche, die nach der großen Sturmflut von 1625 erbaut wurde. Aber dort werden Sie auch keine Gräber aus der Zeit mehr finden«, sagte Frau Dr. Mühlenholtz bedauernd.

Dann eben nicht. Auch von der Schanze, von der man ihr gesagt hatte, dass sie irgendwo auf dem Heller von den Franzosen errichtet worden war, konnte man nichts mehr sehen. Vielleicht hatte ja der Inselführer, den sie am nächsten Tag zu begleiten hatten, den einen oder anderen Hinweis für sie. Und wenn nicht, machte das auch nichts. Schließlich hatte Johanna ihre selbstgestellten Aufgaben beinahe erledigt. Der Krimi und die Kurzgeschichte waren im Großen und Ganzen fertig. Wenn sie wieder zu Hause war, würde sie sich einem neuen Thema zuwenden. Welches das sein würde, davon hatte sie bis jetzt keine Ahnung. Vielleicht wäre ihr bereits genau in diesem Moment etwas eingefallen, wenn sie einfach ihren Spaziergang hätte fortsetzen und ihren Gedanken neue Nahrung geben können. »Ich muss mich verabschieden.«

»Das ist aber schade. Ich wollte Sie gerade zu einem Kaffee einladen. Selten hat man so aufmerksame Gesprächspartner«, erwiderte Frau Dr. Mühlenholtz.

Wen meinte die Frau? Doch nicht etwa sie, Johanna Meckseper? Nein, sie wollte los.

»Na, kommen Sie. Das *Kluntje* ist nicht weit.«

Na gut, dann würde sie die Fragen, die sie noch beschäftigten, gleich jetzt und bei einem Kaffee stellen. Schließlich hatte die Frau ihr mit fachkundigem Wissen in den letzten Tagen ein großes Stück weitergeholfen. So sparte Johanna sich vielleicht noch etwas aufwändiges Recherchieren zu ihren allerletzten Fragen. »Dann gehen wir.«

*

»Alles klar, Michael. Bis morgen.« Aufatmend legte Jens Campen den Hörer auf. Jetzt konnte nichts mehr schiefgehen. Der Inselpolizist würde sie morgen auf ihrem Rundgang begrüßen. Das gesamte Programm stand, die beiden Autorinnen waren bereits seit ein paar Tagen auf Baltrum und Salomon Bartels hatte sein Kommen für den nächsten Tag bestätigt.

Sein Blick streifte die Schrankwand voller Bücher. Überwiegend waren es geschichtliche Werke und Romane von Thomas Mann, Siegfried Lenz und Ingeborg

Bachmann. Autoren, die er sehr schätzte. Seit ein paar Monaten hatten allerdings einige Werke seiner Sammlung in einer Bananenkiste unter der Eckbank ihren Platz gefunden. Es hatte damit angefangen, dass ein Gast ihm einen Krimi schenkte.

Zunächst hatte er sich nicht vorstellen können, dass ihn die literarische Aufklärung von Kriminalfällen auch nur ansatzweise interessieren könnte, und das Bändchen staubte gut zwei Monate in einer Ecke seines Schreibtisches vor sich hin. Dann schlug er es eines Abends aus Langeweile und weil kein anderes ungelesenes Buch zur Hand war, auf. Stunden später stellte er fest, dass er nicht gemerkt hatte, wie schnell die Zeit vergangen war. Seitdem ließen ihn Krimis nicht mehr los. Sogar dem Buchhändler in Norden war schon aufgefallen, dass er nicht mehr bei den Klassikern, sondern ständig in der Ecke mit den Kriminalromanen zu finden war.

Natürlich gefielen ihm nicht alle. Er mochte die nordischen Krimis nicht. Die Ermittler erschienen ihm oft so schräg, dass es ihm einfach zu nervig wurde. Da fand er die englischen schon besser. Ruth Rendell, Elizabeth George – auch wenn sie eigentlich Amerikanerin war: einfach klasse. Aber nichts ging ihm über deutsche Krimis. Er hatte sich bereits durch die ganze Republik gelesen. Schließlich gab es beinahe in jedem Ort einen regionalen Krimischriftsteller. Er war vor einem Monat sogar für ein langes Wochenende zu einem Krimihotel in die Eifel gefahren. Es war das schönste Wochenende gewesen, das er seit Langem erlebt hatte, und auf dem Heimweg war ihm die Frage durch den Kopf gegangen, ob er nicht auch mit dem Schreiben beginnen sollte. Ein Baltrumkrimi wäre doch wunderbar.

Aber seine große Liebe galt nicht dem Schreiben, sondern dem Zeichnen. Er hatte bereits Kisten voll mit Karikaturen, die das menschliche Miteinander bisweilen zynisch beleuchteten. Allerdings hatte er bisher keinen Verlag gefunden, der an seinen Werken Interesse gezeigt hätte. Umso mehr bewunderte er die Autoren, die es geschafft hatten, ihre Bücher zu veröffentlichen.

Die Idee zu den Baltrumer Krimitagen hatte sich nach seiner Rückkehr aus dem Krimihotel ergeben, als das Thema Saisonverlängerung bei der Sitzung des Hotel- und Gaststättenverbandes mal wieder auf der Agenda gestanden hatte. Wie von selbst hatte sich damit auch die Frage beantwortet, wer sich um die Organisation kümmern würde.

»Immer der, der die Idee hat«, hatte sein Freund Paul in den Saal gerufen.

Jens hatte nur genickt. Ein Datum und die Finanzierung – die Veranstaltungen hätten sich selbst durch die Eintrittsgelder zu tragen – wurden festgelegt, und damit war der Fall für die anderen erledigt. Was auch gut war. Zu viele Meinungen waren oft der Tod für besondere Projekte. In seinen Händen war die Planung bestens aufgehoben. Warum sollte auf Baltrum nicht funktionieren, was in anderen Orten bereits erfolgreich durchgezogen worden war? Gerade Krimis waren beim Publikum der Renner und würden bestimmt einige Besucher mehr auf die Insel locken.

Damals, als er sich bereit erklärt hatte, die Organisation zu übernehmen, war ihm natürlich klar gewesen, wie viel Arbeitszeit und welche Überredungskunst er benötigen würde, um die Tage zum Erfolg zu führen. Das war mit ein paar Telefonaten nicht getan. Allein die Auswahl der Autoren war nicht einfach gewesen. Die, die ihm vorschwebten, hatten entweder den Termin nicht mehr frei gehabt oder waren einfach zu teuer. So hatte er notgedrungen mit der zweiten Garde vorliebnehmen müssen.

Jens stand auf. Es wurde Zeit, sich umzuziehen. Um

acht begann die Eröffnungsfeier im Hotel *Sonnenstrand* und wenn nicht er, wer sonst würde durch diesen Abend führen?

*

»Jetzt mal Ruhe«, flüsterte Inga Schubert ihrem Mann ins Ohr und kicherte leise, »die Rede des großen Vorsitzenden beginnt.«

»Liebe Gäste, liebe Freunde des Krimis.« Der hochgewachsene Mann mit den streng nach hinten gekämmten Haaren schlug ein paarmal gegen sein halbgefülltes Weißbierglas. »Ich freue mich, Sie alle heute Abend hier zu sehen.«

Inga konnte ein Gähnen kaum unterdrücken. Nicht, weil ihr langweilig war, sondern weil Erich und sie am Nachmittag bereits einen langen Spaziergang hinter sich gebracht hatten. Recherche, genauer gesagt. Sie hatte sich bereiterklären müssen, während ihres Aufenthaltes auf der Insel eine kriminelle Kurzgeschichte zu schreiben. Und die würde sie am Montag vortragen müssen. Zum Glück war sie beinahe fertig.

»Ein großartiges Programm, wie ich finde.« Campen nahm einen der Flyer vom Tisch und hielt ihn hoch.

Auch Inga nahm sich einen der Flyer, die großzügig auf den Tischen verteilt waren, und blätterte darin.

Programm

Samstag, 29. April

20:00 Uhr	Eröffnungsfeier der Krimitage Hotel **Sonnenstrand** Die Eiländer mit krimineller Stimmung

Sonntag, 30. April

11:30 Uhr	Rundgang mit Besichtigung der Polizeiwache
15:00 Uhr	Lesung Johanna Meckseper **Aufstand** Leichenhalle unterhalb der Ev. Kirche
20:00 Uhr	Traditionelles Maibaumaufstellen vor dem Rathaus

Montag, 1. Mai

12:00 Uhr	Zwölführtjelesung Inga Schubert **Die Schlangenkönigin** Café **Die Welle**
15:00 Uhr	Krimi Geocaching Treffpunkt: Onnos Kinderspielhaus

Dienstag, 2. Mai

20:00 Uhr	Lesung Salomon Bartels **Tausendfüßler** Haus des Gastes

Mittwoch, 3. Mai

20:00 Uhr	Premiere des Theaterstückes **Tod auf dem Priel** Baltrumer Theatergruppe Haus des Gastes
anschließend	Abschiedsfeier mit Prämierung der besten Kurzgeschichte

»Dazu beigetragen haben nicht nur Baltrumer Kulturschaffende wie die Theatergruppe und die Eiländer, nein, auch die Kirche hat Räumlichkeiten zur Verfügung gestellt.« Jens Campen nickte einer jungen Frau zu. Das musste die Pastorin sein. »Und ganz besonders begrüße ich natürlich die bekannten Kriminalautorinnen Inga Schubert und Johanna Meckseper.«

Das Publikum spendete lebhaften Applaus. Inga tat das, was man in solch einer Situation für gewöhnlich machte: Sie schaute freundlich in die Runde. Aus den Augenwinkeln bemerkte sie, dass ihre Kollegin dagegen kaum reagierte. Im Gegenteil – Johanna unterbrach ihr intensives Gespräch mit der jungen Frau neben ihr auch dann nicht, als Campen in ihre Richtung zeigte und die Damen bat, doch einmal aufzustehen. Erst als Jens Campen seine Bitte zum zweiten Mal äußerte, diesmal ein wenig eindringlicher, erhob sie sich. Inga wunderte sich nicht. Schon als sie zu Anfang der Schreibwoche bei Jens Campen eingeladen gewesen waren, hatte sich Johanna erheblich intensiver für dessen Bücherwand interessiert als für den Fortgang der Unterhaltung. Johanna war sich nicht sicher, ob das nur eine Masche ihrer Kollegin war, um der Umwelt klarzumachen, dass Autorinnen in anderen Sphären weilten, oder ob die auch zu Hause beim Abwasch neben sich stand.

»Aber zu morgen elf Uhr dreißig lade ich Sie erst einmal alle zu einem kriminellen Spaziergang ein, den unser Inselführer Daniel Peters mit Ihnen unternehmen wird. Ich verspreche Ihnen: Er hat viele spannende Dinge für Sie auf Lager. Lassen Sie sich überraschen. Unsere beiden Autorinnen werden natürlich ebenfalls teilnehmen.«

Inga freute sich auf den Rundgang. Erich und sie ließen es sich selten nehmen, ihre Urlaubsorte zusammen mit einem Einheimischen zu erkunden. Es war der beste Weg, um einmal kurz hinter die Kulissen zu schauen, wie Erich gerne sagte. Sie nickte ihrem Mann zu, doch er bemerkte es nicht. Seine Augen waren auf Johanna gerichtet. Er schob sein Bierglas nach rechts, dann wieder nach links und wieder nach rechts. »Erich«, flüsterte Inga. »Was ist mit dir?«

Er zuckte zusammen und um das Glas bildete sich eine kleine Pfütze. »Was sagtest du?«, fragte er, doch Inga hatte das Gefühl, das ihr Mann nicht an einer Antwort interessiert war. Erich schien völlig entrückt zu sein.

Trotzdem versuchte sie es ein weiteres Mal. »Morgen. Der Rundgang«, flüsterte sie.

»Ja, natürlich gehen wir mit.« Jetzt klang seine Stimme wieder ganz normal. Sie hatte ihn mit ihrer Frage wohl aus fernen Galaxien geholt. Was eigentlich auch kein Wunder war. Denn Erich interessierte sich im Grunde genommen überhaupt nicht für ihre literarische Welt. Er war nur mitgekommen, weil ihn das Ziel gereizt hatte, die kleine Nordseeinsel. Während sie in ihrem Zimmer am Laptop gesessen hatte, hatte er auf weiten Spaziergängen Baltrum erforscht und war jedes Mal begeistert gewesen.

»Nachmittags wird Johanna Meckseper aus ihrem neuesten Krimi lesen«, fuhr Jens Campen fort. »Also nicht vergessen: morgen fünfzehn Uhr in der Leichenhalle unter der Evangelischen Kirche.« Er wartete den Beifall ab und erklärte dann: »Und abends wird der Maibaum vor dem Rathaus aufgestellt. Eine uralte Sitte, die oftmals schon zu kriminellen Handlungen geführt hat. Ich sage nur: Diebstahl!«

Inga hatte das Gefühl, dass die drei Männer, die sich am Nachbartisch lachend etwas zuraunten, eine ganz bestimmte Geschichte aus ihrer Erinnerung hervorkramten. Vielleicht auch mehrere, sie konnten sich kaum beruhigen.

»Aber jetzt, meine Damen und Herren«, rief Campen,

»möchte ich zum ersten Mal die Eiländer auf die Bühne bitten! Sie werden uns, so habe ich es zwitschern hören, nicht nur Lieder aus einem aktuellen Programm, sondern zur Feier des Tages auch ein paar kriminelle Stücke zum Besten geben. Lassen Sie sich überraschen.«

Gleich darauf bevölkerten vier Musiker in grellbunten Hawaiihemden die Bühne.

›Kriminelle Stücke‹ ... Inga ahnte, was jetzt kommen würde. Und ihre Ahnung wurde bestätigt. Das Paulchen-Panther-Thema war eigentlich immer dabei, wenn sich Krimi und Musik trafen. Egal wo. Tadamtadam-tadamtadamtadamtadam-tadaaa ... Doch heute Abend klang es irgendwie anders. Frisch. Offen. Nicht so – geheimnisvoll. Ob es an den Hawaiihemden lag? Oder an den mächtigen Strohhüten auf den Köpfen der Musiker, die ein erstes Gefühl von Sommer verbreiteten? Sogar Johanna Meckseper hatte ihr Gespräch beendet und hörte aufmerksam zu.

Nach drei weiteren Stücken verließen die Männer mit dem Versprechen, später noch einmal aufzutreten, unter kräftigem Beifall den Saal und Jens Campen ergriff das Mikro. »Reden wir über den Montag. Treffen Sie sich mit Inga Schubert zum Zwölführtje. Und zwar im Café *Die Welle* am Schwimmbad. Dort wird sie aus ihrem Spreewaldkrimi *Die Schlangenkönigin* lesen.« Jens Campen lächelte ihr freundlich zu. »Um fünfzehn Uhr geht es dann zum Geocaching. Fragen Sie mich nicht, was das ist und wie es funktioniert. Das liegt nämlich in den Händen von Daniel Peters, dem Inselführer, und bei ihm können Sie sich anmelden. Er hat mir übrigens mit auf den Weg gegeben, dass es gut sei, wenn Sie über ein Smartphone verfügen. Das braucht man wohl beim Geocachen. Ich weiß nur: Auch da ist Spannung im Programm, denn auch da werden Sie, liebe Gäste, mit kriminellen Kurzgeschichten unterhalten. Aber nun zum Dienstag. Es hat sich eine kleine Änderung ergeben. Sibyll Zahn wird nicht lesen. Sie musste die Insel bereits wieder verlassen. Dafür – Sie werden es nicht glauben …! Dafür wird …« Campen machte eine Pause, die für Ingas Geschmack ein wenig zu lang war, »… dafür wird Salomon Bartels morgen zu uns kommen!«

Jens Campens Gesicht hatte Farbe und Form eines Breitmaulfrosches angenommen. Inga war sich zwar nicht ganz sicher, ob es diese Tierart tatsächlich gab, aber genau so sah er aus. Seine im Grinsen festgefrorenen Züge entspannten sich erst, als tobender Beifall den Saal füllte. Vom Nachbartisch hörte sie ein lautes »Bravo«.

Sie kannte Salomon Bartels nicht, hatte ihn lediglich einmal kurz erlebt, als er auf der Frankfurter Buchmesse am Stand seines Verlages seinen neuesten Krimi vorgestellt hatte. Dort hatte er einen sympathischen Eindruck gemacht. Inga hatte ihm einen Moment zugehört, dann war es ihr zu voll geworden und sie war weitergegangen. Schließlich gab es so viel anderes in den riesigen Hallen zu entdecken.

Ihre Aufmerksamkeit kehrte zurück zu dem Mann, der dort oben auf der Bühne immer noch mit der Vorstellung des Programms beschäftigt war. Vornehmlich damit, über das neueste Buch von Salomon Bartels zu sprechen. Sie hätte sich gewünscht, dass Campen ihrem letzten Krimi ebenso viel Aufmerksamkeit geschenkt hätte.

»Darf ich Ihnen etwas zu trinken bringen?«, fragte der Ober, der sich freundlich lächelnd zu ihr beugte.

Inga Schubert schaute ihren Mann fragend an und als der nickte, bestellte sie entschlossen zwei Bier. Gleich darauf war die Bedienung wieder verschwunden.

Jens Campen war fast am Ende seiner Programmvorstellung angekommen. Gerade erwähnte er die

Aufführung der Theatergruppe und die anschließende Feier am Mittwoch und das war laut Programmheft der Abschluss der Krimitage. Es reichte auch. Schließlich lagen die Flyer überall aus, da musste der Mann nicht schon aus seinen Erklärungen ein abendfüllendes Programm machen.

Allzu lange würde sie nicht mehr bleiben. Das Bier austrinken, während die Eiländer noch einmal den Sommer in den Saal zauberten, vielleicht ein paar Worte mit Johanna wechseln und das war's dann. Die nächsten Tage würden anstrengend genug werden.

»Mit dem heutigen Abend fängt das Krimiwochenende schon mal gut an, finden Sie nicht auch? Darf ich?« Ohne eine Antwort abzuwarten, zog Jens Campen einen Stuhl heran und setzte sich zu ihnen.

Inga nickte. »Es könnte etwas voller sein«, erwiderte sie vorsichtig. »Aber sonst – alles klar.« Gleich zu Beginn waren ihr ein paar leere Stühle aufgefallen. Ob das Interesse doch nicht so groß war? Oder hatte sich die Veranstaltung nicht bis zum Festland herumgesprochen? Allerdings war der Saal nicht unbedingt klein. Um den zu füllen, bedurfte es schon einiger hundert Leute.

»Vergessen Sie nicht, wir haben keine Hauptsaison. Warten Sie man bis nächstes Jahr, dann sieht das schon anders aus«, wandte Campen ein.

Der Mann mochte recht haben. Schließlich hatte die Insel gerade mal fünfhundert Einwohner. Und längst nicht alle, die hier gemeldet waren, lebten hier auch. Das zumindest hatte ihre Vermieterin, Helga Eggert, auf Erichs Nachfrage berichtet. Da gab es Schüler, Studenten und Auszubildende, die auf dem Festland wohnten, und auch andere Einheimische, die es die überwiegende Zeit des Jahres ans Festland zog. »Dauerhaft ansässig sind ungefähr dreihundert«, hatte sie erklärt.

Jetzt, Ende April, war nicht allzu viel los. Die wenigen

Körbe am Strand waren trotz des schönen Sommerwetters nur spärlich besetzt.

»Ich jedenfalls freue mich, den Zuhörern meine frisch geschmiedete Geschichte vortragen zu dürfen«, sagte Inga versöhnlich. »Und meinen neuesten Krimi werde ich natürlich ebenfalls vorstellen.«

»Ich bin gespannt.« Jens Campen lächelte, doch es schien Inga, als läge eine gewisse Anspannung in seiner Miene. »Da sind die Eiländer wieder.«

Mit einem freundlichen »Bitte, die Herrschaften«, stellte der Ober die beiden Biere auf den Tisch.

Inga Schubert bedankte sich, lehnte sich entspannt zurück und schloss die Augen. Die Musiker waren einfach klasse. Als zum Abschluss einer von ihnen mit dunkler Stimme den *Kriminaltango* anstimmte, war der Wunsch nach baldigem Aufbruch fast vergessen. Doch kaum waren die Eiländer verschwunden, leerte sich der Saal.

Erich zupfte an ihrer Jacke. »Ich möchte jetzt los.«

»Nehmen Sie den Deckel mit. Den können Sie an der Theke bezahlen«, erklärte Campen. »Wir sehen uns morgen beim Rundgang? Ich habe es Ihren Fans versprochen.«

»Natürlich werden wir dabei sein. Bis dann also.« Im Rausgehen schaute sie sich nach ihrer Kollegin um, doch Johanna war nirgends mehr zu sehen.

Sonntag 30. April, 11:30 Uhr

»Heute lohnt es sich«, raunte Jens Campen dem Inselführer zu, der aus dem Heimatmuseum trat und prüfend in die Runde blickte. »Du kannst gleich loslegen. Unsere beiden Autorinnen sind da und Michael weiß Bescheid.«

Daniel Peters wartete schweigend, bis er sich der Aufmerksamkeit der Leute, die sich auf der Wiese vor dem Haus des Heimatvereins versammelt hatten, sicher sein konnte. Dann beschrieb er in kurzen Worten den Weg, den sie nehmen würden.

Jens Campen war gespannt, ob sich auch für ihn neue Erkenntnisse ergeben würden. Die Familie seiner Frau lebte seit Generationen auf der Insel, er selbst war nach der Hochzeit zugezogen. Er hatte sich zwar immer für die Baltrumer Geschichte interessiert, aber schließlich konnte er nicht alles wissen.

Er war froh, dass sich so viele Leute der Wanderung anschlossen, und hoffte nur, dass Daniels Stimme kräftig genug war, um alle zu erreichen. Er hatte ihn gebeten, sein Augenmerk auf besondere Ereignisse zu lenken. Schließlich lief das Ganze unter ›Krimitage‹. Doch bis sie die Alte Inselkirche und die Alte Schule erreicht hatten, blieben Daniels Ausführungen zur Baltrumer Geschichte krimitechnisch eher unspektakulär. Auch das, was der Fremdenführer über die alten Insulanerhäuser zu berichten hatte, war zwar interessant, aber gänzlich ohne Gruseleffekte.

Daniel erzählte, dass die Häuser bis heute in der Reihenfolge ihrer Erbauung durchnummeriert wurden. Die Vorstellung, wie ein Aushilfsbriefträger vom Festland damit klarkommen würde, rief große Heiterkeit unter den Zuhörern hervor. Er erzählte, dass die Dächer wegen der heftigen Stürme oftmals bis fast nach unten gezogen waren, und beschrieb, dass all das, was durch die Toilette das Haus verließ, in Klärgruben aufgefangen wurde. Die mussten regelmäßig mit einem Jiereschepper, einer Jaucheschaufel, entleert werden. Erst in den Sechzigern waren die Inselhäuser an die Kanalisation angeschlossen worden.

»Jens, du wohnst doch auch in so einem Haus. Gibt es bei dir noch eine alte Grube?«, rief Daniel ihm über die Köpfe der Leute hinweg zu.

»Ja, eine Klärgrube fürs Grobe und eine Sickergrube für den Rest. Ist aber alles mit Gras überwachsen.«

»Wie wär's, wenn wir das mal öffnen?«, schlug Daniel vor. »Wäre bestimmt interessant für unsere Gäste.«

»Aber nicht mehr heute«, antwortete Jens. Der Mann hatte Ideen …! Er war froh, als sie endlich bei der kleinen Polizeiwache ankamen.

Oberkommissar Michael Röder begrüßte die Gruppe freundlich. Hinter ihm stand ein Kollege vor dem Haus, den er als Wilfried Weerts aus Norden vorstellte. Jens Campen meinte sich zu erinnern, dass der Mann bereits im Jahr zuvor auf der Insel seinen Dienst getan hatte. Michael Röder war krank gewesen. Ausgerechnet, als zwei Morde auf der Insel passiert waren. Weerts hatte den Inselpolizisten damals vertreten.

»Ich schlage vor, dass Sie immer zu dritt hereinkommen. Dann können Sie einen Blick in unsere Wache und in die Zelle werfen«, sagte Röder. »Mein Kollege Weerts zeigt Ihnen die Räumlichkeiten und ich beantworte Ihre Fragen – falls sich welche ergeben.«

»Ist die Zelle überhaupt schon mal genutzt worden?«, fragte jemand.

»Natürlich.« Röder erzählte von diversen Einsätzen in den Jahren zuvor.

Inga Schubert hatte einen Block nebst Kugelschreiber

aus der Tasche gezogen. »Wer kommt Ihnen zu Hilfe, wenn hier wirklich mal die Hütte brennt?«

»Dann kommt mein Freund und Kollege Arndt Kleemann aus Aurich mit seinen Leuten.« Röder lächelte. »Sie hätten ihn beinahe hier und jetzt begrüßen können.« Der Polizist machte eine kleine Kunstpause, bevor er abwiegelte: »Aber nein, nicht, was Sie jetzt denken. Es ist nichts passiert. Herr Kleemann macht zurzeit mit seiner Frau ein wenig Urlaub auf der Insel. Das Leben als Hauptkommissar am Festland verlangt ab und zu nach Ruhepausen.«

Jens bemerkte, wie Daniel Peters einige Male auf seine Uhr schaute, aber offensichtlich waren noch nicht alle Fragen der Gäste beantwortet. Er nutzte die Chance, ebenfalls einen Blick in den Wachraum zu werfen. Jens war erst einmal dort gewesen, und das war schon einige Zeit her. Modern, praktisch eingerichtet, aber immer noch ziemlich eng, stellte er fest. Für mehr als zwei Ordnungshüter war definitiv kein Platz.

Johanna Meckseper stand neben Michaels Kollegen, sprach in ihr Handy und hielt es dann dem Polizisten vors Gesicht. Der aber schüttelte den Kopf. »Darüber kann ich Ihnen keine Auskunft geben. Tut mir leid«, winkte er ab und wandte sich einer anderen Frau zu, die ebenfalls etwas wissen wollte. Die Autorin schob ihr Handy in die Jackentasche und verließ grußlos die Wache.

»Meine Herrschaften, es gibt viele andere Dinge zu sehen«, mahnte Daniel Peters. »Gehen wir also weiter.« Es schien, als ließe sich die Gruppe nur schwer motivieren, den Rundgang fortzusetzen, aber als er einfach losstapfte – er stapfte wirklich, anders konnte Jens es nicht beschreiben – folgten ihm beinahe alle.

Jens wollte sich ihnen anschließen, doch Michael Röder hielt ihn zurück. »Eine Frage, Jens.«

»Ja?«

»Ich habe eben einen Anruf bekommen. Wegen einer Sibyll Zahn. Sie soll sich hier als Schriftstellerin im Rahmen deiner Krimitage aufgehalten haben.«

»Und?«

»Ihr Mann versucht, sie zu erreichen. Sie geht aber nicht ans Telefon. So lautet zumindest die Aussage der Kollegen aus Mainz.«

Jens Campen zuckte mit den Schultern. »Sie hatte hier ein Schreibstipendium. Genau wie Inga Schubert und Johanna Meckseper. Dafür sollte sie einen Kurzkrimi verfassen, der hier spielt, und eine Lesung halten. Nach vier Tagen wollte sie jedoch weg und du weißt ja, Reisende soll man nicht aufhalten.«

»Kennst du den Grund ihrer plötzlichen Abreise?«, fragte Michael.

»Ach, ihr gefiel wohl dieses und jenes nicht. Die war so pingelig. Das Zimmer war ihr zu klein, das Wetter zu schlecht, das Frühstück nicht gut genug und was weiß ich. Echt zickig, die Dame.«

»Wo hat sie gewohnt?«

»Genau wie Inga Schubert bei Helga Eggert, *Haus Sorgenfrei*.«

»Hast du gesehen, wie sie abgereist ist?«

»Ich habe sie sogar zum Schiff gebracht«, erwiderte Jens ungeduldig. Inzwischen hatte sich die Gruppe bis auf zwei, drei Leute, die neugierig seiner Unterhaltung mit dem Inselpolizisten zuhörten, schon an *Stadtlander* vorbei Richtung Rathaus bewegt.

»Alles klar. Ich danke dir. Ich werde das so weitergeben. Sollen sich die Kollegen vom Festland drum kümmern.«

Die beiden Polizisten verschwanden in der Wache und Jens beeilte sich, seine Gruppe zu erreichen.

Die Zeiger der Rathausuhr machten unmissverständlich deutlich, dass er zum Schiff musste, um Salomon Bartels zu begrüßen. Sein Fahrrad mit Kofferanhänger stand beim Heimatmuseum, also hieß es, die Hälfte des Weges zum Hafen erst einmal zu Fuß laufen! Er beugte sich zu Johanna Meckseper, die neben ihm intensiv auf einen Käfer starrte, der an der Glastür des Rathauses herunterlief. »Ich bin dann mal weg. Ich hole Sie heute Nachmittag zur Lesung ab.«

Die Autorin drehte sich zu ihm um und nickte knapp. »Gut. Wann genau? Vierzehn Uhr? Ich kann aber alleine …«

»Nein. Natürlich bin ich da. Das Lesepult ist bereits aufgebaut«, sagte er.

»Und Sie meinen wirklich, dass die Location okay ist?«

»Ihre Lesung ist ausverkauft.« Er konnte ein Stöhnen kaum unterdrücken. Es war alles abgesprochen. Sie hatte sich bereiterklärt, in der Leichenhalle unterhalb der Kirche zu lesen. Was sollten jetzt also die Bedenken, verdammt noch mal? »Fünf Tage voller spannender Geschichten und Sie machen den Anfang. Was wollen Sie mehr?«

Er winkte Daniel einen kurzen Abschiedsgruß zu. Hoffentlich hatte der auch ein paar spannende Geschichten auf Lager. Jetzt nichts wie los. Das Schiff würde in Kürze anlegen.

Jens hätte im Vorfeld der Veranstaltung nie den Versuch gewagt, mit Salomon Bartels Kontakt aufzunehmen, schließlich wurde der zurzeit herumgereicht wie kaum ein anderer Autor. Zumindest hatte er mit einem Blick auf dessen Facebook-Seite diesen Eindruck gewonnen. Und dann war dessen Mail gekommen. Einfach so. Natürlich hatte Jens sofort geantwortet, im festen Glauben, dass der Kontakt mit der Honorarforderung des Mannes sein Ende finden würde, doch – er hatte es zunächst nicht fassen können – es war ganz anders gelaufen. Dem Wunsch nach nicht mehr als einem Zimmer und Begleichung der Kosten für die An- und Abfahrt hatte Jens sofort entsprochen. Und nun würde Bartels' Lesung den Höhepunkt der Krimitage bilden. Ein wunderbarer Ersatz für Sibyll Zahn, die sich so unerwartet verabschiedet hatte. Jens würde sie nicht vermissen.

Lange vor Beginn der Krimitage hatte er Informationen an regionale Zeitungsredaktionen wie die *Ostfriesen-Zeitung*, den *Ostfriesischen Kurier* und die *Nordwest-Zeitung* geschickt. Auch die Tourismusbüros in Aurich, Leer und Oldenburg hatte er nicht ausgelassen. Nach der überraschenden Wende hatte er natürlich alle davon unterrichten müssen, dass nicht Sibyll Zahn, sondern der neue Star der deutschen Krimiszene lesen würde. Auch das Programm hatte er neu ausgedruckt. Fünfhundert alte Flyer für die Tonne, doch das war es wert. Bartels hatte schon einige Krimis geschrieben, aber der letzte war auf sämtlichen Bestsellerlisten wie eine Rakete hochgeschossen. Und Jens Campens Mühe hatte sich gelohnt: Seine Veranstaltung war auf die erste Seite der Zeitungen gerutscht und der ein oder andere Redakteur hatte mit dem Gedanken gespielt, auf die Insel zu kommen.

Vor der Evangelischen Kirche sah er die Pastorin stehen. Nadja Recknagel winkte ihm fröhlich zu. »Ich freue mich auf die Lesung.«

Er hätte ihr gern die Freundlichkeit erwiesen, auf einen kurzen Plausch stehenzubleiben, doch das Schiff würde nicht mit dem Anlegen warten. So winkte er nur zurück und rief: »Ich mich auch. Bis heute Nachmittag!« Die neue Pastorin war ausgesprochen nett. Ihre Predigten kamen bei Gästen und Insulanern gut an. Zumindest hatte ihm das sein Nachbar Fidi erzählt. Jens selber war kein Kirchenmitglied, schon vor Jahrzehnten ausgetreten. Also hätte es ihm völlig egal sein können, wer auf der Kanzel stand. Trotzdem war er froh, dass Friedemann Untied, der einige Jahre seinen unerschütterlichen Glauben über die Insel verstreut hatte, nun sein Rentnerleben im Kloster verbrachte. Jens war sich sicher, dass der Mann dort in bester Gesellschaft war.

Er holte sein Rad, das neben der Eingangstür des Heimatmuseums auf ihn wartete, und kam gerade an, als die Gangway des Schiffes ausgefahren wurde. Er nahm das Schild aus der Wippe und hielt es vor sich an die Brust. *Baltrumer Krimitage* hatte er mit schwarzem Filzer auf die Pappe geschrieben. Und *Herzlich Willkommen.*

Es dauerte nicht lange, da kam ein hochaufgeschossener Mann mit wilder schwarzer Lockenmähne, Hornbrille und langem Mantel auf ihn zu. »Herr Campen? Ich bin Salomon Bartels. Nett, dass Sie mich abholen.«

Jens konnte es kaum glauben. Da war er wirklich. Wie oft hatte er sich das Bild des Mannes im Internet angesehen, und nun stand der tatsächlich leibhaftig vor ihm und strahlte ihn an! Er vergaß beinahe, ihn zu begrüßen, so begeistert war er. Doch dann riss er sich zusammen. »Ich freue mich sehr, dass Sie da sind. Ich bringe Sie zu Ihrer Unterkunft. Haben Sie viel Gepäck?«

»Nein, alles passte in eine Reisetasche. Es sind ja nur ein paar Tage.« Bartels lächelte immer noch.

»Sehen Sie, dort werden die Container entladen. Lassen Sie uns dort hingehen. Welche Nummer?«, fragte Jens mit dem Ergebnis, dass Bartels ihn irritiert anschaute.

»Wie, welche Nummer?«

»Ich wollte wissen, in welchem Container Ihre Tasche steht. Das macht das Suchen einfacher«, erklärte er.

»Ach so. Dreizehn steuerbord.«

Jens wunderte sich. So genau hatte er es dann doch nicht erwartet. Der Gast an sich merkte sich gerade mal die Zahl, aber auf welcher Seite des Containers er sein Gepäck abgestellt hatte, darauf achtete normalerweise keiner. Aber Schriftsteller sind eben genauere Beobachter, dachte Jens.

Es dauerte eine ganze Weile, bis auch der letzte Container auf der Pier stand. Ein Reedereimitarbeiter schob die Absperrkette zur Seite und Salomon Bartels eilte, wie all die anderen Gäste, zu den silberfarbenen Metallbehältern. Kurz darauf setzte er mit Schwung eine an den Ecken reichlich abgenutzte Ledertasche in die Wippe.

Jens Campen wendete sein Rad und versuchte, sich einen Weg zwischen den Neuankömmlingen freizuklingeln. Es waren nicht wenige, wie er voll Freude bemerkte. Ob sich die Krimitage schon so weit herumgesprochen hatten?

Während sie die Hafenstraße entlang zum Dorf gingen, erzählte er vom Eröffnungsabend mit den Eiländern und der Inselführung mit dem Besuch der Polizeiwache. »Heute Nachmittag wird dann die erste Lesung sein. Mit Johanna Meckseper. Kennen Sie sie?«

»Nein, aber ich werde bestimmt kommen. Man muss schließlich wissen, was die Kollegen so aufs Papier bringen. Wo werde ich lesen?«, fragte Salomon Bartels, während er versuchte, elegant einigen Pferdeäpfeln auszuweichen.

»Im *Haus des Gastes* am Dienstagabend. Die Nachfrage ist groß, viele Karten sind bereits verkauft«, sagte Campen.

»Und wer wird sonst noch lesen?«

»Inga Schubert. Sie hat ihren Auftritt am Montag im Schwimmbadcafé.«

»Aber heute Abend wird erst einmal der Maibaum aufgestellt, oder?«, fragte Bartels.

Jens schaute den Mann erstaunt an. Woher wusste der ...?

Salomon Bartels lachte. »Ich kann mir denken, was Sie denken: Woher weiß der das? Ich lüfte das Geheimnis: Ich kenne Baltrum seit vielen Jahren. Meine Tante und mein Onkel haben hier gewohnt und ich war als Kind ganz oft hier und habe mit meiner Cousine gespielt. Dann starb meine Tante, mein Onkel hat das Haus verkauft und ist mit meiner Cousine ans Festland gezogen. Damit endete auch meine Insel-Ära.«

»Und wie kommt es ...?«, fragte Jens.

»Reiner Zufall. Ich musste etwas im Internet recherchieren und kam von einer Seite auf die andere, bis ich plötzlich und unerwartet die Seite der Kurverwaltung geöffnet habe. Und dort las ich von den Krimitagen.«

»Und dann haben Sie ...?« Jens Campen konnte es immer noch nicht fassen.

»Natürlich. Ich habe sogar ein Meeting mit einem Radiosender verschoben, als ich mitbekam, dass hier so etwas Geniales stattfinden würde. Tja, und da bin ich nun.«

So kann es gehen, dachte Jens versonnen. Da erinnert sich jemand an seine Kindheit und schon ist er da. »Darf ich fragen, wie Ihre Verwandtschaft heißt?«

»Sanders. Onno und Mareike. Und meine Cousine heißt Tina.«

Natürlich hatte Jens sie gekannt. Eine verflixte Geschichte war es damals gewesen. Mareike war während einer Einkaufsfahrt am Festland mit ihrem Auto gegen einen Baum geprallt. Offenbar war sie sofort tot gewesen. Die Beerdigung hatte er gut in Erinnerung, obwohl seitdem sicher schon ein Jahrzehnt vergangen war.

»Mit fünfzehn war ich zum letzten Mal hier«, berichtete Salomon Bartels. »Damals wurde auch der Maibaum aufgestellt. Die Jungs, die den Baum von der

Gärtnerei geholt und durch den Ort getragen haben, hatten schon gut einen im Kahn, als sie endlich damit vorm Rathaus angekommen waren. Tina und ich durften damals nicht mitmachen. Das hat uns Onkel Onno verboten. Wir haben uns dran gehalten, weil der ziemlich ausrasten konnte. Es war, obwohl wir wie die meisten anderen nur als Zuschauer da waren, trotzdem ein lustiger Abend. Zwei Tage später war Tante Mareike tot.«

Und jetzt meinte sich Jens Campen sogar daran zu erinnern, dass bei Sanders' häufig ein Junge mit wildem Lockenkopf zu Besuch gewesen war. Die Familie hatte nicht sehr weit weg im *Haus Sonne* gewohnt. War da nicht sogar mal was passiert? Im Winter? War der Junge da nicht mal in den Spielteich eingebrochen? Er würde ihn bei passender Gelegenheit darauf ansprechen. Vorher würde er jedoch noch mal darüber nachdenken. Nicht, dass sein Gedächtnis ihm aus lauter Übermut einen Streich spielte und er sich fürchterlich blamierte.

»Tja, das Leben nimmt schon mal seltsame Wendungen«, sagte er stattdessen, »bis hin zum Tod.«

»Ein schöner Satz. Ich werde ihm meinem Kommissar im nächsten Thriller in den Mund legen, wenn ich darf.«

Jens Campen erlaubte es gerne, zumal der nicht von ihm war. Er hatte ihn neulich irgendwo gelesen. »So, da sind wir. Hier habe ich ein Zimmer für Sie reserviert.« Er deutete auf das rot geklinkerte Haus, das etwas abseits der Straße stand und von einer breiten Thujahecke umgeben war. »Ihre Kollegin Inga Schubert wohnt auch hier.«

»Danke für's Abholen.« Salomon Bartels hob seine Tasche aus der Wippe. »Ich richte mich erst einmal ein. Wir sehen uns später.«

Jens winkte hinter dem Mann her, dann wendete er sein Rad und fuhr nach Hause. Jetzt eine Tasse Kaffee!

Die hatte er sich redlich verdient. Für viel mehr war keine Zeit, denn der nächste Termin wartete bereits.

*

»Endlich wieder Ruhe in der Bude.« Wille Weerts ließ sich mit einem tiefen Seufzer auf den Bürostuhl fallen. »Keine Autorinnen mehr, die seltsame Fragen stellen. Was liegt für heute an?«

»Es wäre keine schlechte Idee, wenn du dich auf E-Bike-Kontrolle begeben würdest«, schlug Röder vor. »Die stolzen Besitzer hier haben bis jetzt nicht begriffen, dass man mit so einem Teil auch langsam fahren kann. Und dass man an der erlaubten Geschwindigkeit zusätzlich schrauben kann, muss ich nicht extra erwähnen.«

»Alles klar.« Wille Weerts lachte. »Ich kontrolliere, damit du es dir nicht mit den stolzen Besitzern verdirbst. Schließlich musst du mit denen zusammenleben, wenn ich schon längst wieder am Festland meinen Dienst versehe.«

»Pass auf, was du sagst, Kollege«, grinste Röder. Er nahm einen Zettel vom Schreibtisch. »Wenn ich mir das Programm der Krimitage so ansehe, dürfte der Rundgang jetzt vorbei sein und die Lesung von der Meckseper beginnt erst in zwei Stunden. Vielleicht habe ich Glück und treffe die beiden Kolleginnen von Frau Zahn in der Pension an. Könnte ja sein, dass die mir etwas zu sagen haben.«

Wille schaute ihn überrascht an. »Haben dich unsere Mainzer Kollegen um Amtshilfe gebeten? Müssen wir offiziell ermitteln? Soll ich da nicht lieber mitkommen?«

Röder winkte ab. »Nein. Es war nur eine Anfrage. Aber es schadet doch nicht, ein paar Hintergrundinformationen zu haben, falls die Mainzer sich wieder melden. Im Moment liegt gerade nichts anderes an, also werde ich mich mal ins Ostdorf begeben.«

»Denn mal los.« Wille Weerts nahm seine Jacke, schaute sie prüfend an und hängte sie wieder weg. »Die brauche ich nicht. Es ist so wunderbar warm. Fast wie im Sommer.«

»Das stimmt. Aber vergiss deinen Ausweis nicht.« Michael Röder dachte immer noch mit Unbehagen an den letzten Sommer, als er ohne Uniform, da krankgeschrieben, und daher ohne Dienstausweis einen Verdächtigen verhören wollte. Der Mann hatte ihn aber sowas von an die Wand fahren lassen – eine sehr nachhaltige Erinnerung. So war es seine erste Amtshandlung am Tag seiner Dienstaufnahme gewesen, das kleine Stück Plastik einzustecken, und er hatte es seitdem immer bei sich gehabt. Abends legte er es auf den Nachttisch und morgens, noch vor dem Frühstück, steckte er es wieder ein. Sandra hatte es neulich schon lachend als einen Tick bezeichnet, und sie war sich nicht zu schade, jeden Morgen: »Hast du deinen Ausweis dabei?« hinter ihm herzurufen.

»Der steckt in der Hosentasche. Keine Sorge.«

Konnte es sein, dass Willes Stimme leicht genervt klang? Nein, konnte nicht. Wille war eine Seele von Mensch. Immer ruhig. Und er, Michael, lediglich umsichtig.

Sie holten ihre Räder aus dem Gartenhaus, nickten sich zu und fuhren los. Erst Richtung Rathaus, dann an der Volksbank vorbei. Bei der Kirche bog Wille rechts ab und Röder links. Zu spät fiel Röder ein, dass er Wille hatte fragen wollen, was diese Autorin eigentlich von ihm gewollt hatte.

Das Haus *Sorgenfrei* lag am Rande des Ostdorfes, etwas zurückgesetzt in einem Dünental. Er stellte sein Fahrrad ab und sah auf dem Grundstück die Besitzerin Helga Eggert mit genau der Frau stehen, die gerade durch seine Gedanken gegeistert war. Sie war nicht zu übersehen mit ihren roten Locken. Er würde sie direkt fragen.

»Hallo, Michael, welche Überraschung. Bist du wegen Frau Zahn hier?« Helga Eggert, die ihren wuchtigen Körper auf einem Spaten abstützte, schaute ihn gespannt an.

»Wie kommst du darauf?«, fragte er.

»Na, weil die doch ohne ein Wort abgehauen ist. Nicht mal von ihren Kolleginnen hat sie sich verabschiedet. Frau Meckseper findet das auch seltsam, nicht wahr?«, wandte sich die Wirtin an die Autorin, die zögerlich nickte.

»Na, ja – seltsam … Eigentlich ist es mir egal, wie und warum sie abgehauen ist«, wandte sie sich an Röder. »Ich möchte lediglich wissen, ob sie wieder auftaucht. Mit anderen Worten, wie die Krimitage hier weitergehen. Natürlich wird Salomon Bartels Zahns Lesungstermin übernehmen. Aber es könnte ja möglich sein, dass sich andere Änderungen ergeben, von denen ich bis jetzt nicht unterrichtet wurde. Ich hatte gehofft, Herrn Campen hier zu finden, aber ich treffe ihn ja später bei meiner Lesung. Der wird wissen, was Sache ist. Schließlich ist er für das Programm hier verantwortlich!« Johanna Meckseper nahm ihre Tasche von der Gartenbank und stand auf. »Ich gehe dann mal.«

Aber Röder bat sie, zu bleiben. »Ist Frau Schubert da?«, fragte er Helga Eggert. »Ich möchte auch gerne mit ihr sprechen. Und zwar drinnen«, schlug er vor. »Wir müssen das nicht hier im Garten bereden.«

»Ich hole sie. Wir setzen uns in die Küche.«

Er folgte Helga Eggert ins Haus. Röder sah sich um und fühlte sich sogleich wohl. Die hellen Möbel strahlten Gemütlichkeit aus. Am Ende des kleinen Flurs stand ein Sessel mit bunten Kissen. Er war auf der Stelle versucht, sich dort hineinzukuscheln und seinen Träumen nachzugehen. Sollte er kurz …? Nein, daraus würde nichts werden, denn schon stand die Pensionswirtin mit Frau Schubert neben ihm. Er konzentrierte sich wieder auf den Grund seines Daseins, begrüßte die Autorin und bat alle in die Küche.

»Was können Sie mir über Frau Zahn sagen?«, begann er, nachdem auch Frau Schubert sich zu ihnen gesetzt hatte. »Was war sie für ein Mensch? Wie haben Sie sie erlebt? Hat sie Ihnen mitgeteilt, dass sie die Insel verlassen wollte? Wann ist sie gefahren?«

»Sie war sehr freundlich«, sagte Helga Eggert. »Meine Frühstücksgäste sind mal mehr, mal weniger redselig. Sie sagte nicht viel, hatte aber meistens ein nettes Lächeln im Gesicht. Möchten die Herrschaften einen Tee? Ist nämlich jetzt meine Zeit.«

»Gerne«, kam es wie aus einem Munde.

Während die Pensionswirtin sich an die Zubereitung machte, hörte Röder zu, was die beiden anderen Frauen zu sagen hatten. Inga Schubert bestätigte Sibyll Zahns freundliche Zurückhaltung. »Ich habe sie gebeten, mir ihre Kurzgeschichte zu zeigen, die sie hier geschrieben hat, aber sie hat nur nett gelächelt und ›vielleicht später‹ gesagt. Nicht, dass ich neugierig wäre, aber man möchte doch gerne wissen, wie die Insel die Fantasie der Kollegen anregt.«

»Und Sie beide? Sie haben sich ausgetauscht?« Röder schaute die beiden Autorinnen erwartungsvoll an.

Betretenes Schweigen erfüllte die Küche. Es dauerte einen Moment, bis Johanna Meckseper antwortete. »Nicht direkt. Aber nur, weil ich noch nicht fertig war. Einen anderen Grund gab es nicht. Ich bin auch jetzt nicht komplett fertig, sondern werde die Geschichte nach meiner Lesung zu Ende bringen. Es ist ein Experiment, verstehen Sie? Ich will etwas ausprobieren.«

»Und wie war es bei Ihnen, Frau Schubert?«

»Mich«, sie schluckte, »mich hat keiner gefragt.«

»Fällt dir sonst noch etwas ein? – Hat sie am Abreisetag nichts verlauten lassen?«, wandte Röder sich an Helga Eggert.

»Sie hat gefrühstückt und ist wortlos verschwunden«, sagte die. »Ich habe erst gar nichts mitbekommen. Erst als ich das Zimmer putzen wollte, habe ich bemerkt, dass es leer war. Warum die sich nicht verabschiedet hat, verstehe ich bis heute nicht. Es gab für sie keinen Grund, sich zu beeilen, das Schiff fuhr erst mittags.«

»Ihr Zimmer war also ausgeräumt?«, fragte Röder nach.

»Ja«, erwiderte Helga. »Da war nichts mehr von ihren Sachen drin.«

»Wie hat sie denn ihr Gepäck zum Hafen geschafft? Hat sie deine Wippe mitgenommen?«

Helga schüttelte den Kopf. »Nein. Sie hatte so eine Art große Tasche, an der Rollen waren. Ein ganz ausgefallenes Ding mit einem ausklappbaren Sitz dran. Habe ich vorher noch nie gesehen. Aber sicher praktisch, wenn man mal länger auf den Zug warten muss.«

»Hat denn einer von Ihnen mitbekommen, ob zum Beispiel Frau Zahn und Herr Campen Probleme miteinander hatten?«, fragte Röder.

Die beiden Autorinnen schauten sich an, dann umspielte ein kleines Lächeln Inga Schuberts Mund. »Herr Campen sieht sich recht gerne im Mittelpunkt und ist sehr stolz auf seine Krimitage. Darf er auch. Gehört 'ne Menge dazu, so etwas auf die Beine zu stellen. Vielleicht hat er es bei der Eröffnungsfeier ein wenig zu oft erwähnt. Aber da war Sibyll ja schon weg.«

»Aber das Gehabe von Jens ist kein Grund, einfach ohne Vorwarnung abzuhauen«, sagte Helga Eggert ratlos, während sie mit einer silbernen Zange dicke, weiße Kluntjestücke in die Tassen legte und Tee darüber goss. »Möchte jemand Sahne? Nur dann ist es original.«

Sie mochten alle. Das Knistern der Kluntjestücke erfüllte die Küche mit Gemütlichkeit. Tee geht eben bei jedem Wetter, dachte Röder, als sein Blick nach draußen auf einen schmalen Streifen blauen Himmels fiel. »Hatte sie Kontakt zu anderen Insulanern?«

Die drei Frauen schüttelten gleichzeitig den Kopf und Inga Schubert sagte: »Keine Ahnung. Ich habe sie kaum gesehen.«

»Und Ihr Mann?«, wandte Röder sich an Inga Schubert. »Ist ihm etwas aufgefallen?«

»Ich denke nicht«, antwortete sie nach kurzem Überlegen, »und wenn, dann hat er es mir nicht gesagt. Ich werde ihn aber fragen, wenn er von seinem Spaziergang zurückkommt.«

»Männer merken sowieso erst zuallerletzt, wenn irgendwas nicht stimmt.« Johanna Meckseper schaute gelangweilt einer Möwe hinterher, die mit lautem Krächzen am Fenster vorbeiflog.

»Ich bitte dich!« In Inga Schuberts Gesicht zeigten sich wie angeflogen kleine rote Punkte.

Johanna Meckseper drehte langsam ihren Kopf und schaute sie an. »Manchmal sind es aber auch die Frauen, die nichts mitkriegen.«

»Wenn ich es also richtig zusammenfasse, kennen Sie keinen Grund, warum Sibyll Zahn die Insel hätte verlassen sollen«, versuchte Röder das Gespräch in gefahrlose Bahnen zu lenken.

Die drei Frauen verneinten, dann fragte Inga Schubert mit leiser Stimme: »Hatte Sibyll eigentlich Verwandtschaft am Festland? Wer vermisst sie dort? Es wäre schrecklich, wenn jemand verschwindet und keiner merkt es! Eine grässliche Vorstellung.«

»Ihr Mann hat sich gemeldet«, erklärte Röder. »Die

Kollegen in Mainz haben mit ihm gesprochen. Ihm war ebenfalls nicht bekannt, dass sie die Insel hätte verlassen wollen. Er hat sich nur gewundert, dass sie nicht mehr an ihr Telefon ging.«

Johanna Meckseper war aufgestanden. »Darf ich mich verabschieden? Ich muss zum Hotel. Gleich wird mich dort der Herr Campen zu meiner Lesung abholen.«

»Wieso Hotel? Wohnen Sie nicht hier?«, fragte Röder ein wenig verwirrt.

»Nein, das sagte ich bereits. Ich bin auf der Suche nach Herrn Campen und wohne mit meiner Tochter und meinem Schwiegersohn im Hotel *Strandhof*. Darum kann ich Ihnen zu Sibyll Zahn gar nicht viel sagen.«

»Und warum wohnen Sie nicht hier im Haus?«

»Ich weiß nicht, warum es Sie interessieren sollte. Aber bitte: Ich brauche unbedingte Ruhe zum Schreiben.« Johanna Meckseper verließ grußlos Helga Eggerts Küche.

»Na, werden Sie nach diesem Abgang der Künstlerin zuhören wollen?«, fragte Inga Schubert.

»Wenn nicht ein Einsatz dazwischenkommt, bin ich da. Und meine Frau ebenfalls«, sagte Röder. »Ich habe es ihr nämlich versprochen.« Natürlich nicht ganz ohne Hintergedanken. Er hoffte, nach der Veranstaltung dort ein paar Worte mit dem Organisator wechseln zu können. Vielleicht hatte Jens des Rätsels Lösung. Immerhin hatte der die verschwundene Autorin laut seiner Aussage selber zum Schiff begleitet. Falls Röders Kollegen vom Festland sich meldeten, konnte er so wenigstens berichten, dass er sich um den Fall gekümmert hatte. Aber vielleicht hatte sich die ganze Sache bereits in Luft aufgelöst und Sibyll Zahn war inzwischen wohlbehalten zu Hause eingetroffen.

Kurz nachdem Meckseper gegangen war, klopfte es und ein Mann steckte seinen Kopf durch die Tür. »Darf ich reinkommen?« Er schnupperte. »Meine Güte, es ist wie wieder zu Hause zu sein, wenn ich die Teetassen sehe und mir das Aroma in die Nase steigt.« Ohne zu fragen, ließ er sich auf den Stuhl fallen, auf dem gerade eben Johanna Meckseper gesessen hatte.

Helga Eggert holte wortlos eine frische Tasse, legte einen Kluntje hinein und sagte: »Darf ich vorstellen? Salomon Bartels. Der Ersatz für Frau Zahn.«

Bei dem Wort Ersatz zuckte Bartels kaum merklich zusammen, dann straffte er sich und grinste. »Sie sind der örtliche Polizist, habe ich recht?«, wandte er sich an Röder.

»Das ist richtig. Und genau der geht jetzt, weil er eine Verabredung hat.« Röder bedankte sich für den Tee, bat die Frauen, darüber nachzudenken, ob Sibyll Zahn nicht doch mal eine Andeutung gemacht hatte und verabschiedete sich. Es wurde Zeit. Er war gespannt, wie viele E-Bike-Fahrer Wille verwarnt hatte. Außerdem wollte er sich umziehen. Also Sandra wollte, dass er sich …. Aber das war auch okay. Arndt und Wiebke würden mitkommen und er hatte für diesen Nachmittag den Dienst in Willes Hände gelegt. Abends, beim Maibaumaufstellen, da würde er natürlich wieder ganz offiziell seine Runde drehen.

*

Inga Schubert nahm einen tiefen Zug aus der Flasche mit dem Rhabarbersaft. Das mit dem Fremdschämen war netterweise diesmal nicht eingetreten. Es war nicht immer so einfach für jemanden, der selber Lesungen hielt, den Kollegen bei deren Auftritten zuzuhören. Besonders, wenn die ohne jegliche Betonung selbst den besten Text zugrunde richteten. Und das hatte sie schon oft genug erlebt. Schreiben war das eine Talent und Lesen eben ein ganz anderes. Man konnte es erlernen, sicherlich. Wenn man denn wollte. Sie hatte ein paar Seminare besucht und dort viele Tipps bekommen. Außerdem waren ihre Krimis mit einer Prise Spaß gewürzt, das kam bei den Zuhörern immer gut an.

Johannas Texten fehlte jeglicher Humor. Sie schrieb historische Krimis und fand offenbar, so etwas passe dort nicht hin. Inga sah im Geiste das Gesicht ihrer Kollegin vor sich, auf dem sich selten oder nie ein warmes Lächeln zeigte. Wer so durchs Leben lief, konnte wohl einfach nichts Humorvolles schreiben. Aber Johannas Geschichten waren spannend und gut vorgetragen. Besonders die Kurzgeschichte, die sie auf Baltrum geschrieben hatte, war bei den Gästen auf intensive Resonanz gestoßen. Sie hatte die Zuhörer nämlich um Vorschläge gebeten, wie das Ende aussehen könnte und beinahe jeder hatte eine Idee in den Raum geworfen. Man hatte sich schließlich auf einen Schluss geeinigt und Johanna hatte versprochen, die ganze Geschichte auf ihrer Internetseite zu veröffentlichen. Ganz schön clever, das musste Inga zugeben.

Sie nahm einen letzten Schluck und steckte die leere Flasche in den Stoffbeutel, der neben ihrem Arbeitstisch lag. Ob Erich schon wieder im Hause war? Er hatte sich bis jetzt nicht zurückgemeldet. Sie ging hinaus in den Flur und klopfte an die Nachbartür. Sie hatten getrennte Zimmer gebucht, obwohl sie die Kosten für das zweite aus eigener Tasche bezahlen mussten. Das war es ihr wert gewesen. Erstens hatte sie so mehr Platz und Ruhe zum Schreiben und zweitens würde ihr nachts das andauernde Schnarchen ihres Mannes erspart bleiben. »Erich, bist du da?«

»Komm rein«, hörte sie seine brummelige Stimme.

»Was ist los?«, fragte sie erstaunt, als sie sah, dass er es sich auf dem Bett bequem gemacht hatte.

»Nichts. Ich ruhe mich nur aus. Habe schließlich eine

lange Wanderung hinter mir. Ich war bis zum Ostende und durch die Dünen zurück«, erzählte er. »Nur schade, dass das Wasser noch so kalt ist. Es zieht einen magisch an, aber zum Schwimmen traue ich mich einfach nicht hinein.«

Sie lachte. »Mir wäre es wahrscheinlich selbst im Sommer zu kalt. Du weißt ja, unter fünfundzwanzig Grad läuft bei mir nichts.«

»Und bei mir nicht ohne Fischbrötchen.« Erich setzte sich auf. »Wenn du mich zum Maibaumaufstellen abholen willst, dann bin ich bereit.«

Inga schaute ihren Mann verwundert an. So kannte sie ihn gar nicht. Nicht mehr. Früher, da war er in allen Gassen zu Hause gewesen, aber seitdem ihr Sohn bei einem Autounfall ums Leben gekommen war, hatte er sich in sich selbst verkrochen und war am liebsten mit sich und seinen Gedanken alleine unterwegs. Und jetzt? Jetzt konnte er die Feier kaum erwarten!

»Also gut, in zehn Minuten!« Sie ging zurück in ihr Zimmer und nahm die dicke Jacke vom Haken. Tagsüber war es zwar sehr warm gewesen und auch jetzt stand die Sonne am blauen Himmel, aber man konnte nie genau wissen, wie es sich nach dem Sonnenuntergang abkühlte. Sie steckte Geld ein und überprüfte, ob sie ein sauberes Taschentuch dabei hatte. Kurz darauf hörte sie, wie Erich seine Tür abschloss.

Sie war gespannt, was der Abend bringen würde. Zunächst, das war klar, ein Besuch bei *MittendrinFisch*. Es war nicht das erste Mal, dass sie dort etwas holten. Es schmeckte einfach alles lecker, was die Krabbenmutti, wie auf ihrem Polohemd zu lesen war, anbot. Gemütlich draußen sitzen konnte man dort auch. Und heute war es besonders praktisch, dass gleich neben dem reetgedeckten Pavillon, auf der Wiese vor dem Rathaus, der Maibaum aufgestellt werden sollte. Vielleicht hatten sie

Glück und es waren nicht alle Plätze belegt, so dass sie im Sitzen dem Geschehen folgen konnten.

Er hätte sich wenigstens umziehen können, nachdem er in voller Montur auf dem Bett herumgehangen hat, dachte sie mit einem Blick auf die Falten in Erichs Hosenbeinen. Aber sie schwieg. Schließlich war es keine Hochzeit, zu der sie eingeladen waren. Zügig gingen sie die lange Straße hinunter, an der Arztpraxis und der Katholischen Kirche vorbei.

»Horch mal!«, sagte Inga. »Da singt wer.«

In Höhe des Hotels *Seehof* wurde der Gesang lauter. Wenn man es denn wirklich so nennen wollte. Inga hatte das Wort für sich inzwischen gegen ›Gegröle‹ getauscht. Es kam von einer Gruppe Jugendlicher, überwiegend männlich, die einen grün umkränzten, ungefähr zehn Meter langen schlanken Birkenstamm zwischen sich trugen. In der lichten Krone schaukelten bunte Bänder. Beinahe scheiterten die Träger an dem Versuch, die Kurve zum Rathaus zu nehmen. »Deher Mai is gekommen, die Bäume schlagen aus …«, meinte Inga dem Durcheinander der Stimmen zu entnehmen.

»Sie holen den geschmückten Stamm bei der *Gärtnerei Hinrichs* im Ostdorf ab und tragen ihn über die ganze Insel bis hierhin«, sagte eine Frau, die neben ihnen ihr Fahrrad bremste. »Dabei bleiben sie auf ihrem Weg an so manchem Haus stehen und fordern mit unermüdlichem Absingen von ›Dem Eckehard‹, oder wie der Besitzer des Hauses gerade heißt, ›ein Trullala‹, bis ebendieser mit einem Tablett voller Pinnchen erscheint. Das reicht für einen ordentlichen Brand. Am besten lassen wir die erst einmal vorbei, damit sie die gesamte Straßenbreite zur Verfügung haben.«

»Das ist ja ein Brauch, der alles abverlangt«, lachte Inga.

»Das stimmt. Allerdings bietet der eine oder andere

Insulaner inzwischen auch ein alkoholfreies Getränk oder etwas zum Essen an, damit die Träger den Spaziergang besser überstehen. Zumal einige von denen nicht volljährig sind.«

Als die Truppe weitergezogen war, folgten ihr auch Inga und ihr Mann. Beim *MittendrinFisch* bestellten sie sich jeder zwei Fischbrötchen und nahmen eine Flasche Bier mit nach draußen. Sie hatten Glück. Gerade standen zwei Leute auf und sie sicherten sich den Platz. Sie beobachteten, wie die Jungs versuchten, den schlanken Stamm mit der bunten, geflochtenen Krone in einem Loch zu versenken. Es misslang immer wieder, denn der Maibaum schwankte von einer zur anderen Seite, weil er sich unweigerlich den Bewegungen der jungen Männer anpasste. Erst als ein paar Ältere die Jugendlichen zur Seite drängten und kräftig zupackten, konnte der Stamm in der Erde verankert und mit dicken Seilen fixiert werden.

»Und was jetzt?«, nuschelte Erich in sein Fischbrötchen. »War es das mit der Feier?«

»Lass uns rübergehen auf den großen Platz«, schlug Inga vor. »Dort an der Bierbude stehen eine Menge Leute. Vielleicht ist Johanna da.«

Und wieder überraschte sie die Reaktion ihres Mannes: Ohne ein Wort der Widerrede wischte er sich den letzten Krümel aus dem Mundwinkel und stand auf. »Okay. Schau'n wir mal, was noch passiert.«

Neben einer der Bänke, die vor dem weißen Zaun standen, der das Grundstück der *Villa Christine* abgrenzte, stießen sie tatsächlich auf Johanna Meckseper, die im Gespräch mit Michael Röder war. Inga und Erich schlängelten sich durch die Menschenansammlung und Inga bekam gerade noch mit, wie der Inselpolizist lachend erklärte: »Hier gilt folgende Sitte: Der Baum darf unter bestimmten Voraussetzungen geklaut werden: Klauzeit ist vom Aufstellen, beziehungsweise vom Sonnenuntergang, bis zum Sonnenaufgang. Drei Spatenstiche sind notwendig. Dann wird der Stamm aus dem Loch gehoben und mitgenommen. Liegt jedoch die Hand eines Bewachers am Stamm, darf kein Angriff erfolgen. Ist der Baum erfolgreich erobert, muss er wieder ausgelöst werden. Das geschieht meist durch reichlich Nahrung und Genussmittel.«

»Also sollte ein Fass Bier drin sein«, lachte Inga. »Aber wer klaut denn hier den Baum? Weit kommt der Dieb damit doch nicht.«

»Sie haben zwar recht, viel kann nicht passieren«, sagte Röder, »zumal diejenigen, die den Baum klauen, auch selbst einen vorweisen müssen. Aber vor Jahren gab es hier einen Baum im Westdorf und einen im Ostdorf. Da war natürlich größte Vorsicht geboten. Und es ist bereits geschehen, dass ein paar Langeooger mit dem Boot an der Ostspitze angelandet sind und den Baum entwendet haben. Die Baltrumer, sicher, dass nichts passieren würde, lagen in bierseligem Tiefschlaf, als die Räuber von der Nachbarinsel kamen. Das gab eine wilde Feier ein paar Wochen später.«

»Das kann ich mir denken«, sagte Johanna. »Aber wenn das Ganze nicht in eine Schlägerei ausartet, haben Sie mit dem Baumfrevel ja nichts zu tun. Es ist also erlaubter Diebstahl und Sie können sich um die wichtigen Dinge kümmern. Was mich zu meiner nächsten Frage bringt: Haben Sie inzwischen etwas von meiner Kollegin gehört?«

»Sie ist bis jetzt nicht zu Hause angekommen. Ich werde mich morgen weiter darum kümmern. Ihre Lesung hat mir übrigens gut gefallen.« Röder wandte sich an Inga Schubert. »Natürlich werde ich morgen auch Ihnen zuhören. Etwas anderes würden meine Frau und ich uns nicht verzeihen. Aber jetzt entschuldigen

Sie mich.« Er winkte einem anderen Mann zu und war gleich darauf verschwunden.

»Trinken wir einen?« Johanna war aufgestanden und zeigte zur Bierbude.

»Klar. Wir sind ja nicht zum Spaß hier«, erwiderte Erich.

Inga wunderte sich. Was war mit den beiden denn los? Erich, der zu Hause nicht mal bereit war, mit ihr über den Weihnachtsmarkt zu schlendern, verlangte fröhlich nach einem Bier? Und Johanna, die sich sonst so gerne mal sehr spitzzüngig über andere lustig machte und sich für den Mittelpunkt der literarischen Welt hielt, tat plötzlich so, als wären sie ganz normale Menschen, die an einer ausgelassenen Feier teilnahmen. Aber nun denn, besser so als andersherum. Ein weiteres Bier konnte nicht schaden. Sie folgte den beiden und gleich darauf prosteten sie sich zu.

Aus dem *Sturmeck* erklang Musik. »Na, da wissen wir ja, wo wir den restlichen Abend verbringen«, sagte Johanna und zeigte auf die geöffnete Eingangstür des Lokals.

»Wo steckt denn eigentlich deine Familie?«, fragte Inga ihre Kollegin.

»Meine Tochter ist nach meiner Lesung sofort ins Bett. Es ist wohl eine Erkältung im Anmarsch. Mein Schwiegersohn ist bei ihr geblieben.«

»Das ist schade. So bekommen sie von dem alten Brauchtum hier gar nichts mit«, bedauerte Inga.

»Junge Leute sind halt oft ein wenig empfindlich. Unsereins hat da mehr Durchhaltevermögen. Wir gehen nicht gleich bei jedem Husten in die Knie«, war Johannas spitze Antwort.

Inga nahm einen tiefen Schluck. Das Bier schmeckte lecker. Allerdings konnte sie eine leichte Müdigkeit nicht verhehlen. Erich und sie würden bestimmt nicht mehr lange bleiben. Die Tage waren mit Schreiben und Inselerkundungen voller neuer Eindrücke gewesen, da taten ein paar Stunden Schlaf immer gut. Außerdem hatte sie morgen ihre Lesung und würde bestimmt früh aufwachen und dann nicht wieder einschlafen können. Das war immer so, wenn sie einen Auftritt hatte. Was sie allerdings Johanna nicht gerade jetzt auf die Nase binden würde.

»Wir können schon mal reingehen«, meinte Erich. »Rechtzeitiges Erscheinen sichert die besten Plätze.«

War der jetzt völlig durchgetickt? Was hatte den denn gebissen? Inga merkte, wie die beiden sie abwartend anschauten. Sie überlegte einen Moment. »Versucht euer Glück. Es ist so schön draußen. Sollte ich nicht erscheinen, feiert man alleine. Ich schaue mir den Sonnenuntergang an und bin dann zu Hause. Ihr wisst ja, wo das ist.«

Erich nickte und strich seiner Frau leicht über die Schulter. Inga blieb nichts anderes übrig, als verwirrt hinter Johanna und Erich herzustarren, wie sie an den Rauchern vorbei im Lokal verschwanden. Wenn ich es nicht besser wüsste, könnte ich meinen, dass sich zwischen den beiden da gerade etwas anbahnt, dachte sie. Aber dafür waren sie nun wirklich zu verschieden. Ihr Mann interessierte sich herzlich wenig für die Menschen in seinem Umfeld oder deren Ansichten über ihn, und das merkte man nicht zuletzt an seiner bestenfalls leger zu nennenden Kleidung. Johanna dagegen war zurechtgemacht wie ein edler Schmetterling unter lauter Maikäfern.

Inga entschied sich für den Sonnenuntergang.

Es waren nur ein paar Meter bis zur Strandmauer. Auch hier waren einige Leute unterwegs und als Inga sah, wie der glutrote Ball in die Nordsee eintauchte, wusste sie, dass sie die richtige Wahl getroffen hatte.

Sollten sich die beiden im *Sturmeck* vergnügen, sie würde dieses Naturerlebnis in ihrem Herzen mit nach Haus nehmen und nie wieder loslassen.

Sie setzte sich auf einen der Steine und dachte, wie schade es war, dass Sibyll die Insel verlassen hatte. Wie gerne hätte sie auch ihr dieses grandioses Schauspiel gegönnt! Die Intensität der letzten Strahlen, die die Schaumkronen auf dem Wasser in orangefarbenes Licht tauchten, die wie mit einem scharfen Bastelmesser ausgeschnittenen kleinen, beinahe schwarzen Wolken, die sich an der Sonne vorbeischoben, und das Licht am Mast eines Segelschiffes, das in ruhiger Fahrt die Inseln passierte …

Als das Wasser die letzten Strahlen der Sonne verschluckt hatte, überlegte Inga kurz, zu den beiden zurückzukehren, aber die Idee verwarf sie ganz schnell wieder. Nein, sie würde nach Hause gehen. Es reichte. Sie war hundemüde. Erich und Johanna würden sich schon nicht verlaufen. Sie lächelte. Was für ein absurder Gedanke. Hier auf der Insel war das kaum möglich. Inga schloss den Reißverschluss ihrer Jacke und wanderte gemächlich über den Höhenweg bis zum Abgang beim *Strandcafé*, bog dann rechts ab und schloss nach wenigen Minuten die Tür ihres Zimmers auf. Wie schön … Sie würde sich ins Bett kuscheln und ihre Gedanken auf die Reise in den Sonnenuntergang schicken.

Montag, 1. Mai

Es war verdammt spät geworden gestern Abend. Viel zu spät. Arndt Kleemann konnte sich ein lautes Gähnen kaum verkneifen, als er mit Wiebke den Frühstücksraum des Hotels verließ. Trotz der vier Tassen Kaffee fühlte er sich wie gerädert. Dabei war die Woche Urlaub eigentlich zum Erholen gedacht. Jetzt noch mal bis zum Mittag ins Bett, das wäre das einzige Mittel, um seine Lage zu verbessern. Aber sie hatten sich mit Michael und Sandra verabredet und ein wenig frische Luft auf dem Weg dorthin konnte bestimmt nicht schaden.

Auf der Straße war es ruhig, obwohl strahlender Sonnenschein zum Spaziergang einlud. Wahrscheinlich geht es allen Leuten so wie mir, dachte Arndt. Im *Sturmeck* war es am Abend zuvor brechend voll gewesen. Selbst auf der kleinen Tanzfläche hatten Menschen gestanden und damit dem Tanz in den Mai einen Riegel vorgeschoben. Worüber Wiebke und Sandra ziemlich pikiert gewesen waren. Aber so etwas war manchmal eben nicht zu ändern. Bedauerlich. Er grinste verstohlen.

»Was lachst du?«, fragte Wiebke misstrauisch.

Er würde einen Teufel tun und ihr den Grund verraten. »Ich freue mich, dass die Sonne scheint und eine Woche Urlaub vor uns liegt«, sagte er stattdessen.

»Ich mich auch«, erwiderte sie, »und wage es nicht, Michael nach der verschwundenen Autorin zu fragen.«

»Keine Sorge. Bei Bedarf kommen meine Kollegen aus Aurich«, sagte er und hoffte, dass er genügend Überzeugungskraft in seine Stimme gelegt hatte. Offensichtlich nicht, denn jetzt lachte auch Wiebke.

»Wer's glaubt …«, war ihr kurzer Kommentar.

Und richtig, als sie die Dienstwohnung neben der kleinen Baltrumer Wache betraten, kam ihm Michael bereits entgegen. »Ich habe einen Anruf vom Chef der Reederei bekommen. Das Reisegepäck von Frau Zahn wurde an ihrem Abreisetag sichergestellt. Seitdem lagert es hier auf der Insel in der Asservatenkammer des Reedereigebäudes. Dorthin werden alle herrenlose Gepäckstücke gebracht, egal, ob sie auf der Insel oder im Neßmersieler Hafen im Container gefunden …«

»Moment«, unterbrach er Röder. »Woher hattest du denn die Beschreibung? Koffer sehen doch heutzutage alle gleich aus!«

Michael Röder stöhnte leise. »Bin ich Polizist oder nicht? Ich habe noch einmal mit Helga Eggert gesprochen. Sie hatte mir von einer Besonderheit erzählt und ihn mir heute Morgen ganz genau beschrieben. Es war so eine Art Trolley in Lila mit einem schwarzen Streifen an der Seite und einem aufklappbaren Stuhl daran. Ein sehr ausgefallenes Modell.«

»Aber das heißt noch lange nicht …«

»Arndt«, unterbrach ihn Wiebke mit einem kräftigen Stoß in die Seite, »du wolltest …«

»Jaja.« Er machte einen Schritt zur Seite. »Geh du zu Sandra. Ich spreche mit meinem Freund.«

»Gerade sprichst du mit deinem Kollegen«, berichtigte sie ihn verkniffen und verschwand in Richtung Küche.

»Also«, wandte er sich wieder Michael zu, »sehe ich das richtig? Die Frau ist verschwunden und ihr Gepäck ist da. Wo wurde der Koffer denn gefunden? Hier oder am Festland?«

»In Neßmersiel.«

»Das heißt«, überlegte Arndt, »wir können nicht festlegen, ob die Frau nun tatsächlich rübergefahren ist, oder ob ihr Trolley allein reiste. Und wenn sie gefahren ist, was brachte sie so durcheinander, dass sie ihre Tasche bei der Abfahrt in Neßmersiel einfach vergaß? Ich frage mich dann nur, warum sie sich bis jetzt nicht darum gekümmert hat. Steht ihr Auto denn hinterm Deich?«

»Ich wollte gerade im Moment Kontakt mit der Firma Assing in Neßmersiel aufnehmen und hören, ob die was wissen. Bei denen werden schließlich fast alle Gästeautos untergestellt. Sollte sie mit dem Zug gefahren sein, wird's natürlich schwierig. Frau Eggert hatte keine Ahnung und das Ehepaar Schubert und Frau Meckseper habe ich nicht erreichen können. War wohl etwas zu früh. Bin aber dran. Aber ehrlich gesagt – warum sollten die das wissen? Schließlich ist die Zahn einfach weg und letztendlich darf sie sich aufhalten, wo sie will. Sie ist volljährig.«

»Ich bin gespannt, wie es weitergeht. Halt mich auf dem Laufenden.« Er folgte seiner Frau und fand sie mit Sandra in der Küche, in intensivem Austausch über den Verlauf des gestrigen Abends.

»Möchtest du auch einen Tee?«, fragte Sandra. »Oder lieber etwas Stärkeres?«

Arndt winkte ab. »Ich will euch nicht stören. Ich mache einen Spaziergang.« Nein, er wollte seinem Magen nichts mehr zumuten, sondern raus an die frische Luft. Aus dem Wachraum hörte er Michaels Stimme. Sollte er …? Nein, er musste nach draußen. Er ging über den Marktplatz, stockte und schaute verwundert dorthin, wo gestern der Maibaum in der Erde versenkt worden war. Der Baum war verschwunden. Nur ein paar Seile und ein wenig von dem bunten Papierschmuck sah er auf der Wiese vor dem Rathaus liegen.

»Den haben sie heute Nacht geklaut«, hörte er eine Stimme.

Arndt drehte sich um. Ein Mann hatte die Klappe des Bierwagens nach oben geschoben und räumte gerade ein paar Gläser in eine Plastikkiste.

»Und wer war das?«, fragte er verwirrt.

»Keine Ahnung. Aber da haben die Jungs wohl ihre Aufsichtspflicht vernachlässigt.«

»So sieht es aus.« Arndt nickte kurz, ging weiter am Schwimmbad vorbei und fand sich bald darauf wie magisch angezogen auf einer Bank auf Willys Utkiek, seinem Lieblingsplatz. Sein Blick erfasste das endlose Meer, das seichte Wellen an den Strand schickte. Wie klein wurden alle menschlichen Sorgen bei diesem Anblick! Zumindest ihm war es bisher immer so gegangen.

Er dachte an den letzten Sommer. Ein junger Mann war ermordet worden und sie hatten die Ermittlungen aufgenommen. Schon damals hatte er sich müde und ausgezehrt von seinem Beruf gefühlt. Zwar hatte er sich in den letzten Monaten öfter mal eine Auszeit genehmigt, aber immer, wenn er an seinen Schreibtisch zurückgekehrt war, hatte er sich sofort wieder in seine Arbeit vergraben. Natürlich. Es war der Job, mit dem er sein Geld verdiente. Trotzdem wünschte er sich mehr denn je Abstand von seinem täglichen Leben, das von morgens bis abends mit kriminellen Machenschaften zu tun hatte. Es war einfach nicht mehr so, dass die Aufklärung ihm Kraft gab. Das Böse im Menschen machte ihm immer mehr zu schaffen. Hoffentlich tauchte diese Autorin wieder auf. Er wollte nicht in einen neuen Fall verwickelt werden, wusste jedoch zugleich, dass er seinen Urlaub nicht unbeschwert weiterführen könnte, wenn Michael seine Hilfe brauchte.

In der Ferne zog ein Containerschiff vorbei, gleich darauf ein Autotransporter, gut durch die verschiedenen Aufbauten zu unterscheiden.

Als sein Telefon klingelte, verscheuchte er widerwillig den Gedanken, es in der Düne unter der Aussichtsplattform zu verbuddeln. Als er sah, dass Michael ihn zu erreichen versuchte, bedauerte er, es nicht getan zu haben. Und was er dann hörte, ließ alle seine Hoffnung zerplatzen.

»Das Auto steht bei Assing«, sagte Michael. »Als Abreisetag hatte sie nächsten Donnerstag angegeben.«

»Ich bin in zehn Minuten da. Sag Wille Bescheid.« Arndt stand auf, warf einen letzten Blick auf das Meer und begab sich auf den Rückweg.

Die beiden erwarteten ihn bereits. Bevor sie etwas sagen konnten, machte er deutlich, dass er ohne jegliche Diskussion ab sofort wieder im Dienst sei. Er verschwieg, dass er seinen Chef in Aurich angerufen hatte und der nicht begeistert von der Idee gewesen war. »Du solltest deinen Urlaub zum Ausruhen nutzen. Eine verschwundene Frau – das kommt ständig vor. Da greifen wir nicht ein. Es sei denn, ihr könnt mir Beweise für eine Gewalttat bringen«, hatte Müller gesagt. Aber er hatte gemeint, dass er es ja sowieso nicht verhindern könne, dass Arndt seinen Kollegen über die Schulter schaute.

»Dann musst du das nur noch Wiebke klären«, grinste Michael. »Wie du weißt, hatte ich im letzten Jahr ein ähnliches Problem. Ich durfte nicht arbeiten und Sandra hat wie eine Löwin darüber gewacht, dass ich nicht rückfällig wurde.«

»Sie wird es verstehen müssen«, erwiderte Arndt und beschloss, dass das Thema damit erledigt war. Zumal hier natürlich immer noch kein Verbrechen vorlag. Lediglich dem Verdacht, dass etwas passiert sein könnte, würden sie nachgehen, um möglichst schnell Klarheit zu haben. Urlaub machen konnte er danach. »Warum hat mir eigentlich keiner gesagt, dass jemand den Maibaum geklaut hat?« Er schaute seine Kollegen ernst an. »Ihr seht also, meine Anwesenheit ist dringend erforderlich.«

»Äh, wie jetzt? Der ist weg?«, fragten Michael und Wille beinahe gleichzeitig.

»Ja. Das haben wir nun auch am Hals. Ihr habt also eure Aufsichtspflicht am gestrigen Abend schmählich vernachlässigt. Als wenn wir nicht schon genug mit dem Vermisstenfall zu tun hätten.« Arndt musste nun doch lachen, als er Michael und Wille mit erstaunten Gesichtern vor sich stehen sah.

»Dann können wir uns leider nicht mehr um Sibyll Zahn kümmern, sondern müssen die Prioritäten anders setzen und auf die Suche nach dem Baum gehen«, erklärte Michael bedauernd. Er stupste Wille an. »Komm, wir haben eine Aufgabe!«

Jetzt lachte auch Wille. »Habt ihr eine genaue Beschreibung des Vermissten? Vielleicht zehn Meter groß, schlank und vielfarbig geschmückt? Sollen wir Suchplakate aushängen? Die Zeit drängt!«

»Nicht so schnell. Das könnt ihr nach Feierabend machen«, versuchte Arndt ihn zurückzuhalten. »Konzentrieren wir uns lieber wieder auf Sibyll Zahn. Wie gehen wir vor?«

»Wir befragen erneut gründlich alle aus ihrem Umfeld und vergleichen die Aussagen. Es wäre doch seltsam, wenn wir keine Auffälligkeiten entdeckten«, lenkte Wilfried Weerts ein.

»Suchaktion? Feuerwehr? Hundestaffel? Freiwillige?« Arndt schaute Michael fragend an. »Sollte sie irgendwo liegen oder eingeschlossen sein, kann jede Minute wichtig sein.«

»Richtig. Nur wäre die Suche mit einem klitzekleinen Hinweis sicherlich einfacher. Also lass uns erst die Leute befragen. Noch besteht die Möglichkeit, dass sie tatsächlich abgefahren ist. Wir sollten die Angelegenheit nicht zu hoch hängen. Es gibt tatsächlich nichts Konkretes, das uns veranlasst, schwere Geschütze aufzufahren.«

»Okay«, stimmte Arndt zu. »Ich bleibe trotzdem hier

und spreche mit meinem Chef und bereite die Jungs in Aurich auf einen möglichen Einsatz vor. Ihr teilt auf, wer mit wem redet. Vergesst auch den Inselführer nicht. Sibyll Zahn war zwar bei der Wanderung nicht mehr anwesend, vielleicht hat sie aber im Vorfeld mit ihm Kontakt aufgenommen.«

»Die Möglichkeit besteht bei jedem anderen Insulaner auch«, stöhnte Wille. »Wir kümmern uns erst einmal um das engste Umfeld. Komm, Michael, die Räder stehen bereit.«

»Ach – Michael, bevor du ins Ostdorf fährst, holst du bitte den Trolley von der Reederei?«, fragte Arndt. »Ich möchte mir gerne den Inhalt ansehen. Vielleicht bringt uns der weiter.« Es war gut möglich, dass die Frau einen Hinweis auf ihren jetzigen Aufenthaltsort zurückgelassen hatte. Und sollte er kein Handy finden, hatte sie es vermutlich mitgenommen und sie könnten über eine Handy-Ortung nachdenken.

Als die beiden Kollegen unterwegs waren, telefonierte Arndt Kleemann ein weiteres Mal mit seinem Chef in Aurich. Müller reagierte betont zurückhaltend. Er versprach jedoch jegliche Unterstützung, falls sich weitere Hinweise ergäben, und machte außerdem klar, dass sie engen Kontakt mit den Kollegen aus Mainz halten würden.

Arndt hatte gerade das Gespräch beendet, als es draußen kräftig rumste, dann flog die Tür auf und Michael stand schwer atmend mit dem Trolley vor der Tür. »Meine Güte, ist der schwer«, stöhnte er. »Typisch Frauenkoffer.«

»Ich dachte, du kannst den rollen? Und so groß sieht der gar nicht aus«, wunderte sich Arndt.

»Habe ich auch gedacht«, erwiderte Michael. »Trotzdem. Mach mal Platz!«

Arndt stapelte die Papiere, die auf dem Schreibtisch

lagen, zu einem großen Haufen und der Inselpolizist wuchtete den Trolley auf den Tisch.

»Wir haben Glück. Er ist nicht abgeschlossen.« Michael öffnete die Verschlussklappe.

»Alles klar«, sagte Arndt. »Ab hier mache ich weiter. Unterstütz du Wille bei seinen Befragungen.«

»Gut. Melde dich, wenn du etwas findest.«

Als Michael die Wache verlassen hatte, zog Arndt Einmalhandschuhe an. Es war nie angenehm, in persönlichen Dingen fremder Menschen herumzutasten. Er kam sich dabei häufig wie ein Eindringling vor. Mal ganz abgesehen davon, worin sich seine Hände so manches Mal verirrten: dreckige Wäsche, Essensreste ... Einmal hatte er einen Wohnzimmerschrank durchsuchen müssen und hatte in der untersten Schublade zwischen Schalen und Untersetzern einen halben vergammelten Räucherlachs gefunden. Er fragte sich bis heute, warum der Wohnungsbesitzer den dort aufgebahrt hatte.

Er zog eine dicke Wolljacke heraus, dann zwei schwarze Stoffhosen und einen Blazer, drei Paar graue Socken, eine Bluse sowie dezent gestreifte Unterhemden und -hosen. Darunter sah er einen Laptop und eine prall gefüllte Kulturtasche. Und ganz unten lagen sechs Bücher. Er nahm eines heraus und blätterte. Es war ein sehr alter, umfangreicher und schwerer Band in deutscher Schrift. Er hatte sie zwar in der Schule mal gelernt, war aber nicht mehr in der Lage, sie zu entziffern. Allerdings war ihm jetzt klar, warum der Trolley so viel Gewicht hatte. Warum um alles in der Welt schleppte ein Mensch so etwas mit, wenn er für eine Woche auf eine Nordseeinsel fuhr? Natürlich war es gut möglich, dass Sibyll Zahn diese Bände für Recherche-Arbeiten benötigte. Als Letztes nahm er ein Taschenbuch aus dem Trolley. ›Sibyll Zahn: *Mord in Blockwell Corner*‹, las er auf dem Titel. Dann schrieb diese Frau Krimis, die in England spielten?

Er schlug die erste Seite auf. Gleich der erste Satz, er lautete: *James, wo bleibt mein Tee?*, machte ihm klar, dass er keine Lust verspürte, weiterzulesen. Stattdessen durchsuchte er die Außentasche des Trolleys. Er fand eine Packung Taschentücher, ein Schlüsselbund und – ein Handy. Das war's dann mit der Ortung, dachte er missgestimmt.

Nach gut einer Viertelstunde musste er feststellen, dass der Trolley nichts verbarg, was einen Anhaltspunkt auf den Aufenthaltsort der Autorin hätte geben können. Zumindest nicht nach der ersten Einschätzung. Vielleicht fanden sich auf dem Laptop Hinweise. Er schaltete das Gerät ein, erkannte jedoch schnell, dass er ohne das richtige Passwort nicht weiterkam. Er würde ihn mit der nächsten Fähre mit ans Festland zu den Kollegen geben, die darauf spezialisiert waren, das Gerät zum Laufen zu bringen und zu durchsuchen.

Arndt war sich jedoch ziemlich sicher, dass es sich tatsächlich um das Gepäckstück der verschwundenen Autorin handelte. Er würde die Pensionswirtin bitten, einen Blick auf die Sachen zu werfen, um endgültige Gewissheit zu bekommen. Er nahm sein Telefon zur Hand. Michael war jetzt bestimmt vor Ort und konnte die Frau gleich mit zur Wache bitten.

Doch als er seinen Freund erreichte, vergaß er augenblicklich, was er hatte sagen wollen. »Das ist doch nicht wahr?!«, rief er fassungslos, als Michael ihm berichtete, dass nun auch Frau Meckseper nicht aufzufinden sei.

»Der Chef vom *Strandhof* hat sich gerade bei mir gemeldet«, erklärte Michael. »Er hat gesagt, dass er sich normalerweise keine großen Gedanken macht, wenn ein Gast mal nicht zum Frühstück kommt, aber nachdem er gehört hat, dass schon eine Autorin verschwunden ist, wollte er sich doch lieber bei mir melden.«

»Was ist mit der Familie der Autorin?«

»Er hat zunächst einmal mit mir sprechen wollen, bevor er die Pferde scheu macht, hat er gemeint. Was denkst du? Wie gehen wir damit um?«

»Du bleibst, wo du bist und ich fahre auf dem Weg zu dir beim *Strandhof* vorbei.« Waren denn hier alle verrückt geworden? Arndt holte ein Fahrrad aus dem Gartenhaus und fuhr, so schnell er konnte, ins Ostdorf.

Der Hotelchef Hilmar Berding erwartete ihn bereits draußen auf den grauen Stufen, die ins Foyer führten. Sie kannten sich von einem früheren Einsatz, so brauchte er sich nicht erst vorzustellen. Er nickte dem Mann freundlich zu. »Was gibt's Neues?«

»Nicht viel. Ich habe inzwischen mit der Tochter gesprochen, die nach mehrmaligem Klopfen netterweise die Tür öffnete. Auch die wusste nicht, wo ihre Mutter steckte. Ich habe dann auf Sie gewartet. Soll ich Frau Meckseрers Zimmertür öffnen?«

Sollten sie? Nur weil ein Gast nicht zum Frühstück erschienen war?

»Es ist ja nicht nur wegen der anderen verschwundenen Frau, warum ich mir Sorgen gemacht habe«, holte ihn Berding aus seinen Gedanken, »aber Frau Mecksepер hat mir gestern Nachmittag unmissverständlich zu verstehen gegeben, dass sie Punkt neun zum Frühstück kommen würde und dass dann der Reinigungsdienst ihr Zimmer zu putzen habe, damit sie später nicht mehr gestört würde. Sie hat so sehr darauf bestanden, dass ich mich schon wunderte, dass sie meine Zusage nicht schriftlich haben wollte. Und dann kam sie heute Morgen einfach nicht. Erst habe ich gedacht: Manche Gäste sind eben etwas schwieriger als andere. Dann aber kamen mir Zweifel, ob nicht doch etwas passiert sei, darum habe ich angerufen.« Berding zog einen Schlüssel aus der Tasche. »Sollen wir? Wenn sie wieder auftaucht, wird sie Verständnis für unsere Situation haben müssen.«

Arndt Kleemann nickte dem Mann zu und folgte ihm.

Johanna Meckseper war nicht da. Allerdings sah das Doppelbett aus, als habe sie darin übernachtet. Eigentlich, wenn Arndt es sich recht überlegte, sah es aus, als hätten zwei Personen darin geschlafen. Auch das zweite Kopfkissen und die zweite Bettdecke waren zerdrückt. Auf dem runden Holztisch standen zwei Sekttulpen und eine Piccoloflasche. Der Verschluss war abgeschraubt. *Hugo* las er auf dem Etikett. Das löste allerdings nicht das Rätsel, wo die Frau jetzt steckte. Wohin war sie verschwunden, ohne ihr Frühstück im Hotel einzunehmen? Hatte sie sich bei jemandem einquartiert, den sie am Abend zuvor vielleicht kennengelernt hatte, und gar nicht darüber nachgedacht, was ihr Verschwinden zum jetzigen Zeitpunkt für Folgen haben könnte?

Dagegen sprach, dass ihr Koffer auf dem Schrank lag und im Schrank, sorgsam nebeneinander, Blusen, zwei Röcke und eine Hose hingen. Im Bad sah er eine Zahnbürste, Duschzeug und Shampoo, sowie einige Tiegel mit Cremes. Er ersparte sich, herauszufinden, für welchen Körperteil sie gebraucht wurden. »Wir müssen mit der Tochter sprechen.«

Der Hotelchef zeigte auf eine Tür gegenüber. »Dort wohnen Herr und Frau Kattendorf.«

Arndt klopfte und gleich darauf hörte er eine verschlafene Stimme. »Was ist denn nun schon wieder?«

»Arndt Kleemann. Polizei. Bitte machen Sie auf.«

Es dauerte eine Weile, bis sich die Tür langsam öffnete und ein missmutiges Frauengesicht hinter dem Türspalt erschien. »Ich weiß nicht, wo sie ist. Das habe ich vor ein paar Minuten bereits gesagt. Wieso machen Sie eigentlich hier so einen Aufstand? Es kann doch gut sein, dass sie dabei ist, die Insel zu umrunden. Es ist hell. Die Sonne scheint. Wo ist also das Problem? Kann ich jetzt wieder schlafen?«

Der Spalt wurde schmaler. Arndt Kleemann schob seinen Fuß nach vorne. »Nicht so schnell. Ich habe weitere Fragen. Lassen Sie mich bitte hinein.«

Er hörte ein Stöhnen, dann öffnete die junge Frau die Tür. Sie trug einen blau-grün gestreiften Schlafanzug. »Bitteschön. Wenn es denn sein muss.«

Arndt wunderte sich. Wenn seine Mutter verschwunden wäre, wäre er sicherlich besorgter gewesen als diese Frau, die sich mit einer müden Geste das blonde Haar aus der Stirn schob und sich nach kurzem Suchen eine eckige Hornbrille aufsetzte. »Sie sind die Tochter von Frau Meckseper?«, fragte er.

Sie nickte müde. »Wer sollte ich denn wohl sonst sein?«

»Und Ihr vollständiger Name?« Langsam wurde Arndt etwas ungehalten. Kapierte die denn nicht, dass er nicht aus Spaß hier im Zimmer rumstand?

»Simone Kattendorf.«

»Was wollen Sie von meiner Frau?«

Erstaunt blickte Arndt in die Richtung, aus der die Frage gekommen war. Dort stand das Bett und darin lag jemand.

»Bernd«, sagte die junge Frau, »steh auf. Die kommen wegen Mutter.«

»Ich möchte wissen, wann Sie beide Frau Meckseper das letzte Mal gesehen haben«, erklärte Arndt.

Ein Lachen ertönte vom Bett her. »Das letzte Mal, was für ein geiler Gedanke ...«

»Bernd«, zischte Simone Kattendorf, »reiß dich zusammen. Es muss nicht jeder gleich ...«

»Ich bin nicht jeder«, sagte Arndt. »Erzählen Sie mir, was Ihr Mann damit gemeint hat.«

»Das kann er Ihnen selber erklären. Ich gehe ins Bad und ziehe mich an.« Sie schaute auf ihre bloßen Füße. »Mir geht es nicht gut. Erkältung, verstehen Sie?«

»Nein. Sie bleiben.« Arndt konnte es nicht fassen. Was waren das für Typen! Wenn du Verwandtschaft hast, brauchst du keine Feinde mehr. Was für eine Wahrheit! »Wenn Sie bitte aus dem Bett steigen, Herr Kattendorf ...! Sie beide setzen sich hin.« Er zeigte auf die zwei Sessel, die rechts von ihm standen. Sehr zu seinem Erstaunen gehorchten Herr und Frau Kattendorf jetzt tatsächlich ohne Widerspruch. »So, und jetzt los. Wann haben Sie ...«

»Schon gut«, begann Simone Kattendorf. »Wir haben sie gestern am späten Nachmittag zuletzt gesehen. Wir waren mit bei der Lesung und sind danach mit ihr zurück zum Hotel.«

»Und dann? Wissen Sie, was Ihre Mutter vorhatte?«

»Wir wollten unsere Ruhe. Und sie? Keine Ahnung. Ich glaube, sie wollte zum Maibaumaufstellen.« Simone Kattendorf schüttelte den Kopf. »Ausgerechnet meine Mutter. Die mit derart simplen Feierritualen eigentlich gar nichts anfangen kann. Besonders so was wie Schützenfeste und Karneval – dafür war sie gar nicht zu haben. Sie ist nämlich Autorin«, fügte sie hinzu.

Arndt meinte eine gute Portion Stolz herauszuhören. »Ihre Mutter besitzt sicher ein Handy ...«

»Wahrscheinlich liegt es mit leerem Akku in ihrer Nachttischschublade«, erklärte Simone Kattendorf. »Privat nutzt sie es kaum und die Anrufe, die vom Verlag zum Beispiel kommen, laufen bei mir auf. Schließlich bin ich für Geschäftliches zuständig.«

»Und Sie«, wandte sich Arndt an Bernd Kattendorf, »was haben Sie mir zu sagen? Was sollte Ihr Kommentar von vorhin?«

Kattendorf winkte ab. »Ach, nichts. Hat sich erledigt.

Simone und ich werden abfahren und unser Leben leben. Alles andere ist unwichtig.«

»Sie werden nicht abfahren, bevor wir herausgefunden haben, was mit Ihrer Schwiegermutter los ist, verstanden?!« Verdammt, was für ein gräßlicher Kerl! Die Art und Weise, wie er seine Brauen hochzog, wenn er von Johanna Meckseper redete, und wie er die Hände betont gelangweilt um sein rechtes Knie geschlungen hatte, so als ob ihn die ganze Sache nichts anginge ... Er bot das Bild vollkommener Unschuld. Wenn da nicht diese Blicke gewesen wären. Ganz kurze Momente, in denen seine Augen zu seiner Frau hinüberglitten und sich sofort wieder der kleinen Fliege zuwandten, die an der Zimmerdecke ihre Kreise drehte. Dem werde ich zeigen, wo der Hammer hängt, dachte Arndt. So nicht! Nicht mit mir!

Er erschrak. Was passierte da gerade mit ihm? Okay, er mochte diesen Mann einfach nicht. Aber war das eine Basis für seine Ermittlungen?! Einschätzungen, ja, aber persönliche Gefühle? Die hatte er selten zugelassen. Jetzt fehlte ihm die Kraft, sie zu verdrängen. Irgendwann – spätestens, wenn dieser Fall gelöst war – würde er sich die Zeit nehmen müssen, um aufzutanken. Aber jetzt und hier ging es darum, herauszufinden, ob Johanna Meckseper in diesem Moment lediglich einen Spaziergang machte, oder ob andere Gründe hinter ihrer Abwesenheit steckten. Reiß dich zusammen, Mann. Arndt atmete tief durch. Wie sollte er vorgehen? Fakt war: Er hatte keinerlei Handhabe, die beiden festzuhalten. aber es wäre besser, sie vor Ort zu wissen, falls Fragen auftauchten.

»Haben Sie Streit gehabt?«, wandte er sich an Simone Kattendorf.

Sie zuckte zusammen. »N...nein.«

»Simone!« Bernd Kattendorf war aufgestanden und beugte sich zu seiner Frau. »Wir sagen gar nichts. Sollen sich andere darum kümmern, dass sie wieder auftaucht. Ich jedenfalls nicht.«

»Aber Bernd«, begehrte Simone Kattendorf auf. »Sie ist meine Mutter!«

»Ach. Als ob ich das nicht wüsste. Das habt ihr zwei mir in den letzten Jahren sehr deutlich gemacht!«

»Sie mag ihre Fehler haben, das gebe ich gerne zu und es war nicht immer einfach mit ihr, aber ohne sie geht es auch nicht.« Jetzt schluchzte die junge Frau.

»Doch, das geht!«, schrie Bernd Kattendorf. »Wunderbar sogar. Und wenn wir Glück haben, können wir das sogar ab sofort ausprobieren!« Er drehte sich um, verschwand mit ausholenden Schritten im Bad und knallte die Tür hinter sich zu.

»Frau Kattendorf, haben Sie mir etwas zu sagen?«, versuchte Arndt es erneut, doch sie schüttelte nur den Kopf und murmelte: »Nein. Es war nur wie – immer.«

Er wartete einen Moment, doch Simone Kattendorf schwieg. »Ich gehe jetzt. Halten Sie sich bitte zur Verfügung … Ich nehme an, Sie werden nicht ohne Ihre Mutter abreisen wollen. Melden Sie sich umgehend, wenn Ihre Mutter wieder auftaucht.«

Sie langte nach den Taschentüchern vor ihr auf dem Tisch und zerrte ungeduldig eines aus der Packung, dann schaute sie Arndt Kleemann an. »Ob ich bleibe oder nicht, ist eh egal. Bleibe ich, verliere ich Bernd, gehe ich mit ihm, verrate ich meine Mutter.«

Das Leben und das Schicksal sind oftmals nicht die besten Freunde, dachte Arndt, als er auf dem Weg zurück zur Wache war.

Im Frühstücksraum der Pension *Sorgenfrei* fand er Frau Eggert, das Ehepaar Schubert und Michael Röder.

»Ist sie wieder aufgetaucht?«, fragte der, nachdem er alle miteinander bekannt gemacht hatte.

»Bis eben nicht.« Arndt schwieg zu dem, was er soeben im Hotel erlebt hatte. Das war nur für Michaels Ohren bestimmt und ging Frau Eggert und die Schuberts nichts an. Er setzte sich zu ihnen an den Tisch, dann wandte er sich an den Mann zu seiner Rechten. »Sie waren gestern Abend im *Sturmeck*. Zumindest meine ich, Sie dort gesehen zu haben. Und Frau Meckseper ebenfalls. Ist das richtig?«

Erich Schubert nickte, schwieg jedoch.

»Und Frau Schubert, waren auch Sie dort?«

Inga Schubert schüttelte energisch den Kopf. »Nein, ich war müde. Ich habe mir den Sonnenuntergang angeschaut, bin nach Hause und gleich schlafen gegangen.«

»Also, Herr Schubert«, wandte sich Arndt erneut an den Ehemann der Autorin, »wie ist der Abend verlaufen? Wann sind Sie gegangen? Ist Frau Meckseper mit Ihnen gegangen?«

Wieder schwieg Erich Schubert. Erst nach einer ganzen Weile sagte er mit leiser Stimme: »Sie wissen, was dort los war. Sie waren selber dort. Ich habe Frau Meckseper nach einem kurzen Gespräch aus den Augen verloren. Ich habe zwei Bier getrunken und bin dann gegangen.«

»Mehr können Sie uns nicht sagen?«

»Nein.«

Auch Helga Eggert hatte nicht mitbekommen, wann ihre Gäste eingetroffen waren.

Arndt Kleemann überlegte. Irgendwas rumorte in seinen Erinnerungen. Dann fiel es ihm ein. »Michael, kommst du mal bitte mit raus? Ich möchte dir was zeigen.«

Wortlos stand sein Freund und Kollege auf und folgte ihm nach draußen.

»Also pass auf: Das, was der Schubert gesagt hat, stimmt nicht.«

»Was?«, fragte Michael.

»Das mit dem Aus-den-Augen-Verlieren. Die haben zusammen getanzt und aus den Augen haben die sich bestimmt nicht verloren, eher haben sich ihre Augen ineinander verloren. Ihr wart schon nicht mehr da, als die beiden gingen. Jawohl, die beiden. Und zwar zusammen. Da war doch das Ding mit dem Schnaps!«

Michael schaute Arndt ratlos an.

»Es gab ein wenig Randale«, erklärte der. »Am Bistrotisch in der Nähe des Ausgangs saßen ein paar Männer, die sich einen Schnaps bestellt hatten. Und – ich erinnere mich genau – als der Schubert gehen wollte, hat er wohl aus Versehen mit dem Ellenbogen eines der Schnapsgläser umgekippt. Kein Wunder eigentlich, so voll, wie es da war. Einer von den Jungs ist dann aufgestanden und wollte Ärger machen, aber jemand von der Thekenmannschaft hat die Situation mit ein paar klaren Worten entschärft. Und als der Schubert das *Sturmeck* verließ, da war die Meckseper bei ihm. Ich habe das so genau mitbekommen, weil Wiebke und ich genau gegenüber an der Theke saßen.«

»Also befragen wir den Mann wohl besser erneut«, meinte Michael.

»Ja, aber ich hole ihn lieber raus«, sagte Arndt. »Eine ehrliche Antwort erhalten wir bestimmt nicht, wenn wir ihn im Beisein der anderen befragen.«

Als er wieder in die Küche trat, kam es ihm wie ein Stillleben vor, wie die drei unverändert und schweigend um den Tisch saßen und ihnen entgegenblickten. »Herr Schubert, wir brauchen Ihre Hilfe. Würden Sie bitte mit mir kommen?«

Erich Schubert schaute ihn genervt an, stand jedoch kommentarlos auf und folgte ihm schlurfend in den Garten.

»So«, begann Arndt, »erzählen Sie uns jetzt, wie sich Ihr Abgang tatsächlich abgespielt hat?«

Erich Schubert schluckte. Dann sagte er: »Wie ich schon sagte, wir haben uns aus den Augen verloren.«

»Und was war mit dem Schnaps am Ausgang, den Sie umgeschüttet haben?«

Er zuckte mit den Schultern. »Weiß nicht. Bin einfach gegangen.«

»Mit Frau Meckseper?«

»Keine Ahnung.«

»Herr Schubert. Bitte. Wir brauchen Informationen«, drängte Michael Röder, und Arndt spürte die Ungeduld in seiner Stimme.

»Ich habe keine.«

»Ich muss Sie nicht darauf hinweisen, dass mir Ihr Verhalten extrem unkooperativ, um nicht zu sagen verdächtig erscheint«, sagte Arndt und hoffte, damit den Mann aus der Reserve zu locken, doch er täuschte sich.

»Wenn Sie meinen«, sagte Schubert. Sein Gesicht war dunkelrot angelaufen und dicke Schweißperlen rollten über seine Stirn. »Wenn Sie meinen.« Er drehte sich um und verschwand im Haus.

Sie folgten ihm zurück in die Küche, und Arndt wandte sich an Frau Eggert. »Wissen Sie, wo sich Herr Bartels aufhält?«

»Er hat heute Morgen ganz früh gefrühstückt und wollte dann Kontakt mit einem alten Bekannten aufnehmen. Er war als Kind wohl mal öfter hier«, antwortete sie.

»Gut«, erwiderte Arndt, »er möchte sich bitte bei uns melden. Wenn Sie ihm das ausrichten würden?«

»Mache ich«, versprach Helga Eggert. »Wenn ich ihn nicht sehe, lege ich einen Zettel an die Garderobe.«

»Ich würde gerne einen Blick in Frau Zahns Zimmer werfen«, überlegte Arndt.

»Ich war bereits drin«, sagte Michael, »aber schauen wir gemeinsam noch einmal hinein. Netterweise hat

Helga dort noch nicht geputzt und somit keine möglichen Spuren verwischt.« Er lächelte.

»Immerhin hat Herr Campen das Zimmer für sie bis Donnerstag gemietet und es könnte sein, dass sie zurückkommt«, sagte Helga Eggert und es klang ein ganz klein wenig Empörung mit.

*

Inga Schubert trug ein wenig hellrosa Lippenstift auf. Nicht viel, schließlich war ihre Lesung keine Abendveranstaltung. Sie schaute auf die Uhr. Noch eine knappe Stunde war Zeit. Ob sie Jens Campens Bitte tatsächlich nachgeben und lesen sollte? Er war am Telefon beinahe in Ohnmacht gefallen, als sie vorgeschlagen hatte, den Termin erst einmal aufzuschieben. Zumindest hatte sich sein Röcheln so angehört. Aber Fakt war, dass zwei Autorinnen verschwunden waren. Und so langsam fragte sich Inga, ob es nicht sein könnte, dass irgendjemand diese Veranstaltung boykottieren wollte. Warum auch immer. Dann wäre sie die Nächste, die dran glauben müsste. Ganz klar!

»Die … Die Gäste verlassen sich drauf«, hatte er gesagt und einfach aufgelegt.

Dabei wäre ihr nichts lieber gewesen, als die Veranstaltung abzublasen. Ihre Gedanken kreisten im Moment wirklich eher um Erichs seltsames Verhalten als darum, den Zuhörern einen netten Vortrag zu gestalten. Sie war sich nicht sicher, ob sie die für die Lesung notwendige Konzentration aufbringen konnte. Inga sah sich bereits den Faden verlieren und wortlos ins Leere starren, statt mit eindringlichen Worten auf den Höhepunkt der Geschichte zu kommen. Wenn Erich nur erklären würde, was gestern zwischen ihm und Johanna los gewesen war! Sie wusste nicht, was er den Polizisten erzählt hatte, aber ihr gegenüber konnte er wenigstens offen sein. Sie würde ihn fragen. Ein letztes Mal.

Inga nahm ihre Lieblingsstrickjacke vom Stuhl, griff nach ihrer Tasche und verließ das Zimmer. Im Flur war niemand zu sehen. Die anderen Gäste waren sicher am Strand und genossen das wunderbare Frühlingswetter. Nur Helga Eggert war da. Sie stand in dem kleinen Vorgarten, in dem Erich auf einer Bank saß, auf einen Spaten gestützt. »Wollen Sie schon los?«, fragte sie.

»Ja, es wird langsam Zeit. Aber einen Moment habe ich noch.« Inga setzte sich neben Erich. Fast musste sie lächeln. Sie stellte sich die Szene – sie beide nebeneinander auf der Gartenbank – aus dem Blickwinkel eines Außenstehenden vor. Ein Bild einzigartiger Harmonie. Dabei brodelte es in ihr. Sie wollte endlich die Wahrheit wissen. Aber solange ihre Zimmerwirtin nur drei Meter entfernt ihr Beet umgrub, würde Erich bestimmt kein Wort sagen.

Doch Helga Eggert schien zu spüren, dass Inga allein mit ihrem Mann sein wollte. Sie richtete sich auf und schaute sie direkt an. »Das war's«, sagte sie. »Den Rest beackere ich später.« Dann verschwand sie um die Hausecke.

Sollte sie es jetzt wagen? Aber was wäre, wenn Erich ohne eine Antwort abhaute? So, wie der seit heute Morgen drauf ist, würde ich ihm das glatt zutrauen, überlegte Inga. Aber sie musste es einfach wissen. »Willst du mir nicht erzählen, wie der Abend wirklich abgelaufen ist?« Inga versuchte, ihre Stimme ruhig klingen zu lassen.

»Es gibt nichts zu erzählen.«

»Wirklich nicht?«

»Nein. Es sei denn, man hält die Erwähnung für wichtig, dass wir zwei Bier miteinander getrunken haben. Aber das weißt du bereits.«

Sie wollte ihm glauben. Was sollte auch groß an diesem Abend gewesen sein? Zwei Bekannte gehen in die Kneipe und trennen sich nach einiger Zeit wieder. Wo war das Problem? Nirgendwo natürlich! Außer dass der Mann neben ihr pausenlos mit der rechten Hacke gegen das Bein der Gartenbank hämmerte. Was war es, das ihren Mann so ruhelos machte?

Sie schaute auf die Uhr. Es wurde Zeit, wenn sie nicht zu spät zur Lesung kommen wollte. Inga wagte eine letzte Frage. »Du weißt also nicht, wo sie sich jetzt aufhält?«

»Du glaubst also, genau wie diese zwei Dorfpolizisten, dass ich etwas mit dem Verschwinden der Frau zu tun habe?«, brach es aus Erich heraus. Ein Radfahrer, der gerade vorbeistrampelte, zuckte erschrocken zusammen.

»Was soll ich denn glauben? Dein Verhalten ist wirklich etwas ungewöhnlich und ich habe stark das Gefühl, dass du mir etwas verschweigst.« Sie hätte den Mund halten können, einfach akzeptieren, dass ihr Mann manchmal etwas eigenartig auf Situationen reagierte, mit denen er nicht recht klarkam, aber sie wollte nicht aufgeben.

»Aha, und daraus schließt die professionelle Krimischreiberin, dass ich vielleicht sogar ein Mörder bin.«

»Zynismus ist nicht angebracht.« Inga langte es. Sie nahm ihre Tasche und machte sich ohne ein weiteres Wort auf den Weg.

In Höhe des Spielteichs kam ihr Jens Campen entgegen. »Frau Schubert«, begrüßte er sie freundlich, bremste und sprang vom Rad. »Schön, Sie zu sehen. Sind Sie bereit?«

Klar, sie war bereit, aber in welchem Zustand? Doch das war nicht Thema der Unterhaltung. Sie würde ihre Veranstaltung durchziehen.

»Ich habe übrigens mit Herrn Bartels gesprochen.

Er wird für Frau Meckseper beim Krimi-Geocaching einspringen. Ist das nicht nett?«

Fassungslos starrte Inga den Organisator der Krimitage an. Hatte der wirklich keine anderen Sorgen? Interessierte den das Verschwinden von Johanna kein bisschen?

»Natürlich nur, wenn Frau Meckseper bis dahin nicht wieder aufgetaucht ist«, schob er hastig nach. »Sonst wird sie natürlich wie verabredet die Gruppe mit kleinen Geschichten unterhalten.«

Ja, der Mann hatte wirklich Glück, dass Salomon Bartels so kurzfristig eingesprungen war. Sonst wäre das Krimiwochenende womöglich den Bach runtergegangen.

Im Café *Die Welle* saßen bereits einige Zuhörer bei Kaffee und Kuchen. Während Inga das Mikro testete und schaute, ob das Licht zum Lesen ausreichte, kamen immer mehr Gäste dazu. Als ihre Armbanduhr genau Viertel vor zwölf anzeigte, war der Raum einigermaßen gut besetzt. Sie ließ ihren Blick durch das Café gleiten. Eigentlich hatte der Inselpolizist kommen wollen, aber bis jetzt war er nicht eingetroffen. Wahrscheinlich hatte er Wichtigeres zu tun, da nun auch Johanna verschwunden war.

»Bei uns kennt man den Begriff Elführtje, aber ich habe mir bei der Planung gedacht, dass nach dem gestrigen Abend ein Lesungsbeginn um zwölf Uhr sinnvoller sein würde«, begrüßte Jens Campen die Gäste, »Und wie ich sehe, ist der Versuch gelungen. Ich freue mich, dass Sie alle meinem Ruf gefolgt sind. Und freuen Sie sich jetzt auf Inga Schubert, die Ihnen einen Krimi aus dem dunklen Spreewald mitgebracht hat. Bitte, Frau Schubert.«

Los, Inga, es muss gehen, wiederholte sie ihr Mantra der vergangenen Stunde ein allerletztes Mal, räusperte sich und wollte beginnen, als ein Martinshorn ihre Konzentration durchdrang. Wie auf Kommando drehten sich die Köpfe der Zuhörer zu den schmalen Fenstern, durch die das Blaulicht an die Decke des Cafés schlug. Unterdrücktes Murmeln erfüllte den Raum. Verdammt, wie sollte sie die Zuhörer wieder einfangen? Inga wartete ein paar Sekunden, bis sich das schrille Jaulen in der Weite verlor, und nahm ihr Buch. Sie schlug es an der Stelle auf, die sie vorher mit einem blauen Klebestreifen markiert hatte, räusperte sich erneut und begann. Sie hoffte sehr, dass ihre Zuhörer nicht nur in den spannenden Mordfall eintauchten, sondern sich mitnehmen ließen in den wunderschönen Spreewald, zu seinen Fließen und der Geschichte der Wenden und Sorben, die überall dort ihre Spuren hinterlassen hatte.

Es lief besser als gedacht. Als sie beim Umblättern über ihre Lesebrille hinweg in die Gesichter schaute, sah sie nichts als gespannte Aufmerksamkeit.

Nach einer guten Dreiviertelstunde machte sie eine Pause. Zehn Minuten, das würde reichen, um ein Glas Wasser zu leeren und vielleicht die ersten Gäste zum Büchertisch zu schicken, der neben der Theke aufgebaut war.

Jens Campen kam auf sie zu. »Wissen Sie, was hinter dem Einsatz von vorhin steckte?«, flüsterte sie.

Er schüttelte den Kopf. »Keine Ahnung.«

»Hoffentlich ist das kein schlechtes Zeichen gewesen«, murmelte sie, aber Campen hatte sich abgewandt und streckte lächelnd einem Mann die Hand entgegen.

»Herr Wenzel, Schön dass Sie gekommen sind.« Er zeigte auf Inga. »Das ist die Dame aus Cottbus. Inga Schubert. Und morgen wird Salomon Bartels lesen.« Er drehte sich um und deutete diesmal nach hinten. »Dort sitzt er. Wenn Sie ein Interview wollen, er wird sicher gerne bereit sein.«

Verdammt! Sie hatte die Nase gestrichen voll von dieser Heldenverehrung, die Campen an den Tag legte. Auch sie war bekannt in der Krimiszene. Sonst hätte er sie bestimmt nicht hierher eingeladen. Dieses war ihre Veranstaltung. Und sie war noch nicht fertig.

»Danke«, sagte der Mann und wandte sich ihr erneut zu. »Mein Name ist Wenzel, *Ostfriesischer Kurier*, und ich würde mich freuen, wenn Sie nach Ihrer Lesung ein wenig Zeit für mich hätten.«

»Gerne.« Ingas Wut legte sich etwas. Wenigstens wusste der Journalist ihre Anwesenheit zu schätzen. Das hieß aber nicht, dass sie Campen nicht noch gezielt die Meinung sagen würde.

Sie wartete, bis alle Zuhörer wieder ihre Plätze eingenommen hatten und las weiter bis zu der Stelle, wo ihre Hauptprotagonistin Leah von Ängsten verfolgt in einen Keller flüchtete und kurz darauf entdeckte, dass sich die Tür nicht mehr öffnen ließ. Genau an dieser Stelle beendete sie ihre Lesung mitten im Satz und die Gäste mussten bedauernd feststellen, dass sie hier und heute nicht erfahren würden, ob das Mädchen gerettet würde.

Als der Applaus abgeebbt war, sagte sie: »Und jetzt die Kurzgeschichte, die in den letzten Tagen auf Baltrum entstanden ist.«

Bei ihrem ersten Rundgang über die Insel waren ihr zwei Angler auf der Buhne aufgefallen. Einer der beiden hatte den anderen angestoßen und der war ins Stolpern geraten. Es war nichts passiert, der Mann hatte sich wieder gefangen, aber Inga hatte die Szene aufgegriffen und sie bildete nun den Anfang ihrer Geschichte. Natürlich hatte der Mann in ihrer Fantasie nicht überlebt. Wäre ja auch langweilig gewesen.

Die Zuhörer würdigten es mit erneut kräftigem Beifall, als Inga ihre Lesung mit der überraschenden Lösung des Falles beendete. Sie bedankte sich beim Publikum.

Auch Jens Campen sagte zu ihrem Erstaunen ein paar lobende Worte.

Nach und nach verließen die Zuhörer das Café. Einige standen am Büchertisch und würden sicher zu ihr kommen, um den Krimi signieren zu lassen. Danach hatte sie Zeit, sich mit dem Journalisten zu unterhalten. Eine runde Veranstaltung, wäre da nicht im Hintergrund immer der Gedanke an Erich gewesen.

*

Marvin hatte sich seit dem letzten Jahr nicht wesentlich verändert. Aber wie sollte er auch. Wachsen ging nicht mehr mit Ende dreißig und viel runder werden auch nicht mehr. Nur eines war anders: Röder vermisste die gelb-schwarze Borussenpudelmütze, ohne die Marvin selbst bei großer Hitze nicht aus dem Haus gegangen war.

Sein Kollege strich sich durch seine kurzgeschorenen Haare, als hätte er Röders Gedanken erraten. »Wir mussten einen Bauern vom Trecker holen. Dabei ist sie unter die Räder gekommen. Totalschaden.«

»Und du hast dir keine neue im Internet bestellt?« Röder konnte sich das Lachen kaum verkneifen, wusste aber, dass das bei seinem Kollegen aus Aurich nicht gut ankommen würde. Was so ein richtiger Fan war, der hatte für sein Hobby keinen Humor übrig.

»Keine Zeit. Ist erst vor drei Tagen passiert. Und jetzt bin ich hier«, erklärte Marvin traurig.

»Du weißt ja, wo der PC steht.« Röder zeigte auf einen nicht mehr ganz neuen Bildschirm. »Wenn du Feierabend hast – nichts wie ran.«

»Feierabend? Zwei verschwundene Frauen und du redest von Feierabend.« Marvin griff nach seiner Tasse. Wenigstens die hatte den Einsatz gut überstanden. Das Logo des Dortmunder Vereins leuchtete Röder entgegen.

»Und ein verschwundener Maibaum, nicht zu vergessen.«

»Den können wir im Moment wohl vernachlässigen.« Marvin schaute seine drei Kollegen gespannt an. »Nun die wichtigen Dinge. Was habt ihr bisher ermittelt?«

Michael Röder dachte einen Moment darüber nach, ob Marvin in Ostfriesland wohl schon richtig angekommen war, wenn er den Diebstahl eines Maibaumes als nebensächlich betrachtete, aber diesen Gedanken verdrängte er schleunigst. Der Kollege hatte ja recht. Der Inselpolizist holte ein wenig aus und erklärte ihm, warum die Autorinnen überhaupt auf der Insel waren. Er schob ihm einen Programmflyer über den Tisch. »Scheint tatsächlich ganz gut anzukommen. Es sind für diese Jahreszeit eine Menge Leute auf der Insel. Der Organisator, Jens Campen, muss am Festland ordentlich Werbung gemacht haben.«

»Aber ich gehe richtig in der Annahme, dass das Verschwinden der beiden Frauen nicht zum Programm gehört?«

»Marvin«, stöhnte Arndt, »darauf bekommst du nicht einmal eine Antwort.«

»Man wird doch fragen dürfen ...«, brummelte Marvin und grinste, um gleich darauf wieder ernst zu werden. »Aber sag mal, Arndt, warum bin ich aus polizeilicher Sicht wirklich hier? Da sind zwei Frauen verschwunden. Das dürfen die, oder? Deswegen wird nicht gleich Alarm gegeben. Was liegt also an?«

»Müller ist der gleichen Ansicht wie du, Marvin«, sagte Arndt, »doch er hielt es für besser, der Sache nachzugehen, weil ihm allmählich ein wenig zu viel Zufall bei der Angelegenheit im Spiel ist. Was ist, wenn es doch Zusammenhänge gibt und man uns hinterher vorwirft, wir hätten nicht schnell genug reagiert und nachlässig oder gar nicht ermittelt?«

»Außerdem hat Arndt eigentlich Urlaub, nicht zu vergessen«, erklärte Michael Röder. »Ich denke, Müller will ihn mit deiner Anwesenheit hier entlasten.«

Dann berichtete er von dem Gespräch bei Helga Eggert und Arndt Kleemann ergänzte, was er bei Kattendorfs erfahren hatte. »Die Tochter und der Schwiegersohn haben echt ein Problem. Miteinander und mit der verschwundenen Frau Meckseper. Die beiden sollten wir unbedingt ein weiteres Mal befragen. Getrennt, wenn möglich. Ich will das gerne machen, ist vielleicht aber nicht schlecht, wenn die sich einem anderen Gesicht gegenübersehen. Wille, würdest du das übernehmen? Du warst bis jetzt in die Ermittlungen ja noch nicht eingebunden.«

Wilfried Weerts nickte leicht. »Das mache ich. Sofort?«

»Nein, warte bitte«, bat Arndt. »Wir wollen den Rest unseres Wissens auf den Tisch packen. Vielleicht fällt euch etwas auf, was wir übersehen haben.«

Michael Röder listete die Namen aller auf, die vordergründig mit den Krimitagen zu tun hatten.

»Vergiss den Mann von der Frau Zahn nicht«, sagte Arndt. »Ich werde mit ihm sprechen und hoffe zugleich, er erzählt mir freudestrahlend, dass seine Frau wieder neben ihm auf dem Sofa sitzt.«

»Wovon träumen kleine Jungs eigentlich nachts?«, fragte Marvin. »Glaubst du echt, dass die wieder auftaucht? Ich meine lebendig auftaucht? Wenn es hier scheppert, dann richtig. Das ist mir die beiden Male, die ich hier war, klar geworden.« Er stand auf. »Was ist jetzt? Wen nehmen wir uns vor?«

»Ruhig, Brauner. Lass mich denken«, sagte Arndt. »Michael und ich sprechen mit Jens Campen und du bringst erst einmal deine Sachen in die Dienstwohnung und isst einen Happen. Um drei Uhr beginnt, wie du sicher gelesen hast, am Kinderspielhaus diese Geocaching-Veranstaltung. Nimm dein Handy und schließ dich der Truppe an.«

Fassungslos starrte Marvin Lingenberg seinen Kollegen an. »Ich denke, ich bin zum Arbeiten hier! Geocachen kann ich auch mit meiner Frau in Aurich!«

»Du sollst die Leute beobachten. Ist der Campen dabei? Oder die Autoren? Wie gehen die miteinander um? Das ist es, was mich interessiert«, versuchte Arndt ihn zu beruhigen.

»Na gut, vielleicht hilft es. Wir sollten uns aber nicht nur auf die konzentrieren«, wandte Marvin ein. »Immerhin laufen hier auch ein paar andere rum.«

»Aber irgendwo müssen wir anfangen. Wiebke und Sandra werden dabei sein und dir die einzelnen Leute benennen können. Und nun geh.«

Röder wunderte sich. Er hatte Arndt selten so genervt erlebt. War es doch keine so gute Idee, den Mann arbeiten zu lassen? Der hatte seinen Urlaub bestimmt nicht freiwillig angetreten, sondern weil Wiebke darauf bestanden hatte. Das zumindest hatte Arndts Frau seiner Sandra erzählt. »Halt, warte. Eine Info noch. Es gab einen Einsatz für die Feuerwehr. Hatte aber nichts mit unseren Ermittlungen zu tun. War nur ein Dünenbrand, der zügig gelöscht werden konnte.«

Wille stand auf. »Komm, Marvin, ich bringe dich und dein Täschchen nach oben in die Wohnung. Ich habe auch ein Butterbrot für dich.«

»Danke für's Bevatern«, sagte Marvin, »aber ich finde den Weg alleine. Und wenn es deine Ermittlungen zulassen, lade ich dich gerne auf einen Imbiss ins *Picknick* ein. Du weißt, mit vollem Bauch ermittelt es sich eben besser.«

Wenn das nicht der ideale Spruch für seinen Kollegen war! Michael mochte den Mann, der zwei Jahre zuvor das erste Mal auf die Insel gekommen war. Er erschien äußerlich eher gemütlich, war aber knallhart, wenn es darum ging, Spuren wie ein Bluthund zu verfolgen.

Wille, der Mann aus Norden, versah hier seit zwei Wochen wieder seinen Dienst als Hilfssheriff. Die Saison lief an, da war die Insel für einen Polizisten allein einfach nicht zu schaffen. Röder kam gut mit ihm aus. Sie teilten sich die Arbeit und die Dienstzeiten. So ließ sich der Sommer mit seinem großen Gästeaufkommen aushalten. Wenn nicht Tage wie dieser vorausahnen ließen, dass sie es wieder mal mit einem Kapitalverbrechen zu tun bekommen könnten.

Gut, dass Arndt da war. Weniger gut, dass sein Freund angeschlagen war. Er würde auf ihn achtgeben. Zur Not würde er sich still und heimlich Rat bei dessen Chef Müller in Aurich holen.

»Bevor du mit Herrn Zahn Verbindung aufnimmst, sollten wir zu Campen fahren«, sagte er zu Arndt. »Sonst ist der bestimmt wieder unterwegs. Die nächste Veranstaltung wartet schon.«

Kurz darauf saßen sie auf ihren Rädern.

»Schade, dass er weg ist, oder?« Arndt Kleemann zeigte auf die Stelle vor dem Rathaus, wo eigentlich der Baum hätte stehen sollen. »Andererseits, schön war der wirklich nicht. Bei uns zu Hause sind die viel größer und bunter geschmückt.«

»Dort müssen sie auch nicht so viel Wind aushalten«, erwiderte Röder. »Hier ist eine exponierte Stelle. Woher sonst hat das *Sturmeck* wohl seinen Namen?«

Arndt lachte. »Wenn ich an einige Typen von gestern Abend denke, besonders zu späterer Stunde, kann ich mir auch andere Gründe vorstellen, wie die Kneipe zu ihrem Namen gekommen ist. Die Leute brauchten keinen Wind mehr, um ordentlich zu schwanken.«

»Ist halt so üblich beim Maibaumaufstellen«, grinste

Röder. »Aber wenigstens ist der Abend friedlich verlaufen. Weder Wille noch ich mussten einschreiten, wie du weißt.«

Ein Pferdewagen kam ihnen entgegen und hielt am Bierwagen. Alfred, der am Abend zuvor den Zapfhahn bedient hatte, winkte den Kutscher in die richtige Position.

»Die von der Spedition hier kennen keinen Feiertag, oder?«, fragte Arndt.

»Bei uns ist in der Saison jeder Tag gleich. Erst im Winter ist Ruhe angesagt. Vielleicht wird der Wagen heute an anderer Stelle gebraucht.«

Sie bogen bei *Stadtlander* rechts ab, dann am *Seehof* wieder links. Campen wohnte ganz im Osten der Insel. Röder schnaufte. Die Sonne schickte warme Strahlen durch seine warme Jacke. Es dauerte im Frühling immer eine ganze Weile, bis er dem Wetter traute und seine Winterjacke dem Schrank überließ. Sandra hatte es bereits vor vielen Jahren aufgegeben, ihn darauf hinzuweisen, dass er auf das Wetter und nicht umgekehrt zu reagieren hatte. Ein leichter Nordwestwind schob die beiden Ermittler auf der Hellerstraße am Spielteich vorbei zu dem alten Insulanerhaus, in dem Jens Campen wohnte. Sie lehnten ihre Räder an den weißen Holzzaun und klopften.

Gleich darauf öffnete Campen. »Haben eure Räder keinen Ständer?«, begrüßte er die beiden. »Kein Wunder, dass ich den Zaun alle paar Jahre erneuern muss.« Er deutete auf einen runden Aufkleber mit einem rot durchgestrichenen Fahrrad.

»Du hast ja recht.« Röder klappte den Ständer seines Rades aus und Arndt Kleemann folgte ebenfalls der nachdrücklichen Bitte. Auch wenn Röder dem Kollegen dabei wieder mal deutlich ansehen konnte, wie genervt der war. »So, jetzt aber. Wir haben ein paar Fragen. Dürfen wir reinkommen?«

Jens Campen schaute auf die Uhr. »Ein paar Minuten habe ich. Dann geht mein Programm weiter.« Er führte sie in sein Wohnzimmer, das wohl zugleich Arbeitszimmer war.

In den Wandschränken, die bis unter die Decke reichten, sah Röder Buchrücken an Buchrücken. Selbst zwischen den beiden Fenstern war ein Regal voller Bücher aufgebaut. Nur in der Mitte, hinter einer Glasscheibe, waren keine Bücher, sondern zwei blaue Vasen mit weißen Figuren darauf und schlanken Griffen. Daneben stand ein bunter Teller in einem Aufsteller. In der Küche hätte sich das Zeug bestimmt besser gemacht, dachte er. Es passte irgendwie nicht in das Zimmer. Aber das würde Jens sicher ganz anders sehen.

In einer Ecke stand ein kleiner Tisch, darum herum drei Sessel im Fünfziger-Jahre-Stil. Dorthin führte sie Campen. »Was gibt es?«

»Kannst du dir das nicht denken? Frau Zahn ist verschwunden und jetzt auch noch Frau Meckseper.«

»Aber das kann alles passieren«, sagte Campen. »Dass die Zahn abgehauen ist, fand ich enttäuschend, aber dafür ist Herr Salomon gekommen. Hast du schon den letzten Thriller von ihm gelesen, Michael?« Er stand auf und ging zu seinem Schreibtisch. Als er zurückkam, hatte er ein Buch in der Hand. »Da. *Tausendfüßler*. Großartig.«

»Herr Campen … Bitte erzählen Sie uns von Frau Zahns Abreise.« Arndt Kleemann würdigte das Buch, das der Organisator der Krimitage ihnen vor die Nase hielt, keines Blickes.

»Ich wollte an diesem Morgen ins Westdorf fahren, um einzukaufen. Auf dem Weg dorthin sah ich Frau Zahn, die mit ihrem Rolldings unterwegs war. Ich habe angehalten und sie gefragt, wo sie denn hinwolle. Sie sagte: ›Zur Fähre‹«, berichtete Campen.

»Und dann?«

»Na, ja, ich habe sie begleitet, in der Hoffnung, herauszufinden, was das alles sollte. Ich denke, dass ich zwischendurch – ich gebe es gerne zu – ein klein bisschen böse geworden bin.«

»So sehr böse, dass Sie sie mit Gewalt davon abgehalten haben, die Insel zu verlassen? Tot oder lebendig?«, hakte Arndt Kleemann nach.

»Herr Kommissar! Ich sagte: ›Ein klein wenig‹ und das meine ich auch so.« Jens Campen ließ sich betont gelangweilt wieder in den Sessel fallen und schaute wieder auf seine Uhr. »Wir haben gemeinsam ihr Gepäck in den Container gestellt und ich bin zum Einkaufen gefahren. Mehr kann ich Ihnen nicht sagen.«

»Ich bin echt erstaunt«, wunderte sich Röder. »Da rackerst du dich ab, um diese Tage auf die Beine zu stellen. Dann haut eine deiner Hauptprotagonistinnen ab und du bist nur ein bisschen böse und stellst ihr sogar den Trolley in den Container. Hast du ihr vielleicht auch ein Abschiedsküsschen gegeben?«

»Nun werde nicht albern«, protestierte Campen. »Reisende soll man nicht aufhalten. Was hätte ich denn machen sollen?«

»Tja, das ist hier die Frage, Herr Campen. Wann haben Sie mit Herrn Salomon gesprochen?«, fragte Arndt.

Campen überlegte kurz, zumindest hatte es den Anschein, so, wie er die flache Hand seitlich an die Stirn legte. »Es war am gleichen Tag nachmittags. Genau. Am Donnerstag.«

»Da bist du ganz sicher?«, fragte Röder.

Campen nickte.

»Kommen wir also jetzt zu Frau Meckseper. Haben Sie eine Ahnung, wo sie sich aufhält?«

»Nein. Sie hatte gestern ihre Lesung in der Leichenhalle. Ein großer Erfolg, wie du mitbekommen hast, Michael.«

Ja, er hatte, aber das half ihnen bei ihren Ermittlungen nicht weiter. »Hat sie dort mit irgendjemandem Streit gehabt? Ist dir da was aufgefallen?«

»Nein. Alle waren begeistert.«

»Wie war es gestern Abend? Bist du ihr beim Maibaumaufstellen begegnet?«

Campen zögerte. »Ich habe ganz kurz mit ihr gesprochen. Du warst doch ebenfalls da, Michael. Auch Sie, Herr Kleemann, wenn ich mich recht erinnere. Also, warum fragen Sie?«

»Erstaunlich, dass Sie da nicht selber drauf kommen, Herr Campen.« Arndt Kleemann beugte sich zu dem Mann hinüber. »Haben wir Ihnen eigentlich schon erzählt, dass die Frau verschwunden ist und wir beruflich dazu ausersehen sind, dem Fall nachzugehen?«

»Es tut mir leid, aber ich kann nicht weiterhelfen. Außerdem muss ich los. Salomon Bartels wird beim Geocaching lesen.« Jens Campen stand auf, nahm eine Umhängetasche vom Bürostuhl und öffnete die Wohnzimmertür.

Röder und Arndt nickten sich zu und erhoben sich ebenfalls.

»Was nun?«, fragte Röder, als sie wieder auf der Straße standen.

»Wir sollten uns dringend mit dem Bartels unterhalten. Ist doch irgendwie seltsam, dass der so unvermittelt in Campens höchster Not auftaucht«, überlegte Arndt.

»Und wenn der eigentlich schon länger da war und für die höchste Not verantwortlich ist?«, sagte Röder, winkte im gleichen Moment jedoch ab. »Quatsch. Dem werden die Lesungsangebote hinterhergeworfen, wie Sandra erzählt. Das hat der gar nicht nötig.«

»Trotzdem – wir werden ihn uns vornehmen. Aber erst einmal fahren wir zur Wache. Mal schauen, ob Wille Neuigkeiten für uns hat«, sagte Arndt.

Röder lachte. »Von wegen Wille. Du möchtest doch nur wissen, ob Sandra ihren heißbegehrten Apfelkuchen gebacken hat.«

Arndt schaute ihn ernst an. »Dieser Apfelkuchen ist im Moment der einzige Gedanke, für den es sich zu leben lohnt.«

Was für ein Spruch. Ohne eine Antwort zu geben, stieg Röder auf sein Rad.

*

Etwa zwanzig Leute standen vor dem Kinderspielhaus, als Marvin Lingenberg eintraf. Auch Sandra und Wiebke waren da. Sie alle starrten auf ihre Handys. Hier war er offensichtlich richtig. Zwei drei Meter entfernt unterhielten sich zwei Männer, leise, so dass die Gruppe sie nicht verstehen konnte. Einer der beiden gab dem anderen ein paar weiße Bögen Papier, dann wandte er sich um und begrüßte die Leute. »Mein Name ist Daniel Peters. Einige kennen mich bereits von meiner gestrigen Inselführung. Heute bin ich als Ihr Geoowner da.«

Marvin hörte, wie ein älterer Mann seiner Begleitung ein ratloses »Wat issen das?« zuraunte, jedoch keine Antwort bekam.

»Wir wollen heute Geocachen. Ja, ich weiß, ein grauenhaftes Wort, ich habe es daher in Schatzsuche umbenannt.« Peters lächelte. »Ein paar von Ihnen kennen sich bestimmt damit aus und sind sicher bereit, den Neulingen zu helfen. Ich habe an verschiedenen Punkten etwas versteckt. Was, werden Sie vor Ort herausfinden. Und dieser Mann, Salomon Bartels, wird, wenn Sie gut mitarbeiten, an den jeweiligen Stellen etwas vortragen. Aber stellen Sie es sich nicht so einfach vor. Zunächst einmal müssen Sie mit vereinter Kraft unser erstes Ziel ansteuern.« Peters beschrieb, wie man per Handy an die Daten gelangte. »Sie nutzen natürlich die GPS-Funktion«, sagte er und wartete den Moment ab, bis die meisten ihre Einstellungen aktiviert hatten. »Kurz vor dem Ziel gebe ich Ihnen einen verschlüsselten Hinweis. Spätestens dann sind auch die gefragt, die sich mit der elektronischen Schatzsuche nicht so auskennen. Wo also geht es jetzt als Erstes hin?«

»Richtung Aussichtsdüne. Mein Handy zeigt für diese Gegend einen Cachepoint an – äh, also einen – Schatzfindepunkt«, erklärte ein junger Mann. Die anderen lachten fröhlich auf.

Zügig ging es los. Marvin merkte, wie ihn das Jagdfieber packte. Er war schon öfter zum Geocachen unterwegs gewesen. Seine Frau hat ihn dazu gebracht. Im Urlaub. Am Tegernsee. Quasi als letzte Möglichkeit, ihn aus dem Hotel zu locken. Erst war er ihr mürrisch gefolgt – das behauptete sie zumindest, er konnte sich an ›mürrisch‹ nicht so recht erinnern – dann mit wachsender Begeisterung. Sie waren von Cache zu Cache gewandert, hatten Fundstücke bewundert, Rätsel gelöst, sich in Logbücher eingetragen und mit Einmalkameras Bilder gemacht, die sie ins Internet gestellt hatten. Oft hatten sie die Zeit aus den Augen verloren und waren erst spätabends todmüde wieder am Hotel angekommen.

»Hallo, Marvin. Dürfen wir uns dem Experten anschließen?«

Woher wussten Sandra und Wiebke, dass er …? Egal. »Natürlich dürft ihr von meiner professionellen Erfahrung profitieren.«

»Dann sind wir beruhigt«, seufzte Sandra. »Ansonsten hätten wir bestimmt den Anschluss verloren.«

»Dann habe ich also eine weitere Aufgabe. Nicht nur zum Ermitteln bin ich vor Ort, nun muss ich auch auf zwei Damen aufpassen«, sagte Marvin locker. Gleichzeitig schoss ihm durch den Kopf, dass er tatsächlich seine Augen offen halten sollte. Also nicht nur auf die Daten seines Handys starren. Es war gut, dass die beiden Frauen jetzt bei ihm waren. Sandra konnte ihm bestimmt einiges über den einen oder anderen sagen. Wer war wer? Das konnte eine große Hilfe sein.

Als ob sie seine Gedanken geahnt hätte, stupste sie ihn an. »Der Mann da vorne ist Daniel Peters, der Inselführer.«

Marvin nickte. Der hatte sich bereits zu Anfang vorgestellt.

»Und der Typ gleich hinter ihm ist Jens Campen, der Organisator der Krimitage.«

Er sah einen Mann mit schwarzen, streng nach hinten gegelten Haaren, Mitte fünfzig vielleicht, in einem karierten Hemd und beiger Outdoor-Hose. Marvin musste lächeln. Wenn es nach Peters ginge, müsste er sie Draußenhose nennen. Aber eigentlich hatte der Mann recht. Diese Anglizismen waren oft so sinnlos wie verkehrt. Sein Lieblingsfriseur nannte sich *Hairlich*. Es hätte ihm gereicht, wenn der Laden einfach nur *Haarschnitt* geheißen hätte.

Peters führte die Gruppe am Rosengarten und am Kiefernwäldchen vorbei dorthin, wo sich zwei Wege kreuzten. Er blieb stehen, hob die rechte Hand und drehte sich um. »Langsam wird es heißer. Den restlichen Weg zum Schatz müssen Sie selber herausfinden. Hier kommt mein Tipp.« Er nickte Salomon Bartels zu, der bereits einen der Zettel aus seiner Tasche gezogen hatte.

»Der Vogel der Weisheit schützt uns in der Not. Doch manchmal steht er für Verbrechen und Tod.«

Marvin sah, wie Bartels zusammenzuckte und den Zettel zusammengeknüllt in seiner Hosentasche verschwinden ließ. Er konnte den Mann verstehen. Es war sowieso bereits ein Tanz auf dem Drahtseil, was hier stattfand. Zwei Frauen waren verschwunden und die Show – nein, die Veranstaltung – ging einfach so weiter. Nur den Organisator schien das alles nicht zu berühren. Er lächelte stolz zu Salomon Bartels hinüber und applaudierte als Einziger.

Die Gruppe verteilte sich. Einige gingen ein paar Meter zurück auf den kleinen Spielplatz, der links in die Dünen eingebettet lag. Andere stiegen hinab in eine dichtbewachsene Kuhle, an der sich der rote Weg teilte, und wieder andere bogen ab ins Kiefernwäldchen. Nur einer blieb stehen und starrte angestrengt auf sein Handy. Dann ging er zielstrebig auf eine steinerne Figur zu, die am Wegesrand stand. Er beugte sich über sie, fasste dahinter und hob ein metallenes Kästchen hoch. »Sucht ihr etwa das hier?« Seine volle Stimme tönte über das Rund und überall tauchten erst Köpfe, dann ganze Körper auf. »War ganz einfach. Das ist eine Eule und die galt im alten Griechenland als kluge Beschützerin, im Abendland jedoch als Verkünderin des Todes.«

»Danke für die Ausführungen«, sagte Peters. »In dem Kästchen werden Sie eine Kleinigkeit finden. Jetzt aber wird Salomon Bartels die erste Kurzgeschichte lesen, bevor es weitergeht.«

Die Gruppe rückte zusammen, Bartels nahm ein weiteres Blatt aus seiner Tasche und begann.

»›*Er wird wiederkommen. Ich weiß es genau. Er wird wiederkommen*‹, *prophezeite sie jeden Abend wimmernd, seit der Besucher zum ersten Mal an der Terrassentür aufgetaucht war. Alfred hatte alles versucht, um seine Frau zu beruhigen. Sogar Bewegungsmelder hatte er angebracht und Elektroschocker am Zaun. Doch ihre Angst ließ nicht nach. Sie überlegten sogar, das Haus zu verkaufen. Wegzuziehen. Dorthin, wo sie sicher sein konnten, dass er ihnen nicht folgen würde. Aber wer würde schon das Haus haben wollen? Unter diesen Umständen?*

›Da, da ist er! Ich halte es einfach nicht mehr aus!‹ Seine Frau zeigte mit zitternden Fingern nach draußen.

Tatsächlich. Da war er wieder. Es reichte. Es musste sein. Er nahm die Keule mit beiden Händen, schlich sich an und schlug zu. Knochen splitterten, als er ihn zwischen den Schultern traf. Ein verzweifelter Schrei gellte in seinen Ohren. Wieder und wieder schlug er. Die Terrasse war rot von Blut. Am nächsten Tag begrub er den toten Waschbären neben dem Komposthaufen.«

Marvin hatte keinen Bock mehr. So sehr ihm Geocaching zu anderer Zeit Freude bereitete, so sehr ihm die Geschichte gefallen hatte, die Bartels vorgetragen hatte, er war vor Ort, weil sich unter Umständen wirklich ein Verbrechen ereignet hatte und hier wurde damit umgegangen, als ob sich Grausames lediglich in den Köpfen von Krimiautoren ereignete. Er konnte davon ausgehen, dass die meisten, die sich bereits wieder auf den Weg zu einem neuen Schatzpunkt aufgemacht hatten, sehr wohl wussten, dass auf der Insel seltsame Dinge passiert waren. Aber was kratzte es sie? Selbst Sandra und Wiebke amüsierten sich königlich, als sie den nächsten Punkt erreicht hatten, den Schaukasten der *Baltrum-Linie* im Ostdorf. Der kurze Hilfsvers hatte nämlich gelautet: *Ein Viereck zeigt dir eins, zwei, drei, wann der Urlaub ist vorbei.*

Ein deutlicher Hinweis auf die dort ausgehängten Fährzeiten. Auch hier fand sich ein Metallkästchen und darin ein Gutschein für ein Essen im Hotel *Wietjes*.

Dann ging es durch die Dünen. Sein Handy zeigte einen Punkt südlich der letzten Häuser des Ostdorfes an. Wenigstens war es bis dahin nicht mehr so weit. Die Organisatoren hatten bei dieser Suche netterweise ihr Augenmerk nicht so sehr auf körperliche Ertüchtigung, sondern mehr auf den Erlebniseffekt gelegt.

Links vom Weg hatte jemand einen Garten mit einem

hohen Maschendrahtzaun eingefasst. »Gibt es hier wirklich so viele Rehe?«, fragte er Sandra.

»Jede Menge. Aber genau genommen würde eines reichen. Wenn sich so ein Tier über die Pflanzen hermacht, ist alles ruckzuck weg«, antwortete sie. »Aber nun pass auf, wie es mit unserer Suche weitergeht.«

Sie folgten dem Weg über die Kuppe, hinunter zu dem alten Insulanerhaus, in dem sich der *Nautilus* befand, ein kleiner Laden mit Muscheln und Schmuck, dann wieder hoch zur Rückseite eines Hauses. Daniel Peters blieb stehen. »Hier ist mein nächster und letzter Hinweis, der zugegebenermaßen nicht leicht zu entschlüsseln ist: *Blick süd – dort warfen sie hinaus den Dreck aus jedem Inselhaus. Blick ost – liegt, wie ein jeder weiß, das Haus vom Bibelkreis.*«

Die Leute um Marvin herum schauten sich ratlos um. Was sollten sie damit anfangen? Langsam verstreuten sie sich in den Dünen, nur Sandra blieb stehen. »Ist mit Haus wohl wirklich ein Haus gemeint?« Sie zeigte auf eins mit weit heruntergezogenem Dach, das sich unter zwei knorrigen Bäumen versteckte. »Oder sind da die Unterkünfte von Amsel, Drossel und Kaninchen gemeint?«

Darauf musste ihr Marvin eine Antwort schuldig bleiben. Er hatte keine Ahnung und war, wie er sich eingestehen musste, auch denkbar ungeeignet für derartige Gedankenspiele. Möglich war alles.

»Los, Marvin, ab in die Dünen«, forderte Sandra ihn auf, machte jedoch keine Anstalten, selbst auf Suche zu gehen.

Er wusste auch sogleich, warum.

Sie ging nämlich zügig auf Salomon Bartels zu und begrüßte ihn mit einem kräftigen Händedruck. »Ich freue mich, Sie kennenzulernen. Sandra Röder ist mein Name und mein Mann leitet hier die Polizeidienststelle«, hörte er sie sagen. Dann drehte sie sich um. »Und das ist Marvin Lingenberg. Er ist ebenfalls mit Ermittlungen beschäftigt. Sie sehen also, nicht nur Sie haben beruflich mit Mord und Todschlag zu tun.«

Marvin wunderte sich. Sandra drehte ja richtig auf. So hatte er sie bisher nie kennengelernt. Eher als jemanden, der dem Leben unaufgeregt begegnete.

»Ihren Mann habe ich bereits gesehen«, sagte Bartels. »Ist bestimmt oft nicht leicht, so eine Arbeit als Inselpolizist. Er hat nicht immer Hilfe dabei, oder?«

»Nein. Im Winter ist er alleine für die Insel zuständig. Nur im Sommer kommt der Hilfssheriff vom Festland. Und in besonders schweren Fällen natürlich die Männer oder Frauen aus Aurich.« Auch Wiebke hatte sich zu den beiden gesellt und Sandra stellte sie vor.

»Wie gut, dass Ihre Männer Sie beide haben«, sagte Bartels, »so können die wenigstens mal ihre Sorgen rauslassen, wenn sie sich beruflich überfordert fühlen.«

»Kommt vor. Aber nicht häufig«, erwiderte Sandra. »Aber jetzt sollten wir weiterziehen, sonst sind die anderen schneller bei der Suche. Auf geht's, Wiebke. Und du, Marvin?«

»Ich bleibe hier an strategisch wichtiger Stelle und beobachte das Geschehen. Genau, wie Arndt es mir aufgetragen hat«, erklärte er und rührte sich nicht vom Fleck. Er sah, wie einer aus der Jungengruppe über den Jägerzaun stieg, der das Grundstück um das alte Haus eingrenzte.

»Was machen Sie da?« Jens Campen war vorgesprungen. »Da dürfen Sie nicht hin. Das ist mein Privateigentum!«

»Aber Jens, nun sei nicht so korinthenkackerig.« Daniel Peters war neben Campen aufgetaucht. »Es macht doch keiner was kaputt.«

»Das sehe ich aber anders!« Campen zeigte auf den

Zaun, der sich bedrohlich zur Seite neigte. »Ich habe anderes zu tun, als den Zaun zu reparieren, nachdem eine Horde Halbwüchsiger darüber hinweggestürmt ist.«

»Du hast ja recht«, lenkte Daniel Peters ein. »Ich muss beim Suchen der Verstecke sehr vorsichtig sein. Ich darf keine Nationalparkbelange berühren, ich darf nichts Unmoralisches in die Kisten packen und – ich darf nichts auf Privatgrundstücken verstecken. Du siehst also, es gibt gar keinen Grund, um dein Haus herum etwas zu suchen.« Er lachte und winkte die Leute zurück. »Bitte folgen Sie dem Weg«, rief er laut. »Hier werden Sie keinen Erfolg haben.«

»Warum sind Sie dann eben dort stehengeblieben?«, wollte einer aus der Gruppe wissen.

»Ich habe nur überprüfen wollen, wie genau Ihre Handys anzeigen«, lachte Peters.

»Siehste«, flüsterte ein anderer Mann seiner Frau zu. »Wie gut, dass wir nicht hinter dem Jungvolk her sind.« Sie hatten ihre Köpfe zusammengesteckt und starrten auf ein kleines goldfarbenes Telefon. »Ich hab gleich gesacht, dat kann nich stimmen. Wir müssen weiter südlich.«

Nach ein paar Metern öffnete sich der Blick auf den Heller. Tausende von Silbermöwen, Ringelgänsen und Enten erhoben sich unter ohrenbetäubendem Lärm, als eine einmotorige Propellermaschine zur Landung auf dem Flugplatz ansetzte.

»Na, dat kann ja wat werden. Da kannze suchen, bis de schwach wirst«, stöhnte der Mann, machte sich aber sofort auf, den Blick gezielt auf die grüne Kante neben dem roten Klinkerweg.

»Komm mit«, sagte Sandra entschlossen, »ich weiß, wo wir etwas finden. Wir haben Suchvorteil.« Sie bog links ab, ging am Klärwerk vorbei und blieb dort stehen, wo der Weg zum BK-Heim abzweigte. »Blick ost – das Haus vom Bibelkreis. BK-Heim. Bibelkreis. Fällt der

Groschen? Und dann – schaut mal nach rechts. Blick süd – Der Dreck aus jedem Inselhaus!« Sie deutete auf die weite Hellerfläche.

»Ich sehe, dass ich nichts sehe«, antwortete Wiebke. »Nur Gras und ein paar Sträucher.«

»Genau. Aber darunter war viele Jahrzehnte die Müllkippe. Dort wurde der Müll gelagert, bis Anfang der Siebziger die Müllstation am Hafen gebaut und der Müll zum Festland verschifft wurde.«

Marvin schaute sie ungläubig an. »Dort hat man einfach den Müll entsorgt? Plastik und Farben und alles?«

»Richtig. Du darfst allerdings nicht vergessen, dass es zu damaliger Zeit gar nicht viel Plastikverpackungen und Ähnliches gab. Bevor die Insulaner anfingen, an Land zu fahren und ihr Gemüse gut verpackt bei Aldi zu holen, haben sie vieles selber angebaut oder lose in einem der Baltrumer Geschäfte gekauft. Das meiste war daher Küchenabfall, Schalen von Kartoffeln und so was. Aber natürlich nicht nur. Heutzutage wäre es unmöglich, weiter so zu verfahren.«

»Und der ganze Kram liegt da immer noch?« Marvin konnte es nicht fassen. Warum war das damals nicht gründlich entsorgt worden?

»Ja, aber es wird regelmäßig kontrolliert, ob keine Schadstoffe entweichen. Wohin auch immer«, sagte Sandra.

»Dein Wort in Gottes Ohr«, sagte Wiebke. »Aber was hat das nun mit uns zu tun? Wie hilft unser neuerworbenes Wissen bei der Schatzsuche?«

»Also – der Spruch deutet auf die Müllgrube hin. Und genau hier ist der Zugang einmal gewesen. Aber das wissen die Gäste nicht. Ist schon zu lange her. Also sind wir im Vorteil. Und was sehe ich, wenn ich mich umdrehe?« Sie beugte sich über einen klobigen hölzernen Zaunpfahl und hob ein Kästchen hoch.

»Das ist aber gemein«, protestierte Marvin. »Einfach unfair.«

Sandra nickte. »Da ist der gute Daniel etwas über das Ziel hinausgeschossen. Er hat wohl vergessen, dass nicht alle Menschen mit der Baltrumer Geschichte vertraut sind. Was machen wir nun mit dem Kästchen?«

Doch ehe sie eine Antwort bekam, standen einige aus der Gruppe bei ihnen. »Herzlichen Glückwunsch. Damit wäre das letzte Versteck gefunden«, sagte eine junge Frau. »Was ist denn drin?«

Sandra öffnete die Dose und nahm eine Karte heraus. Wieder war es ein Gutschein. »Fünfmal Morgengymnastik am Strand mit Tobias«, las sie. »Wenn ich den Gutschein Michael schenke«, überlegte sie, »dann kann ich das Teil auch ohne Umwege in die Tonne kloppen. Nein, ich werde wohl selbst hingehen. Wenn das Wetter mitspielt. Und nur dann.«

»Richten Sie Ihre Aufmerksamkeit auf die letzte Geschichte.« Daniel Peters hatte sich neben Sandra eingefunden. »Richten Sie Ihre Aufmerksamkeit auf Salomon Bartels.«

Noch einmal hörten alle gespannt zu, dann verabschiedete ein letzter Beifall den Autor und Daniel Peters. Als der sich zum Gehen wandte, hörte Marvin einen Grauhaarigen aus der Gruppe fragen: »Und was hat das nun mit dem Dreck aus dem Inselhaus auf sich?«

Daniel Peters blieb stehen und deutete auf den Heller.

Jetzt werden wohl ein paar mehr Leute erfahren, was sich dort unter der Grasdecke verbirgt, dachte Marvin. Er würde sich zurück zu der kleinen Polizeistation begeben. Es war ihm nichts Besonderes aufgefallen und ein zweites Mal musste er sich die Müllgeschichte nicht anhören.

Ein paar Meter entfernt stand Jens Campen und schaute unbewegt auf ein paar Flyer, die er in den

Händen hielt. Marvin war sich sicher, dass der Mann schwer damit haderte, dass die Lesung mit Salomon Bartels wohl nicht stattfinden würde, wenn bis zum nächsten Abend Frau Meckseper nicht wieder aufgetaucht war.

*

Wie schnell die Realität doch die Fantasie einholt, dachte Nadja Recknagel, als sie das Pastorenhaus verließ. Gestern noch war die Leichenhalle Auftrittsort für eine Krimiautorin gewesen und heute würde womöglich tatsächlich ein Toter darin liegen. Ottmar Lange lag im Sterben. Schwester Gunde hatte sie angerufen. Der Mann hatte nach ihr verlangt.

Sie bog durch das Deichschart, grüßte den einen oder anderen Insulaner, der ihr entgegenkam, und dachte darüber nach, wie wenig sie über Ottmar Lange wusste. Daher wunderte es sie ein wenig, dass er sie sehen wollte. Auch von seiner Familie hatte sie bisher kaum jemanden zum Gottesdienst begrüßen können. Zumindest, soweit ihr bewusst war. Schließlich war sie erst ein Vierteljahr auf der Insel, da kannte man nicht jeden. Vorher hatte sie eine Pfarrgemeinde in Oldenburg betreut.

In Höhe des Spielteichs bremste sie und stieg vom Rad. Einem Sterbenden die letzten Worte mitzugeben, war ihr immer schon schwergefallen. Es brauchte ihre ganze Kraft, damit umzugehen. Da nützte auch der beste Glaube nichts, wenn sie die Menschen kurz vor ihrem Lebensende eingefallen und kaum als Abbild ihrer selbst im Bett vor sich sah. Fünf Minuten, tief durchatmen und sich besinnen – so viel Zeit musste sein.

Sie fummelte nach der Zigarettenschachtel und dem Feuerzeug in ihrer linken Jackentasche. Eigentlich sollte sie nicht.

Ein Insulaner hatte ihr, als er sie nach der Predigt im Kirchengarten hatte rauchen sehen, zugerufen: »Na, ist die Dampflok Gottes wieder auf Touren?« Unmerklich schüttelte sie den Kopf. Sie hatte schon immer die These vertreten, dass jeder das Recht hatte, nach seiner Fasson selig werden zu dürfen. Ob jemand evangelisch, katholisch oder gar nicht gläubig war – bitteschön. Und ob jemand rauchte oder nicht, Hauptsache man behandelte seine Mitmenschen vernünftig.

Gierig zog sie den Rauch ein. Fünf Minuten. Nur fünf Minuten. Sie ging hinunter auf den Steg, der in den Spielteich ragte. Auf der gegenüberliegenden Seite stand ein kleiner Junge mit bloßen Füßen im Matsch und dirigierte per Fernbedienung ein rotes Motorboot über den See. Das Boot schoss von der einen Seite zur anderen, dann folgte es in einem Bogen dem Ufer. Nach zwei weiteren Runden holte der Junge es näher zu sich, überlegte einen Moment und ließ es ein weiteres Mal über den Spielteich gleiten. Genau in der Mitte stockte es jedoch, überschlug sich zweimal und blieb kopfüber im Wasser liegen. Überrascht schaute der Junge auf seine Fernbedienung, drückte einen Knopf, dann wieder einen, ließ die Antenne nach vorne zum Boot zeigen, aber nichts tat sich.

»Können Sie mir das rausholen?«, klang seine Stimme weinerlich über den Teich.

Nadja Recknagel überlegte kurz, dann schüttelte sie den Kopf. »Geht nicht«, rief sie zurück. »Ich bin im Dienst und muss weiter.«

»Ich will aber mein Boot wiederhaben!«, rief der Junge.

»Verstehe. Lass mich überlegen.« Wen könnte sie anrufen? Axel Meinders, den Feuerwehrchef? Der würde sich schön bedanken. Einen Angler? Die hatten vielleicht einen Kescher zu Hause, der lang genug war.

Oder einen der Boßler, die samstags hier vorbeizogen? Die hatten nämlich immer einen Klootsucher dabei. Das war ein langer Stiel mit einem runden Metallgestell daran. Damit holten sie die Holzkugel, die sie für ihren Sport brauchten, aus dem Spielteich, wenn die mal wieder von der Straße abgekommen war.

Oder würde das kleine Boot mit der Strömung von selbst wieder ans Ufer treiben, wenn der Junge nur lange genug wartete? Sie trat die Zigarette aus und steckte die Kippe in ein Metalldöschen, das sie für diese Zwecke immer dabei hatte.

Gab es in diesem Teich überhaupt eine Strömung? Sie wusste, dass er durch einen Schlot mit dem Wattenmeer verbunden war, hatte aber nie gesehen, dass der Wasserstand darin mit Ebbe und Flut sank oder stieg. Allerdings hatte sie nie wirklich darauf geachtet.

Vom Hotel *Dünenschlösschen* her hörte sie Stimmen. Sie erkannte Sandra Röder mit einer anderen Frau und einem dicken Mann, der ungefähr einen Kopf kleiner war als die beiden Frauen, in deren Mitte. Die Silhouette der drei erinnerte stark an die Form des Holstentores in Lübeck.

»Was ist nun mit meinem Boot?«

Ach ja. Die Strömung. Sie schaute noch einmal genauer hin. Zu ihrem Bedauern konnte sie jedoch nirgendwo Bewegung im Wasser ausmachen. Spiegelglatt lag der Spielteich vor ihr, eingebettet in das Grün des beginnenden Hellers. Nur genau in der Mitte durchbrach etwas Dunkles, Festes die Wasserfläche. Sie konnte nicht erkennen, worum es sich handelte, die Sonne ließ das Licht wie tausend Sterne darauf glitzern. Sie sah nur, dass was immer da auch lag langsam aus seinem nassen Versteck hervorstieg. Sie konnte keine Konturen erkennen, nicht herausfinden, ob es sich um eine Plastiktüte handelte, die jemand dort vorschriftswidrig hineingeworfen hatte, oder eine alte Decke, die es nicht mehr zur fachgerechten Entsorgung geschafft hatte.

Es sollte sie in diesem Moment auch nicht kratzen. Um die Rettung des Bootes mussten sich andere kümmern. Ottmar Lange war wichtiger.

Sie winkte dem Jungen zu, wollte ihm sagen, dass er sich gedulden müsse, dass sie nun keine Zeit habe, und schaute noch einmal zu der Stelle im See. Es war keine Tüte, auch keine Decke. Sie sah eine Jacke und darin steckte ein Mensch. Ein Mensch, dessen rötliche Haare wie Schlingpflanzen träge auf dem Wasser hin und her dümpelten. Ihr wurde schlecht. Hatte die Schriftstellerin, die am Tag zuvor in der Leichenhalle gelesen hatte, nicht rote Haare gehabt? Johanna Meckseper? Und war die nicht, wenn sie dem glauben durfte, was die Verkäuferin im *Inselmarkt* heute Morgen erzählt hatte, verschwunden? Genau wie die andere Autorin?

Wo war Sandra Röder? Die musste sofort ihrem Mann Bescheid sagen. Aber was war, wenn Nadja sich irrte? Wenn es wirklich nur abgestorbene Schlingpflanzen waren, die dort aufstiegen?

»Hallo, Frau Recknagel.«

Sandra Röders Stimme erschien ihr in diesem Moment wie ein Zeichen Gottes. Sie drehte sich zu den dreien um, die schon fast vorbeigegangen waren. »Bitte.« Nadja merkte plötzlich, dass sie zitterte. »Ich ... ich weiß nicht, aber es scheint mir ... Wenn Sie mal einen Blick ...«

So schnell, wie sie es dem kleinen Mann niemals zugetraut hatte, sprang er auf den Steg. Sie hatte kaum Zeit, ihr Gleichgewicht darauf einzustellen und wäre beinahe im Teich gelandet.

»Der Jjunge ...«, stotterte sie, »sein Boot ist da drin. Er will es wiederhaben.«

»Ich kümmere mich.«

Sandra rief den Jungen zu sich. Er verließ das Ufer und stand bald darauf mit schwarzen Füßen vor der Frau des Polizisten. »Gib mir deinen Namen und die Adresse. Wir retten dein Boot und bringen es dir nach Hause. Aber jetzt geh erst einmal«, sagte die bestimmt.

»Ich heiße Benny Kohl. Meine Eltern und ich wohnen im *Haus Harms*. Aber bitte nicht vergessen.«

Sandra Röder versprach es und der Junge trottete los, die Fernbedienung fest unter den Arm geklemmt.

»Marvin Lingenberg. Kripo Aurich«, begrüßte der Mann die Pastorin freundlich, dann schaute er konzentriert dorthin, wo der Teich die Leiche freigab.

Es gab keinen Zweifel mehr. »Das ist sie, nicht wahr?«, flüsterte sie. »Ich bin übrigens Nadja Recknagel, die Pastorin hier.« Sie schaute auf die Uhr. Kaum konnte sie die Ziffern erkennen, so sehr zitterten ihre Hände. »Ich muss unbedingt weiter. Da wartet jemand auf mich. Der hat auch keine Zeit mehr.«

Marvin Lingenberg nickte. »Wir wissen, wo wir Sie erreichen können. Ich werde mich um alles kümmern.« Er zog ein Handy aus der Tasche.

Nadja Recknagel ging mit schweren Schritten hinauf zu ihrem Rad.

»Das Leben kann ganz schön grausam sein«, sagte die Frau neben Sandra Röder.

Ja, damit hatte sie wohl recht. Von einer Toten zum nächsten. Zwar lebte Ottmar Lange, aber es war nur eine Frage der Zeit, bis sie sich von einem Insulaner verabschieden mussten. Wenigstens hatte dieser Mann ein erfülltes Leben hinter sich. Mit sechsundneunzig durfte man schon mal über den Tod nachdenken. Trotzdem – lieber wäre Nadja jetzt nach Hause gefahren, hätte sich einen Brennnesseltee gekocht, ins Sofa gekuschelt und eine Gartensendung im Fernsehen geschaut. Stattdessen stieg sie auf ihr Rad, nickte den beiden Frauen zu und fuhr ins Ostdorf.

*

Vor einer Stunde war der Polizeihubschrauber mit den Leuten des Erkennungsdienstes gelandet. Sie hatten Wathosen und lange Haken mitgebracht und die Leiche aus dem Spielteich gezogen.

»Können wir den Teich irgendwie leerpumpen?«, fragte Martin Brinkmann, der Chef der Truppe.

»Ich spreche mit Axel Meinders, dem Wehrführer, der wird da wohl Genaueres sagen können«, sagte Arndt Kleemann.

»Der wird sich bestimmt bedanken, wenn er erfährt, dass die Feuerwehr hier im Schlick rumwühlen muss«, erwiderte Brinkmann.

Das Gleiche hatte sich der Hauptkommissar im Stillen bereits gedacht, aber es nützte nichts. Sollte in diesem Teich noch irgendwo Beweismaterial sein, dann mussten sie es finden. Und das war ohne Wasser eben übersichtlicher. Wenn man mal von der Gubbelmasse absah, die sich unter der in der Sonne glitzernden Oberfläche verbarg.

Die Leiche von Johanna Meckseper hatten die Kollegen inzwischen auf eine Bahre gelegt und in ein Zelt gebracht, das sie nahe dem Spielteich aufgebaut hatten. Die Ärztin Ellen Neubert hatte eine oberflächliche Untersuchung vorgenommen. Aber auch sie hatte nichts anderes als den Tod feststellen können. Eine Aussage zur Todesursache hatte sie nicht machen können oder wollen. »Ich sehe im Brust- und im Nackenbereich einige Verfärbungen. Wie alt die sind, kann ich nicht sagen. Auch nicht, ob sie von einem Schlag stammen, oder ob ein anderer Grund vorliegt.«

Mord oder Selbstmord – beides war möglich. Sogar

einen Unfall mussten sie Betracht ziehen. Die Autorin war vielleicht abends, nach ein paar Bier beim Maibaumaufstellen, auf einem kleinen Umweg nach Hause unterwegs gewesen, ins Stolpern geraten, in den Teich gefallen und nicht mehr herausgekommen. Allerdings – wenn er den Fakt einbezog, dass Sibyll Zahn verschwunden war, kam für ihn die Unfalltheorie nicht in Frage. Sie hatten es mit zwei Tötungsdelikten zu tun, da war er sich sicher. Natürlich hat er keinerlei Beweise, und auf das berühmte Bauchgefühl war bei ihm nicht immer Verlass. Trotzdem.

»Michael?« Arndt sah sich suchend um. Der Inselpolizist stand auf dem Weg, der am Spielteich vorbeiführte, und sprach mit zwei Insulanern, die sofort angehalten hatten, als sie den Auflauf dort bemerkten. Das Interesse war groß, seit bekannt geworden war, dass man eine Leiche gefunden hatte. Es musste sich quasi in Sekundenschnelle auf der Insel herumgesprochen haben, denn der Strom der Leute, die scheinbar zufällig vorbeikamen, riss nicht ab. Kurz überlegte Arndt, ob es nicht sinnvoller gewesen wäre, die Straße noch weitläufiger abzusperren.

Auf der anderen Seite ergaben sich durch die Gespräche vielleicht wertvolle Hinweise.

»Was ist mit dem Leichenwagen?«, fragte Arndt, als Röder sich nach ihm umdrehte.

»Der wird gleich hier sein. Der Totengräber muss erst einmal die Pferde von der Weide holen«, antwortete sein Inselkollege.

Johanna Meckseper würde zur weiteren Untersuchung mit dem Hubschrauber ans Festland gebracht werden, mit dem auch die Spurensicherer die Insel verließen. Aber das konnte eine Weile dauern. Bis dahin würde sie in der Leichenhalle aufgebahrt werden. Arndt strich sich über die Stirn. Er merkte nicht, dass seine Finger eine schwarze Spur hinterließen.

Es würde ein langer Tag werden. Obwohl der Mai gerade erst anfangen hatte, war es wieder warm geworden. Das Hemd unter seiner Jacke fühlte sich schon feucht an. Er sehnte sich nach einem kalten Getränk. Ob er Wille bitten konnte? Der Kollege war in der Wache geblieben. Es war gut, in solchen Fällen jemanden dort zu haben, er pflegte es den ›Verbindungsoffizier‹ zu nennen. Man konnte so manches vom Schreibtisch aus besser organisieren und zugleich den Kontakt mit Aurich halten.

Marvin hatte er ins Hotel *Strandhof* geschickt, um mit den Angehörigen zu sprechen. Er sollte außerdem die Tochter oder den Schwiegersohn bitten, die Leiche zu identifizieren. Marvin hatte ein Foto der Toten auf seinem Handy. Sollte es jedoch nötig sein, dass einer der Angehörigen sie direkt ansah, würde das in der Leichenhalle und nicht hier auf freiem Gelände vor der versammelten Öffentlichkeit passieren.

Aus der Ferne hörte Arndt leises Pferdegetrappel. Nicht ungewöhnlich für die autofreie Insel. Wenn man mal von den Feuerwehrfahrzeugen und dem RTW absah. Er nahm sein Handy heraus und wählte den Gemeindebrandmeister an.

Der versprach, sofort mit ein paar Leuten zu kommen. »Mit Sonderrechten?«, fragte Meinders zum Schluss.

»Nicht nötig. Die Frau ist ja schon tot. Ihr könnt euch also Zeit lassen«, antwortete Arndt. Blaulicht und Sirene mussten wirklich nicht sein. Trotzdem tat ihm sein harscher Tonfall im gleichen Moment leid. Aber Axel würde es verstehen. So hoffte er zumindest. Er beendete das Gespräch, denn in diesem Moment hielt auf der Straße eine schwarze, offene Kutsche, gezogen von zwei Pferden.

Der Totengräber sprang vom Bock, begrüßte Arndt und deutete auf die Leiche. »Sollen wir?«

Arndt nickte. »Ja. Die Pastorin weiß Bescheid.«

»Ich habe eben mit ihr gesprochen. Sie war gerade nach Hause gekommen«, bestätigte der Mann, der mit Jeans und T-Shirt gar nicht stilvoll gekleidet war. Aber wahrscheinlich muss der nach seinem Job hier auch wieder an den Kochtopf, überlegte Arndt. Genau wie so manch anderer Ehrenamtliche auf der Insel. Henning Ahlers fiel ihm ein, der Chef des Hotels *Sonnenstrand*, in dem sie ihr Lager aufschlugen, wenn es in der kleinen Wache wieder einmal zu voll wurde. Der war Mitglied der Feuerwehr.

»Also los. Vier Mann, vier Ecken«, forderte der Mann ihn auf.

Wie war noch sein Name? Arndt hatte ihn bereits bei früheren Einsätzen kennengelernt. Egal. Er winkte seinen Kollegen zu und gemeinsam hoben sie den Leichnam auf die Kutsche. »Brauchst du weitere Hilfe von uns?«, fragte er den Totengräber.

»Nein, bei der Kirche warten Kumpels auf mich. Die helfen mir öfter mal. Bis später dann.« Er stieg wieder auf den Bock, rief ein kurzes «Hoh!« und die Pferde setzten sich langsam in Bewegung. Die Männer unterbrachen ihre Arbeit und warteten still und respektvoll, bis sich die Kutsche entfernte hatte.

Ein paar Minuten später war die Feuerwehr da. »Wie geht ihr vor?«, begrüßte Arndt den Feuerwehrchef.

Axel Meinders deutete auf den Zulauf. »Wir machen eine Sandsackbarriere. Gefüllte Säcke haben wir mitgebracht. Die lagen von der letzten Sturmflut in der Fahrzeughalle. Dann wird gepumpt.«

»Alles klar.« Arndt wandte sich an Martin Brinkmann. »Seid ihr so weit durch? Können die Männer loslegen?«

Brinkmann nickte. »Von uns aus kein Problem.«

Es dauerte nicht lange, dann dröhnte der Motor der Tragkraftspritze über den Heller.

»Wie schnell geht das, bis der Teich leer ist?«, fragte Arndt den Gemeindebrandmeister.

Der zuckte mit den Schultern. »Einige Stunden wird's wohl dauern. Vor dem Dunkelwerden werden wir es nicht schaffen. Da muss 'ne Menge Wasser raus.«

Schöne Scheiße. War es dann wirklich sinnvoll, jetzt noch damit anzufangen? Konnten sie nicht besser morgen früh mit dem Auspumpen beginnen? Auf der anderen Seite – sollte sich Beweismaterial im Teich befinden, mussten die Männer vom Erkennungsdienst so schnell wie möglich Zugriff darauf haben. Was war zu tun?

»Weißt du was?« Axel Meinders schien zu ahnen, was ihn beschäftigte. »Wir lassen die Pumpe jetzt laufen, bis es dunkel wird. Den Rest erledigen wir morgen früh. Dann könnt ihr bereits vor dem Frühstück in diesem wunderbar stinkenden Schlick eure Untersuchungen durchziehen.«

Damit konnte er leben. »So machen wir es.«

»Es sei denn, irgendjemand will euch ärgern und verschiebt die Sandsäcke. Dann ist der Spielteich morgen früh wieder gefüllt«, gab Axel zu bedenken.

Damit hatte der Mann natürlich recht. Arndt würde mit seinen Kollegen absprechen, ob sie in der Zeit, in der die Feuerwehrleute nicht vor Ort sein würden, vorsichtshalber eine Wache abstellen sollten, um dafür zu sorgen, dass die Sandsäcke an Ort und Stelle blieben und auch keine eventuell vorhandenen Beweismittel verschwanden. Sei es durch Trophäenjäger oder durch jemanden, der es für dringend nötig hielt, Dinge, die ihn belasteten, aus dem Verkehr zu ziehen.

Er winkte Martin Brinkmann zu sich und erklärte ihm die Lage. »Wollt ihr heute Abend zurück nach Aurich und morgen früh wiederkommen?«

Brinkmann überlegte. »Zwei Mann können mit der

Leiche in Kürze abgeholt werden. Ein Kollege und ich bleiben hier vor Ort, bis die Feuerwehr Feierabend macht. Und morgen früh sind wir von Anfang an wieder dabei. Wir brauchen allerdings eine Unterkunft. Kannst du dafür sorgen? Auch wenn es nur für ein paar Stunden ist?«

Arndt traute sich nicht, zu fragen, ob denn nicht die beiden die Wache für die restliche Nacht übernehmen könnten. So hätte man sich zumindest schon einmal die Suche nach einer Bleibe sparen können. Etwas zu essen konnte er ihnen auch zum Spielteich bringen. Eine Fertigpizza war immer drin. Aber er nickte. »Wird erledigt. Habt ihr denn ein Überlebensköfferchen dabei? Oder muss ich Zahnbürste und Seife besorgen?«

Martin Brinkmann lächelte. »Keine Sorge. Wir sind schon groß und haben an alles gedacht. Das Köfferchen, sprich die Tasche, steht auf der Wache. Und – ach ja – wo finden denn die Festspiele statt?«

Arndt schaute ihn ratlos an. »Was meinst du?«

»Na, wenn ich dich so anschaue … Ich dachte, du würdest als Indianer bei den Karl-May-Festspielen auftreten«, erklärte Martin. »Die Tarnstreifen sind in deinem Gesicht ja schon verteilt.«

Jetzt lachte auch Axel, nur Arndt war nicht danach zumute. Gerade erst hatte hier eine tote Frau gelegen und bei aller Abgebrühtheit, die der Beruf mit sich brachte, das war nicht seine Art, damit umzugehen. Vielleicht früher einmal, als die Haut noch dicker gewesen war. Daher sagte er nur: »Ich spreche jetzt mit Michael den weiteren Plan ab. Bis später.«

Er bemerkte nicht, wie erstaunt der Gemeindebrandmeister und der Mann von der Spurensicherung hinter ihm her starrten, als er auf die Straße trat, wo sich Michael gerade im Gespräch mit einer älteren Frau befand, die eindringlich auf ihn einredete.

»Frau Dr. Mühlenholtz«, stellte Michael sie vor. »Sie hat Kontakt zu Frau Meckseper gehabt. Zuletzt am Samstagnachmittag, wie sie berichtet.«

»Genau. Und was heißt: Wie sie berichtet? Das klingt ja, als ob Sie mir nicht glauben. Aber es war so. Wir sind zuerst zum Friedhof und dann ins *Kluntje* ...«

»Frau Dr. Mühlenholtz, ich verstehe Ihre Aufregung«, unterbrach Arndt den Redeschwall und schaute auf die Uhr, »aber ich möchte Sie bitten, auf die Wache zu kommen. Dort können wir in Ruhe reden. Und bis dahin unterstellen wir Ihnen erst einmal gar nichts!«

»Ich hoffe sehr, nach unserem Gespräch erst recht nicht«, schnaufte sie. »Wann? Heute Abend?«

»Wenn es Ihnen nicht zu spät ist, gerne in einer Stunde.«

»Der Abend hat zwar schon begonnen, aber ich gehe nie vor zwölf ins Bett.« Sie stieg auf ihr Rad, winkte einmal kurz zurück und war gleich darauf hinter dem Deichschart beim *Haus Oase* verschwunden.

Arndt Kleemann atmete tief durch. Sie würden jetzt zurück zur Wache fahren. Er musste dringend mit seinem Chef sprechen und weitere Schritte planen. Immerhin stand die Suche nach Sibyll Zahn im Raum. Außerdem meldete sich sein Magen unerbittlich und Michael erging es sicher nicht anders.

*

Marvin Lingenberg schloss leise die Tür des Hotelzimmers. Es war die definitiv mieseste Aufgabe eines Kommissars, Nachrichten über einen Todesfall in der Familie zu übermitteln. Simone Kattendorf war zusammengebrochen. Nur gut, dass ihr Mann bei ihr war. Er war es auch gewesen, der anhand des Bildes bestätigt hatte, dass es sich um seine Schwiegermutter handelte. Bernd Kattendorf hatte sich rührend um seine Frau gekümmert und entsprach so gar nicht dem Bild, das Arndt von ihm gezeichnet hatte. Kein Schimmer von Arroganz, nur liebevolle Zuneigung seiner Frau gegenüber.

Marvin hatte mit Bernd und Simone Kattendorf abgesprochen, dass sie zur Leichenhalle kommen und die Tote zum Flugplatz begleiten würden. Zunächst jedoch warteten sie auf die Ärztin, die Simone Kattendorf versorgen würde. Das Zimmer von Johanna Meckseper hatte er mit Einverständnis des Hotelbesitzers versiegelt. Darum würden sie sich später kümmern.

Sein nächstes Ziel war das *Haus Sorgenfrei*. Er fuhr am Rosengarten und am Kiefernwäldchen vorbei. Nicht viele Gäste waren unterwegs. Vermutlich saßen sie alle beim Abendbrot und würden danach erst wieder den lauen Frühsommerabend genießen. So sieht man sich wieder, dachte er, als er die steinerne Eule bemerkte, die am Nachmittag ein Geocaching-Punkt gewesen war. Ein Vogel der Weisheit oder des Todes? Eher wohl Letzteres. Zumindest für diesen Tag.

Sie hatten sich in der Küche der Pension zusammengefunden, das Ehepaar Schubert, Salomon Bartels und Helga Eggert. Auch Jens Campen saß zwischen ihnen. Es herrschte eine gedrückte Stimmung. Inga Schubert hatte ihre Hände zwischen den Knien gefaltet und starrte auf den Küchentisch. Marvin grüßte mit einem Nicken und setzte sich auf den einzigen freien Stuhl.

»Wer macht nur so etwas?«, murmelte Inga Schubert. »Wer macht nur so etwas?«

»Noch wissen wir nicht …«, wollte Marvin erklären, doch Inga Schubert unterbrach ihn mit einem verzweifelten Aufschrei: »Hören Sie auf! Sibyll ist weg und Johanna liegt im Spielteich. Das ist doch kein Unglücksfall!«

»Das mag sein. Aber solange wir es nicht wissen, lege ich mich nicht fest«, sagte er entschlossen, obwohl er der Frau gedanklich völlig zustimmte. »Gibt es Auffälligkeiten? Können Sie mir etwas berichten?« Er schaute in leere Gesichter. Keiner sagte ein Wort.

»Am ehesten sind Sie es, Herr Schubert, der uns etwas zu sagen hätte, nicht wahr?« Ein Schuss ins Blaue, aber vielleicht klappte es.

Doch Erich Schubert schüttelte nur leicht den Kopf und schwieg ebenfalls.

»Beschreiben Sie mir, was die Dame trug, als Sie das *Sturmeck* verlassen haben!«

Wieder kam keine Antwort, aber dann meldete sich Inga Schubert. »Sie trug an diesem Abend eine dunkle Hose, einen beigen Pulli und eine graue Wolljacke mit einem sehr auffälligen weiten Kragen. Ich habe noch gedacht, dass das gar nicht recht zu den anderen Leuten passte, die überwiegend mit so sportlichen Funktionsjacken unterwegs waren.«

Das stimmte mit dem überein, was Arndt ihm übermittelt hatte. »Was haben Sie eigentlich an diesem Abend gemacht?«, wandte er sich an Salomon Bartels.

»Ich war bei alten Bekannten. Nachbarn meiner Verwandtschaft, die damals hier gewohnt hat. Später bin ich auf ein Bier zum Maibaum. Da war es allerdings schon dunkel«, sagte Bartels.

»Und Sie, Herr Campen? Können Sie mir etwas sagen?«

»Kann ich nicht. Ich kannte sie kaum. Sie war sehr zurückhaltend. Nicht einmal hier wohnen wollte sie. Ich musste ihr ein Zimmer im Hotel besorgen, das stellen Sie sich mal …«

»Das ist mir bekannt.« Die Teilnahmslosigkeit dieses Mannes ging Marvin auf den Sack. Sicher war es nicht einfach, so eine Veranstaltung zu organisieren, aber das Wort ›ich‹ kam ihm bei Campen ein wenig zu häufig vor. Es war gut möglich, dass der Mann wirklich nichts wusste, oder sich schlichtweg für die Belange anderer nicht interessierte, aber es konnte auch ganz anders sein. »Also noch einmal: Hatte jemand von Ihnen das Gefühl, dass Frau Meckseper sich bedroht oder verfolgt fühlte? Hat sie etwas Dahingehendes geäußert?«

»Ich habe sie doch auch nicht gekannt«, erklärte Helga Eggert. »Sie war mal hier, das war alles. Und da hat sie nichts gesagt.«

Inga Schuberts Gesicht zeigte tiefe Anteilnahme. »Sie hat, als wir bei Herrn Campen eingeladen waren, einmal, und nur ganz kurz, sehr verächtlich über ihren Schwiegersohn gesprochen. Das ist alles. Aber dafür wird man nicht gleich umgebracht, oder?« Immer wieder wanderte ihr Blick zu ihrem Mann, der aufrecht und beinahe steif auf seinem Stuhl saß. Nur seine Finger waren in ständiger Bewegung. Er schob ein halb leeres Glas ein Stück vor, dann wieder zurück.

Marvin gab es auf. Sie würden sich die Leute besser einzeln vornehmen. »In einer Stunde wird Frau Meckseper von der Leichenhalle zum Flugplatz gebracht. Wenn Sie sie begleiten wollen …«

»Ich komme«, stieß Inga Schubert hervor und Salomon Bartels sagte: »Ich bin auch dabei.«

»Und Sie, Herr Campen?«, konnte sich Marvin Lingenberg nicht verkneifen.

»Es ist ein alter Brauch, den Toten auf seinem letzten Weg auf der Insel zu begleiten. Natürlich bin ich dabei«, sagte Campen.

»Dann komme ich auch mit.« Helga Eggert stand auf. »Darf ich Ihnen vorher etwas anbieten? Einen Tee vielleicht?«

Marvin Lingenberg winkte ab. Er hatte es bis jetzt keinen Tag bereut, von Friedrichroda nach Ostfriesland gezogen zu sein, aber dieses ständige Teetrinken war absolut nichts für ihn. Nicht dass er ihn nicht mochte, im Gegenteil. Es war einfach die Menge, die ihnen im Laufe von Ermittlungen überall angeboten wurde. Jetzt hatte seine Frau tatsächlich angedroht, dass es zum Abendessen grünen Tee geben würde. Sie müsse nur die richtige Sorte finden und das Zubehör kaufen. Seitdem sinnierte er in freien Minuten intensiv über die richtige Strategie, sie von dieser Idee abzubringen. Bisher war ihm allerdings nichts Passendes eingefallen, zumal in der letzten Woche in einem Fernsehbeitrag das Gesundheitsfördernde dieses Tees sehr gelobt worden war.

Er stand auf. »Ich fahre jetzt zur Leichenhalle. Wir sehen uns da.«

Er war ratlos, als er auf seinem Fahrrad gegen den leichten Westwind anstrampelte. Sicher wird es helfen, wenn wir erst einmal wissen, woran die Frau gestorben ist, dachte er. Aber zunächst musste sie ans Festland gebracht werden.

Tatsächlich wartete Bernd Kattendorf bereits am Pastorenhaus. Auch seine Frau war mitgekommen. Nadja Recknagel, die Pastorin, stand bei ihr und hatte einen Arm um ihre Schultern gelegt. Kurze Zeit später fuhr Tim Seebald, der Totengräber, auf den Hof. Michael Röder traf ebenfalls ein.

»Möchten Sie und Ihre Frau sich von der Toten verabschieden?«, fragte Marvin knapp.

»Gehört sich wohl so«, erwiderte Bernd Kattendorf. »Gehen wir also!«

Sie stiegen die Stufen hinunter zur Leichenhalle und standen bald vor dem Sarg mit der toten Autorin. Marvin schaute sich um. War die Tochter auch mit heruntergekommen? Ja. Sie stand nicht am Sarg, sondern ein paar Schritte zurück direkt am Eingang, die Ärztin und die Pastorin dicht bei ihr. Es sah aus, als könnte die junge Frau nur mit diesem Halt die Situation ertragen.

Sie hatte die Augen geschlossen und Tränen liefen ihr über die Wangen.

»Ich muss wieder nach draußen«, schnaufte Bernd Kattendorf nach einem kurzen Moment der Stille und verließ die Leichenhalle. »Scheiß Luft hier unten.«

Marvin und Michael folgten ihm. Der Mann, der die Tote in ein paar Minuten zum Flugplatz fahren würde, kam ebenfalls hinter ihnen her. »Wir warten einen Moment«, sagte er. »Meine Helfer kommen sofort.«

»Herr Kattendorf, nachdem Sie die Tote noch einmal gesehen haben: Sie sind sicher, dass es sich um Frau Meckseper handelt?«, fragte Röder.

»Ja, natürlich, ich habe sie lange genug ertra... erleben dürfen«, sagte Kattendorf.

Nach kurzer Zeit bogen nacheinander vier Männer mit ihren Fahrrädern um die Kirche. Auch die Leute, die Marvin in der Küche von *Haus Sorgenfrei* befragt hatte, waren inzwischen eingetroffen. Er nickte Tim Seebald zu. Die Männer holten den Sarg aus der Leichenhalle und schoben ihn in die Kutsche. Marvins Blick fiel auf Simone Kattendorf. Er hatte Zweifel, ob sie den Weg zum Flugplatz schaffen würde. Sie wirkte wie versteinert und als die Kutsche langsam anfuhr, schaffte sie es kaum, einen Fuß vor den anderen zu setzen.

»Bleiben Sie hier«, bat er sie, doch er erntete nur verzweifeltes Kopfschütteln.

»Das hat die Ärztin auch gesagt, aber ich kann meine Mutter nicht alleine lassen. Das kann ich nicht.« Simone Kattendorf begann zu schluchzen.

»Gehen Sie«, sagte die Pastorin zu ihm. »Ich kümmere mich. Wir kommen nach.«

Tim Seebald lenkte seine Pferde durch das Deichschart am Hotel *Fresena* und dann rechts ab auf die Straße, die am Heller vorbei direkt zum Flugplatz führte. Alle, die Johanna Meckseper auf ihrer letzten Fahrt auf der Insel begleiteten, hatten sich hinter der Kutsche aufgestellt und folgten ihr nun mit langsamem Schritt. Auch die Pastorin und Simone Kattendorf hatten sich eingereiht.

»Wenn ein Insulaner auf den Friedhof beigesetzt wird, schließen sich alle Trauergäste der Kutsche bis dorthin an. Kann zuweilen eine ganz schön nasse und kalte Angelegenheit sein, wenn das Wetter sich mit Regen und Sturm von dem Toten verabschiedet«, flüsterte Michael Marvin zu. »Aber inzwischen kommt eine Sargbestattung auf dem Friedhof immer seltener vor, weil ein Großteil der Toten zur Einäscherung ans Festland verbracht wird. Dann folgt eine Urnenbeisetzung oder eine Seebestattung.«

In der Ferne sah Marvin ein rotes Auto am Spielteich stehen. Die Kollegen von der Feuerwehr und der Spurensicherung waren also immer noch beschäftigt. Er hörte die Rotoren eines Hubschraubers. Der würde in Kürze landen.

Einige Leute, die dem Trauerzug entgegenkamen, blieben stehen, bis er vorbei war, andere gingen einfach weiter. Als ein Fahrradfahrer ohne zu bremsen die Kutsche überholte, schnaufte der Inselpolizist wütend. »Diese Idioten. Die haben keinen Respekt vor nichts und niemandem. So etwas gehört sich einfach nicht. Es ist eine alte und gute Sitte, stehenzubleiben, um dem Toten die letzte Ehre zu erweisen, aber das scheint denen völlig egal zu sein.«

Als sie auf das Gelände des Flugplatzes abbogen, schaltete der Pilot des Polizeihubschraubers gerade die Rotoren aus und Ruhe senkte sich über den Platz.

Es ging alles ganz schnell. Die Männer schoben den Sarg in den Hubschrauber und zwei Mitarbeiter des Erkennungsdienstes, die schon neben dem Tower gewartet hatten, stiegen ein. Kurz darauf hob der Hubschrauber ab.

*

Die Zimmer für Martin Brinkmann und seinen Mitarbeiter waren bestellt. Die Bewachung des Leichenfundortes war geregelt und etwas im Magen hatte Arndt Kleemann auch. Mit seinem Chef hatte er gesprochen und verabredet, dass am nächsten Tag eine Hundestaffel zur Suche nach Sibyll Zahn auf die Insel kommen würde. Es war zwar bis jetzt nicht klar, ob der Frau wirklich etwas passiert war, aber nach dem Tod von Johanna Meckseper lag zumindest der Verdacht nahe. Arndt gähnte. Jetzt fehlte nur die Mühlenholtz. Die Uhr zeigte halb zehn. Ob sie tatsächlich kommen würde?

»Lasst uns noch einmal zusammenfassen«, bat er seine Kollegen. »Aussagen, Verhaltensweisen, das Übliche eben.«

»Ich habe mit vielen Leuten gesprochen«, begann Röder, »aber es hat sich aus jetziger Sicht nichts ergeben, was ich als hilfreich ansehen würde. Natürlich gab es mehr oder minder sinnvolle Hinweise wie: Schaut euch mal den oder den an, aber in Wirklichkeit – null. Nichts, was ich nicht schon gewusst hätte. Bis auf eines vielleicht: Mindestens drei Leute haben mich auf Campen angesprochen. Alle hier kennen die Verbissenheit, mit der er selbstgesteckte Ziele verfolgt. Die haben den nicht umsonst bestimmt, um dieses Festival zu organisieren. Und alle haben auf diesen Streit hingewiesen, der seit Jahren zwischen ihm und seinen Nachbarn, den Tebbens, herrscht. Keiner weiß genau, warum. Die einen sagen, wegen eines Grundstücks im Ostdorf, die anderen behaupten, der Streit schwele bereits seit Generationen in den Familien. Scheint mir jedoch alles sehr weit hergeholt. Und was das mit dem Tod der Autorin zu tun hat, entzieht sich meiner Kenntnis.«

»Bei mir sieht es nicht viel besser aus«, sagte Marvin. »Natürlich ist da der Schwiegersohn, der auf Johanna Meckseper gar nicht gut zu sprechen war. Aber gleich Mord? Wir sollten uns auch den Schubert vornehmen, denn der war einer der letzten, der die Frau gesehen hat.«

»Machen wir. Aber erst morgen. Wenn die Mühlenholtz ...« Weiter kam Arndt nicht, denn es klopfte.

»Bin ich hier richtig?« Dr. Vera Mühlenholtz steckte den Kopf durch die Tür.

»Kommen Sie rein.« Arndt stand auf und bot ihr seinen Platz an, mehr Stühle gab es in der kleinen Wache ja nicht. Ab morgen würden sie wieder im Hotel *Sonnenstrand* residieren. Dann war der Clubraum frei, wie Henning Ahlers ihnen versprochen hatte.

»So, was möchten Sie wissen?« Der Stuhl knackte dumpf, als die Frau sich darauf fallen ließ.

»Wir möchten wissen, ob Johanna Meckseper etwas geäußert hat, was darauf schließen lässt, dass sie sich verfolgt fühlte«, erklärte Marvin.

»Ob sie Schiss vor irgendwas hatte, meinen Sie?«, antwortete Dr. Vera Mühlenholtz.

»So kann man es auch ausdrücken«, bestätigte Marvin.

»Ganz ehrlich, ich habe lange darüber nachgedacht. Aber mir ist nichts aufgefallen.« Sie schüttelte ratlos den Kopf. »Unser letztes Treffen war, wie gesagt, im *Kluntje*. Wir haben eigentlich nur über ihre Arbeit gesprochen. Ihr neuester Krimi ist in der Zeit der französischen Besatzung angesiedelt. Damit wir uns richtig verstehen – zur Zeit Napoleons. Nicht in der Nachkriegszeit.«

»Manche würden sagen, dass wir selbst heutzutage unter französischer Besatzung stehen. Zumindest meinen das die Reichsbürger«, sagte Marvin. »Habt ihr hier auch damit zu tun, Michael?«

»Ich weiß nur von einem. Der ist aber ziemlich friedlich bis jetzt. Ob der allerdings seine Steuern an den deutschen Staat zahlt, den es angeblich gar nicht gibt, kann ich nicht beurteilen.«

»Sei froh, bei uns in Aurich gibt es einige Anhänger«, sagte Arndt. »Die tragen ihre Meinung ganz schön nach außen.« Dann wandte er sich an die Frau, die dem Gespräch interessiert zuhörte. »Frau Dr. Mühlenholtz, was meinen Sie: Haben diese selbsternannten Könige nun recht damit, dass die Bundesrepublik eigentlich eine Firma ist, oder nicht?«

»Ach wissen Sie«, erwiderte sie, »ich habe meinen Doktor in Literaturwissenschaften und nicht in Politik gemacht. Ein bisschen Geschichte kann ich ebenfalls, darum hat mich Frau Meckseper um Hilfe gebeten, aber eigentlich habe ich ihr mehr über das Inselleben hier und jetzt erzählt.«

»Worum ging es denn genau bei Ihrem Kaffeekränzchen?«, fragte Marvin.

»Ach, um alles Mögliche. Wie sich die Saison auf das Leben hier auswirkt zum Beispiel. Und wie die Insulaner untereinander auskommen. Sie hatte wohl zunächst geplant, ihre Kurzgeschichte im heutigen Inselleben anzusiedeln, hat sie dann aber, wie ihren großen Krimi, in die Franzosenzeit gelegt, verstehen Sie?«

Arndt verstand, anderes war ihm jedoch wichtiger. »Was hatten Sie für einen Eindruck von dem Menschen Johanna Meckseper?«

Dr. Mühlenholtz glitt ein Lächeln über das Gesicht. »Ich denke, dass sie ziemlich eigenwillig war, um es mal vorsichtig auszudrücken. Wie gesagt, ich kenne mich in der Literatur ein wenig aus und war versucht, ihr ein paar Hinweise über Schreibstile mit auf den Weg zu geben. Davon wollte sie jedoch nichts hören. Die wusste, was sie wollte und was sie konnte. Ihre

Bücher verkaufen sich blendend, sind in der Szene der Historienkrimileser der Renner. Ihre Tochter hielt ihr, wie sie es nannte, den Rücken frei und kümmerte sich um den Bürokram, den so ein Job mit sich bringt, und sie war mit sich selbst im Reinen. Nur ihren Schwiegersohn wäre sie, glaube ich, gerne losgeworden. Der passte nicht in ihr Lebensbild. Ich habe den allerdings nie kennengelernt.«

»Waren Sie bei der Lesung?«, fragte Röder.

»Ach, wissen Sie, ich habe Frau Meckseper gerne mit Fakten geholfen. Nichts ist schlimmer, als wenn die Fakten nicht stimmen. Aber eine Lesung? Nein, das ist nichts für mich. Da bin ich für immer geschädigt. Ich vergesse es nie, obwohl es schon vierzig Jahre her ist: Da war ein Schriftsteller, berühmt in den Siebzigern, und ich bin an diesem Abend voller Freude hingegangen und bereits nach einer Viertelstunde eingeschlafen. Das lag aber nicht an mir, das können Sie glauben. Seitdem bin ich nie wieder …«

»Frau Dr. Mühlenholtz, danke. Wenn Ihnen etwas einfällt, melden Sie sich.« Arndt Kleemann reichte es. Auch er suchte nach Fakten, und ihm hätte von ihr ein kurzes ›Nein‹ als Antwort auf Michaels Frage wahrlich genügt.

Dr. Mühlenholtz stand auf. »Das werde ich. Versprochen. Obwohl ich da keine großen Hoffnungen hege.«

Als die Frau die kleine Wache verlassen hatte, ging ein Aufatmen durch den Raum.

»Es ist verdammt eng hier, aber manche Menschen können wirklich schon allein durch ihre Anwesenheit den gesamten Platz einnehmen«, prustete Marvin. »Jetzt wird es erst einmal Zeit für einen Kaffee. Ob Sandra einen für mich hat?«

»Mitten in der Nacht einen Kaffee?«, wunderte sich Michael. »Dass du dann schlafen kannst – erstaunlich.

Ich mache dir einen. Sandra ist mit Wiebke unterwegs. Aber ich weiß auch, wie man die Kaffeemaschine bedient. Sonst noch jemand?«

»Gegen ein alkoholfreies Bier hätte ich keine Einwände«, sagte Arndt. Tatsächlich, der Abend war nicht mehr jung und der Tag begann früh für ihn.

»Mir auch eines«, rief Wille hinter Michael her.

»Also – wie lautet der Plan für morgen?«, fragte Marvin.

»Michael nimmt sich Jens Campen noch einmal vor und du sprichst mit den Autoren und deren Anhang, Marvin. Ich habe mich mit unseren Ermittlern am Spielteich verabredet. Und zwar ganz früh.« Arndt mochte kaum daran denken, aber wenn die Spurensicherer und die Männer von der Feuerwehr ihren Dienst machten, dann musste er eben auch raus. Frühstücken würde er später mit Wiebke. Er war schon froh, dass er die Nachtwache hatte delegieren können. »Wille, du kümmerst dich um die Hundeführer. Nachdem die Fähre angelegt hat, treffen wir uns auf der Terrasse am Hotel *Sonnenstrand*. Nimm bitte Sibyll Zahns Trolley mit in den Clubraum, damit die Tiere was zum Schnüffeln haben.«

»Mache ich«, sagte er, »aber glaubst du denn, dass die Hunde nach so langer Zeit etwas finden werden?«

»Es kommen zwei Hundeführer mit ihren Leichen- und Blutspürhunden und es ist immer wieder erstaunlich, wozu diese Tiere in der Lage sind. Wenn hier irgendwo eine Leiche rumliegt, werden die sie finden. Da bin ich ganz sicher.«

»Dein Wort in Gottes Ohr.« Marvin schwenkte seine leere BVB-Tasse. »Aber jetzt erst einmal – wo bleibt der Kollege mit den Getränken?«

Dienstag

Als Inga Schubert aufwachte, war es dunkel. Und so still, dass es ihr vorkam, als wäre die Welt stehen geblieben oder in schwarze Watte eingehüllt. Sie bewegte sich nicht, hoffte, dass ihre Gedanken nicht über die Bettkante hinausliefen, doch es war vergebens. Mit jeder Minute, die Inga in die Dunkelheit starrte und sich bemühte, sie unter Kontrolle zu halten, wurden die lauter, bis sie es nicht mehr aushielt. Sie stieß mit den Füßen die Bettdecke zur Seite, setzte sich auf und knipste die Nachttischlampe an. An Schlaf war nicht mehr zu denken, da konnte sie sich genauso gut mit einem Buch ablenken.

Ihr Wecker sagte ihr, dass sie eine ganze Weile aushalten musste, bis Frau Eggert das Frühstück servieren würde. Sie horchte zum Nachbarzimmer. Sonst hatte ihr Mann kein Problem damit, zu schnarchen oder Geschichten zu erzählen, aber in dieser Nacht kam von dort nicht ein Laut. Lass mich man allein mit meinen Fantasien, dachte sie missmutig. Aber glaube mir, lieber Erich, nach dem Frühstück bist du dran. Dann erzählst du mir, was an jenem Abend passiert ist.

Sie nahm das zweite Kissen vom Nebenbett, schob es sich hinter den Kopf und griff nach dem Buch. Doch wie sehr sie sich auch anstrengte, sie begriff gar nicht, was die Zeilen ihr sagen wollten. Hatte sie die Seite überhaupt gelesen? Immer wieder glitten ihre Gedanken zu Johannas Tod.

Der Gang gestern von der Leichenhalle zum Flugplatz hatte sie sehr beeindruckt. Tod aus nächster Nähe hatte es die Pastorin genannt. Und genau so hatte sie es empfunden. Sogar Erich war tief erschüttert gewesen. Sie hatte sich haltsuchend bei ihm eingehakt, doch zwischendurch hatte sie das Gefühl beschlichen, dass er es war, der Halt suchte. So fest hatte er ihren Arm umklammert. Dabei kannte er die Tote kaum, hatte auch während Ingas Anwesenheit nie die Nähe der anderen Kolleginnen gesucht.

»Frau Schubert?«

Sie zuckte zusammen. Hatte sie jemand gerufen? Sie musste wieder eingeschlafen sein.

»Frau Schubert?« Jetzt klopfte es an ihre Tür.

»Was gibt es denn?« Sie versuchte, ihrer Stimme einen munteren Klang zu geben, was ihr nur unvollständig gelang.

»Ich wollte nur hören, ob alles okay ist. Ihr Mann wartet mit dem Frühstück«, erklärte ihre Pensionswirtin.

»Geben Sie mir zehn Minuten«, rief sie zurück und hob ihre Beine aus dem Bett.

»Alles klar. Ich dachte ja nur ... Nach den Ereignissen der letzten Tage ... Man macht sich Gedanken, nicht wahr?«, rief Frau Eggert.

Während Inga sich wusch und die Zähne putzte, wurde ihre Wut darüber, dass nicht etwa Erich, sondern Frau Eggert sich Sorgen gemacht hatte, immer größer. War dem Kerl denn alles egal? Sie war fest entschlossen, Plan A nahtlos durch B zu ersetzen. Nicht Frühstück und dann das Gespräch, sondern Gespräch statt Frühstück.

Doch als sie in den Frühstücksraum kam und ihren Mann mit hängenden Schultern am Tisch sitzen sah, verrauchte ihre Wut. Aber die Frage, warum er sie nicht geweckt habe, konnte sie sich statt einer liebevollen Begrüßung nicht verkneifen.

»Ich wollte dich ausschlafen lassen«, antwortete Erich, ohne sie anzusehen.

Das hätte sie sich denken können. Erklärungen konnten so einfach sein. Besonders für Männer.

Sie langte nach einem Brötchen, schnitt es durch und

belegte es mit dieser leckeren Salami, die hoffentlich nicht ausgehen würde, solange sie bleiben mussten. Ja, sie mussten. Aber sie wollte nicht mehr bleiben. Salomon Bartels' Lesung würde bestimmt nicht stattfinden. Allerdings – bei Campen wusste man nie. Trotzdem, sie wollte so schnell wie möglich weg von der Insel. Auch die Theaterpremiere am Mittwoch reizte sie nicht mehr. »Was hältst du davon, wenn wir heute abfahren?«, fragte sie ihren Mann.

Zum ersten Mal an diesem Morgen schaute Erich sie an. »Von mir aus sofort.«

»Das erste Schiff ist bereits da. Das zweite geht heute Mittag. Lass uns packen, wenn wir fertig gefrühstückt haben«, schlug sie vor.

Erich nickte nur.

»Willst du mir trotzdem erzählen, was dich seit dem Abend beim Maibaumaufstellen bedrückt?«, flüsterte sie.

Er sprang so ungestüm auf, dass seine Tasse umkippte und der Kaffee eine dunkelbraune Pfütze neben dem Essteller bildete. »Lass mich einfach in Ruhe! Es ist nichts! Nichts! Nichts!«

»Da wäre ich nicht so sicher!«, kam eine Stimme von der Tür her.

Inga zuckte zusammen. Wer hatte ihren Streit mitgehört? Sie drehte sich um und erschrak. Dort stand der kleine, dicke Polizist. Lingenberg oder so ähnlich.

»Herr Schubert, ich möchte Sie bitten, mit mir zu kommen. Wir hätten Sie gerne ausführlich gesprochen.«

»Was ist denn?« Auch Inga hielt es nicht mehr auf dem Stuhl. »Haben Sie meinem Mann etwas vorzuwerfen?«

»Warum sollten wir?«, erwiderte der Polizist. »Es geht uns nur darum, dass wir einiges mit Ihrem Mann abzuklären haben. Schließlich war er an diesem Abend einer der letzten Personen, die mit Frau Meckseper gesehen wurden.«

Inga drehte sich zu Erich um. »Aber das heißt doch nichts, oder …? Warst du …?«

Sie erhielt keine Antwort.

»Herr Schubert, können wir? Und zwar in aller Ruhe. Sonst müsste ich meine Kollegen zur Verstärkung herbitten.«

Trotz der ganzen inneren Not, die sich in ihr zusammenballte, war sie von dem Kommissar beeindruckt. Er strahlte eine Kompetenz aus, die es sicher jedem schwermachte, sich ihm zu widersetzen. Aber vielleicht lernte man so etwas, wenn allein die Statur nicht unbedingt Überzeugungskraft vermittelte.

Erich verließ den Frühstücksraum, nur um kurz darauf mit einer Jacke über der Schulter wieder vor ihr zu stehen. »Ich gehe jetzt«, sagte er zu Inga. »Ja, ich war bei ihr. Aber ich habe sie nicht umgebracht.«

»Kommen Sie, Herr Schubert.«

Als die beiden den Raum verlassen hatten, sank Inga zurück auf den Stuhl. Wie gut, dass die anderen Gäste im Haus diese unsägliche Szene nicht mitbekommen hatten. Die waren bestimmt schon draußen unterwegs. Die Sonne warf helle Flecken an die Wand des Frühstücksraumes. Nur war es Inga völlig egal. Es wunderte sie, dass es ihr überhaupt auffiel.

»Hat der Kommissar ihn mitgenommen?« Helga Eggert stand vor ihr und schaute sie besorgt an.

»Ja. Zur Befragung. Mehr weiß ich nicht.« Sie würde einen Teufel tun, der Frau den Grund zu nennen.

»Wahrscheinlich kommt die Frage jetzt etwas unpassend«, begann die Pensionswirtin zögernd, »aber möchten Sie weiter frühstücken? Soll ich Ihnen eine frische Decke auflegen?«

Inga schüttelte den Kopf. Weder eine Decke noch Kaffee und Brötchen konnten sie jetzt reizen. Ihr war schlecht bei dem Gedanken, was alles auf sie zukommen würde. »Nein, danke. Ich gehe dann mal.«

»Wenn ich etwas für Sie tun kann, lassen Sie es mich wissen«, sagte Helga Eggert und begann zügig, die Reste des Buffets abzuräumen.

In ihrem Zimmer angekommen, setzte Inga sich auf das Bett und grübelte. Ihre Fantasie reichte nur aus, um Ernst und Johanna allenfalls schemenhaft engumschlungen auf dem Hotelbett zu sehen. Und doch hatte ihr Mann zugegeben, dass er dort gewesen war.

Sie war nicht weltfremd, wusste sehr wohl, dass es nichts Ungewöhnliches war, mal in einem fremden Bett zu landen. Auch wenn sie niemals vermutet hätte, dass sie einmal als betrogene Ehefrau dasitzen würde. Und wie verdammt weh das tat.

Aber konnte es wirklich sein, dass ihr Mann, dieser ruhige und in sich gekehrte Mann, einen Mord begangen hatte?

Eine winzige Stimme in ihrem Inneren sagte, dass er offiziell nicht verdächtigt wurde und deshalb nicht zum Verhör, sondern zu einem Gespräch abgeholt worden war. Aber die Aufforderung dieses Kommissars hatte dennoch eindeutig gezeigt, dass Erich ins Visier der Polizei geraten war.

Doch an dieser Stelle war ihre Vorstellungskraft verbraucht. Sie konnte und wollte nicht darüber nachdenken, was ihren Mann dazu getrieben haben könnte, zum Mörder zu werden. Es ging einfach nicht! Dazu fehlte ihm schlichtweg die Energie!

Sie würde ab sofort alles versuchen, um ihn zu entlasten.

Als Erstes würde sie mit der Tochter sprechen. Hatte die mitbekommen, wann die beiden im Hotel erschienen waren? Und noch wichtiger: Hatte Erich das Hotel allein oder mit Johanna wieder verlassen?

Aber warum sollte Johanna mit ihm gegangen sein? Es sei denn, die beiden hätten in einem Anflug von Romantik den Sternenhimmel bewundern wollen … Blödsinn. Alles Quatsch. Erich hatte noch nie den Sternenhimmel bewundert. Zumindest nicht mit ihr, Inga, zusammen!

Auf dem Weg zum Hotel überlegte sie, wie sie am besten vorgehen könnte. Hoffentlich empfing die Tochter sie, sonst wären ihre Ermittlungen gleich zum Scheitern verurteilt. Bei dem Wort ›Ermittlungen‹ musste sie beinahe lächeln. Es erinnerte sie an die Protagonistin ihres Kriminalromans. Die Privatdetektivin, die sie in *Die Schlangenkönigin* ermitteln ließ, hatte in ihrem ersten Fall einen recht steinigen Weg zu gehen gehabt, bis sie das Rätsel um die Leiche in einem der Fließe, diesen sagenumwobenen Gewässern, die den Spreewald durchzogen, hatte lösen können. Allerdings hatte die Frau aus Lübbenau nach anfänglichen Schwierigkeiten eng mit der Polizei zusammengearbeitet. Das konnte sie, Inga, sich in diesem Fall sicher abschminken. Außerdem hatte ihre jetzige Lage nichts mit einem fiktiven Krimi zu tun. Dies hier war harte Realität.

Im Foyer des Hotels stand sie erst einmal eine Weile ratlos herum, bis die Tür zu einem Büro aufschlug und sie eine Mitarbeiterin – oder war es die Chefin? – hinter dem Schreibtisch sitzen sah. Inga trug ihr Anliegen vor und die Frau telefonierte kurz.

»Sie möchten bitte nach oben gehen. Man erwartet Sie. Zimmer 101. Erster Stock.«

Oben angekommen, klopfte Inga zaghaft. Sollte sie wirklich?

»Kommen Sie rein. Was wollen Sie?«, hörte sie eine energische Männerstimme.

Was sollte sie darauf antworten? Sie wusste es eigentlich selber nicht. Inga öffnete zögerlich die Tür zum Zimmer 101. Simone Kattendorf saß zusammengekauert im Sessel, ihr Mann stand, wie um ihr Schutz zu geben, leicht vornübergebeugt dahinter.

»Ich …« Verdammt, wie sollte sie es nur ausdrücken? »Ich …« Inga gab sich einen Ruck. Sie musste Klarheit haben. »Ich … Es tut mir so leid, was mit Ihrer Mutter passiert ist.«

»Das sagten Sie uns gestern bereits«, bemerkte Kattendorf kühl. »Sehen Sie nicht, wie schlecht es meiner Frau geht?«

Wenig Erfolg versprechender Ansatz. Ihre Ermittlerin wäre da sicher kompetenter vorgegangen. »Wie gesagt, es tut mir leid.« Inga holte tief Luft, dann erklärte sie, was ihr auf dem Herzen lag. »Können Sie mir weiterhelfen?«, fragte sie zum Schluss.

»Ich glaube nicht«, murmelte Simone Kattendorf. »Wir haben nicht mitbekommen, wann sie mit wem gekommen ist. Wir haben geschlafen.«

»Haben Sie denn einen anderen Verdacht, wem Ihre Mutter im Weg gewesen sein könnte?«, hakte Inga nach.

Bernd Kattendorf lachte. »Soll ich Ihnen die Liste ausdrucken? So viele Namen können Sie unmöglich im Kopf behalten.«

»Bernd! Sie ist tot!«, schrie Simone Kattendorf verzweifelt auf. »Wie kannst du nur?!«

»Entschuldigung, Liebes.« Sanft streichelte er seiner Frau über die Haare.

Was war das nur für ein Kerl?! Wenn Inga es gewesen wäre, dann hätte sie den Mann spätestens jetzt vor die Tür gesetzt. »Ich … ich denke, ich gehe dann mal. Ich wünsche Ihnen viel Kraft.«

Inga Schubert wollte gerade das Hotelzimmer verlassen, als Simone Kattendorf sie zurückrief.

»Frau Schubert, warten Sie. Danke für Ihre Worte.

Darf ich Ihnen etwas mitgeben? Meine Mutter hat mir ihre neuesten Texte auf meinen PC geschickt und ich habe sie ausgedruckt. Schließlich bin – war ich ihre Bürokraft.« Mühsam erhob sich die junge Frau aus dem Sessel und ging zu einem kleinen Tisch, der neben dem Fernseher stand. Sie nahm einen dicken und einen schmaleren Ordner. »Wollen Sie das Manuskript mitnehmen? Als Erinnerung?«

»Das darf doch nicht wahr sein, Simone!« Bernd Kattendorf nahm mit einem schnellen Griff die Ordner an sich. »Das ist das Vermächtnis deiner Mutter. Der Verlag wartet bereits darauf. Das wird ein Riesenerfolg. Jetzt, wo …«

Simone Kattendorf starrte ihren Mann ungläubig an. »Meine Mutter ist tot, und das Einzige, was dir einfällt, ist, damit ein Geschäft zu machen? Gib mir das sofort zurück. Es reicht. Noch ein Wort, und du kannst deine Klamotten packen. Außerdem – du weißt genau, dass ich alles auf dem PC habe.« Simone Kattendorf entriss ihrem Mann die Ordner und drückte sie Inga Schubert in die Hand. »Da, nehmen Sie sie. Ich weiß, dass Sie nichts Böses vorhaben.«

»Danke. Ich schaue hinein und bringe sie dann zurück.« Das war alles, was Inga im Moment einfiel. Sie nahm die Plastiktüte, die Simone ihr reichte, verstaute die Ordner darin und ging.

»Ich fahre. Deine Mutter ist zwar tot, aber sie wird immer da sein. Zumindest für dich«, war das Letzte, was sie von den beiden hörte, als sie die Treppe hinunterging.

Inga war sich nicht sicher, ob sie die Manuskripte hätte annehmen sollen. Die Kurzgeschichte kannte sie bis auf das Ende bereits von der Lesung und dass sie die Ruhe hätte, Johannas neuen Krimi durchzulesen, bezweifelte sie. Aber sie hatte Johannas Tochter nicht abweisen wollen. Eigentlich war sie ins Hotel gegangen, um einen Blick in Johannas Zimmer zu werfen, sie hatte sich jedoch nicht einmal getraut, nachzufragen, ob es überhaupt möglich gewesen wäre. Ihr war das kleine Siegel sofort aufgefallen, das die Polizei an der Tür angebracht hatte. Inzwischen fragte sie sich, ob der Blick überhaupt der Recherche gegolten hätte, oder ob sie einfach nur in den Raum hatte blicken wollen, in dem sich ihr Mann mit dieser Frau vergnügt hatte. Offensichtlich taugte sie nicht zur Ermittlerin, denn dass Emotionen dabei nichts zu suchen hatten, das hatte sie ihrer Lübbenauer Privatdetektivin bereits auf der ersten Seite mit auf den Weg gegeben.

Aber noch würde sie nicht aufgeben. Sie brachte die Ordner auf ihr Zimmer. Wie sollte es nun weitergehen? Mit wem sollte sie sprechen? Campen? Salomon Bartels? Blödsinn. Der hatte am wenigsten mit den Geschehnissen zu tun. Und warum sollte sie dem auf die Nase binden, dass Erich die Nacht bei Johanna verbracht hatte?

*

Michael Röder stellte sein Fahrrad auf der Terrasse des Hotels *Sonnenstrand* ab. Sie waren nicht viel weitergekommen. Den Spielteich hatte die Feuerwehr inzwischen leergepumpt. Martin Brinkmann und sein Kollege von der Spurensicherung hatten den Grund des Sees und ein weiteres Mal die Umgebung nach möglichen Beweisstücken abgesucht, jedoch nichts gefunden, was mit dem Tod der Frau hätte in Verbindung gebracht werden können. Auch Johanna Mecksepers Zimmer hatte eigentlich keinen rechten Hinweis auf ihren Tod gebracht. Bis eben darauf, dass sie Besuch gehabt hatte und zwar von Erich Schubert. Unter dem Bett hatte eine Quittung gelegen. Bezeichnenderweise über mehrere Gläser Spreewaldgurken, ausgestellt auf Inga Schuberts Namen.

Das war zwar immer noch kein schlüssiger Beweis, aber Marvin hatte voll ins Schwarze getroffen, als er den Mann einfach zum Gespräch abgeholt hatte. Jetzt saß er mit Erich Schubert im Clubraum und war offensichtlich endgültig entschlossen, dem Mann den Mord an Johanna Meckseper anzuhängen, denn als Röder eintrat, legte Marvin genau diese Quittung vor Schubert auf den Tisch. »Ist das Ihre?«

Schubert starrte auf den weißen Zettel, dann nickte er. »Muss mir aus der Tasche gefallen sein. Ich mache die Büroarbeiten für meine Frau. Bei ihren Lesungen verteilen wir schon mal Gurken, daher muss die Quittung wieder zu meinen Unterlagen.«

Schubert wollte danach greifen, doch Marvin war schneller. »Das ist Beweismaterial.«

Erich Schubert lachte höhnisch auf. »Eine Gurkenquittung als Beweis für einen Mord, das ist echt komisch. Dieser Fetzen Papier zeigt, dass ich im Zimmer war. Was ich auch nicht bestreite. Aber das heißt noch lange nicht, dass Johanna mit mir das Hotel verlassen hat.«

»Sie sind also alleine gegangen? Ich glaube Ihnen nicht.«

»Dann kann ich es nicht ändern. Das ist die Wahrheit!«, erwiderte Schubert.

»Dann sagen Sie mir etwas, was meine Meinung ändert. Nennen Sie mir zum Beispiel eine Person, die bezeugen kann, dass Sie das Hotel alleine verlassen haben.«

»Wo soll ich für nachts um zwei denn mal eben jemanden hernehmen? Einen Nachtportier gibt es schließlich nicht«, sagte Schubert aufgebracht. »Und – soll ich etwa Menschen, die mir um diese Uhrzeit entgegenkommen, anhalten und sie um Namen und Adresse bitten, falls ich sie mal als Zeugen brauche? Ziemlich suspekt, oder?«

Insgeheim musste Röder dem Mann zustimmen, sprach es aber nicht aus. Das hätte ihm ziemlich sicher einen derben Anpfiff seitens seines Kollegen eingebracht. Er hatte außerdem anderes zu tun. Für ihn stand Salomon Bartels auf der Liste. Sollte er jetzt? Warum nicht?

Sein Freund und Kollege Arndt war ebenfalls schon früh am Spielteich gewesen und saß nun mit Wiebke beim Frühstück. Er gönnte es ihm, hatte Arndt doch eigentlich ein paar erholsame Urlaubstage auf der Insel verbringen wollten. Aber er war sicher, dass Arndt in Kürze wieder zu ihnen stoßen würde.

Wille war mit den Hundeführern unterwegs. Röder war gespannt, ob die Hunde Erfolg hatten. Wobei ihm das Wort Erfolg nicht ganz passend schien. Es hatte so etwas Positives, was in diesem Falle vermutlich nicht angebracht war. Zumindest nicht für Sibyll Zahn.

Somit waren alle beschäftigt und würden sich gegen Mittag im Clubraum treffen, um Informationen auszutauschen. Vielleicht hatte Arndt bis dahin schon Neuigkeiten von der Obduktion.

Auf dem Flur des Hotels *Sonnenstrand* sah er den Besitzer Henning Ahlers im Gespräch mit einem Gast. Röder winkte ihm kurz zu und schloss den Reißverschluss seiner Jacke. Konnte wohl ein bisschen kühl sein, obwohl die Sonne bereits den Himmel erobert hatte.

»Na, habt ihr schon den Maibaumdieb gefasst?«, hörte er eine fröhliche Stimme, als er gerade an der Volksbank vorbeifuhr. Kenny Jannssen, ein Mitarbeiter der Firma *Saubär*, stand mit einer Harke vor der Eingangstür und lachte ihm zu.

Einen blöderen Spruch gibt es wohl nicht, dachte Röder, eigentlich müsste selbst zu Kenny bereits die Nachricht vorgedrungen sein, womit sie sich zurzeit beschäftigten.

Er hatte den Mann bei der Feier zum ersten Mai gesehen, also in der Nacht, in der nicht nur der Baum aufgestellt und gestohlen, sondern auch eine Frau umgebracht worden war. Röder bremste. »Was machst du da?«, fragte er statt einer Begrüßung.

»Ich harke die Steine in dem kleinen Beet. Also genau genommen harke ich alte Blätter da raus und schaue, ob wieder neue Steine aufgefüllt werden müssen. Dann werde ich mich um die Sauberkeit im Hausflur kümmern. Schließlich betreiben wir den Hausmeisterservice hier.«

»Aha. Verstanden. Aber jetzt mal was anderes – du warst doch bei der Maifeier. Ist dir da etwas Besonderes aufgefallen? Besonders zu später Stunde?« Röder wusste, dass Kenny ein Spezialist für späte Stunden war.

»Eigentlich nicht. Es war wie immer. Wie schon zu Zeiten, als ich den Baum noch selber mit aufgestellt habe. Es waren Insulaner da und viele Gäste. Nach und nach haben sich alle verzogen. Bis auf die Baumbewacher. Die waren aber schon ziemlich hinüber und haben bestimmt nichts mehr mitgekriegt.«

»Und du?«

»Ich war der Letzte an der Bierbude. Im *Sturmeck* war nichts mehr los. Nur die Jungs hingen auf den Bänken rum. Also …«, er grinste Röder verträumt an, »war alles ziemlich romantisch, oder?«

»Dann kamen die Diebe …«

»Ja. Habbo Tebben, der direkt am Baum Wache halten sollte, war eingeschlafen und die Hand, die eigentlich den Baum umfassen sollte – du weißt ja, alte Maibaumregel – lag wohl wie der Rest seines Körpers im Gras. Plötzlich tauchten diese Leute auf. Die waren dunkel angezogen und hatten ganz echt Schals oder so Sturmmasken im Gesicht. Wirklich erschreckend. Unsere Jungs haben trotzdem kaum was mitbekommen, so fertig waren die.«

»Was ist dann passiert? Hast du die Jungs nicht geweckt?«

Kenny lachte auf. »Wieso denn? Die anderen haben den Baum nach alter Sitte erobert und ich hätte die Jungs sowieso nicht wachbekommen.«

»Na gut. Du hast also keine Namen von den Dieben. Alles klar.« Nach den Namen der Aufsteller musste Röder nicht fragen. Die kannte er. Schließlich war er an dem Abend auch da gewesen. Außerdem hatte er keine Ahnung, ob dieses Wissen im Moment vonnöten war.

»Die Diebe haben den Baum übrigens ganz professionell ausgebuddelt und sind dann ruckzuck in der Dunkelheit verschwunden«, fügte Kenny hinzu.

»Welche Richtung?«, fragte Röder.

Kenny zeigte zur Evangelischen Kirche. »Dorthin. Wie aber weiter – ob die links oder rechts abgebogen sind – keine Ahnung.«

»Eine letzte Frage: Wann war das ungefähr?«

Wieder lachte Kenny. »Du setzt ganz schön viel Vertrauen in mich, wenn du glaubst, dass ich um diese Zeit das Zifferblatt meiner Uhr noch erkennen konnte. Aber es muss nach zwei gewesen sein. Denn vorher dürfen die ja den Baum nicht klauen, oder?«

»Jetzt muss ich dir widersprechen«, sagte Röder. »Es gilt: von Sonnenuntergang bis Sonnenaufgang. Also mag es auch früher gewesen sein.«

»Na gut. Ich kenne nur die Regeln aus unserem Dorf am Festland. Ich gebe mich geschlagen«, erwiderte Kenny. »Du siehst also – es war eine ganz normale Maibaumfeier. Jetzt muss der Baum natürlich noch ausgelöst werden. Aber ich bin mir sicher, dass sich keine der beiden Parteien die dicke Party entgehen lassen wird. Was mich nur wundert, ist, dass sich von den Dieben bisher keiner gemeldet hat. Eben fuhr nämlich Habbo hier vorbei und hat mir das gesagt. Der fand das auch so seltsam. Ist doch unlogisch, wenn ich erst 'nen Baum klaue und den dann nicht einlöse.«

Das war tatsächlich ziemlich ungewöhnlich. Aber das Rätsel würde sich bestimmt zeitnah auflösen. Er verabschiedete sich und fuhr weiter, ein ums andere Mal Kindern ausweichend, die auf der Straße Ball spielten, und Erwachsenen, die einfach nicht damit rechneten oder die Tatsache schlichtweg ignorierten, dass auch Fahrräder unterwegs waren.

Salomon Bartels saß im Garten, ein Buch vor sich. Röder begrüßte ihn freundlich und setzte sich neben ihn auf die Bank, ohne eine Aufforderung abzuwarten. »Üben Sie für Ihre Lesung heute Abend?«

Bartels schüttelte den Kopf. »Ich denke nicht, dass ich lesen werde. Die Umstände lassen es einfach nicht zu.«

»Weiß Jens Campen das schon?«, fragte Röder zweifelnd.

»Nein. Ich sammele gerade Kraft, um es ihm mitzuteilen«, seufzte Bartels. »Nicht, dass ich Angst davor hätte, aber der Mann ist offensichtlich so darauf fixiert, dass ich meinen Job hier mache, dass der nicht mehr nach links und rechts sieht. Erst gestern Abend hat er mir erzählt, dass er persönlich vierhundert Stühle in der Turnhalle aufgestellt hat. Die Bestuhlung sei wegen eines Handballturniers nämlich abgebaut gewesen und die Gemeindemitarbeiter hätten es nicht geschafft, die Stühle wieder aufzustellen, wie er mir etwas kurzatmig berichtete. Hundert Karten sind übrigens schon im Vorverkauf weggegangen. Was also soll ich tun?«

»Folgen Sie Ihrem Gewissen. Wenn Sie aber absagen, dann bitte bald. Damit sich der Mann darauf einstellen kann«, riet Röder ihm.

»Mache ich. Ich will schließlich nicht, dass er einen Herzinfarkt bekommt.«

»Na, der kann doch froh sein, dass Sie zumindest

schon für Johanna Meckseper eingesprungen sind und während des Geocachings gelesen haben. Sonst wäre das sicher das Aus für die Krimitage gewesen. Wenn allein Frau Schubert das restliche Programm hätte bestreiten müssen, hätte das etwas mager ausgesehen«, sagte Röder.

»Das mit dem Einspringen war kein Problem.« Bartels winkte ab. »Was meinen Sie, womit ich sonst bei meinen Lesungen oftmals zu kämpfen habe? Wenn ich anfange, darüber nachzudenken ... Da wäre die grauenhafte Organisation, wie kalte Säle, keine Presseankündigung, verschlampter Vorverkauf oder nervig Zwischenmenschliches, wie extrem anhängliche Buchhändler ... Ich bin eigentlich mit wenig zufrieden und nehme meinen Erfolg nicht als selbstverständlich. Kann auch ganz schnell wieder vorbei sein und ich sitze wie vor ein paar Jahren wieder im Liegenschaftsamt der Stadt Bochum hinterm Schreibtisch.«

Röder hätte gerne mehr über Bartels' Leben als Schriftsteller erfahren, doch ein Blick auf seine Uhr sagte ihm, dass er dringend ein paar weitere Fragen loswerden musste. Seine Kollegen warteten bestimmt schon. »Hat sich Herr Campen im Vorfeld der Krimitage eigentlich bei Ihnen gemeldet, oder war es umgekehrt?«

»Wollen Sie das in Ihrer Eigenschaft als Polizist wissen? Hat das etwas mit den Fällen hier zu tun, wann ich von den Krimitagen gehört habe?«, fragte Bartels. Und diesmal klang seine Stimme längst nicht mehr so verbindlich wie zuvor. »Ich habe bereits erzählt, dass ich Baltrum von früher kenne, und dass ich deswegen kommen wollte, als ich davon erfuhr.«

»Ich weiß«, bestätigte Röder. »Aber wie war der Ablauf?«

Salomon Bartels zögerte, dann sagte er: »Ich habe mich gemeldet. Am Montag letzter Woche habe ich eine

Mail an Herrn Campen geschrieben. Und am Dienstag hat Herr Campen angerufen und mich gebeten, zu kommen. Ich habe meine Wochenendtermine verlegt und war vorgestern da. Eher ging es leider nicht. Hilft Ihnen das weiter?«

»Wir werden sehen«, antwortete Röder knapp. »Aber gerade Sie als Krimi…«

»Thriller. Ich schreibe Thriller. Die Hardcore-Variante. Ein kleiner Unterschied«, unterbrach ihn Bartels.

»Nun gut, Sie als Thriller-Autor sollten wissen, dass das stetige Fragen und das Verknüpfen der Antworten ein wichtiger Teil unserer Polizeiarbeit ist. Darum also die nächste Frage: Was haben Sie vorgestern gemacht?«

»Ich bin nach dem Frühstück auf der Insel rumgelaufen. Habe quasi jeden Sanddornstrauch persönlich begrüßt.« Jetzt lächelte Bartels wieder. »Dann habe ich einen Stopp bei den ehemaligen Nachbarn meiner Familie eingelegt und als ich erst einmal da war, kam ich nicht mehr weg. Abends war ich zu später Stunde mit dem Sohn der Familie bei der Maifeier. Es war wie früher.«

»Und etwas Besonderes ist Ihnen dort nicht aufgefallen?«

»Nein. Von den Autoren habe ich keinen gesehen, die anderen Gäste waren schon ziemlich lustig und als ich ging, war der Baum noch da.«

Röder stand auf. Hier war offensichtlich im Moment nichts mehr an Informationen zu holen.

Auch Bartels war aufgestanden. »Sie glauben nicht wirklich, dass mein Erscheinen etwas mit dem Verschwinden von Frau Zahn oder dem Mord an Frau Meckseper zu tun hat, oder?«

Röder war sich nicht sicher, was er glauben sollte, deshalb ließ er die Antwort offen.

»Bitte sagen Sie, dass Sie das nicht denken«, hakte Bartels nach. »Ich schreibe nur von Todesfällen. Ich verursache sie nicht. Außerdem finde ich Ihre Arbeit um Längen interessanter als meine. Sie haben in der Realität damit zu tun.«

»Manchmal wünsche ich mir, dass die Todesfälle, mit denen ich konfrontiert werde, mich tatsächlich nur in Buchformat erreichen.«

»Dann warten Sie.« Salomon Bartels lief ins Haus und kam kurz darauf zurück, ein Buch in der Hand. »Darf ich Ihnen das schenken? Es ist mein neuestes.« Er schlug es auf und schrieb ein paar Zeilen auf die erste Seite.

Röder überlegte kurz. Sollte er es annehmen? Was wäre, wenn …? Egal. Sandra freut sich bestimmt, dachte er, nahm das Buch, bedankte sich und stieg auf sein Rad. Allerdings ließ ihm dieser eigenartige Zufall keine Ruhe, dass Campen vor dem Verschwinden von Frau Zahn mit Salomon Bartels gesprochen und dessen Zusage erhalten hatte. Zumal Campen ausgesagt hatte, dass er erst am Donnerstag mit Bartels gesprochen hatte. Röder war gespannt, wie Arndt die Sachlage einschätzte.

*

Der Clubraum des Hotels *Sonnenstrand* glänzte durch gähnende Leere. Wille war wohl immer noch mit den Hundeführern draußen und Marvin hatte sein Gespräch mit Erich Schubert beendet. Michael Röders Blick blieb an dem großen Wandbild hängen. Das war neu. Zumindest war es ihm bisher nie aufgefallen. Und das wäre es. Es zeigte – ja, was zeigte es eigentlich? Drei Striche in Rot von links unten nach rechts oben, ein schwarzes Dreieck in der linken Ecke und in der Mitte einen dicken roten Punkt.

»Ein echter Mellerand.« Die Hotelchefin Birgit Ahlers war hinter Röder aufgetaucht. »Er hat im letzten Herbst seinen Urlaub hier verbracht und uns das Gemälde als Dankeschön hiergelassen.«

»Da wäre mir ein Liebermann als Gast aber lieber gewesen«, überlegte Röder. Sandra hatte ihn vor einiger Zeit bei einem Besuch in Bremen mit in die Kunsthalle geschleift. Dort lief gerade eine Ausstellung des Künstlers. Zunächst hatte er keine Lust verspürt, wäre gerne länger im Altstadtviertel, dem Schnoor, herumgeschlendert, dann hatte er aber zu seinem Erstaunen festgestellt, dass ihm die Bilder gefielen. Besonders die Seebilder. Es waren überwiegend Motive, die der Maler an der holländischen Nordseeküste eingefangen hatte.

»Der würde bestimmt nicht so ungeschützt hier an der Wand hängen«, sagte Birgit. »Aber ein Mellerand kostet auch schon einiges, wenn ich dem Internet glauben darf. Ein Bild von ihm wird locker mit tausend Euro gehandelt. Und im Gegensatz zu Liebermann lebt Mellerand noch. Aber warte mal ab, bis der tot ist, dann steigt der Wert des Bildes um ein Zehnfaches. Wenn nicht mehr.«

»Unglaublich.« Röder konnte es nicht fassen. »Das könnte sogar Amir mit seiner rechten Pfote aufs Papier bringen.«

»Kunstbanause.« Sie lachte. »Sag mir lieber, ob ihr vorankommt.«

»Nicht so richtig. Wir werden gleich mal besprechen, was es Neues gibt. Hast du Arndt gesehen?«

Birgit schüttelte den Kopf. »Nach dem Frühstück nicht mehr. Seine Frau wollte sich mit deiner treffen, das weiß ich.«

Er nahm sein Handy heraus, doch bevor er wählen konnte, kam Arndt Kleemann herein. »Werde ich bereits vermisst?«

»Ich habe im Moment nach dir gefragt«, sagte Michael. »Setz dich und höre dir an, was ich erfahren habe.«

»Ich lasse euch beide alleine, dann könnt ihr in Ruhe euer Wissen austauschen«, sagte Birgit Ahlers und verschwand.

Dann berichtete Röder über sein Zusammentreffen mit Kenny Jannssen und Salomon Bartels.

»Und du meinst, Campen hat die Meckseper getötet, um Platz für den Aufsteiger zu machen?« Arndt sah Michael zweifelnd an. »Bei aller Liebe, aber daran glaube ich nicht. Auch wenn du mir eindringlich von Campens Perfektionismus erzählt hast – das ginge zu weit. Im Gegenteil: Ein Schriftsteller zusätzlich hätte die Veranstaltung eher aufgewertet.«

»Weißt du, wie Mörder ticken? Ich jedenfalls denke, wir haben allein bei den Straftaten, die hier auf der Insel in den letzten Jahren begangen wurden, die seltsamsten Begründungen gehört.« Röder war nicht bereit, den Gedanken so schnell aufzugeben, doch Arndt lenkte seine Aufmerksamkeit auf ein Blatt Papier, das er aus der Tasche zog.

»Hier. Das alles kannst du dir auch auf dem PC durchlesen«, sagte Arndt. »Dies sind die wichtigsten Fakten. Johanna Meckseper ist ertrunken. Die Rechtsmediziner haben Wasser in der Lunge gefunden. Im Brustbereich der Leiche zeigte sich ein Hämatom und am Hinterkopf ebenfalls. Alkoholgehalt im Blut null Komma acht Promille. Todeszeitpunkt ungenau. Luft- und Wassertemperatur eingerechnet irgendwann zwischen vierundzwanzig und drei Uhr.«

»Also genau zu der Zeit, als Schubert sie angeblich verlassen hat«, überlegte Röder.

»Damit hätte sich deine Verdächtigenliste um hundert Prozent erweitert. Das ging ja zügig«, stellte Arndt fest.

Michael musste Arndt notgedrungen zustimmen. Was ihm allerdings ziemlich sauer aufstieß, war dieser leicht arrogante Unterton. »Ich bin eben nach allen Seiten offen. Festbeißen ist nicht meins«, entgegnete er lauter als gewöhnlich.

»Nun mal Ruhe. Ist ja gut. Wo sind Marvin und Wille?«

»Keine Ahnung. Bin selbst knapp vor dir reingekommen.« So ganz konnte sich Michael noch nicht wieder auf ein sachliches Gespräch einlassen. Da half auch ein ›Nun mal Ruhe‹ nicht. Er stand auf und ging zum Fenster. In der Ferne sah er das Wattenmeer blinken. Es musste jetzt Hochwasser sein. Bestimmt hatten die Männer von der Freiwilligen Feuerwehr die Sandsäcke vom Zulauf zum Kinderspielteich entfernt und der See war wieder voll, als ob nie etwas passiert wäre. Die Kinder ließen ihre Boote auf dem Wasser schwimmen und Enten und Möwen legten dort auf der Suche nach Nahrung einen Zwischenstopp ein.

»Michael … Tut mir leid. Ich hab's nicht so gemeint. Ist halt alles ein bisschen schwer zurzeit.«

Michael drehte sich um. »Schon klar.« Er verstand seinen Freund eigentlich nur zu gut. Auch er hatte in den ganzen Jahren immer wieder mal mit seinem Beruf gehadert. Trotzdem biss es ihn, dass Arndt sich ausgerechnet ihn ausgesucht hatte, um Dampf abzulassen. Und wenn man als Mann erst einmal beleidigt war … Er musste lachen, was zur Folge hatte, dass Arndt ihn verwundert anschaute.

»Ich … Ich … – Ach, vergiss es!« Mehr brachte Michael nicht heraus, hoffte aber, dass es reichte, um wieder Normalstatus herzustellen. Er kam nicht mehr dazu, das zu überprüfen, denn es klopfte und dann stand Daniel Peters, der Inselführer, im Raum.

»Sandra hat mir gesagt, dass ich euch hier finde«, erklärte der Mann.

»Was können wir für dich tun?«, fragte Röder.

»Ich weiß nicht, ob es wichtig ist, aber ich möchte

gerne was loswerden. Macht damit, was ihr wollt«, begann Peters.

»Das werden wir. Versprochen. Also, was gibt es?«

»Also – ich bin hier Fremdenführer, wie du weißt, Michael. Und ich bin immer auf der Suche nach neuen Ideen und Plätzen, an denen ich den Gästen die Baltrumer Geschichte näherbringen kann.«

»Ja, und?«, unterbrach ihn Röder, wohl wissend, dass das eigentlich die schlechteste Taktik war. Aber der Mann konnte sehr ausschweifend erzählen.

»Als ich die Führung am Sonntag gemacht habe, kam mir die Idee, etwas über die Jauchegruben zu erzählen, die sich damals, bevor es die Leitung zum Klärwerk gab, auf jedem Grundstück befanden. Zu jedem Haus gehörten eine Grube für das Grobe und eine Sickergrube für den Rest. Also das Flüssige. Ich habe dann Jens Campen gefragt, ob ich seine, die natürlich nicht mehr in Gebrauch ist, in meine Führung einbauen darf. Aber der hat abgelehnt. Er hat gesagt, die sei zugewachsen. Alles klar. Als wir dann zum Geocachen unterwegs waren, wollten einige Jungs auf sein Grundstück klettern, weil sie dort den Cache vermuteten. Das hat Jens ziemlich sauer verboten. Auch gut. Aber der Gedanke, dass ich bei der Ostdorfführung den Gästen mal eine Grube zeigen konnte – immerhin ein historisches Zeugnis – hat mich nicht losgelassen …«

Röder musste ein Stöhnen unterdrücken. Wann würde der Mann zum Punkt kommen? Arndt hingegen schien Peters' Ausführungen mit Interesse zuzuhören. Er hatte seine Hände auf dem Tisch gefaltet und schaute den Mann unverwandt an.

»Daher bin ich noch mal hin. Diesmal bin ich über den Zaun geklettert, um mir das Gelände anzusehen, wo die Grube sein musste. Ich hätte mich natürlich bei Jens melden sollen, aber er war so ablehnend, was das

Betreten seines Grundstücks betraf, da wollte ich erst einmal keine schlafenden Hunde wecken. Ich habe die Stelle dann gefunden. Und jetzt kommt's …«

»Was?«

»Die Grube war gar nicht zugewachsen. Zumindest nicht mehr.«

»Was soll das heißen?«, fragte Arndt angespannt.

»Die muss vor kurzem freigeschaufelt worden sein. Die Grassoden lagen zwar wieder auf dem Betondeckel der Grube, waren aber eindeutig nicht festgewachsen«, sagte Peters. »Und ich meine ja nur. Wo die Polizei doch diese Autorin sucht – ein idealer Platz, um jemanden zu begraben. Was meinst du, Michael?«

»Es ist gut, dass du uns deine Entdeckung mitgeteilt hast. Wir werden uns darum kümmern.«

Daniel Peters schaute Michael abwartend an. Offensichtlich hat er ein wenig mehr Enthusiasmus erwartet.

»Und bitte – zu keinem ein Wort. Ich will nicht, dass andere Leute schon vor Eintreffen der Polizei mit den Ausgrabungen beginnen. Oder wolltest du uns jetzt sagen, dass du bereits …?«

»Nein«, wehrte der Gästeführer ab. »Ich bin gleich zu euch gekommen. Meint ihr, ich habe Interesse daran, irgendwelche Leichen auszubuddeln?!«

»Okay. Danke. Falls wir Fragen haben, melden wir uns bei dir«, sagte Röder. Die Antwort, die er eigentlich auf Peters' Frage hätte geben wollen, verkniff er sich. Denn die hätte gelautet: Wenn es dem Fremdenverkehr dient …

»Und – Quatsch oder ernstzunehmende Spur?«, fragte Arndt, nachdem Peters die Tür hinter sich geschlossen hatte.

»Lass uns der Sache nachgehen«, schlug Röder vor. »Wir haben die Hundeführer auf der Insel. Die Tiere können uns ganz schnell sagen, ob da was dran ist.

Der Deckel lässt sich recht einfach abnehmen. Die sind nicht so schwer. Früher mussten, soweit ich weiß, die Ureinwohner diese Gruben regelmäßig leeren. Der Inhalt kam in die Gärten. Als Gülle sozusagen. Sollte Campen sich wegen der Öffnung querstellen, holen wir uns ganz schnell die Erlaubnis von Müller.« Röder war sich sicher, dass ihr Chef in Aurich keine Einwände hatte, wenn sie ihm die Dringlichkeit des Unternehmens klarlegten.

»Ich bin dabei. Mach einen Treffpunkt mit Wille und den Hundeführern aus. Ruf Marvin auch dazu«, sagte Arndt. Er schaue auf die Uhr. »Und natürlich die Spurensicherung. Ich hatte die beiden hierher gebeten, nun sollen sie aber direkt zum Treffpunkt kommen. Allerdings hoffe ich sehr, dass wir ihre Arbeit nicht benötigen.«

*

Sie hatten sich unterhalb der Düne versammelt und näherten sich langsam Campens Grundstück. Röder beobachtete die beiden Belgischen Schäferhunde. Von ihnen schien keine Unruhe auszugehen. Auch die beiden Hundeführer waren sehr gelassen.

»Bis jetzt war es ruhig für euch. Bin gespannt, was gleich passiert«, sagte Röder.

Einer der Hundeführer erwiderte: »Unsere Tiere haben intensiv gearbeitet. Natürlich haben sie auch Pausen gemacht. Die Spurensuche ist für sie sehr anstrengend. Oftmals haben wir sogar jeder zwei Hunde dabei, damit die sich abwechseln können.«

»Na, wenigstens hattet ihr auch die Chance, euch irgendwo auszuruhen«, sagte Röder.

Der Hundeführer lächelte, ohne seinen Hund aus den Augen zu lassen. »Ich glaube, der Ort hieß Café *Kluntje*. Wurde uns von Wille empfohlen. Es war sehr schön. Wir konnten mit unseren Hunden draußen auf der Terrasse sitzen. Obwohl dort richtig Betrieb war, war es erholsam.«

»Es sei euch gegönnt.« Röder dachte an Amir. Er liebte seinen Heidewachtel, wusste aber zugleich, dass der niemals in der Lage sein würde, als Leichenspürhund zu arbeiten. Dazu fehlten Amir die Anleitung und die natürliche Begabung. »Wie gehen wir vor?«, fragte er Arndt, als sie den Zaun erreichten.

»Schau nach, ob Campen zu Hause ist«, bat Arndt seinen Inselkollegen.

Röder nickte knapp und ging um das Grundstück herum zu Jens Campens Haustür.

Noch ehe er sich bemerkbar machen konnte, stand der Mann vor ihm. »Was wollt ihr?«, fragte er. »Ich habe eure Versammlung beobachtet.«

»Wir möchten einen Blick in deine Jauchegrube werfen. Ich hoffe, du hast nichts dagegen«, sagte Röder ruhig.

Campens Augen blitzten ihn wütend an. »Das habe ich sehr wohl. Da gibt es nichts zu finden. Außerdem hätte ich gerne gewusst, warum ihr hier so einen Aufstand macht.«

»Bitte, Jens, wir müssen jeder Spur folgen, nur dann können wir erfolgreich ermitteln«, versuchte er, den Mann zu beruhigen.

»Nein, kommt nicht in Frage. Ich kann mir zwar denken, wer mich bei euch angeschwärzt hat, aber ihr seid auf dem Holzweg. Geht also.«

»Nein. Wir bleiben.« Röder wunderte sich ein wenig. Wieso wusste Campen so genau, wer sich bei der Polizei gemeldet haben könnte? »Wir haben die offizielle Genehmigung, uns um deine Jauchegrube zu kümmern. Zunächst mal. Bei Bedarf werden wir uns ebenfalls in deinem Haus umsehen.«

Jens Campen drehte sich um und rannte los. Er bog um sein Haus herum, schob einen Holunderstrauch zur Seite und baute sich vor der Jauchegrube auf. Röders Kollegen waren inzwischen nähergekommen und Wille griff nach dem Metallring, der in den Deckel eingelassen war.

»Lassen Sie das«, schrie Campen und versuchte, den Polizisten mit einem groben Griff zur Seite zu schieben.

Arndt und Marvin schnappten sich den Mann und drängten ihn zur Hauswand. »Sie bleiben hier stehen«, sagte Arndt.

Campen versuchte, sich freizurütteln, doch Marvin hielt ihn sicher fest. Röder wunderte sich wieder einmal, wie viel Kraft sein Kollege aufbringen konnte. Alles Behäbige war in diesem Moment von Marvin abgefallen und Campen hatte keine Chance, sich aus dem Griff zu befreien.

Daniel Peters hatte recht gehabt. Die Soden, die seit Jahren den Deckel der Grube bedeckt hatten, lagen nur locker darauf, einige waren zur Seite geschoben. Es konnte nicht lange her sein, dass der Deckel freigelegt worden war. Vorsichtig hob Wille die Platte an. Was sie sahen, überraschte sie. Die Grube war bis obenhin voll mit einer dicken, dunkelgrauen, beinahe festen Masse.

»Sie sehen doch, da gibt es nichts«, schrie Campen.

Röder hätte durchaus geglaubt, dass diese Spur zu nichts führen würde, hätte er nicht gesehen, dass die Masse an einer Stelle lose war, als hätte jemand darin gegraben. Auch Arndt zeigte dorthin und Martin Brinkmann, der Leiter der Spurensicherung, nahm einen Klappspaten aus seiner Arbeitstasche.

»Lassen Sie das!« Erneut versuchte Campen, sich loszureißen.

»Wenn da nichts ist, warum sind Sie dann so aufgeregt?«, fragte Arndt den Mann, dessen Gesicht jetzt von hektischen roten Flecken übersät war.

»Was glauben Sie denn? Normalerweise müsste diese Grube leer sein. Aber meine Schwiegereltern haben es einfach versäumt, sie zu säubern, als das Haus ans Kanalnetz angeschlossen wurde. Ich habe mich ebenfalls nicht drum gekümmert. Wen störte es auch, bevor Sie mit ihrem komischen Vermutungen hier aufgetaucht sind!«

»Welchen Vermutungen? Und wer, bitteschön, soll dich eigentlich angeschwärzt haben?«, fragte Röder. »Es ist doch völlig egal, ob die Grube voll oder leer ist. Das ist die dämlichste Ausrede, die ich seit langem gehört habe.«

Jetzt schwieg Jens Campen.

Brinkmann kniete sich neben die Grube und trug Zentimeter für Zentimeter der braunen Schicht ab. Den Spaten hatte er neben sich ins Gras gelegt und arbeitete mit den Händen.

Wie gut, dass der Mensch die Handschuhe erfunden hat, dachte Röder, wäre sonst eine ziemlich ekelige Angelegenheit für den Kollegen.

Plötzlich hielt Brinkmann inne, und Röder sah etwas aus dem Gubbel auftauchen. Brinkmann schob noch ein wenig Erde oder was immer es war, zur Seite und hielt eine Vase in der Hand.

»Haben Sie das dort versenkt?«, fragte Arndt den Mann, der noch immer fest in Marvins Umklammerung steckte. Campen schüttelte den Kopf, sagte jedoch nichts.

Nach und nach barg Brinkmann eine weitere Vase, die genau der ersten glich, und einen Wandteller aus der Grube und legte die Dinge ins Gras.

Röder überlegte. Er kannte das Porzellan. Wo hatte er das schon mal gesehen? Es war nicht allzu lange her, da war er sich sicher. Dann fiel es ihm ein. Das waren die Vasen aus Campens Arbeitszimmer. »Warum hast du sie entsorgt?«, fragte er Campen. »Was steckt noch alles in dieser Grube?«

»Nichts. Ich mochte sie nicht mehr leiden, da habe ich sie hier vergraben«, machte Campen den Versuch einer Erklärung.

»Wäre es da nicht einfacher gewesen, die Teile zur Müllstation zu bringen?«, fragte Arndt Kleemann ungläubig.

»Oder bei ebay zu verticken?«, schob Wille nach.

»Sie sind nichts wert. Ich wollte es später entsorgen«, sagte Campen.

»Ach, und dann haben Sie sich gesagt: Da lege ich jetzt erst einmal den Deckel zur Jauchegrube frei, schaue, ob dort Platz ist, indem ich den schweren Deckel anhebe, lege das Porzellan dort hinein und verschließe den Deckel wieder, anstatt die Sachen mal eben schnell mit anderem Müll zur Müllstation zu bringen? Das glauben Sie doch selber nicht.«

»Jens, du weißt genau, dass du das Porzellan ganz einfach hättest in die Restmülltonne stecken können«, warf Röder ein.

»Diese verdammten Tebbens«, murmelte Jens Campen. »Können die mich nicht in Ruhe lassen?«

»Wer? Tebbens? Was haben die damit zu tun?«, fragte Röder.

»Ach, nichts. Vergiss es. Ich habe keinen Bock, darüber zu reden«, sagte Campen verdrießlich. »Geht ihr?«

»Wir gehen nicht. Wir haben zu tun«, sagte Arndt bestimmt.

Jens Campen lachte verzweifelt. »Die wollen Sie wirklich leermachen? Und wenn das ganze Zeug in meinem Garten liegt, wer entsorgt das dann?«

»Das ist das Letzte, worüber ich mir im Moment Sorgen mache!«, erwiderte Arndt scharf und wandte sich an die Spurensicherer. »Weitermachen!«

Auch der zweite hatte sich jetzt neben die Grube gekniet und beide Männer griffen nach ihren Spaten.

Schnell wurde der Haufen daneben größer. Ein muffiger Geruch ging von dem grauen Zeug aus.

»Es nützt nichts. Wenn wir den Rest rauskriegen wollen, muss ich da rein« sagte Brinkmann. »Was für ein Glück, dass ich Stiefel und Schutzanzug trage.«

»Und was für ein Glück für mich, dass mein Chef sich in solchen Fällen nicht auf seine Mitarbeiter besinnt«, grinste sein Kollege. »Aber es gibt durchaus noch schlimmere Fälle. Dieser Schiet ist wenigstens beinahe trocken.«

Es dauerte gut zehn Minuten, dann war die Grube leer. Sie hatten ein paar Abfälle gefunden, die nicht verrottet waren, aber von einer Leiche war nichts zu sehen. Die Hunde hatten nicht einmal angeschlagen, um zu zeigen, dass sie eine Spur in der Nase hatten. Röder glaubte nicht, dass es nötig war, auch die andere Grube zu öffnen, aber Arndt sah das wahrscheinlich anders.

Und tatsächlich, als die Spurenfachleute die beiden Vasen und den Wandteller in Sicherungsbeutel verpackt hatten, wies Arndt auf die nächste Platte. »Jetzt da!«

Wille hob die Platte an. Diese Grube war leer. Ganz leer, wie Röder sich mit einem Blick überzeugen konnte. Nicht einmal der Rest menschlicher Ablagerungen war auf dem Grund auszumachen.

»Okay. Lasst uns gehen.« Arndt richtete sich auf.

In diesem Moment nutzte Campen einen Augenblick der Unachtsamkeit Marvins, riss sich los und sprang auf Arndt Kleemann zu. »Sie glauben doch nicht im Ernst, dass Sie jetzt so einfach gehen«, schrie er. »Sie lassen meinen Garten völlig verwahrlost zurück, nur weil irgendein Idiot in meiner Klärgrube eine Leiche vermutet. Und dann haben Sie die Frechheit, mein Porzellan mitzunehmen. Können Sie mir bitte mal sagen, was das mit dem Mord zu tun haben soll? Und noch eins – heute Abend findet eine Lesung statt, um die ich mich zu kümmern habe. Glauben Sie nicht, dass ich vorher mal Ruhe brauche und nicht den Auftritt von sechs durchgeknallten Polizisten, die meinen Garten umgraben?«

Sofort schoben sich Wille und Röder dazwischen.

Arndt wischte sich den Schweiß von der Stirn. »Wenn Sie ein wenig mehr mitarbeiten würden, wäre das Ganze hier viel angenehmer abgelaufen. Aber falls Sie denken, dass ich Ihre Lügen glaube, liegen Sie verkehrt.«

Röder fiel ebenfalls auf, dass die Temperatur unter dem Einfluss der Sonne in der letzten Stunde ziemlich angezogen hatte, und das besserte seine Laune nicht. »Und solange du uns wegen des Porzellans diesen Blödsinn auftischst, Jens, müssen wir davon ausgehen, dass du auch in anderen Belangen nicht die Wahrheit sagst.«

»Ich gehe jetzt. Oder wollt ihr mich festnehmen, weil ich Porzellan verbuddelt habe?« Jens Campen wandte sich um und verschwand kopfschüttelnd um die Hausecke.

Röder musste zugeben, dass er in diesem Moment ein wenig ratlos war, wenn nicht sogar überfordert mit der Einschätzung der Situation. Hatte das Porzellan wirklich etwas mit dem Verschwinden der einen und dem Tod der anderen Schriftstellerin zu tun? Wo war die Verbindung? Er konnte sie jedenfalls nicht herstellen. Aber warum machte Jens dann so einen Aufstand? Lag es einfach in der Natur des Mannes, weil er die Fortführung seiner heißgeliebten Krimitage in Gefahr sah, oder wusste der Dinge, von denen er mit seiner auffahrenden Art nur ablenken wollte? »Und nun?«, fragte er in die Runde.

»Für uns wird es Zeit, wieder ans Festland zu kommen«, sagte Brinkmann. »Sollen wir das Porzellan mitnehmen?«

»Gute Frage«, antwortete Arndt. »Kann mir nicht vorstellen, dass das näher untersucht werden muss.

Wenn Campen allerdings mit dem Wandteller die Zahn erschlagen hat, wäre es fahrlässig, es hier zu lassen.«

»Wir nehmen es vorsichtshalber mit. Sozusagen als Grabebeute«, sagte Brinkmann. »Wenn wir nichts finden, schicken wir es zurück. Allerdings sollten wir zum Abgleich Campens Fingerabdrücke nehmen.«

Genau in diesem Moment wünschte sich Röder, ganz weit weg und gut versteckt in einer Dünensenke zu sitzen, aber es war Wille, den Arndt bat, Kontakt mit Campen aufzunehmen. »Und frag ihn noch mal genau nach dem Tag, an dem er mit Salomon Bartels gesprochen hat«, schickte er ihm hinterher, als Wille sich auf den Weg machte.

»Lasst uns zurückgehen und die Fakten sortieren«, schlug Röder vor.

»Machen wir.« Arndt deutete auf die Hundeführer. »Ihr seid durch mit eurer Aufgabe?«

»Ja. Zumindest können wir ausschließen, dass eine Verletzte oder Tote im Umfeld der Häuser im freien Gelände liegt. Wenn sie natürlich in irgendeinem geschlossenen Raum versteckt ist, dann bräuchten wir mehr Zeit«, sagte einer der Männer.

»Ich zumindest brauche jetzt, wie vermutlich auch die Hunde, dringend ein Getränk«, sagte Marvin. »Ich sehe meine Tasse, gefüllt mit leckerem, dampfendem Kaffee aus Birgits Küche, nahezu vor mir. Aber was ist mit dem Haufen? Müssen wir den nicht erst …?«

»Ich rufe Kenny an.« Röder nahm sein Handy aus der Tasche. »Der ist jung und kräftig und hat bestimmt kein Problem damit, den jahrzehntealten Gubbel wieder in die Grube zu schaufeln. Vielleicht nimmt er ihn sogar als Dünger für die verschiedenen Vorgärten, die er zu versorgen hat, mit nach Hause.« Er wählte die Nummer der Firma *Saubär* und Kenny versprach, sich um die Angelegenheit zu kümmern.

»Michael, bevor du zu uns stößt – würdest du dich mit der Familie Tebben unterhalten? Ich möchte gerne wissen, was da zwischen denen und Campen abläuft«, bat Arndt seinen Inselkollegen.

»Mache ich. Dann kann ich Habbo gleich fragen, ob ihm beim Maibaumaufstellen etwas Besonderes aufgefallen ist. Ich denke zwar nicht. Wenn ich Kenny glauben darf, war Habbo ziemlich schnell betrunken. Aber schau'n wir mal.« Er nahm sein Fahrrad und fuhr los.

Weit musste er nicht. Er hätte das Rad schieben können, denn Tebbens wohnten nur zwei Häuser weiter. Am Zaun stand Fenna, breitbeinig mit verschränkten Armen. Jetzt fehlt nur ein Kopftuch und eine karierte Schürze, eng unter dem Busen zusammengebunden, dann sähe sie aus wie das lebende Fossil einer ostfriesischen Urfamilie, dachte Michael.

»Was ist bei dem los?«, rief sie, als er näher kam.

»Darf ich erst einmal reinkommen?«

Sie lachte fröhlich. »Komm, setz dich auf die Terrasse. Ich hole dir ein Kaltgetränk und dann erzählst du mir, was Sache ist.«

Er schaute hinter ihr her, wie sie hüftschwenkend im Wohnzimmer verschwand. Der Vergleich mit dem Fossil ist zu streichen, beschloss er für sich. Die Frau sieht für ihr Alter – er schätzte sie auf Ende vierzig – echt gut aus. Klasse Figur, dunkle, volle Locken und dieses charmante Lächeln ... das war ihm nie so aufgefallen. Allerdings hatte er in den ganzen Jahren nicht viel mit ihr zu tun gehabt. Sie war die erste Vorsitzende des Vereins *Baltrum. Leben.*, der sich um vieles kümmerte. Veranstaltungen für junge Gäste und Insulaner und Hilfe für Ältere, ab und zu einen Flohmarkt, um alles zu finanzieren, da machte sie sich stark. Er gehörte keinem Verein an, hatte sich bisher nicht aufraffen können.

Fenna Tebben kam mit einem Tablett zurück, darauf

zwei Flaschen und zwei Gläser. »Johannisbeersaft. Selbst gemacht.« Sie deutete auf ein paar Büsche voller weißer Blüten. »Geerntet wird Ende Juni. Marmelade mache ich auch.« Sie öffnete die Flasche, ohne nachzufragen, ob er den roten Saft tatsächlich trinken mochte, und schüttete das Glas halb voll, dann schenkte sie etwas Wasser hinzu. »Wird sonst zu intensiv im Geschmack«, erklärte sie und setzte sich zu ihm. »Prost.«

Vorsichtig nahm er einen Schluck. Obstsäfte waren nie sein Ding gewesen, obwohl Sandra immer wieder versucht hatte, ihn daran zu gewöhnen. Aber dieser schmeckte wirklich ganz großartig. Mit vier kräftigen Schlucken leerte er das Glas.

»Buddeln macht durstig«, sagte Fenna verschmitzt und goss nach.

Das Wort ›buddeln‹ brachte ihn zurück auf den eigentlichen Grund, warum er mit dieser sympathischen Frau auf ihrer Terrasse saß und über das Wattenmeer schaute. »Wir hatten bei Jens Campen zu tun, das ist richtig«, sagte er. »In diesem Zusammenhang erwähnte er, dass ihr miteinander im Streit liegt. Er hat sich allerdings nicht näher geäußert. Kannst du mir dazu etwas sagen?«

Fenna Tebben seufzte auf. »Nimmt das denn nie ein Ende?«

»Was?«

»Mir ist es völlig egal«, begann sie, »aber Frank, der besteht darauf … Ach, ich will da nichts mehr von hören. Soll er dir das doch selber erzählen.«

»Fenna, kannst du nicht wenigstens eine klitzekleine Andeutung machen? Worum geht es?« Die Frau hatte sein Interesse geweckt. Er hätte jetzt wirklich gerne gewusst, was Campen und Tebben umtrieb. »Ist Frank da?«

»Nein. Er ist ans Festland gefahren. Er kommt mit dem nächsten Schiff erst wieder.«

»Einkaufen?«

»Nein. In die Bibliothek der Ostfriesischen Landschaft in Aurich. Er sucht mal wieder nach Beweisen, aber jetzt ist gut. Dieses Thema kotzt mich an.« Fennas fröhlicher Blick hatte einem verzweifelten Blitzen Platz gemacht.

Röder war klar, dass er bei ihr nicht weiterkam. »Ist Habbo da?«

»Ja.« Sie stand auf und verschwand wieder im Haus. Nach einem kurzen Moment erschien sie wieder. »Er kommt sofort.«

Es dauerte tatsächlich nicht lange, und Habbo setzte sich zu ihnen. »Viel Zeit habe ich nicht«, sagte er. »Das Schiff mit der Post kommt gleich und dann heißt es meine Runde machen.«

»Ich wollte auch nur kurz wissen, wie der Maibaumabend abgelaufen ist«, sagte Röder. »Gab's etwas Besonderes?«

Habbo lachte. »Nein, es war das übliche Programm: Baum abholen, durch den Ort bis zum Rathaus laufen, dabei ein paar Pausen einlegen, Baum einbuddeln, wachen bis zum Sonnenaufgang. Allerdings war die Sache mit dem Wachen nicht so einfach nach den vielen kleinen Aufmunterern. Aber die ganzen Jahre zuvor ist das schließlich gutgegangen und niemand hat versucht, den Baum zu stehlen. Da waren wir ganz entspannt.«

»Eindeutig zu entspannt«, sagte Röder. »Ihr habt also gar nicht mitbekommen, wer euch das Schmuckstück entwendet hat?«

Habbo schüttelte den Kopf. »Nee, keine Ahnung. Die waren alle vermummt und es ging unheimlich schnell. Leider waren wir nicht so fix auf den Beinen, dass wir die Verfolgung hätten aufnehmen können. Mussten wir auch nicht, denn wir waren sicher, dass die anderen sich melden würden. Gehört sich schließlich so.«

»Und sonst? Gab es sonst etwas?« Noch wollte Röder nicht aufgeben.

»Nein. Wirklich nicht. Alles war wie immer.« Habbo stand auf. »Ich muss jetzt los, sonst ist das Schiff eher da als ich.«

»Alles klar. Wenn dir was einfällt ...« Immer der gleiche Spruch. Röder wünschte sich nichts mehr, als dass der irgendwann mal zum Erfolg führte.

Als Habbo verschwunden war, wandte er sich wieder Fenna zu, die ihre Sonnenbrille aufgesetzt hatte. War es wirklich nur zum Schutz vor der Sonne, oder wollte sie etwa nicht zeigen, dass sie geweint hatte? Was auch immer der Grund war, das schmale Horngestell mit den dunklen Gläsern stand ihr gut. Sollte er noch einmal auf den Streit zu sprechen kommen? Er konnte sich zwar gemütlichere Themen vorstellen, um seinen kuscheligen Platz auf der Terrasse nicht so schnell aufgeben zu müssen, aber er war dienstlich hier. »Fenna, gib mir bitte einen Hinweis. Auch wenn es nervt«, bat er.

Fenna Tebben holte tief Luft. »Es wundert mich echt, dass du nie von unserer Fehde gehört hast. Die kennt doch jeder hier. Es geht tatsächlich um einen Streit, der schon viele Jahrzehnte schwelt. Es hat irgendwas mit den Vorfahren unserer Familie, also Franks Familie, zu tun. Ich habe nur reingeheiratet, genau wie Jens in die andere. Dessen Frau ist kurz nach der Hochzeit gestorben und er ist hier in dem alten Haus geblieben. Eigentlich kommt der aus Norden, wenn ich mich recht erinnere, tut aber so, als wäre er aus altem Inseladel hervorgegangen. Was auf Frank zutrifft. Leider. Und wenn der so weitermacht, ist er bald geschiedener alter Inseladel. Das habe ich ihm heute, bevor er gefahren ist, übrigens gesagt.«

Röder stand auf und verabschiedete sich. Auf Familienkrach hatte er keine Lust. Es gab Wichtigeres. Natürlich hatte er die eine oder andere Bemerkung über die beiden Kampfhähne mal mitbekommen, hatte sich jedoch nie drum gekümmert. Warum sollte er? Solange die sich nicht die Köpfe einschlugen, hielt er sich neutral im Hintergrund. Das hatte sich in den Jahren bestens bewährt. Falls seine Kollegen der Meinung waren, dass eine uralte Geschichte wichtig für die Ermittlungen war, käme er eben wieder, um mit Fennas Mann zu sprechen.

Auf dem Weg ins Hotel sah er einen großen Vogelschwarm, der sich langsam auf den Heller senkte. Durchdringende Rufe erfüllten die Luft. Waren es Ringelgänse oder Graugänse? Er hatte keine Ahnung. Nur dass die Anzahl in den letzten Jahren rapide zugenommen hatte, da war er sich sicher. Als die Vögel gelandet waren, sah es aus, als habe sich eine gemusterte Decke über das Grün des Hellers gelegt.

Beinahe fiel sein Fahrrad um, als er mit einem unbeherrschten Ruck den Lenker gegen die Wand knallte. Das Ziehen in seiner Magengegend war auf den letzten Metern immer stärker geworden. Sofort war sein Verdacht auf den Johannisbeersaft gefallen. So viel Gesundes war sein Magen einfach nicht gewohnt. Eigentlich hatte er erst mal den Kollegen Bericht erstatten wollen, aber er sah ein, dass er zuvor einen anderen Weg einschlagen musste. Röder rannte los, antwortete nicht, als die Hotelchefin Birgit Ahlers ihn fröhlich grüßte, und hoffte nur, dass er den Ort mit dem kleinen schwarzen Männchen an der Tür rechtzeitig erreichte.

*

»Wenn du es unbedingt noch einmal hören willst«, antwortete Erich, »ich habe mit Johanna geschlafen. Wir haben uns gut verstanden im *Sturmeck*. Es war einfach nur schön. Ja, auch wenn es wehtut, es war schön. Es war so ein Gefühl, als wäre man wieder jung. Das erste Mal verliebt. Unabhängig. Nicht der gleiche ewige Trott.«

»Hör auf!«, schrie Inga und hielt sich die Ohren zu. Das war nicht ihr Mann. Nicht ihr Erich, der seit fünfundzwanzig Jahren verlässlich und unauffällig an ihrer Seite war. Das war ein völlig Fremder.

»Dann aber bat sie mich zu gehen. Sie müsse arbeiten. Ihr würden plötzlich so viele neue Ideen durch den Kopf schwirren, die sie unbedingt festhalten müsse. Ich war völlig vor den Kopf geschlagen, das kannst du mir glauben. Sie bestand darauf, was blieb mir also anderes übrig?«

»Ach, wenn sie gesagt hätte: ›Bleib!‹ Dann wärest du gar nicht wieder hier erschienen, oder?« Inga konnte nicht fassen, was ihr Mann ihr da mitteilte. Was gab es denn noch, mit dem er sie quälen konnte? Langsam legte sie eine Hand in den Schoß, mit der anderen umklammerte sie die Lehne des Stuhls.

»Vielleicht. Ich weiß es nicht.« Erich stand unbeweglich wie ein Denkmal vor ihr.

Innerhalb von drei Tagen war ihre ach so heile und sichere Welt zusammengebrochen wie ein Kartenhaus. Niemals hätte sie erwartet, dass ihr Mann, der sich kaum für die Menschen in seinem Umfeld interessierte, der sich mehr um den Kastanienbaum in ihrem Garten kümmerte als um seine Nachbarschaft, dass dieser Mann mit einer ihm völlig fremden Frau ins Bett steigen und Inga ohne die Andeutung eines schlechten Gewissens davon erzählen würde.

Und sie ertappte sich dabei, tatsächlich alles wissen zu wollen. Wie es passiert war und was die Meckseper an sich hatte, dass Erich alles vergessen konnte, was seine Ehe ausmachte. Aber bei dem Gedanken, er könnte ihr in allen Einzelheiten von wildem, einvernehmlichen, ach so wunderbarem Sex erzählen, schwieg sie lieber.

Doch lange hielt sie das nicht aus. Denn eine weitere Frage stand im Raum. Eine, deren Antwort sie längst für sich entschieden hatte, aber sie musste es hören. »Bist du wirklich allein gegangen? Lebte Johanna da noch? Oder hast du sie aus lauter Frust für die Abfuhr oder aus schlechtem Gewissen, um zu vertuschen …?«

»Nur weil ich mit einer Frau geschlafen habe, die nicht meine Ehefrau ist?«, fuhr Erich ihr ins Wort. »Wenn Mord die logische Folge vom Fremdgehen ist, müsste die Hälfte der Menschheit bereits tot sein. Ich sage dir klipp und klar: Als ich ging, lebte sie!« Er ließ sich auf den Sessel fallen, begrub das Gesicht in seinen Händen und fing hemmungslos an zu schluchzen.

So hatte sie ihn in ihrer ganzen Ehe nicht ein einziges Mal erlebt. Inga widerstand dem Impuls, ihn in den Arm zu nehmen, konnte sowieso nicht begreifen, wieso ihr Inneres Mitleid signalisierte. Stattdessen stand sie auf, griff nach ihrer Tasche und verließ fluchtartig das Zimmer.

Sie ließ die Pension, den Garten hinter sich, bog links ab und lief und lief … an der Aussichtsdüne und dem Häuschen, in dem Fisch verkauft wurde, und am Wasserwerk vorbei. Sie ignorierte die Plakate in dem Schaukasten, die Kaninchenlöcher rechts und links des Weges und die Menschen, die zum Strand wollten oder von dort kamen. Einmal wäre sie beinahe über den Stiel einer Schaufel gestolpert, die ein kleiner blonder Junge übermütig schwenkte. Erst der Ruf der Mutter ließ sie ausweichen.

»Entschuldigung«, schallte es hinter ihr her. Sie antwortete nicht.

Bei *Stark's Strandladen* überquerte sie den letzten Dünenkamm. Weit und beinahe verlassen lag der Strand vor ihr, gesäumt vom Wasser der Nordsee, das in kleinen Wellen heranrollte. Es kümmerte sie nicht, wie warm der Sand war, sie zog einfach Schuhe und Socken aus, steckte sie zu den Unterlagen in die Tasche und ging weiter, erst geradeaus zur Wasserkante, dann rechts ab, immer weiter, bis wirklich kein Mensch mehr zu sehen war.

Es war, als wäre sie nicht mehr da. Alle Gefühle schienen abgestorben zu sein. Sie spürte weder die Sandkörner, die zwischen ihren Zehen hindurchrieselten, noch die Sonnenstrahlen, die ihren Körper umfingen. Als sich die zerbrochene Schale einer Muschel in ihre linke Hacke bohrte, empfand sie keinen Schmerz. Sie lief einfach weiter, bis ihre Knie langsam einknickten. Fix und fertig ließ sie sich auf ein Büschel Meersenf fallen.

Als Erich sich ihr mit knappen Worten mitgeteilt hatte, war sie einigermaßen cool geblieben, aber inzwischen hatte sein Verhalten sie so aus der Bahn geworfen, dass Inga nicht wusste, wie sie damit umgehen konnte. Wie sollte das alles nur weitergehen? Was war zu tun?

Es gab nur eine Möglichkeit. Sie zog ihre Tasche von der Schulter. Das Notizbuch und ihr Lieblingskugelschreiber hatten sich mal wieder in der hintersten Ecke versteckt. Erst als sie beinahe den gesamten Inhalt neben sich in den Sand gepackt hatte, hielt sie das Büchlein und den Schreiber in der Hand. Und als hätte das Suchen in ihren Sachen etwas ausgelöst, fand sie sich plötzlich in der Wirklichkeit wieder. Sie fühlte den leichten Wind auf ihrer Haut, hörte das Rauschen der Wellen und das Schreien der Möwen. Sie sah Krähen, die sich mit Seeschwalben um die Beute stritten und einen Mann, dessen Hund immer wieder ins Wasser sprang.

Ihr Notizbuch war ihr Heiligtum. Nicht nur, dass sie es immer dabei hatte, falls sie von einem Einfall für ihr nächstes Buch überrascht wurde, wenn sie nicht am PC saß, nein, auch wenn sie dort nach Inspiration suchte, war es ihr wichtig, ihre Gedanken von Hand aufzuschreiben. So konnte sie vieles besser sortieren und oft merkte sie schon im Vorfeld, ob eine Idee wegführend war oder in die Irre lief. Warum sollte das Ganze also nicht auch für die Irrwege des realen Lebens nützlich sein?

Mit einem Seitensprung kann ich leben, auch wenn's schwerfällt.

Was mich ängstigt, war sein Schluchzen.

Warum? Weil ich ihn liebe.

Fazit: Ihn vor die Tür setzen? Mit ihm reden? Ist kein Typ zum Reden.

Verdammt, warum sitze ich hier und mache mir Gedanken? DER soll sich Gedanken machen. Nicht ich!!!

Tränen verwischten ihren Blick auf den Horizont.

Hat er Johanna umgebracht?? Nein! Nein! Oder doch? So fertig, wie Erich war, habe ich ihn noch nie erlebt. Trauer oder schlechtes Gewissen? Zweifel?

Pro:

Wut. Der tiefe Fall von Glückseligkeit zum Abgeschobensein.

Niemals:

Er kann nicht einmal einen Hund beschimpfen, der in seinen heißgeliebten Vorgarten kackt.

Sie klappte ihr Notizbuch zu und wischte sich mit der Hand über die Augen.

Wie gut kenne ich ihn? Man sollte doch meinen, bis tief unter die Haut. So viele Jahre. So viele Entscheidungen. So viele gemeinsame Erlebnisse. Aber stimmt das?

Kam er vielleicht damit nicht zurecht, dass sie, seit sie schrieb, ein wenig aus dem Keller des Hausfrauendaseins herausgeklettert war? Dass man sie mit Beifall begrüßte, wenn sie ihre Bücher vorstellte? Dass sich neulich sogar ein Mitarbeiter eines Fernsehsenders um sie bemüht hatte? Das Gespräch würde in vierzehn Tagen gesendet werden. Wie war das vor drei Wochen gewesen, als sie wieder eine Leseanfrage bekommen hatte? Hatte er da nicht etwas wie: ›Du hast noch was vom Leben‹ gemurmelt? Sie hatte nicht darauf reagiert, seinen Spruch nicht ernstgenommen. Schließlich hatte auch er einen Job, der ihn ausfüllte. Hatte sie zumindest bisher geglaubt.

Konnte er einen Menschen töten?

Eine gute halbe Stunde verging, bis sie sich entschieden hatte. Sie blieb dabei. er war es nicht. Nicht ihr Erich. Aber eines war sicher: Sie würden reden müssen, egal, ob es ihm passte oder nicht, und egal, was dabei rauskam. Sie brauchte Klarheit. Bis dahin würde sie alles daransetzen, die Polizei von seiner Unschuld zu überzeugen. Nur wie, das wollte ihr im Moment partout nicht einfallen.

Fast fühlte sie sich mit ihrer Entscheidung ein bisschen zu gut. Wenn in einem ihrer Krimis jemand mit so viel Edelmut aufgetaucht wäre, hätte sie diese Person mit Sicherheit spätestens nach einer halben Seite aus dem Text gestrichen.

Sie nahm die Unterlagen und blätterte darin herum. Da war sie, die Kurzgeschichte, die Simone Kattendorf ihr gegen den ausdrücklichen Wunsch ihres Mannes mitgegeben hatte und die Inga bereits von der Lesung kannte. Es ging um einen jungen Mann, der in der Besatzungszeit Napoleons von Baltrum ans Festland gefahren war, um dort Arbeit zu finden, und auf mysteriöse Weise verschwunden war. Johannas Experiment – der Kurzkrimi, für den die Besucher ihrer Lesung in der Leichenhalle selbst einen Schluss finden sollten. Auf Johannas Bitte waren mehrere Vorschläge aus dem Publikum gekommen und einer war ausgewählt worden. Inga schlug die letzte Seite auf.

Das Ende der Geschichte gefiel ihr, doch etwas war seltsam: Sie konnte sich überhaupt nicht daran erinnern, dass jemand diesen Schluss vorgeschlagen hatte. Waren

Johanna die Ideen aus dem Publikum nicht ausgereift genug erschienen? Wie auch immer, es war eine gute Geschichte. Aber keine, die einen Grund lieferte, die Autorin umzubringen. Zumindest konnte Inga nichts Wesentliches entdecken. Sie steckte den Text ein und griff nach der dicken Mappe mit dem unveröffentlichten Manuskript von Johannas neuem Krimi. Hier handelte es sich ebenfalls um einen geschichtlichen Stoff.

Auch in Ostfriesland hatte der Korse gewütet und in Timmel hatte daraufhin eine Schlacht stattgefunden zwischen Dorfbewohnern, die zum französischen Heer eingezogen werden sollten, aber ihre Höfe nicht allein lassen wollten, und den französischen Besatzern. Die Ostfriesen hatten mit dem Vorteil der guten Ortskenntnis die gegnerischen Soldaten ins Moor geführt und gewonnen. Allerdings hielt der Sieg nicht lange, denn das französische Heer ließ eine Niederlage nicht gelten und griff erneut an. Diesmal mit Erfolg. In diesen Rahmen war Johannas Krimi eingebettet, wie Inga dem Exposé entnehmen konnte.

Eigentlich praktisch, dachte sie, als sie die Mappe zu der anderen in die Tasche steckte. So kann man sein erworbenes Wissen gleich zweimal anwenden. Den Trick musste sie sich merken. Allerdings half es nicht viel, wenn man seine Privatdetektivin im Spreewald ermitteln ließ und dann eine Kurzgeschichte schreiben sollte, die auf einer kleinen Nordseeinsel angesiedelt sein musste.

Mühsam schob sich Inga hoch und bemerkte beim Aufstehen, dass ein Büschel Meersenf, das bei ihrer Ankunft noch stolz aus einer Randdüne geragt hatte, nun plattgesessen im Sand lag. Kollateralschaden, bedauerte sie, und ging, unentschlossen, welche Richtung sie einschlagen sollte, zur Wasserkante. Die Wasseroberfläche reflektierte mit kleinen Blitzen die Strahlen der

Sonne. Wie warm war es? Vorsichtig streckte sie einen Zeh hinein und zog ihn ganz schnell wieder raus. Entschieden zu kalt, um auch nur darüber nachzudenken, ob sie einen Schwimmversuch wagen sollte. Mal ganz davon abgesehen, dass sie keinen Badeanzug dabei hatte. Außerdem, so hatte es ihr Frau Eggert erzählt, begann die offizielle Badezeit erst am fünfzehnten Mai. Das waren noch knappe zwei Wochen. Und obwohl die Sonne bereits reichlich Kraft hatte und das Thermometer um die zwanzig Grad anzeigte, bezweifelte sie, dass das Wasser der Nordsee dann mit kuschelig warmen Temperaturen zum Schwimmen einlud.

In der Ferne konnte sie gerade noch die Uhr erkennen, die am Rande der Dünen stand. Sie zeigte ihr an, dass es nicht verkehrt war, den Heimweg anzutreten, obwohl sie genau genommen nicht die geringste Lust hatte, Erich gegenüberzutreten oder sich mit anderen Leuten zu unterhalten. Aber wenn sie sich gemütlich fertig machen und eine Kleinigkeit essen wollte, sollte sie gehen. Sie war gespannt, ob die Veranstaltung mit Salomon Bartels überhaupt stattfinden würde. Eigentlich wäre es jammerschade, wenn sie ausfiele. So viele Leute freuten sich auf die Lesung. Und eines war sicher – Jens Campen würde alles daransetzen, dass sein bewunderter Lieblingsautor nicht unbeschäftigt wieder abreiste.

Sie ging am Wasser entlang, bis sie den Aufgang zum *Strandcafé* links von sich sah. Mit Bedauern ließ sie den Strand hinter sich. Dort, wo die Pflasterung des Weges begann, blieb sie stehen und zog sich Socken und Schuhe an. Es waren nur ein paar Minuten bis zum *Haus Sorgenfrei* und gerade heute erschien ihr der Weg noch kürzer als sonst. Sollte sie vielleicht einen kleinen Umweg durch das Westdorf machen? So würde sich das Treffen mit ihrem Mann ein wenig verzögern, was aber an der grundsätzlichen Misere nicht das Geringste änderte. Also, Augen zu und durch, versuchte sie sich aufzumuntern, was jedoch, wenn sie ehrlich war, nicht einmal ansatzweise gelang.

»Die Lesung findet statt.« Salomon Bartels stand neben der Gartenbank und sah sie bedrückt an. »Der Campen lässt einfach nicht locker.«

»Du brauchst es nicht zu tun. Er wird dich nicht zwingen können«, erwiderte sie. Es war genau, wie sie vermutet hatte. Was war ein Menschenleben wert? Das war die Frage, die man sich im Leben immer wieder stellte. »Auf der anderen Seite soll man dem Schlechten nicht nachgeben und genau das tätest du, wenn du absagst.«

Plötzlich erschein ein Lächeln auf Salomons Gesicht. »Stimmt. Man darf dem Bösen keinen Raum lassen. Apropos böse – hast du schon Näheres gehört?«

Sie schüttelte den Kopf. Abgesehen davon, dass diese Frau ihre letzten Stunden vor dem Tod sich wohlig räkelnd mit Ingas Ehemann im Bett verbracht hatte, gab es nichts Neues. Und das würde sie Salomon nicht erzählen.

»Die Polizisten haben heute im Garten von Campen gebuddelt. Die von der Hundestaffel waren auch dabei«, sagte er.

»Woher weißt du das?«

»Ich habe sie bei einem Spaziergang durch die Dünen aus der Ferne gesehen. Da ist mir das Aufgebot an Polizei aufgefallen. Mehr weiß ich aber nicht.«

Interessant. Vielleicht hatte sich die ganze Geschichte ja bis heute Abend bereits aufgeklärt und Campen würde der Veranstaltung bedauerlicherweise fernbleiben müssen. »Und – wird deine Lesung wie geplant ablaufen?«, versuchte sie, ein anderes Thema anzuschneiden.

»Teilweise. Ich werde zunächst ganz normal lesen. Dann werden Campen und ich und keine Ahnung wer sonst noch auf der Bühne so eine kleine Rederunde veranstalten. Worüber?« Er zuckte die Schultern. »So was wie ›erfundene Geschichten contra Realität‹. Das Ganze soll wohl die Ernsthaftigkeit dieser Veranstaltung unterstreichen. Nach dem Motto: Nur Spaß geht gar nicht.«

»Na, hoffentlich gehen die meisten Gäste dann nicht nach deiner Lesung bereits nach Hause«, sagte Inga.

»Ach, das denke ich nicht. Die wissen, dass sich so was nicht gehört.« Salomons überzeugend dargebrachte Aussage stand im krassen Gegensatz zu den Zweifeln, die Inga in seinen Augen zu entdecken glaubte.

»Dann bis heute Abend.« Gerade wollte sie ins Haus, als er hinter ihr herrief: »Dein Mann ist vor einer halben Stunde weggegangen. Schnurstracks direkt an mir vorbei, ohne ein Wort zu sagen. Dabei kennen wir uns doch.«

Sie winkte Salomon kurz zu und verschwand im Haus. Wo war ihr Zimmerschlüssel? Wahrscheinlich unter ihrem Notizbuch. Wieder musste sie die ganze Tasche ausräumen und versprach sich hoch und heilig, dass eine ihrer ersten Amtshandlungen zu Hause darin bestehen würde, sich eine Tasche mit ganz vielen Fächern zu kaufen. Sie schaute auf die nächste Tür. Wie gut, dass ihr Mann ein eigenes Zimmer hatte. Es wäre für sie unerträglich geworden, mit ihm das Laken teilen zu müssen. Endlich fand sie den Schlüssel. Sie öffnete ihre Tür und ließ sich aufs Bett fallen. Zu was für einer bodenlos beschissenen Angelegenheit hatte sich dieser Aufenthalt entwickelt! Dabei hatte sie mit ganz viel Freude der Zeit auf der Insel entgegengesehen.

*

Die Hundeführer hatten ihre Tiere nicht allein lassen wollen und so hatten sich alle Kommissare an den Tisch in der Ecke der Terrasse gesetzt. Zu Anfang hatten sie es genossen, von der Sonne beschienen zu werden, aber bald war es ihnen zu warm geworden und sie hatten einen der großen Schirme aufgespannt.

»Ist wie mitten im Sommer«, lachte Henning Ahlers, der neben ihnen mit einem Tablett voller Getränke aufgetaucht war. »Und hier – wie bestellt – Wasser, Kaffee und einiges mehr.« Er verteilte alles auf dem Tisch. »Das Wasser für die Hunde kommt sofort.«

Schon war er wieder verschwunden.

»Netter Kerl«, sagte Marvin.

»Ja, das ist er«, bestätigte Röder. »Und seit Jahren zusammen mit Birgit ein guter Partner. Dass wir hier im Haus deren Clubraum nutzen dürfen, ist schon echt was Besonderes. Und das ganz ohne Kosten für uns.«

Wieder schlug die Tür zum Hotel auf. Diesmal trug Henning Ahlers zwei blinkende Näpfe heraus.

»Gibt es Getränke jetzt nur noch in großen Behältern?«, kam eine Stimme von der Seite.

»Wille ist also auch wieder da«, kommentierte Röder. »Dann kann's losgehen mit der Auswertung des Geschehens.«

Henning setzte die Schalen ab, notierte Willes Bestellung und verschwand.

Arndt Kleemann schaute sich um. Nicht alle Tische waren besetzt. Es würde also nicht gleich jeder etwas von ihrer Unterhaltung mitbekommen. Sonst hätten sie womöglich reingehen müssen. Er öffnete seine Mappe. »Ich habe erneut alle Daten abgefragt. Zur Todesursache gibt es keine weiteren Erkenntnisse, soweit ich das hieraus ersehe. Wie war es bei dir, Michael?«

»Ich war bei Fenna Tebben. Die ist total genervt von dem Krach zwischen Campen und ihrem Mann, aber worum es genau ging, wollte oder konnte sie mir nicht sagen. Frank Tebben war an Land. Den nehme ich mir gegebenenfalls später vor. Habbo Tebben, der Sohn, Coträger beim Maibaum, hat offensichtlich wie die anderen den Auftritt der Räuber beinahe verschlafen und sonst ist ihm nichts aufgefallen.»

»Liebe Güte, die Familie kriegt aber auch nichts mit«, bedauerte Marvin, schob die Hoteltasse zur Seite und füllte seinen BVB-Becher. »Es schmeckt einfach besser so«, erklärte er, bevor er ihn mit beinahe einem einzigen großen Schluck leerte.

»Und Campen?«, wandte sich Arndt an Wille.

»Der hat erst ein wenig Theater gemacht. Ich habe dann in aller Ruhe, so von Norder zu Norder, erklärt, warum unser Gespräch wichtig sein könnte, und habe ihn schließlich überzeugen können.«

»Woher weißt du denn, dass der Mann aus Norden kommt?«, wunderte sich Röder.

»Der ist zwar ein paar Jahre älter als ich, war aber auf derselben Schule«, sagte Wille. »Außerdem war meine Mutter mit seiner Mutter irgendwie bekannt. Und eigentlich kennt jeder die Familie, denn sie ist eines der ältesten Geschlechter des Ortes. Reicht wohl schon bis zu den Häuptlingen zurück. Auch wenn sich der Name Campen nicht so anhört.«

»Warte«, sagte einer der Hundeführer. »Häuptlinge? Habe ich das eben richtig verstanden?«

»Ja. Aber nicht mit Indianern!«, erklärte Marvin. »Jawohl, ich kenne mich aus. Die Häuptlinge waren von Mitte des vierzehnten bis Mitte des fünfzehnten Jahrhunderts die Herrscher Ostfrieslands. Vorher lebten die Bürger gut gestellt und wunderbar zufrieden in einer genossenschaftlichen Lebensgemeinschaft, die Ostfriesische Freiheit genannt wurde. Jeder war sein eigener Herr. Vertreten wurden sie durch Richter, Redjeven, die jährlich neu gewählt wurden, meist aus einflussreichen Familien kamen und sich einmal jährlich am Upstalsboom, einem Thingplatz, bei Aurich trafen. So was klappt aber nur, wenn alle satt sind. Als Dürre, Pest, Hungersnöte und Sturmfluten, wie die große Marcellusflut im Jahre 1362, über das Land hereinbrachen, war's mit der Freiheit vorbei. Da beanspruchten nämlich die mit dem größten Landbesitz und den mächtigsten Steinhäusern dauerhafte Macht. Das waren die tom Broks, die Abdenas, die Attenas, die Idzingas und viele andere Familien, die dann immer wieder erbittert gegeneinander gekämpft haben. Und übrigens auch gegen den Bremer Bischof und die Hanse. Weil viele von ihnen nämlich mit den Vitalienbrüdern, den Mitstreitern von Klaus Störtebeker, kollaborierten. Der saß übrigens mit Vorliebe mit seinen Kumpels im Kirchturm von Marienhafe unter dem Schutz von Ocko und Keno tom Brok. «

Nach diesen Ausführungen blieb es erst einmal eine ganze Weile ruhig am Tisch. Nur das Schlabbern der Hundezungen war zu hören.

Dann fragte Arndt: »Woher weißt du das alles? Hast du ein VHS-Seminar Ostfriesische Geschichte mitgemacht?«

Marvin lachte. »Ich komme zwar aus dem Osten, bin nun aber schon einige Zeit hier. Und von den ausgedehnten Fahrradtouren, die meine Frau und ich machen, bleibt ab und zu was hängen. Neulich waren wir übrigens erst am Störtebekerturm. Da kann man die Haken sehen, an denen die Schiffe festgemacht wurden. Das Meer reichte damals nämlich bis Marienhafe, und ...«

»Lass gut sein«, unterbrach Arndt ihn. »Vielleich später mehr. Kommen wir auf unser Kerngeschäft zurück. Was sagt Campen zu Bartels' Aussage, dass er bereits am Dienstag Kontakt zu Bartels hatte?«

»›Wenn er das sagt, wird es wohl stimmen‹, war das Einzige, was Campen auf meine Frage erwiderte«, sagte Wille. »Ich habe daraufhin erneut versucht, ihm zu erklären, dass mir eine genauere Aussage erheblich lieber wäre ...«

»Das hast du aber sehr liebevoll ausgedrückt«, unterbrach Marvin seinen Kollegen, der daraufhin lächelnd fortfuhr: »Gut, es endete mit sehr lautstarken Worten meinerseits, was jedoch nichts gebracht hat. Auch sonst gab es nichts Neues. Dass die Vasen und der Teller ihm gehören, hat er ja nicht abgestritten.«

»Ich habe sie sofort wiedererkannt«, bestätigte Röder. »Diese blauen Vasen sind schon sehr speziell. Sandra und ich müssten die nicht unbedingt im Wohnzimmer stehen haben.« Er wandte sich Martin Brinkmann und seinem Kollegen zu. »Ihr wollt die wirklich mitnehmen?«

»Wir werden sie auf Faser- und Blutspuren untersuchen. Auch wenn die Teile nicht zur Wunde passen – man weiß nie. Aber sie sind sorgsam verpackt. Wir wollen doch nicht, dass den Kostbarkeiten etwas passiert.«

»Kostbarkeiten? Erzähl, was du darüber weißt!«, sagte Arndt.

»Nach erster Einschätzung ist das Wedgwood-Steingut. Ende achtzehntes Jahrhundert. Von Joshua Wedgwood nach altem Vorbild entworfen. Ich habe das mal bei einer Sendung im TV gesehen. Da wurde das vorgestellt. Hat 'ne ganz interessante Geschichte. Erzähl ich euch, wenn ihr wieder in Aurich seid. Oder schaut einfach ins Internet.« Brinkmann sah auf seine Uhr und stand auf. »Wir müssen los. Das Schiff fährt gleich. Wo kann ich meinen Kaffee bezahlen?«

»Bei mir.« Henning Ahlers stellte einen gut gefüllten Salatteller, ein Glas und eine Flasche Wasser vor Wille ab. »Lassen Sie es sich schmecken.«

Arndt lachte. »Gut, dass du gerade jetzt gekommen bist, Henning. Fast hätte ich den Kollegen angeboten, dass ich die Getränke übernehme. Die müssen nämlich los.«

»Dann will ich mal einen Zahn zulegen.« Er kassierte und die vier Kollegen verabschiedeten sich.

»Die Wippe könnt ihr am Hafen stehen lassen«, rief Röder ihnen nach. »Ich hole sie nachher ab.«

»Und du, Wille?« Arndt zeigte auf den Salatteller. »Hat deine Frau dir Diät verordnet?«

»Kein Kommentar. Wat mutt, dat mutt«, brummte Wille und steckte sich ein Tomatenstück in den Mund.

»Genau so sehe ich das auch«, sagte Marvin. »Hin und wieder ein paar Grünzeugtage sind eine sehr gesunde Alternative zu Fastfood! Kann ich nur unterstützen!«

»Na gut, lassen wir das Thema«, winkte Arndt ab. »Hast du wenigstens Neuigkeiten, die unsere Fälle betreffen, Marvin?«

»Nicht direkt. Natürlich haben mich die Angehörigen gelöchert, wann sie abfahren können. Ich habe ihnen gesagt, dass ihre Mutter nicht freigegeben sei und dass das eine Weile dauern könne, aber lange kann ich die ohne triftigen Grund nicht mehr hinhalten. Ich wüsste auch nicht, welche Fragen sich noch ergeben könnten.«

»Das kann schneller kommen, als du denkst«, sagte Arndt. »Aber natürlich muss ich dir zustimmen. Wir haben nichts in der Hand, um die beiden Kattendorfs hier zu halten. Ebenso wenig wie die Schuberts oder den Bartels. So unangenehm, wie das ist. Außer natürlich, wir legen neue Fakten auf den Tisch, die meinen Chef gnädig stimmen. Also raus damit!« Auffordernd schlug er mit der flachen Hand auf den Tisch, erntete jedoch nur bedauerndes Kopfschütteln.

»Na gut, Jungs. Wir machen eine Pause. Geht bitte in euch und denkt nach: Wo müssen wir tiefer recherchieren? Haben wir alles ausgelotet? Wen sollten wir befragen? In einer Stunde wieder hier!« Arndt stand auf. »Ich bin dann mal weg.«

Er ging an der Theke vorbei, sprach kurz mit Birgit, bezahlte seinen Kaffee und schaute nach, ob Wiebke da war. War sie aber nicht. Warum sollte sie auch bei diesem schönen Wetter auf dem Zimmer sitzen und auf ihn warten? Am liebsten hätte er jetzt seine kurze Hose und ein T-Shirt angezogen und wäre am Strand entlangspaziert, aber eine Auszeit mit langer Hose war ebenfalls ganz gut. Er ging hoch zur Strandmauer und setzte sich dort ins Gras. Der Wind zauste ein wenig in seinen Haaren und milderte die Kraft der Sonne.

Wie schön wäre es jetzt, wenn da nicht seine Gedanken wären, die unablässig um die tote Frau kreisten. Aber worum sollten sie sonst kreisen? Dass er nichts hatte außer seinem Beruf, war ihm vorhin erst wieder klargeworden, als Marvin von den Häuptlingen erzählt und Martin mit seinem Wissen um diese blauen Vasen geglänzt hatte. Er selbst hatte seinen Job und das war's. Wiebke hatte ihn schon mehrmals darauf angesprochen, dass er sich ein Hobby zulegen solle, etwas, dass ihn auf andere Gedanken brachte, doch er hatte jedes Mal freundlich aber bestimmt abgelehnt. »Ich brauche meine Kraft und meine Zeit für die Arbeit«, hatte er erklärt. Irgendwann hatte sie es aufgegeben.

Wiebke schaffte es seltsamerweise, neben ihrem Job auf dem Arbeitsamt zum Yoga und zum Niederländisch-Kurs, zu Freundinnenabenden und so weiter zu gehen. Arndt dagegen hatte bis auf ein paar Kegelabende vor vielen Jahren nie den Wunsch nach Aushäusigkeit verspürt. Allerdings brachte sein Beruf oftmals lange, nicht vorhersehbare Arbeitseinsätze mit sich. Tote und Täter hielten sich eben nicht an Dienstzeiten. So zumindest hatte er es gerne erklärt, wenn er seine freie Zeit mal wieder lieber mit einem Buch auf dem Sofa verbrachte hatte.

Im äußersten Notfall gelang es ihm sogar, den Rasen, der den kleinen Vorgarten ihres Hauses bedeckte, kurz zu halten. Aber inzwischen erschien es ihm immer klarer, dass das Leben mehr bereithielt. Wenn es für die anderen ein Leben nach dem Dienst gab, warum nicht auch für ihn? Nur – was sollte er machen? Malen nach Zahlen? Kaninchen züchten? Oder sich etwa körperlich betätigen? Er sah sich einen kurzen Moment stählern und motiviert den Mount Everest besteigen, war aber froh, dass dieser Gedanke sofort wieder verblasste.

Auf den Buhnen sah er einige Angler stehen. Wie wäre es damit? Man musste sich kaum bewegen, war an der frischen Luft und brachte abends etwas für die Pfanne nach Hause. So hielt sich das Hobby auch finanziell in Grenzen. Er würde darüber nachdenken.

»Hallo, Herr Kommissar.«

Arndt schreckte hoch. Vor ihm stand Frau Dr. Mühlenholtz und verdeckte die Sonne.

»Bleiben Sie sitzen«, sagte sie, als er den Versuch machte, auf die Beine zu kommen. »Dafür bleibe ich stehen. Ich war mir nicht sicher, ob ich es Ihnen damals bei dem Gespräch in der Wache gesagt habe …«

»Was?«, fragte er, noch immer ein wenig verwirrt.

»Sie haben mich gefragt, ob sich Frau Meckseper für besondere Dinge interessiert hat. Ich konnte ihr ja ein wenig weiterhelfen, aber ich habe der Autorin geraten, sich mit Frank Tebben zu treffen. Er ist der Spezialist für Napoleonische Geschichte hier. Vielleicht hat sie dem etwas anvertraut, von dem wir nichts wissen.«

»Es ist sehr gut, dass Ihnen das eingefallen ist. Wir werden der Sache nachgehen. Danke, dass Sie mir Bescheid gegeben haben«, sagte er freundlich.

»Gerne geschehen. Aber nun muss ich weiter. Ich passe auf zwei Enkelkinder bei mir in der Nachbarschaft auf. Tschüss.« Sie winkte ihm zum Abschied kurz zu. Es sah beinahe aus, als würde sie die Strandmauer entlangfliegen, so wie der Wind ihren weiten dünnen Umhang wellte und ihre grauen Haare flattern ließ.

Verdammt. Schon wieder jemand, der sich ein Ehrenamt hat andrehen lassen, dachte er verstimmt. Bin ich der Einzige, der nichts tut in seiner Freizeit? Am Horizont sah er ein Containerschiff hoch beladen Richtung Osten fahren. Er folgte ihm mit den Augen und den Gedanken. Wie wäre sein Leben verlaufen, wenn er zur See gefahren wäre? Für ihn hatte es immer nur zwei Möglichkeiten gegeben: Seefahrtsschule oder Polizei. Als er sich entscheiden musste, hatte er gekniffen bei der Vorstellung, Monate weg von zu Hause verbringen zu müssen. So war er Polizist geworden. Ein toller Beruf. Wenn er ihm nicht seit einiger Zeit zunehmend auf die Nerven ginge. Er würde sich Hilfe holen müssen. Das war ihm genau in diesem Moment klar geworden. Das Leben war nicht vorbei!

Er stand auf und wischte ein paar Gräser, die an seinen Händen klebten, an der Hose ab. Erst einmal zurück zum Hotel. Mal sehen, was die Kollegen in ihrer Pause gemacht hatten. Er musste fast lachen. Das passte so gar nicht. Pause war Pause.

Arndt umrundete die Kuckucksdüne mit dem hölzernen Zeichen darauf und ging zurück ins Dorf. Beim Nationalparkhaus stand eine große Gruppe Menschen, viele mit einem kleinen Rucksack auf und dazwischen – er konnte es kaum glauben – Sandra und Wiebke. Er winkte ihnen zu und sie riefen: »Kommst du mit ins Watt?«

Er lachte nur und bog links ab. Sollten die man machen. Kurz darauf saß er wieder auf der Terrasse des *Sonnenstrand*, als wäre er nie weggewesen. Er ließ den Kopf auf die Brust sinken und wäre beinahe eingeschlafen, wenn ihn nicht Marvins Stimme wieder in die Wachzone geholt hätte.

»Junge, du siehst aber fertig aus. Wenn ich nicht gekommen wäre, wärst du glatt vom Stuhl gerutscht.« Marvin lachte und ließ sich auf den nächsten freien Stuhl fallen. Der knarrte bedenklich.

»Die Stunde ist erst in zehn Minuten herum. Ich durfte also«, versuchte Arndt sich zu verteidigen.

»Trotzdem – du solltest wirklich mal was für dich tun.« Jetzt klang Marvin außergewöhnlich ernst. »Du hast dich sehr verändert, seit wir uns kennengelernt haben.«

»Stimmt. Ich sollte mich mehr um mich kümmern. Allerdings erst, wenn der Fall aufgeklärt ist. Aber wechseln wir das Thema. Da kommen Wille und Michael.« Er erzählte den Kollegen von seinem zufälligen Treffen mit Dr. Mühlenholtz. »Michael, redest du mit dem Tebben?«

»Mache ich.« Röder schaute auf die Uhr. »Der Mann müsste wieder zu Hause eingetroffen sein. Ich versuche mein Glück.«

»Was gibt es sonst?«, fragte Arndt ohne wirkliche Hoffnung auf neue Erkenntnisse.

»Wie sieht es heute Abend aus?«, fragte Michael. »Die beiden Frauen wollen unbedingt zur Lesung und ich könnte mich bereiterklären, sie zu begleiten. Ist sicher sinnvoll, wenn zumindest einer von uns dabei ist.«

Arndt fiel ein Stein vom Herzen. Lieber stundenlang einen Kiefernzapfen auf dem Waldboden suchen, als zu einer Lesung gehen zu müssen. Obwohl er zugeben musste, dass die Veranstaltung mit der Meckseper gar nicht so langweilig gewesen war. Dennoch. »Ist genehmigt.« Er lächelte. »Die beiden sind jetzt übrigens im Watt.«

»Das wäre auch ein Ding für mich.« Verträumt drehte Marvin seinen BVB-Becher hin und her.

Fast hätte Arndt etwas gesagt von zu viel Gewicht auf matschiger Fläche, aber er konnte sich gerade beherrschen. Immerhin schaffte der Mann es, ausgedehnte

Fahrradtouren zu machen. Im Gegensatz zu ihm. »Kriegst du auch hin«, sagte er stattdessen. »Was sagt dein Arbeitsplan? Hast du eine Idee?«

»Ich will erneut mit den Kattendorfs sprechen. Wenn die nicht schon abgehauen sind. Und vielleicht ein weiteres Mal mit dem Hotelpersonal.«

»Gut«, sagte Arndt. »Und du, Wille?«

»Ich muss zu Frau Maurer. Ihre Katze hat offensichtlich den Tod gefunden. Sie hat gerade angerufen. Also Frau Maurer – nicht die Katze.«

»Dann sind wir ausgelastet. Wir treffen uns gegen achtzehn Uhr hier.« Gleich darauf waren seine Kollegen verschwunden. Er war nur froh, dass die nicht nach seinen Plänen gefragt hatten, denn dann wäre er ins Stottern gekommen. Nicht vorhandene Ideen ließen sich eben nur ganz schlecht erklären.

Er blieb einen Moment sitzen und wollte gerade aufstehen, als Jens Campen mit energischen Schritten auf ihn zukam. »Herr Kleemann? Ich habe eine Bitte.«

»Worum geht es«, fragte Arndt knapp.

»Heute Abend ist die Lesung in der Turnhalle. Danach wollen wir eine Diskussionsrunde abhalten. Herr Bartels und die Pastorin, Frau Recknagel, sind dabei. Und natürlich ich als Moderator. Ich dachte mir, dass es sinnvoll sei, dass auch von Seiten der Polizei ein Mitglied anwesend ist. Das Thema lautet: Der Tod. Fiktion und Realität.«

Entgeistert starrte Arndt den Mann an. »Sie gehen aber nicht davon aus, dass wir über Frau Meckseper Tod und Frau Zahns Verschwinden reden, oder?«

»Nein«, winkte Campen ab. »Es geht um Allgemeines. Gibt die Krimiwelt ein realistisches Bild des Lebens und des Todes wieder? Das Einzige, was passieren wird, ist, dass ich vor Beginn der Veranstaltung zu einer Gedenkminute für die Frau aufrufen werde.«

Arndt überlegte. Sollte er? Schaden konnte es nicht. So hatte er zumindest die Möglichkeit, Dinge klarzustellen, die in manchen Krimis immer wieder verkehrt beschrieben wurden. »Ich bin dabei. Wann soll ich da sein?«

»Am besten vor der Lesung. Ich werde einen Stuhl reservieren. Es kann sein, dass es richtig voll wird. Wir haben kaum noch Karten für die Abendkasse. Danke, dass Sie mitmachen.« Damit verschwand der geschäftige Mann.

Arndt Kleemann hoffte, die richtige Entscheidung getroffen zu haben. Immerhin war Campen als Verdächtiger nicht von der Liste gestrichen. Das waren allerdings viele andere auch nicht. Er würde gleich seinen Chef Müller anrufen und sich vorsichtshalber Rückendeckung geben lassen.

*

»Was ist mit der Katze?« Michael und Wille hatten sich in der Wache getroffen.

»Eine Arsenvergiftung liegt nahe. Sie ist abends nicht nach Hause gekommen und heute Morgen lag sie tot vor der Tür«, berichtete Wille. »Frau Maurer hat mit dem Tierarzt am Festland gesprochen und der wird das Tier genau unter die Lupe nehmen. Sie hat die Katze aufs Schiff gebracht und die wurde in Neßmersiel von Frau Maurers Tochter abgeholt.«

»Hat die Frau einen Verdacht geäußert, wer das Gift ausgelegt haben könnte?«, fragte Michael.

»Nein. Sie war völlig ratlos!«

»Kann denn die Katze nicht natürlichen Todes verendet sein? Woher kommt die Idee mit dem Arsen?«

»Sie hat in ihrem Garten Köder gefunden. Speckstücke, die mit kleinen blauen Kugeln gespickt waren. Natürlich hat sie sofort andere Katzenbesitzer gewarnt. Die haben ihre Grundstücke abgesucht, aber nichts gefunden. Selbstverständlich wirst du jetzt fragen, ob der Anschlag nicht eigentlich sie treffen sollte. Weil sie seit gestern online ist mit ihrem neuen Verein *Katze e.V.*. Die sind erst ein paar Leute, wie sie mir erzählte, wollen aber Katzen von überall her aufnehmen und für sie sorgen. Weil die Tiere hier so ein wunderbares Leben erwartet. Aber sie wollen sie auch kastrieren, damit die sich nicht unkontrolliert vermehren. Kein schlechter Gedanke.«

»Na, dass das dem einen oder anderen trotzdem hier auf den Sack geht, das kann ich lebhaft nachvollziehen«, sagte Röder.

Wille blickte ihn erstaunt an. »Du denkst also, dass Katzentöten …?«

Michael winkte ab. »Natürlich nicht. Wofür hältst du mich?! Aber es gibt eigentlich schon genug von den Tieren hier. Frag mal die Jäger, manche haben einen richtigen Hass auf die. Du darfst nicht vergessen: Wo Katzen sind, sind wenig Singvögel. Zumindest habe ich das neulich in einem Zeitungsartikel gelesen. Aber warten wir erst einmal ab, ob es sich wirklich um eine Arsenvergiftung handelt oder ob das Ganze nichts anderes als ein Riesen-PR-Gag von dem neuen Verein ist. Wäre schließlich auch eine Möglichkeit.«

»Klar«, sagte Wille. »Die machen für ihren Verein Werbung mit der Aussage, dass hier die Katzen vergiftet werden. Klingt logisch. Übrigens hat Frau Maurer Anzeige erstattet. Also wird der Vorgang erst einmal auf unserem Schreibtisch bleiben. Was liegt nun an?«

»Ich fahre jetzt zu den Tebbens ins Ostdorf. Frank wird wieder zurück sein und seine Tasche ausgepackt haben.«

»Viel Erfolg«, rief Wille hinter ihm her, als er die Wache verließ.

Ob er Amir mitnehmen sollte? Ein kleiner Ausflug würde dem Heidewachtel sicher guttun. So musste der Hund nicht alleine in der Wohnung bleiben. Es würde noch ein wenig dauern, bis Sandra aus dem Watt zurück war.

Amir lag zufrieden eingekuschelt in seinem Körbchen in der Küche, sprang aber sofort auf, als er sein Herrchen sah. Offensichtlich konnte es der Hund kaum erwarten, nach draußen zu kommen.

Vor dem *Picknick* hatte sich eine kleine Schlange aufgebaut. Die Gäste schienen den Laden gut anzunehmen. Täuschte er sich, oder sah er direkt an der Theke Marvin stehen? Ob es da auch das von diesem Kollegen offenbar so geschätzte Grünzeug gab? Er würde den Fall verfolgen. Aber nun musste er erst einmal los ins Ostdorf. Amir zerrte ungeduldig an der Leine.

Es war einiges an Gästen unterwegs. Sogar auf dem Tennisplatz herrschte reges Treiben. Wenn ich nicht genau wüsste, dass es erst der zweite Mai ist, könnte ich glatt denken, es sei mitten in der Saison, dachte er erstaunt. In der *Sportsbar* saßen einige Leute und ließen sich ein Bier schmecken. Genau gegenüber fand das Kontrastprogramm auf der *Baltrum V* statt. Dort kletterten Kinder mit großem Vergnügen auf dem Holzschiff herum, das neben dem Kinderspielhaus aufgebaut war.

Immer wieder musste Röder gemütlich dahintrottenden Gästen ausweichen, die es schon zu dritt locker schafften, die ganze Straßenbreite einzunehmen. Im Ostdorf war es etwas ruhiger. Er stellte sein Rad auf Tebbens Grundstück ab und band Amir an eine kleine Birke, die den Eingang bewachte. Gerade wollte er klopfen, da öffnete sich die Haustür.

»Komm rein, wenn es sich nicht vermeiden lässt«, sagte Frank Tebben. »Meine Frau hat erzählt, dass du ein paar Fragen hast.« Er führte Röder ins Wohnzimmer. Von Fenna war nichts zu sehen.

Röder war sich sicher, dass sein Gespräch mit Fenna morgens auf der Terrasse weitaus gemütlicher gewesen war als das, was jetzt folgen würde. Zumindest wenn er dem verkniffenen Gesichtsausdruck richtig deutete, mit dem Frank Tebben ein Buch nach dem anderen auf den Tisch knallte. Darauf folgten mindestens noch vier Mappen.

»Da steht alles drin!« Auf Tebbens Stirn hatten sich kleine Schweißtropfen gebildet.

Was wühlte den Mann nur so auf? »Was ist das? Worum geht es?«, fragte Röder.

»Erst nimmst du Platz«, sagte Frank Tebben mit Nachdruck, »und dann hörst du zu!«

Röder stöhnte. Aber ihm blieb wohl nichts anderes übrig. Der Mann wollte Geschichte loswerden. Nicht nur weltpolitische, sondern auch die seiner Familie. Das konnte dauern. »Also, was willst du mir sagen?« Er zog einen Stuhl unter dem Tisch hervor und setzte sich.

Frank zeigte auf die Bücher. »Hier findest du alles, was über die französische Besatzungszeit in Ostfriesland oder, wie es damals hieß, Departement Ost Ems, geschrieben wurde.« Dann zog er einige Blätter aus einer Mappe. »Und hier habe ich Aufzeichnungen meiner Vorfahren. Dazu kommt, was ich dazu herausgefunden habe.«

»Bitte Frank, ich habe keine Zeit, mich in die ostfriesische Geschichte zu vertiefen«, konnte Röder sich nicht verkneifen zu sagen. »Kurz und knapp: Was liegt an?«

»Der Campen hat Vasen. Und die gehören uns.«

»Hat er die geklaut? Kannst du das beweisen?« Er dachte an die Vasen, die Campen in der Jauchegrube entsorgt hatte. Kämen sie jetzt der wahren Erklärung näher, warum er das getan hatte?

Frank Tebben lachte laut auf. »Der? Nein. Das waren seine Vorfahren. Aber er soll es endlich zugeben. Es begann so: Meine Familie ist hier seit Beginn der Besiedelung ansässig. Also ungefähr seit dem fünfzehnten Jahrhundert. Wir waren Seeleute. Die Männer fuhren als Kapitäne über die Weltmeere und die Frauen bestellten den kargen Inselboden und hüteten die Tiere. Hier kannst du es nachlesen.« Frank Tebben hielt ihm ein vergilbtes Blatt direkt vor die Nase.

Der Inselpolizist nahm es vorsichtig in die Hand. Ein muffiger Geruch ging von dem Papier aus. Es schien tatsächlich alt zu sein. Ob es nicht besser in einem Museum oder in der Bücherei der Ostfriesischen Landschaft seinen Platz haben sollte?

»Auch der ein oder andere Inselvogt ist aus unserer Familie hervorgegangen«, fuhr Frank fort. »Es ging uns gut, bis die Franzosen kamen und uns drangsalierten. Der Chef der Franzosen, die es sich auf der Insel gemütlich gemacht hatten, war bereits ein paar Tage zuvor in das Haus unserer Vorfahren eingezogen und erwartete, fürstlich versorgt zu werden. Unsere Vorfahren, das waren zu dieser Zeit Tjarko Tebbena, seine Frau Greetje und Habbo, ihrer beider fast erwachsener Sohn.«

Tebben zeigte stolz auf ein Bild. »Das sind sie. Ein Original aus der Zeit, als meine Familie sich so etwas noch erlauben konnte.«

Röder nickte. Er sah die drei Tebbenas vor einem Kamin stehen, der von holländischen Kacheln eingerahmt war. Das hatten sich damals wirklich nur die Familien leisten können, deren Männer auf den Weltmeeren zu Hause waren.

»Mit der Seefahrt war es durch die Blockade Englands für Tjarko vorbei«, sagte Frank. »Habbo wurde an Land geschickt, um etwas für seine Familie zu verdienen. Er konnte bei Bekannten seines Vaters in der Nähe von Norden unterkommen. Den Kampenas. Sie hatten einen ziemlich einsam gelegenen Bauernhof. Der alte

Kampena brauchte Hilfe, weil sein Sohn in das französische Heer eingezogen worden war. Habbos Vater gab dem Jungen zwei Vasen mit, die er von seiner letzten Reise von England mitgebracht hatte. Habbo sollte gut auf die Vasen aufpassen, denn zu Hause durften die nicht bleiben. Stammten sie doch von des Franzosen verhasstestem Feind. Nur wenn auch er, Habbo, gedungen werden sollte, durfte er die Vasen veräußern, um sich mit dem Geld freizukaufen. So steht alles auf diesem Papier.«

Wieder schob Frank ein gelbliches Blatt über den Tisch. »Und hier steht, wie die Vasen ausgesehen haben. Es waren Wedgwood-Vasen aus Steingut in kräftigem Blau mit antiken Szenen drauf. Na? Dämmert's?«

Röder schüttelte den Kopf. »Noch nicht so ganz. Was soll mir deine Geschichte sagen?« Marvin hatte den Namen Wedgwood auch erwähnt, aber Frank würde nun sicher für Aufklärung sorgen.

»Habbo ist mit den Vasen an einem Tag im Mai ans Festland gefahren. Dann hat meine Familie nie wieder etwas von ihm gehört. Nachdem der Franzose verschwunden war, ist mein Vorfahr zu den Kampenas gereist, um nach Habbo zu forschen, aber die sagten, er sei dort nie aufgetaucht. So weit, so gut. Als nun mein Nachbar vor gut fünfundzwanzig Jahren hierher zu seiner Frau zog und wir die beiden besuchten, fiel mir natürlich sofort das Steingut auf. Campen sagte auf meine Nachfrage, die Vasen seien schon sehr alt und er habe sie seiner Frau zur Hochzeit geschenkt.«

»Ja, und? Was ist daran so seltsam?«

»Zunächst erst einmal nichts. Aber dann stellte sich heraus, dass Campen aus einer alten ostfriesischen Familie stammt. Dann habe ich natürlich weitergeforscht. Die Vasen waren schon Grund genug, aber dazu kam, dass der Mann Campen heißt. Und das ist eine Weiterentwicklung des Namens Kampena! Es liegt doch auf der Hand, dass es da eine Verbindung geben muss!«

»Du denkst also wirklich, dass du herausgefunden hast, dass Jens Campens Vorfahren etwas mit Habbos Verschwinden zu tun haben?«, fragte Röder fassungslos. »Und du denkst nicht, dass deine jahrelange Recherche nur ziemlich geringes Beweismaterial hervorgebracht hat? Selbst wenn du recht hättest, war aber es nicht Jens Campen, der deinem Vorfahren etwas angetan hat.« Langsam reichte es Röder. Zumal er nicht den geringsten Zusammenhang mit dem aktuellen Todesfall sah. »Wie kann man sich nur eine so lange Zeit in diese vage Annahme verbeißen?«

»Das sage ich Frank seit Jahren.« Fenna stand in der Tür, in der Hand einen Kaffeebecher. »Kannst du dir vorstellen, dass ich die Nase davon gestrichen voll habe?«

»Begreift ihr denn nicht?« Frank war aufgesprungen. »Da bringt einer jemanden aus meiner Familie um und klaut die Vasen. Und jetzt habe ich endlich eine Spur und soll die Sache einfach auf sich beruhen lassen? Das würdet ihr auch nicht. Das genau habe ich der Autorin erklärt, als sie wegen einer anderen Sache bei mir vorsprach. Die Frau Doktor hatte sie zu mir geschickt. Schließlich ist bekannt, dass ich hier der anerkannte Fachmann für die Napoleonzeit bin.«

»Was hat sie wissen wollen?«, fragte Röder.

»Es ging um Fragen wie: Was trug der Soldat, der gegen seinen Willen ins Napoleonische Heer eingezogen wurde, und wie wurde er ausgerüstet? Oder wann genau begann es, dass alle Familien Nachnamen tragen mussten? Das hat nämlich auch erst Napoleon eingeführt. Darum gibt es in der Bremer Ecke so manche Familie mit dem Namen Pankok. Pfannkuchen. Die wollten den Franzosen damit veralbern, verstehst du?«

Röder verstand und fand den Ausflug in die Vergangenheit ganz nett, wollte jedoch wieder auf die Gegenwart zu sprechen kommen. »Ist dir irgendwas Besonderes aufgefallen. Seltsame Andeutungen oder so was?«

»Nein, sie wollte nur möglichst viel über die Franzosenzeit erfahren. Auch was hier so abgelaufen ist«, sagte Frank Tebben nach kurzem Überlegen. »Ihr Krimi ist in Ostfriesland angesiedelt, genauer gesagt in Timmel. Der kleine Ort war, wie viele Dörfer hier, von den Franzosen abhängig. Da der Handel mit England verboten war, blieb den Ostfriesen, besonders den Insulanern, nur der Schmuggel. Davon habe ich ihr erzählt. Alles, was ein ordentlicher Ostfriese zum täglichen Leben brauchte, wie Tee, Kaffee und Kolonialwaren, schafften sie mit kleinen Booten übers Meer von dem damals englischen Helgoland her. Eine gefährliche Sache, sage ich dir. Wind und Wetter ausgesetzt und immer mit der Angst, ins Visier der französischen Soldaten zu geraten.«

»Okay. Das war also alles? Es ging nur um Historisches?«, hakte Röder ein.

»Wie gesagt, ich habe ihr von meinen Ermittlungen erzählt und habe Frau Meckseper vorgeschlagen, aus unserer Familienvergangenheit die Kurzgeschichte zu machen. Ich war bei der Lesung. Wollte das dämliche Gesicht vom Campen nicht verpassen. Und Bingo: Der hat reichlich verbissen geguckt! Der hätte, glaube ich, am liebsten den Saal verlassen. Obwohl ja keiner wissen konnte – Frau Meckseper hatte schließlich andere Namen gewählt –, dass es seine Familie war, die den Jungen umgebracht hat.«

»Für dich steht also wirklich Mord im Raum! Doch für das alles hast du keinerlei Beweise!« Röder stand auf. »Wäre es nicht an der Zeit, Frieden einkehren zu lassen?«

»Darum bitte ich seit Jahren«, flüsterte Fenna.

Frank schaute seine Frau verächtlich an. »Du bist nicht von hier. Du hast keine Ahnung, wie schwer so etwas wiegt. Ich will nichts als eine öffentliche Entschuldigung. Aber gut. Ich werde in aller Ruhe mit Campen reden. Ein letztes Mal.«

»Aber wirklich friedlich«, bat Röder. »Nicht, dass wir uns um ein weiteres Opfer kümmern müssen. Es reicht nämlich auch so gerade. Und eine Entschuldigung deinerseits wäre auch nicht verkehrt.«

»Das wäre das Letzte, was mir einfallen würde. Aber keine Sorge. Ich bin kein Mörder. Das ist in meiner Familie nicht üblich«, erwiderte Frank Tebben.

»Nein«, sagte Fenna. »Die Themen deiner Familie sind: ständiges übles Nachgerede, Menschen, die einander nicht lieben dürfen, wenn sie aus dem falschen Stall kommen, Vorgärten zertrampeln, tote Kaninchen vor die Haustür legen, das alles dürft ihr. Eine einzige Chance hast du noch. Dann ist Feierabend. Bis zur letzten Fähre heute hast du Zeit, ansonsten bin ich weg. Ach ja, Habbo geht übrigens auch mit mir, falls es dich interessiert.«

»Ich muss los«, verabschiedete sich Röder. »Frank, nutz den Nachmittag. Bitte.« Schon allein wegen Fenna, dachte Röder. Es wäre schade, wenn sie die Insel verließe.

Amir begrüßte ihn mit einem freundlichen Knurren. Er befreite ihn von der Birke und stieg auf sein Rad. Wie sollte er vorgehen? Jetzt mit Campen sprechen? Immerhin hatte sich ein leiser Verdacht aufgetan, dass Campen doch etwas mit Meckseper Tod zu tun hatte. Die entsorgten Vasen, die Wut über die Kurzgeschichte, all das deutete auf einen Zusammenhang hin. Aber war es sinnvoll, mit dem Mann zu reden, bevor die beiden Nachbarn sich gegebenenfalls ausgesprochen hätten?

Röder beschloss, seinen Besuch auf den nächsten Tag zu verschieben.

Erst einmal nach Hause. Schauen, ob es dort Neuigkeiten gab. Doch unterhalb des *Dünenschlösschens* war seine Fahrt bereits wieder zu Ende. Inga Schubert winkte ihm entgegen.

»Gibt es Neues?«, fragte sie, als er abgestiegen war.

»Bis jetzt nicht«, erwiderte Röder. Und wenn, dann würde ich es ihr bestimmt nicht mitteilen. Den Gedanken verschwieg er allerdings.

»Ich werde heute Abend die Lesung besuchen und morgen werden wir abreisen. Ich denke, das ist so in Ordnung«, sagte sie. »Nur zur Information: Mein Mann hat übrigens mit mir über den Abend gesprochen. Aber glauben Sie mir – er ist kein Mörder!«

»Wann genau war das?«

Inga Schubert schaute ihn irritiert an. »Wieso?«

»Nur so. Sagen Sie es mir bitte. Wann wussten Sie es?«

»Zumindest nicht in der Nacht, als die Frau umgebracht worden ist. Da lag ich bereits zu Hause im Bett und schlief. Mein Mann hat es mir irgendwann gebeichtet. Zufrieden?«

»Zufrieden bin ich erst, wenn wir die Person ermittelt haben, die für den Tod der Frau oder auch der beiden Frauen verantwortlich ist«, machte Röder seine Meinung deutlich. »Da muss es uns schon möglich sein, Fragen zu stellen.«

»Das verstehe ich. Schließlich bin ich Krimiautorin. Aber ich versichere Ihnen noch einmal, dass mein Mann und ich nichts mit dem Tod von Frau Meckseper zu tun haben«, sagte Schubert.

»Wir werden sehen. Sollten wir Sie weiterhin brauchen, melden wir uns.« Röder hatte keine Lust mehr auf weitere Unschuldsbeteuerungen und nichtssagende Äußerungen. Ohne eine Antwort abzuwarten, fuhr er los.

Auf der Wache fand er keinen seiner Kollegen, also würde er zum Hotel *Sonnenstrand* fahren. Vorher aber lieferte er Amir in der Küche ab. Sandra war inzwischen wieder zu Hause und saß mit Wiebke Kleemann zusammen bei einer Tasse Tee. »Das wurde wirklich Zeit«, strahlte sie ihn an. »Das musst du unbedingt auch mal machen.«

»Du meinst nicht etwa eine Wattwanderung?«, fragte er und hoffte, dass er seinem Tonfall genügend Zweifel mitgegeben hatte.

»Doch. Natürlich. Ich weiß ja: Wat de Buur nich kennt, dat freet hei nich! Aber denk an den letzten Sommer. Du wolltest absolut nicht an den Strand. Nur weil ich Druck gemacht habe, bist du mitgekommen. Und? Du hast es genossen, gib es zu! Du konntest dir nicht vorstellen, wie ein stinknormaler Gast dort abzuhängen, und was war vor drei Tagen? Darf ich dich an deine Frage erinnern, ob wir in diesem Jahr wieder einen Strandkorb mieten?«

Röder lachte. Er musste zugeben, dass ihm seine eigentlich krankheitsbedingte Auszeit am Strand richtig gut gefallen hatte. Mordfall hin oder her. »Okay. Wenn es sich ergeben sollte, gehe ich auch ins Watt. Aber nur, wenn Arndt mitkommt.«

»Ich werde ihm klarmachen, was du von ihm erwartest.« Wiebke nahm einen tiefen Schluck und goss sich dann frischen Tee in die Tasse. »Aber heute Abend geht es erst einmal zur Lesung. Du wirst ebenfalls dabei sein, oder?«

»Korrekt. Aber nur, wenn mir vorher ein leckeres Abendessen serviert wird. Und damit ihr für die Vorbereitung genügend Zeit habt, gehe ich jetzt auf Kollegensuche.« Noch ehe die beiden Frauen die Gelegenheit fanden, ein Küchenhandtuch oder weitaus festere Dinge nach ihm zu werfen, stahl er sich aus dem Raum, die Tür fest hinter sich schließend.

Im Clubraum des Hotels *Sonnenstrand* fand er Wille, der angespannt auf den Bildschirm eines Computers blickte. »An den beiden Vasen konnte nichts Relevantes festgestellt werden. Wir werden sie Campen alsbald zurückgeben.«

»Sind die denn nun echt alt, oder nicht?«, erkundigte sich Röder.

»Auf die Nachricht warte ich«, erwiderte Wille. »Ein Fachmann für Antiquitäten will sie sich genau ansehen.«

Röder berichtete Wille von seinem Besuch bei Tebbens. »Wie kann man sich das Leben nur so kaputtmachen mit Dingen, die vielleicht – und ich sage *vielleicht*! – vor Generationen passiert sind! Ich verstehe es nicht. Ich habe Tebben aber abgerungen, dass er heute ein letztes Gespräch mit Campen führt und ihm klargemacht, dass eine Entschuldigung sicher nicht fehl am Platze wäre.«

»Du glaubst trotz deines Berufes immer noch an das Gute im Menschen, oder?« Arndt Kleemann war hereingekommen.

»Ehrlich gesagt, bei Tebben habe ich da so meine Zweifel, aber warten wir es ab«, sagte Röder. »Wäre doch schön, wenn wir die beiden wieder versöhnen könnten. Wobei ich feststellen muss, dass die Aggression eigentlich nur von Tebben ausgeht. Von Campen habe ich dahingehend kaum Negatives über seinen Nachbarn gehört.«

»Na gut. Dann schauen wir, was der Abend bringt. Wo steckt Marvin eigentlich?«

»Hier. Komme gerade von den Kattendorfs.« Marvin ließ sich auf den Stuhl fallen. »Die wollen unbedingt weg. Sind nur hier geblieben, um, wie der Mann sagte, Neuigkeiten aus erster Hand, nämlich von uns, zu erfahren. Ich habe versucht, ihnen klarzumachen, dass es mir lieber wäre, wenn sie Neuigkeiten für uns hätten. Außerdem habe ich mich geweigert, Frau Meckseper persönlichen Dinge freizugeben.«

»Und – wie haben sie darauf reagiert?«, fragte Arndt.

»Gar nicht. Das heißt, Herr Kattendorf meinte, es sei jetzt wichtig, mit dem Verlag Kontakt aufzunehmen und das neue Buch von Frau Meckseper zu puschen, und Frau Kattendorf wollte unbedingt ans Festland, um die Beerdigung zu organisieren. Obwohl ich ihr versichert habe, dass die Leiche nicht freigegeben sei.«

»Und was sagen die anderen Gäste? Hast du die noch einmal befragt?«

»Habe ich. War aber umsonst. Keiner hat was gehört. Ein einziger meinte, mal eine Zimmertür schlagen gehört zu haben, aber wann? Das konnte er mir nicht sagen. Laute Stimmen oder einen Streit hat keiner mitbekommen.«

»Das macht die gute Luft hier«, sagte Röder, »da schlafen die alle wie die Murmeltiere.«

»Offensichtlich.« Arndt stand auf. »Wir machen erst einmal Feierabend. Michael – wir sehen uns heute Abend. Ich muss dann ja mit auf die Bühne.« Er verdrehte die Augen. »Konnte schlecht absagen.«

*

Tausendfüßler. Seltsamer Titel. Michael stand mit Sandra vor dem Büchertisch im Eingang der Turnhalle. Streng genommen wurde die Halle jetzt, Anfang Mai, nicht mehr für den Schulsport, sondern als Veranstaltungsraum genutzt und hieß somit *Haus des Gastes*.

Bis zum Herbst, dann würden die Stühle verschwinden, die Bälle hervorgeholt und die Insulaner konnten sich in diversen Sparten ihrer Lieblingssportart widmen. Natürlich probten auch die Theaterspieler hier die Stücke, die dann im Sommer aufgeführt wurden.

»Michael, schau mal, wie viele verschiedene Titel Bartels schon veröffentlicht hat.«

»Und davon jede Menge verkauft«, sagte die junge

Frau lächelnd, die hinter dem Büchertisch stand. »Der ist einer von den ganz Großen. Und dass der früher als Kind schon oft auf Baltrum war, ist echt das Sahnehäubchen.«

Michael wunderte sich. Warum um alles in der Welt sollte das eine besondere Auszeichnung sein? Überall waren Menschen, da war es völlig egal, wo.

»Wollen wir gleich eins mitnehmen?«, fragte Sandra. »Das neueste haben wir ja schon.«

»Wenn du möchtest – du kannst aber natürlich auch abwarten, ob dir überhaupt gefällt, was der da gleich vorträgt, und in der Pause ein weiteres kaufen«, schlug Röder vor.

Sie winkte ab. »Ach was, wer weiß, ob später noch welche da sind. Kathrin, das da vorne nehme ich.«

Als sie die Halle betraten, war Röder froh, dass Wiebke ihnen zwei Plätze freigehalten hatte. Der Raum mit seinen vierhundert Stühlen war bereits gut gefüllt. Röder wunderte sich. Es musste quasi die gesamte Insel – Gäste und Insulaner – auf den Beinen sein. Und tatsächlich sah er viele bekannte Gesichter. Oben auf der Bühne war ein Tisch mit einer Leselampe aufgebaut, dahinter stand ein leerer Stuhl. Eine Viertelstunde war noch Zeit.

»Wundert mich, dass der Campen hier nirgends rumläuft«, sagte Arndt.

»Der ist sicher hinter der Bühne und wartet auf seinen großen Auftritt«, vermutete Röder.

»Oder er bastelt an seiner Begrüßungsrede«, erwiderte Arndt.

Aber auch nach der Viertelstunde war nichts von dem Veranstaltungsleiter zu sehen. Stattdessen betrat Salomon Bartels die Bühne, ein Buch in der Hand. Freundlich begrüßte er die vielen Gäste und wurde mit anhaltendendem Applaus bedacht.

»Gerne hätte ich an dieser Stelle auch den Mann

begrüßt, der die Krimitage auf die Beine gestellt hat«, sagte Bartels. »aber er ist bisher nicht eingetroffen und ich möchte Sie nicht länger warten lassen. Fangen wir also an und ich bin sicher, dass Herr Campen nach der Pause ein paar Worte an Sie richten wird. In dieser Pause, die so gegen einundzwanzig Uhr sein wird, können Sie übrigens im Foyer kalte Getränke erwerben und wenn Sie möchten, das eine oder andere Buch von mir.«

»Siehst du, gut, dass wir bereits welche haben«, flüsterte Sandra Michael ins Ohr. »Wir hätten bestimmt keines mehr abgekriegt bei den vielen Zuhörern. Jetzt muss der Künstler das zweite nur noch signieren. Aber das macht der bestimmt. Schließlich kennen wir uns.«

Michael nickte seiner Frau schweigend zu. Wenn sie meinte ... Er würde nie begreifen, warum eine Unterschrift im Buch den Wert desselben steigerte. Er weigerte sich einfach zu glauben, dass, wenn der Künstler seinen Namen tausendfach auf die ersten Seiten schrieb, eine persönliche Beziehung zwischen Autor und Leser entstand. Aber die meisten Menschen sahen das anders und stellten sich widerspruchslos in die endlose Warteschlange. Sollte Sandra man, wenn es ihr Spaß machte. Er würde die Pause mit Arndt und einem Getränk draußen vor der Tür verbringen.

Röder war vor der Veranstaltung der festen Überzeugung gewesen, dass er spätestens nach zehn Minuten wegnicken würde, aber da hatte er sich getäuscht. Salomon Bartels' warme Stimme füllte den Raum und schon bald war Michael gefangengenommen von der Geschichte um eine italienische Gruppierung, die sich in Erfurt niedergelassen hatte und sich neben dem Betrieb einiger Eiscafés und Restaurants mit Geldwäsche bis hin zum Mord beschäftigte. Röder gefiel, was der Mann schrieb. Besonders die realistische Darstellung der Polizeiarbeit fand er super und konnte sehr gut nachvollziehen, wie viel Resignation die Arbeit seiner Kollegen begleitete, wenn sie keine Chance hatten, die mafiösen Strukturen dieser Banden aufzubrechen.

Er merkte kaum, wie die Zeit verging und wunderte sich, als Bartels das Buch auf den Tisch legte und die Pause ankündigte.

Arndt war aufgestanden. »Ich frage mal, ob diese Gesprächsrunde stattfindet und ob der Moderator inzwischen aufgetaucht ist«, raunte er Röder zu.

Dann muss ich wohl alleine mit meinem Getränk nach draußen, dachte Röder, als er plötzlich untergehakt wurde. »Lädst du mich auf einen Sekt ein?«, fragte Wiebke. »Sandra ist beschäftigt und mein Mann auch.«

»Aber gerne.« Er drängelte sich zur Sekttheke durch und ließ sich zwei Gläser füllen. »Komm, wir gehen nach draußen«, sagte er zu Wiebke und bemühte sich, schnell rauszukommen, bevor das Foyer noch voller wurde.

Sie prosteten sich zu. »Auf einen schönen Abend!«, sagte Wiebke.

»Ich fürchte, ich muss euch beiden trennen.« Arndt stand plötzlich mit besorgter Miene neben ihnen. »Gut, dass ich dich so schnell gefunden habe, Michael. Ich mache mir Gedanken, weil der Campen nicht da ist. Salomon Bartels hat bereits versucht, ihn telefonisch zu erreichen. Dass der fehlt, so sagt Bartels, ist absolut ungewöhnlich.«

Röder musste dem Autor recht geben. Er selbst hatte zwar auf der Insel nie viel mit Campen zu tun gehabt, aber dessen Zuverlässigkeit war sprichwörtlich. Verdammt, warum hatte er nicht eher daran gedacht? »Soll ich hinfahren?«, fragte er seinen Freund und Kollegen.

»Ich habe Marvin und Wille angerufen und sie gebeten, nach dem Rechten zu schauen. Sie geben uns sofort Bescheid, wenn sie mehr wissen.«

»Und euer Gespräch?«, fragte Röder.

»Frau Recknagel, die Pastorin, ist bereit, die Moderation zu übernehmen. Also wird's wohl stattfinden.«

Nach kurzer Zeit gesellte sich auch Sandra zu ihnen und alle vier stellten fest, wie angetan sie von der Lesung waren. »Die Lesung von der Frau Meckseper war auch gut«, sagte Sandra. »Es war eben ein ganz anderes Thema. Es ist sicher schwieriger, sich in eine Zeit zu versetzen, die zweihundert Jahre zurückliegt.«

»Aber der Lesungsort war auch nicht schlecht. Wann kommt man schon mal in die Baltrumer Leichenhalle?«, sagte Wiebke.

Leider viel zu häufig, dachte Röder, und normalerweise war nicht eine Lesung der Grund dafür. »Lasst uns wieder reingehen. Ich habe mein Telefon leise gestellt. Gut, dass wir am Rand sitzen, da können wir uns gegebenenfalls ganz schnell verdrücken.«

»Ach, beinahe hätte ich es vergessen – Bartels lässt dich grüßen«, berichtete Arndt. »Er hat dich im Publikum gesehen und hätte es ganz toll gefunden, wenn du heute Abend ebenfalls an der Diskussion teilgenommen hättest.«

»Irgendwie habe ich das Gefühl, der mag mich«, grinste der Inselpolizist.

Sie schoben sich mit dem Strom der Zuschauer wieder in den Saal. Kaum saßen sie, wurden sie bereits wieder von Bartels' Geschichte in den Bann gezogen. Trotzdem merkte Röder, dass Arndt immer wieder sein Telefon aus der Tasche zog und auf das Display schaute. Dann spürte er den Ellenbogen seines Kollegen, der sich leicht in seine Seite bohrte. Arndt deutete auf den Ausgang.

Leise öffneten sie die große Holztür, huschten ins Foyer und schlossen sie ebenso leise wieder. Der Raum war leer. Nicht einmal die Damen vom Sektausschank waren da. Nur ein paar gebrauchte Gläser standen auf der Theke.

»Was liegt an?«

»Warte.« Arndt wählte und sprach mit Marvin Lingenberg. Dann wandte er sich wieder Röder zu. »Er ist tot. Sieht nach unnatürlichem Todesfall aus. Marvin berichtete von einer Kopfverletzung. Die Ärztin ist unterwegs.«

»Fahren wir hin?«

Arndt zögerte. »Du fährst auf jeden Fall. Aber was mache ich? Campen ist nicht da. Wenn ich nun auch weg bin, und die Diskussion ausfällt, gibt es womöglich Unruhe im Saal. Wie sollen wir das dem Publikum erklären? ›Ich musste leider weg, es ist wieder was passiert‹? Andererseits ist es natürlich sinnvoll, von Anfang an die neue Sachlage zu begleiten.«

»Ich würde vorschlagen, du kommst nach«, sagte Röder. »Wenn in den Jahren zuvor hier Morde passiert sind, konntest du auch nicht von Anfang an dabei sein. Logischerweise. Wir sind drei kompetente Leute und werden alles Nötige in die Wege leiten. Die Frage ist nur, ob du das durchstehst, dort auf der Bühne zu sitzen und Smalltalk zu machen in dem Wissen, dass offensichtlich wieder ein Mensch umgebracht wurde.«

Arndt zuckte mit den Schultern. »Die Frage stelle ich mir allerdings im Moment auch. Aber du hast recht. Ich werde es versuchen. Wir wollen doch vermeiden, dass vierhundert Menschen überstürzt die Halle verlassen, in dem Versuch, ihre sicheren Wohnungen zu erreichen. Oder noch schlimmer – dass die Meute sich direkt mit gezückten Smartphones auf den Weg zum Tatort macht!«

»Gut. Du gehst wieder rein. Bartels wird gleich durch sein mit seiner Lesung. Ich fahre los. Wir sehen uns später.« Röder schaute sich um. Wo hatte er nur sein Fahrrad abgestellt? Verdammt. Sie waren zu Fuß gekommen, weil die beiden Frauen dabei gewesen waren. Egal. Es war nicht weit.

Am *Inselmarkt* und am Rathaus vorbei, dann beim *Picknick* rechts ab, keine drei Minuten. Er schloss die Tür des Gartenhäuschens auf und holte sein Rad heraus. Es war ruhig auf den Straßen, kaum ein Mensch unterwegs. Gut, dass die Veranstaltung noch nicht zu Ende war, dann hätte das anders ausgesehen. Als er durch das Deichschart beim Hotel *Fresena* fuhr und links abbiegen wollte, musste er dennoch scharf bremsen, denn ein Reh kam mit schnellen Sprüngen vom Deich herunter, verharrte kurz im Schein seiner Fahrradleuchte und überquerte die Straße. Kurz vor dem Zaun, der den Heller umgab, stoppte es, wendete, lief wieder über die Straße und erklomm den Deich. Gleich darauf verschwand es in einem der Gärten, die dahinter lagen. Röder atmete tief durch. Das hätte auch danebengehen können. Einen Zusammenstoß mit fünfundzwanzig Kilo Frischfleisch mochte er sich nicht vorstellen. Er hoffte, dass das Tier ihm nicht ein zweites Mal über den Weg lief.

Er hatte Glück. Bis auf zwei Kaninchen, denen er gerade noch ausweichen konnte, war der Weg frei.

Campens Haus war hell erleuchtet. Davor sah Röder den Krankenwagen stehen. Also war Ellen Neubert bereits an der Arbeit. Er lehnte sein Fahrrad an den Zaun, zog es jedoch im gleichen Moment wieder zurück und stellte es auf den Ständer. Er konnte sich gut daran erinnern, wie Campen ihn angeblafft hatte: »Das gehört sich nicht. So gehen die Zäune kaputt.« Auch jetzt, da der Mann tot war, schien es ihm nicht korrekt, dessen Meinung zu ignorieren.

Auf sein lautes »Moin« hörte er Marvin rufen: »Der Tote liegt im Wohnzimmer.«

Sein Kollege stand im Flur. Er hatte einen Schutz über seine Schuhe gezogen und trug Einmalhandschuhe, um keine Spuren zu verunreinigen. »Die Ärztin ist bei ihm.«

Auch Röder griff nach dem Plastik. In der Tür des Wohnzimmers blieb er stehen. Er erschrak, als er das Durcheinander in dem Raum sah. Bücher waren aus den meterhohen Regalen gezerrt worden und lagen wild durcheinander auf dem Boden. Die Schubladen des Schreibtisches waren herausgezogen und der gesamte Inhalt ebenfalls im Raum verteilt. Und mittendrin der Mann, der hier viele Jahre gewohnt und gearbeitet hatte. Jens Campen. Ellen Neubert kniete neben ihm und deutete auf dessen blutüberströmte Stirn. »Das dürfte gereicht haben, um ihn zu töten.« Sie zeigte auf einen dicken rötlichen, von Wind und Wellen rundgeschliffenen Stein. »Da haben wir vermutlich das Tatwerkzeug.«

Röder schaute genauer hin und sah unter dem Blut eine tiefe Wunde. Die Knochen darunter waren zersplittert und in das Gehirn gedrückt, das Auge nach oben verdreht. »Wer, verdammt noch mal ...«

»Das eben sollten wir herausfinden«, sagte Wille, der aus der Küche kam. »Die Spurensicherung ist unterwegs. Kaum ist sie weg, muss sie schon wiederkommen. Martin Brinkmann wird sich bedanken.«

»Wieso?«, fragte Röder. »Es wird ihm sicherlich egal sein, wo er seine Arbeit macht.«

»Das stimmt natürlich. Und die Anreise mit dem Polizeihubschrauber ist nicht viel aufwändiger, als wenn er eine Stunde mit dem Auto irgendwohin unterwegs ist«, erwiderte Wille. »Ich hole ihn und seine Leute vom Flieger ab. Was ist mit Campen? Wann soll der mit rüber?«

»Sobald es machbar ist«, sagte Röder. »Arndt wird ihn sich bestimmt erst ansehen wollen. Er wird ungefähr in einer Stunde hier sein. Ebenso die Spurensicherer. Danach kann die Leiche zum Flugplatz abtransportiert werden.« Er musste an Johanna Meckseper denken. Es war gar nicht lange her, dass sie die erste Leiche zur

Rechtsmedizin hatten bringen müssen und jetzt war Campen dran. Und was mit Sibyll Zahn war, ob sie auch diese Frau tot auffinden würden, war nicht geklärt.

»Wo ist Arndt eigentlich?«, fragte Marvin.

»Er ist bei der Lesung. Wir haben gedacht, es sei besser, keine schlafenden Hunde zu wecken und die Veranstaltung ordnungsgemäß zu Ende zu bringen. Er kommt so bald wie möglich.«

»Eine weise Entscheidung«, kommentierte Marvin. »Wie gehen wir weiter vor?«

Röder überlegte. »Ihr bleibt vor Ort. Ich gehe zu den Tebbens. Immerhin wollte Frank heute mit Campen sprechen. Schon möglich, dass die Unterhaltung aus dem Ruder gelaufen ist.«

»Brauchst du Unterstützung?«, fragte Wille.

»Ich melde mich, falls es kritisch wird«, sagte Röder.

Vor der Tür zog er seine Überzieher aus und ging die paar Meter bis zum Haus der Tebbens. Bei Campens Nachbarn brannte Licht. Er klopfte und kurz darauf öffnete Fenna Tebben die Haustür.

»Komm rein«, sagte sie mit kraftloser Stimme. »Frank sitzt im Wohnzimmer.«

Er folgte ihr und sah sich Frank Tebben gegenüber, der wie ein Häuflein Elend mit angezogenen Beinen auf dem Sofa saß. »Hab schon auf dich gewartet«, murmelte er.

»Du weißt also, was passiert ist?«, fragte Röder.

Frank nickte. »Natürlich. Ich habe die Bücher bei meiner Suche ja selbst auf dem Boden verteilt. Hat aber nichts genutzt. Der Kerl hat einfach behauptet, die Vasen seien weg. Als ich wieder zu Hause war, habe ich Fenna alles erzählt und von der habe ich erst mal ordentlich den Bart abbekommen. Da war es allerdings schon zu spät.«

»Und Jens? Wie hat der reagiert?«

Frank Tebben schaute den Inselpolizisten an, als ob er

die Frage nicht richtig verstanden hätte. »Der? Der war stinksauer. Das kannst du dir ja wohl denken. Leider kam dann die angestrebte Versöhnung nicht zustande, aber das konnte ich nicht ändern. Der war dermaßen verstockt – er hat nur und immer wieder gesagt, dass die Vasen alt seien, aber er hat niemals zugegeben, wie lange sie schon in der Familie sind.« Frank Tebben lachte auf. »Wenn er wenigstens einmal zur Wahrheit gestanden hätte …«

»Dann hättest du ihn nicht umbringen müssen.«

Fennas spitzer Schrei gellte unangenehm in Röders Ohren. »Frank, was hast du getan?« Sie stürzte auf ihren Mann zu, der sich noch immer nicht bewegt hatte. Nur sein Gesicht war plötzlich aschfahl.

»Fenna!« Mit drei großen Schritten war Röder bei der Frau und nahm sie fest in den Arm. »Lass es. Dein Mann wird uns jetzt erzählen, was passiert ist.«

Doch das Einzige, was Frank sagte, war: »Als ich ging, lebte er. Ich habe ihn nicht angefasst.«

Das konnte nicht sein. Michael Röder fühlte sich plötzlich wie in einer Dauerschleife. Genau das Gleiche hatte Erich Schubert auch behauptet. »Als ich ging, lebte sie.« Und sie hatten dem Mann bis jetzt nicht das Gegenteil beweisen können. Hoffentlich fanden die Leute um Martin Brinkmann Hinweise auf den Täter.

»Frank, du kommst bitte mit zur Wache. Dort werden wir das Protokoll aufnehmen.«

»Aber ich habe doch nur …«

»Frank, bitte. Ich rufe meinen Kollegen und er wird dich begleiten.« Röder schaute auf die Uhr. Bald müsste auch Arndt auftauchen. Es sei denn, die Diskussionsrunde fand kein Ende. Er wählte Willes Nummer und bat ihn, Frank Tebben abzuholen.

»Soll ich eine Tasche packen? Falls er ans Festland muss?«

Röder merkte, dass er noch immer die Frau im Arm hielt, und ließ sie abrupt los. »Nein. Wenn es so weit kommen sollte, sage ich dir Bescheid.«

»Michael – Frank ist bestimmt nicht einfach. Und du weißt, dass ich ihn verlassen will. Aber er ist kein Mörder.«

Auch diese Worte kamen ihm bekannt vor. Genau das hatte Inga Schubert über ihren Mann gesagt. Kannten die Frauen ihre Männer wirklich so gut, dass sie diese Aussage mit Sicherheit treffen konnten, oder war es nur der alle Realität auslöschende Wunsch, nicht mit einem Mörder verheiratet zu sein?

»Wer ist kein Mörder?« Habbo Tebben war hereingekommen und starrte auf seinen Vater, der sich langsam, als wenn ihm jede Bewegung größte Mühe abverlangte, vom Sofa erhob.

»Dein Vater! Jens Campen ist tot und die Polizei will deinen Vater befragen, weil er heute Nachmittag bei ihm drüben war und die beiden sich gestritten haben«, wandte Fenna sich an ihren Sohn.

Der ging auf Röder zu. »Hast du eigentlich schon einmal darüber nachgedacht, dass es einen Zusammenhang gibt zwischen den Morden? Immerhin habt ihr für den Mord an der Autorin bisher keinen Verantwortlichen gefunden.«

»Stimmt«, sagte Röder. »Aber manchmal ist es eben nicht so einfach wie in einem Sonntagabendkrimi. Da ist der Mörder spätestens um viertel vor zehn gefasst. In der Wirklichkeit dauert so etwas meistens länger. Aber wenn du uns Relevantes mitzuteilen hast, dann raus damit.«

»Ich weiß nichts«, erwiderte Habbo.

»Siehst du? Diesen Satz hören wir oft. Und das macht es uns eben schwer, Mörder zu fangen.«

»Aber ich kann nichts sagen, wenn ich nichts weiß«, schrie Habbo.

»Nun mal Ruhe. Frank kommt jetzt mit und ihr

beruhigt euch. Es kommen spätestens morgen sicher ein paar Fragen auf euch zu. Frank, wir gehen.« Röder sah, wie Frank Tebben zitterte, als er eine Jacke von der Garderobe nahm, sie verwirrt anschaute und wieder weghängte. Dann nahm er eine andere und zog sie an. Röder stutzte. Was waren das für Flecken vorne auf der Jacke? Er nahm sie von der Garderobe und schaute sie sich an. Dunkelrote bis beinahe schwarze Spritzer zeichneten sich vom Kragen bis zum unteren Bündchen auf dem grauen Strickmuster ab.

»Was ist das?« Röder deutete auf die Flecken.

»Er – er hat im Garten gearbeitet. Und einen von unseren Hasen geschlachtet«, sagte Fenna. »Willst du das Fell sehen? Es liegt im Stall. Soll ich es holen?«

»Nein. Aber die Jacke werde ich mitnehmen. Die wird als Beweismittel beschlagnahmt.«

»Aber ich sage doch ...«

»Fenna, bitte!!« Er nahm eine Sicherungstüte aus der Tasche, faltete die Jacke zusammen und verstaute sie. Im gleichen Moment traf Wille ein. Röder erklärte ihm die Sachlage und verließ mit ihm und Frank Tebben das Haus. Er hörte keinen Abschiedsgruß. Weder von Fenna noch von Habbo.

»Arndt ist gerade eingetroffen«, berichtete Wille. »Die konnten die Veranstaltung zügig zu Ende bringen.«

»Gut. Dann fahre ich mit zur Wache. Ich spreche kurz mit Arndt, hole mein Rad und bin dann gleich bei euch«, sagte Röder.

»Alles klar. Ich habe meines hier.« Wille zeigte auf Frank Tebben, der ein Rad aus dem Ständer vor der Eingangstür gezogen hatte.

»Und – Frank – denk bitte nicht über einen Blödsinn wie Flucht und Abtauchen nach. Lohnt sich nicht. Mein Kollege ist mit so einem Teil schnell unterwegs«, gab Röder dem Mann mit auf den Weg.

»Wenn du mir jetzt auch noch verrätst, wo ich hin soll, um mich zu verstecken, würde es sich wenigstens lohnen, einen Zwischenspurt einzulegen.«

Röder fiel auf, dass Franks Stimme an Festigkeit gewonnen hatte. Er schien nicht mehr so fertig zu sein wie eben auf dem Sofa. Er war gespannt, was sie von ihm erfahren würden. Wille war gut darin, Befragungen durchzuführen. Mit seiner ruhigen Art schaffte er es immer wieder, den Menschen ein Gefühl der Sicherheit zu geben, dass sie mehr sagten, als sie sich eigentlich vorgenommen hatten. Auf diese Weise war schon mancher Fall zügig zu den Akten gelegt worden. Ob es diesmal allerdings so flott klappen würde, daran hatte der Inselpolizist seine Zweifel.

Vor Campens Haus sah er Arndt stehen. »Es nimmt kein Ende«, begrüßte er ihn und erklärte, warum er zur Wache wollte. »Und wie war es bei dir?«

Arndt zuckte mit den Schultern. »Das Ganze hätte viel länger dauern können. Das Publikum war hochmotiviert. Aber Bartels war seltsam still. Er schien zu ahnen, dass wieder etwas passiert war. Und die Recknagel ist keine Meisterin der fließenden Unterhaltung. Ich selbst hatte natürlich Hummeln im Hintern. Also haben wir eine halbe Stunde die eine oder andere Frage beantwortet und dann war die Luft raus. Ich habe mich zügig von Bartels verabschiedet und bin los.« Arndt schwieg einen Moment, dann sagte er: »Komisch … Irgendwie ist es eigenartig, dass Bartels mich gar nicht gefragt hat, warum ich so schnell weg wollte. Ich habe natürlich keine Veranlassung gesehen, ihm etwas zu sagen. Er – er hat mir nur noch einmal mit auf den Weg gegeben, ich solle dich grüßen.«

»Langsam wird mir das mit dem Grüßen unheimlich. Was will der Mann von mir? Vielleicht sollten wir uns etwas näher mit ihm beschäftigen?«, schlug Röder vor.

»Den hatten wir bisher nicht konkret auf der Liste. Aber wer weiß …«

»Machen wir«, sagte Arndt. »Aber jetzt warte ich erst einmal auf Brinkmann und seine Kollegen. Du fährst zur Wache und spätestens morgen um sieben treffen wir uns im Hotel zur Besprechung. Das Schiff morgen fährt erst gegen Mittag. So kann keiner aus dem Umfeld die Stätte vorzeitig verlassen.«

»Nee, wenn die nicht einen Flieger mieten oder durchs Watt laufen.« Röder dachte an das junge Mädchen, das vor ein paar Jahren unbedingt nach Hause zu ihrem Freund gewollt und den Weg durchs Watt genommen hatte. Und das mitten im Winter bei Eis und Schnee.

Er gab Arndt die Plastiktüte mit der Jacke. »Hier. Für die Spurensicherung. Die hatte Tebben heute Nachmittag an und es sind dunkle Spritzer darauf.«

»Alles klar.«

*

»Mussuschonwech?«, murmelte Sandra, als er seine Beine aus dem Bett hob. Ja, musste er. Leise zog er sich an. Als er in die Küche kam, blickte ihn Amir ebenso verschlafen aus seinem Korb heraus an. »Sandra geht später mit dir raus«, flüsterte er dem Heidewachtel zu, bevor er das Haus verließ und sein Fahrrad nahm.

Als er die Tür zum Hotel *Sonnenstrand* öffnete, hörte er das Klappern von Tellern und Tassen. Birgit und ihre Mitarbeiter deckten die Frühstückstische ein. Ansonsten war es still im Haus. Im Flur lag ein leichter Chlorgeruch. Seit einem Jahr verfügte das Hotel über ein Schwimmbad und Fitnessräume. Er hatte ganz vergessen, Arndt zu fragen, ob er die bereits ausprobiert hatte, bevor ihn die Wirklichkeit in Form von inzwischen mindestens zwei Morden wieder eingeholt hatte.

Im Clubraum warteten bereits Wille und Marvin, jeder einen Becher vor sich. Marvin natürlich seinen heißgeliebten BVB-Becher. Sogar eine gelb-schwarze Pudelmütze trug er jetzt wieder, obwohl die Sonne bereits den Raum erwärmte. »Willst du auch ’nen Kaffee? Wir müssen Birgit nur Bescheid geben.«

Röder überlegte. Nein. Er würde bis zum Frühstück warten. Kaffee auf nüchternen Magen war er nicht gewohnt. Er winkte ab. »Später. Hat Arndt sich schon blicken lassen?«

Marvin nickte. »Er hat etwas vergessen, wird aber gleich da sein.«

»Und – wo hast du diese Mütze her? Ich denke, deine liegt unter einem Trecker?«, fragte der Inselpolizist.

»Tja, du wirst es nicht glauben. Als ich es heute Morgen endlich geschafft habe, meine Reisetasche ganz und gar auszuräumen, weil ich ein paar Socken suchte, lag da eine funkelnagelneue Mütze drin. Mit einem Zettel daran von meiner Frau. Sie schrieb, dass sie sicher ist, dass es bei mir mit dem Ermitteln besser klappt, wenn ich meine Fanmütze trage, und deshalb schneller wieder zu Hause bin. Klasse, nicht?«

»Wohl wahr. Dann kann nichts mehr schiefgehen«, bestätigte Röder.

Es dauerte nur einen kurzen Moment, dann stand auch Arndt in der Tür. »So, Leute, fassen wir unser Wissen zusammen.«

»Wille und ich haben uns gestern Frank Tebben vorgenommen, konnten jedoch nicht mehr aus ihm herausbekommen als das, was er bereits zugegeben hatte«, sagte Röder.

»Das Seltsame ist nur, dass er auf unsere Frage, was es mit diesem Hasen auf sich hatte, geschwiegen hat. Er hat nie zugegeben, diesen Hasen getötet zu haben«, ergänzte Wille.

»Was ist das für eine Hasengeschichte?«, fragte Arndt.

»Ich habe dir gestern Tebbens Jacke mit den Spritzern gegeben«, erklärte Röder. »Seine Frau hat behauptet, die kämen daher, dass Tebben einen Hasen getötet hat. Die hat mir sogar das Fell als Beweis angeboten.«

»Du hast das Fell sichergestellt?«, fragte Arndt.

»Nein«, erwiderte Röder betreten. »Ich fahre aber gleich hin und mache das.«

»Nicht gut«, konstatierte Arndt. »Wir hätten es gleich mit rüberschicken müssen, das weißt du!«

Eine unangenehme Stille breitete sich in dem Raum aus.

»Mensch, Arndt. Kann doch mal passieren«, brummte Marvin.

»Nein, kann es nicht!«, erwiderte Arndt scharf.

»Das hätte sicher besser geklappt, wenn du vor Ort gewesen wärest, oder?«, überlegte Marvin.

Der Hauptkommissar schlug mit der Faust auf den Tisch. »Ist es hier nicht mehr möglich, Kritik auszusprechen, wenn sie angebracht ist?«

»Doch. Aber dein Ton gefällt mir nicht«, sagte Marvin. »Der gefällt mir schon ein paar Monate nicht. Ich habe dich als ruhigen Kollegen kennengelernt. Aber in letzter Zeit bis du immer dünnhäutiger geworden. Was passieren kann in unserem Job. Aber ich denke, es wird höchste Zeit, dass du ein paar Gegenmaßnahmen einleitest. So, nun ist es raus. Tut mir leid. Aber manchmal ist der Zeitpunkt für ein klärendes Wort gekommen. Wir sind hier mal gerade vier Leute und haben möglicherweise drei Morde an der Backe. Natürlich sind die Hundestaffel und die Spurensicherer dagewesen und wir haben unsere Experten an Land, die weiterhelfen, aber es ist verdammt viel Holz auf einmal, oder? Da können wir es nicht gebrauchen, dass wir uns die Köpfe einhauen.«

»Und das vor dem Frühstück.« Wille sah seine Kollegen abwechselnd an. »Nun seid friedlich. Arndt, vielleicht wäre es wirklich eine gute Idee, einige Ermittler mehr auf der Insel zu haben, das nimmt den Druck.«

»Ich habe längst mit Müller Rücksprache gehalten. Mit dem nächsten Schiff kommen wahrscheinlich drei weitere Leute.« Arndt schluckte. »Tut mir leid. Bin wohl wirklich etwas angeschlagen.«

Na, dann wird's ja richtig voll hier, dachte Röder und wünschte sich zugleich, dass nicht Klaus Kockwitz unter den Männern war. Der war kein schlechter Ermittler, aber menschlich eher nervig. Er hatte eine ziemlich vorlaute Klappe. Aber sie brauchten Hilfe. Das hatten seine Kollegen richtig erkannt.

»Gero Schonebeck wird dabei sein. Der kennt Baltrum«, sagte Arndt zu Röders Beruhigung. Mit dem Mann konnte man gut arbeiten. Röder war gespannt, wer sonst noch an Bord war.

»Was ist mit der Spurensicherung?«, fragte Wille. »Haben die Neuigkeiten?«

»Die haben, wie ihr wisst, eine Sonderschicht eingelegt und sind heute Nacht wieder rüber. Die Leiche haben sie mitgenommen, ebenso den Stein, der neben Campen lag, da er ziemlich sicher das Tatwerkzeug war. Ansonsten haben sie die gesamte Wohnung auf den Kopf gestellt, hier und da Spuren abgenommen, sich jedoch nicht zu einer Aussage hinreißen lassen.«

»Was ist mit Tebben? Hätten wir ihn festsetzen sollen?«, fragte Wille.

»Nein, wir warten ab, was die Flecken auf der Jacke ergeben«, entschied Arndt. »Aber es wäre gut, wenn du die Aktion Hasenfell in Angriff nehmen würdest, Michael.«

Röder atmete auf. Das klang wieder nach seinem alten Freund. Er schaute auf die Uhr. »Ist Zeit für eine Tasse Kaffee und ein Brötchen?«

»Natürlich«, sagte Marvin. »Das können wir alle gebrauchen. Ich sage Birgit Bescheid.« Er verließ den Clubraum und stand kurz darauf wieder vor ihnen. »Wir sollen in den Frühstücksraum gehen und uns bedienen, hat die Chefin gesagt.«

Wie auf Kommando standen Röder, Arndt und Wille auf.

Die Tische in dem großen Raum waren gedeckt, aber keiner war besetzt. »Die Gäste lieben es etwas später«, sagte Birgit Ahlers. »Wartet mal eine halbe Stunde, dann ist es hier gut gefüllt. Auch wenn das Hotel nicht ganz ausgebucht ist.«

»Aber ihr habt sicher gästemäßig ordentlich zugelegt, seit ihr das Schwimmbad habt«, sagte Röder.

»Wir können nicht meckern. Das hat echt einen Schub gegeben. War aber auch nötig. Die Investitionen waren nicht von schlechten Eltern«, erklärte die Hotelchefin. »Aber jetzt mal – was wollt ihr trinken?«

»Kaffee«, war die Aussage aus vier Kehlen gleichzeitig.

»Mache ich euch. Bedient euch inzwischen schon mal am Buffet.«

»Was wäre es schön, wenn dies nur ein gemütliches Kaffeetrinken unter Freunden und kein Arbeitsessen wäre«, sagte Arndt säuerlich.

»Wäre es, nützt aber nichts«, schaltete Marvin sich ein. »Wie gehen wir weiter vor?«

»Michael fährt zu Tebbens. Wille, du befragst die anderen Nachbarn, ob sie etwas bemerkt haben und Marvin kümmert sich bitte um die Alibis der Schuberts, der Kattendorfs und das von Salomon Bartels. Ich werde ein Gespräch mit Frau Dr. Mühlenholtz führen«, sagte Arndt.

»Gibt es eigentlich neue Infos über den Verbleib von Sibyll Zahn?«, fragte Marvin.

»Ich habe gestern mit den Kollegen aus Mainz gesprochen. Die haben den Mann, Ludger Zahn, eingehend befragt, und der scheint nicht mehr im Visier der Kollegen zu sein. Der hat ein wasserdichtes Alibi. Im wahrsten Sinne des Wortes. Der war nämlich bewiesenermaßen auf einem Schiff zwischen Rostock und Sankt Petersburg unterwegs. Als er dann nach Hause kam, konnte er seine Frau nicht erreichen und hat sich bei der Polizei gemeldet. Alle anderen Nachforschungen sind im Sande verlaufen. Und wir dürfen nach wie vor nicht vergessen, dass sich erwachsene Menschen aufhalten dürfen, wo sie wollen. Die brauchen niemandem Rechenschaft abzulegen. Und solange keine Gefahr für sie oder ihre Umwelt besteht, sind uns die Hände gebunden.«

»Das ist klar. Aber mit Johanna Mecksepers Tod sieht die Sachlage natürlich anders aus. Sonst hätten wir ja wohl keine Chance gehabt, die Suchhunde kommen zu lassen.« Röder stand auf. »Ich mache mich auf den Weg. Mal sehen, ob schon einer von der Familie wach ist.«

Es war ein wunderschöner Frühsommermorgen. Die Sonne stand am wolkenlosen Himmel und leichter Dunst waberte über den Heller. Große Mengen von Gänsen und Enten schickten ihr Geschrei über den Deich, als sie, rüde gestört vom Inselflieger, aufstiegen und sich ein paar Meter weiter wieder niederließen. Der Inselflieger kam während der Saison jeden Morgen pünktlich gegen halb neun und brachte die Tageszeitungen. Für viele Gäste war ein Frühstück ohne Zeitung wie Weihnachten ohne Baum. Das ging gar nicht. So kam der Flieger seit Jahrzehnten, während die wöchentlichen Illustrierten mit dem Schiff anlandeten.

Habbo und Fenna Tebben waren bereits wach und standen in der offenen Haustür, als hätten sie ihn erwartet. »Das mit dem Fell war gelogen«, sagte Fenna statt einer Begrüßung.

»Darf ich erst einmal reinkommen?«

Die beiden machten einen Schritt zur Seite und ließen ihn durch. Röder ging ins Wohnzimmer, setzte sich und winkte die beiden näher, fast so, als ob sie sich in seiner eigenen Wohnung befänden. Aber er hatte das sichere Gefühl, dass es zwingend notwendig war, die Führung zu übernehmen und damit den beiden Halt zu geben. Fenna zitterte am ganzen Körper und Habbo wischte sich unablässig über die Augen und versteckte sich fast hinter seiner Mutter.

»Nun setzt euch hin«, sagte er fest. »Was war das mit dem Fell?«

»Es – es war das Einzige, was mir einfiel«, schluchzte Fenna und Habbo sagte mit einem Kopfschütteln: »Dabei haben wir gar keine Hasen.«

»Habt ihr eine Erklärung für die Flecken? Was wisst ihr?«

»Ich habe nur eine Erklärung«, sagte Fenna. »Die will ich aber nicht glauben. Frank war das nicht. Der ist doch ein Weichei. Nach außen meckern, das kann er. Aber wirklich mal was schaffen – Fehlanzeige!«

»Wir werden sehen, was die Untersuchung sagt«, erwiderte Röder. »Ist euch sonst etwas aufgefallen? Was hat Frank geäußert, wie hat er sich verhalten, als er von Campen wiederkam? Da ist das eine, die andere Frage ist: Hat er nach seinem Kontakt mit Frau Meckseper etwas über die Frau und deren Fragen erwähnt? Wie sind die miteinander ausgekommen? Gab es da auch unterschiedliche Meinungen?«

Gerade wollte Fenna etwas sagen, da schaltete sich Habbo wieder ein. »Mutter, du hältst jetzt den Mund. Wenn wir etwas aussagen, dann nur im Beisein eines Anwalts. Nachher sagen wir was und Michael kriegt das in den falschen Hals oder stellt Fragen, zu denen er gar nicht befugt ist.«

Fenna schaute ihren Sohn fragend an. »Wir wollen deinem Vater doch nur helfen.«

»Siehst du? Da geht es schon los. Wir sollen ihm nicht helfen, sondern Michael will die Wahrheit hören. Und die kann eben auch bedeuten, dass es keine Hilfe für Papa ist. So. Ich sage nichts mehr. Und wenn du klug bist, hältst du ebenfalls den Mund.«

Habbos Ansprache schien bei Fenna angekommen zu sein. Denn sie schwieg tatsächlich, stand auf und sagte nur: »Wenn du bitte gehen würdest.«

»Moment noch – wo ist Frank eigentlich?«

»Er ist auf der Insel«, sagte Fenna, »aber auch ihn wirst du jetzt nicht sprechen können. Er hat sich heute freigenommen, hat seine Staffelei, den Hocker, die Malpappen und seine Tasche mit den Farben in die Wippe gepackt und ist vermutlich wie üblich in die Dünen gegangen. Wohin auch sonst? Acrylmalerei ist sein großes Hobby. Er nutzt jede freie Minute. Wenn er sich nicht gerade mit der Familiengeschichte beschäftigt!«

»Und – verkauft er die Bilder?«, fragte Röder.

»Oh, nein«, Fenna deutete auf eine Tür. »Da geht es nach unten in den Keller. Dort liegen sie. Hunderte. Ich glaube, er meint, dass die restliche Menschheit seine Werke nicht verdient hat. Dabei sind sie gut. Richtig gut. Das zumindest muss ich ihm zugestehen.«

»Hat er sein Handy mit?«

Fenna warf einen schnellen Blick zu Habbo, dann schüttelte sie den Kopf. »Das nimmt er nie mit. Er geht, wenn er geht und kommt, wann er kommt.«

Röder folgte ihr nach draußen. »Wir werden euch beide heute auf die Wache bitten. Und ich möchte dringend darum bitten, dass auch Frank sich zur Verfügung hält. Solltet ihr also wissen, wo er sich aufhält, gebt ihm bitte Bescheid. Wir haben weder Zeit noch Lust, ihn mit einem großen Polizeiaufgebot aus den Dünen treiben zu müssen. Wir würden es natürlich trotzdem machen, wenn sich unser Verdacht bestätigt!«

»Geht's noch?«, schrie Habbo hinter ihm her, als er auf sein Fahrrad stieg.

Auf dem Weg zum Hotel ging ihm die Frage nicht aus dem Kopf, ob sie nicht sogar Fenna oder Habbo stärker ins Visier hätten nehmen sollen. Vielleicht waren die es gewesen, die mit der Beseitigung ihres Nachbarn wieder Normalität in die eigene Familie hatten bringen wollen. Auf der anderen Seite war Fenna sowieso schon fast ausgezogen. Sie hatte das Theater lange genug mitgemacht, also hätte sie Campen auch schon vor Jahren umbringen können. Und Habbo? Der war ein junger Mann, der über kurz oder lang seine eigenen Wege gehen würde. Dem konnte der ewige Kampf um zwei Vasen völlig egal sein. Nein, Röder glaubte nicht, dass die beiden etwas mit dem Mord zu tun hatten.

Der Clubraum war leer, also schienen seine Kollegen unterwegs zu sein. Auf dem Tisch nahe der Eingangstür lag ein rechteckiges Päckchen. *Polizei* stand in ungelenken Großbuchstaben darauf. Alles in ihm strebte danach, das Päckchen zu nehmen und zu öffnen. Er konnte sich gerade noch zurückhalten. Stattdessen suchte er Birgit oder Henning. Vielleicht konnte einer der beiden ihm verraten, wer das mit Packpapier umwickelte Teil abgegeben hatte. Ob es Salomon Bartels gewesen war? Er schaute im Frühstücksraum nach, fand jedoch keinen der Eheleute. Dann ging er weiter zu der kleinen Privatküche, die das Paar eigentlich nur im Winter nutzte. Und tatsächlich. Henning und Birgit Ahlers saßen nebeneinander auf der Eckbank und lasen gemeinsam einen Artikel im *Ostfriesischen Kurier*.

»Hier ist ein Bericht über Frau Schuberts Lesung«, sagte Henning, als er Röder sah. »Ganz gut gemacht. Warst du da?«

Röder schüttelte den Kopf. »Nein, ich war anderweitig unterwegs. Weswegen ich euch gesucht habe: Habt ihr gesehen, wer uns ein Päckchen in den Clubraum gelegt hat?«

Henning und Birgit schauten sich an, überlegten, dann schüttelten beide den Kopf. »Nein«, sagte Birgit, »ich war bei den Gästen. Mir ist nichts aufgefallen.«

»Und ich habe im Keller geräumt. Ich muss Platz schaffen für eine neue Tiefkühltruhe.«

»Na, dann will ich das gute Stück mal zur Begutachtung ans Festland schicken. Sicher ist sicher.« Er winkte den beiden zu und rannte beinahe zurück zum Clubraum. Nicht dass irgendjemand anderes auf die Idee kam, das Päckchen zu öffnen.

Es lag so da, wie er es verlassen hatte. Sollte er Arndt anrufen und um dessen Meinung bitten? Aber der würde nichts anderes sagen, als: »Ans Festland damit!« Röder steckte es in einen Sicherungsbeutel und schaute auf die Uhr. Bestens. Wenn er sich beeilte, konnte er das Teil in der Wache in einem Plastikbehälter verstauen und dann das Schiff erreichen, das in einer halben Stunde von der Insel ablegte. In Neßmersiel waren vielleicht schon die Kollegen aus Aurich angekommen und wenn er Glück hatte, reisten die nicht mit eigenen Fahrzeugen an, sondern wurden gebracht und der Fahrer konnte das Päckchen gleich mitnehmen.

Er telefonierte mit Aurich und hatte tatsächlich Glück. Es lief genau wie von ihm erhofft. Röder verstaute das Päckchen im Fahrradkorb und strampelte los. Auf dem Weg zur Wache ging ihm kurz durch den Sinn, ob er nicht überreagierte. Er konnte sich eigentlich nicht vorstellen, dass man ihnen eine Briefbombe ins Hotel gelegt hatte. Allerdings konnte es durchaus Leute geben, die kleine Geschenke wie Pralinen oder Schokolade mit ein wenig Gift impften, nur weil sie die Polizei nicht so gerne leiden mochten. In der Wache kramte er den Plastikbehälter unter dem Schreibtisch hervor, legte das Päckchen und eine Nachricht an die Experten hinein und verschloss den Deckel. Was auch immer dieses Päckchen für ein Geheimnis barg, er wollte es nicht herausfinden.

»Michael, bist du das?«, hörte er Sandra von hinten aus der Dienstwohnung rufen.

»Ja, aber ich muss gleich wieder los zum Schiff«, antwortete er.

»Nimmst du Amir mit? Ich gehe mit Wiebke ins Schwimmbad. Die Nordsee ist einfach zu kalt.«

»Mache ich.« Was blieb ihm anderes übrig, wenn seine Frau ihn so nett bat.

Schon stand sie vor ihm und Amir mit erwartungsvollem Schnaufen ebenfalls. »Schwimmt nicht zu weit raus!«, sagte Röder und verschwand mit Hund und Päckchen nach draußen.

Als er die Hafenstraße herunterfuhr, sah er die Aufbauten des Schiffes. Er kam also rechtzeitig. Er gab seinen Fund bei einem der Besatzungsmitglieder ab und fuhr zurück zum Hotel *Sonnenstrand*. Ob jetzt seine Kollegen da waren? Er band Amir auf der Terrasse an die Stange eines Sonnenschirms. So konnte der Hund draußen sein und hatte den besten Überblick. Gut geschützt vor der Sonne natürlich.

Arndt war bereits da und auch Wille. Nur Marvin fehlte.

»Frau Mühlenholtz liegt mit Erkältung flach«, sagte Arndt. »Eine Bekannte war da, um nach ihr zu sehen, als ich dort auftauchte. Die hat mich gar nicht erst reingelassen.«

»Und du bist sicher, dass die Geschichte stimmt?«, hakte Wille nach. »Oder wollte die dich nur abwimmeln?«

»Ich habe lautes Husten und Röcheln gehört. Wenn das nicht vom Band kam …«

»Na gut«, lenkte der Mann aus Norden ein. »Ich war ebenfalls ziemlich erfolglos unterwegs. Die Nachbarn haben nichts gesehen und nichts gehört. Dass der Tebben mit dem Campen im Dauerstreit lag, haben die natürlich alle gewusst. Aber das war normal, so viele Jahre, wie das schon lief. Darüber hat sich keiner ernsthaft Gedanken gemacht. Auch sonst ist ihnen niemand aufgefallen, der den Campen besucht haben könnte. Wie war's bei dir, Michael?«

Röder berichtete kurz, dass Fenna und Habbo die Aussage verweigerten, um Frank nicht zu belasten, und dass sich Tebben selber in den Dünen verkrochen hatte. »Ich habe denen dringend angeraten, sich zur Verfügung zu halten.«

»Ich habe die Autoren durchgearbeitet. Echt ein schwieriges Feld.« Auch Marvin Lingenberg war eingetroffen und berichtete. »Die wollen alle so schnell wie möglich weg. Kattendorfs haben ihr Zimmer schon so gut wie geräumt. Auf meine freundliche Bitte, mindestens einen weiteren Tag zu bleiben, wollten sie nicht eingehen. Ich habe dann darauf hingewiesen, dass das Zimmer der Toten weiterhin nicht freigegeben ist und es sinnvoller sei, zu bleiben, bis sie von uns das Okay zur Abreise bekommen würden.«

»Wie haben die reagiert?«, fragte Wille.

»Genervt. Was sonst?« Marvin schaute sich suchend um.

«Fehlt dir was?«, fragte Arndt.

»Ja. Ein kleines, rechteckiges Päckchen. Da war Schokolade drin, glaube ich.«

Röder merkte, wie ihm das Blut ins Gesicht stieg. Sollte er etwa …

»Wie hängt das zusammen?«, fragte Arndt.

»Als ich loswollte, stand plötzlich ein junger Mann im Raum«, erklärte Marvin. »Er lächelte mich an und sagte: ›Hier. Für die Mitarbeiter der Polizei. Soll ich abgeben.‹ Und bevor ich mich bedanken konnte, war er schon wieder verschwunden. Da ich auch los musste, habe ich das Päckchen auf dem Tisch liegen lassen und wollte es jetzt genüsslich mit euch gemeinsam öffnen.«

»Und nun ist es weg. Schade auch«, sagte Wille. »Oder ist dir was aufgefallen, Michael? Warst du nicht als Erster wieder hier?«

Was sollte er nur sagen? Er hatte sich ganz schön zum Affen gemacht. Aber die Reaktion vom Festland würde kommen, also konnte er gleich mit der Sprache rausrücken.

Noch während er berichtete, dass er das Päckchen zur Untersuchung weggeschickt hatte, brach Marvin in schallendes Gelächter aus. »Die werden sich echt bedanken, wenn die eine Tafel Schokolade geschickt bekommen. Ich bin jetzt schon gespannt auf das Ergebnis der Untersuchung!«

»Nun mal langsam mit den jungen Pferden«, schaltete Arndt sich ein. »Ich denke, Michael hat total richtig gehandelt. Selbst wenn wirklich eine Tafel Schokolade drin war, wer kann sich denn sicher sein, dass die nicht vergiftet war? Um das herauszufinden, haben wir schließlich unsere Experten. Ich jedenfalls hätte da nicht einfach so reingebissen.«

Stille breitete sich im Clubraum aus.

Dann sagte Marvin: »Du hast recht. War blöd von mir. Nur – der junge Mann schien nett zu sein. Ich gebe zu, ich habe nicht einmal nach dessen Namen gefragt.«

»Dabei heißt es doch so schön: Erst stirbt die Katz und dann der Mensch.« Auch Wille konnte sich ein Lächeln kaum verkneifen.

»Wechseln wir doch mal das Thema.« Röder reichte es allmählich. »Wer holt die Jungs vom Schiff ab?«

»Immer der, der fragt«, antwortete Arndt. »Wir sollten mit Birgit sprechen, ob sie ein paar mehr Zimmer frei hat. Übernimmst du das?«

»Sofort und auf der Stelle.« Michael Röder war froh, dass er seine Kollegen in diesem Moment alleine lassen konnte. Obwohl – Arndt hatte ihm beigestanden und war nicht in das Gelächter eingefallen. Röder hatte einen Moment überlegt, ob er die Experten am Festland zurückpfeifen sollte, aber er hatte sich dagegen entschieden. Vielleicht war wirklich was dran an der Theorie mit dem Gift. Sollten die man die Wahrheit herausfinden.

Diesmal traf er nur Birgit in der Küche. Sie nahm ihn mit zur Rezeption und schaute in den PC. »Drei Doppelzimmer hätte ich für euch«, sagte sie.

»Das wird reichen. Ich fahre zum Hafen. Bis später.«

Auf der Terrasse saß Amir noch immer unter dem Schirm. Er hatte Besuch. Nicht schon wieder Bartels, dachte Röder, doch er hatte kein Glück. Der Autor lächelte ihn freundlich wie immer an. »Wo geht es hin, Herr Kommissar?«

»Zum Hafen«, erwiderte er knapp. Hatte der Mann nichts zu tun?

»Ich komme mit, okay?« Ohne eine Antwort abzuwarten, stieg Bartels auf sein Rad. »Echte Polizeiarbeit beobachten, wenn das in Ordnung für Sie ist!«

»Entschuldigung. Aber ich habe für Sie keine Zeit«, erklärte Röder ungehalten. Er nahm Amir kurz und fuhr zur Wache, ohne sich drum zu kümmern, ob Bartels ihm folgte. Brauchte der auch nicht. Röder hatte ihm sein Ziel ja dämlicherweise auf dem Silbertablett serviert. Er klemmte sich die Wippe hinter das Rad und fuhr weiter.

Als ankam, bog das Schiff gerade um das Hafenfeuer. Salomon Bartels stand neben dem Häuschen und erwartete ihn bereits. »Schreckliche Sache, das mit Herrn Campen, nicht wahr?«

Röder hatte das Gefühl, dass in Bartels' Stimme mehr erwartungsvolle Spannung als Trauer lag, und nickte nur. Das Schiff hatte angelegt und die Gangway wurde herabgelassen.

Kurz darauf sah er Gero Schonebeck auf sich zukommen. »Sei gegrüßt. Bin erst einmal alleine angereist. Nachschub kommt bei Bedarf.«

»Schön, dass du wieder mal auf der Insel bist. Ist schon ein paar Jahre her, dass wir gemeinsam erfolgreich einen Fall gelöst haben.« Aus dem Augenwinkel sah Röder Bartels, der zu ihnen herüberschaute. »Komm. Wir gehen. Hast du viel Gepäck?«

»Eine Reisetasche. Steht im Container.« Gero beugte sich zu Röder und fragte leise: »Was ist das denn für ein Typ da vorne? Der beobachtet dich ganz genau.«

»Einer der Autoren der Krimitage. Erst ließ er mich immer grüßen, jetzt taucht er sogar da auf, wo ich bin«, sagte Röder.

»Belästigt der dich?«

Röder überlegte, wie er es am besten ausdrücken sollte. »Ja und nein«, sagte er schließlich. »Er ist nicht unangenehm, nicht böse, sondern immer freundlich. Aber es stört.«

»Was gibt er denn für einen Grund für seine Anwesenheit an?«

»Er will beobachten, wie ein Inselpolizist arbeitet, ist seine Aussage. Vielleicht für seinen neuen Krimi. Wer weiß? Da ist er wieder.«

Tatsächlich hatte Salomon Bartels zu den Männern aufgeschlossen, die auf das Gepäck warteten. Die Gangway war inzwischen leer. Nur eine einzelne Frau fiel Röder auf, die als Letzte mit langsamen Schritten das Schiff verließ. Hatte er die schon mal gesehen? Irgendwie kam sie ihm bekannt vor. Sie war schlank, nicht sehr groß, und ihr kurz geschnittenes schwarzes Haar rahmte ein apartes Gesicht ein. Bestimmt war sie eine von den Stammgästen, die immer wieder mal auf der Insel auftauchten. Sie ging vorbei, ehe der Container mit den Koffern abgeladen war. Dann wahrscheinlich eine Zweitwohnungsbesitzerin, schloss Röder. Die hatten alles, was sie brauchten, vor Ort.

»Kannst du den nicht einfach in seine Schranken weisen?«, fragte Gero.

»Könnte ich. Klar. Aber er tut mir nichts, außer dass er nervt.« Die letzten Worte hatte er extra laut und deutlich ausgesprochen. Bartels musste sie mitbekommen haben, ließ sich jedoch nichts anmerken.

»Na ja, solange du deine Fahndungserfolge nicht mit ihm diskutierst, geht es.« Gero Schonebeck legte sein Gepäck in die Wippe. »Sind wir wieder in diesem Hotel – wie hieß es noch – *Sonneninsel*?«

»*Sonnenstrand*«, sagte Röder. »Genau dort gehen wir jetzt hin.«

Bartels folgte ihnen in einiger Entfernung, als sie die Hafenstraße hinunter ins Westdorf gingen. Wieder band Röder Amir auf der Terrasse an. Im Clubraum warteten bereits Marvin und Arndt. »Gut, dass ihr da seid«, sagte Arndt Kleemann. »Dann kann ich mich wieder meinem Urlaub widmen.«

Gero lächelte. »Ich glaube, das war anders gedacht, wenn ich unser aller Chef Müller richtig verstanden habe. Aber um das ganz genau zu klären, solltet ihr mich mit dem Fall vertraut machen und mir sagen, was meine Aufgabe hier ist.«

»Machen wir. Aber vorab – soll ich eine Bestellung zu Birgit tragen?«, fragte Röder in die Runde.

»Viermal Überlebensgetränk aller Polizisten«, sagte Arndt und die anderen nickten.

Marvin griff bereits nach der leeren BVB-Tasse. »Am besten zwei große Thermoskannen voll.«

Der Inselpolizist fand Birgit im Flur, einen Staubsauger hinter sich herziehend. »Punkt eins: Gero Schonebeck ist erst einmal alleine da. Also brauchen wir ein Einzelzimmer. Zweitens hätten wir gerne ausreichend Kaffee für vier Mann und eine längere Besprechung.«

»Wird erledigt«, sagte Birgit. »Ich hoffe, dass es okay ist, wenn ich jedem von euch zum Kaffee ein Stück Kuchen bringe.«

Oh, ja, das war sehr recht. Röder spürte, wie sich sein Magen zusammenzog. Er hatte seit dem Frühstück nichts mehr zu sich genommen und das machte sich mit dem Gedanken an etwas zu essen schmerzhaft bemerkbar. »Danke. Wir werden für immer in deiner Schuld stehen«, sagte er lächelnd.

»Och«, erwiderte sie fröhlich, »ihr könnt auch gleich bezahlen.«

Als er zurück in den Clubraum kam, war Arndt bereits mitten in der Berichterstattung. »Wir warten jetzt auf das Ergebnis des Labors«, sagte er zum Abschluss. »Wenn das Blut auf Tebbens Jacke von Campen stammt, nehmen wir den Mann sofort fest.«

»Und was bleibt für mich?«, fragte Gero.

»Du kannst …« Arndt brachte den Satz nicht zu Ende, denn Birgit kam mit einem Tablett voll mit Tassen, zwei Thermoskannen, Milch und Zucker und vier Tellern, gut gefüllt mit Kuchen, herein. Da war es klar, dass sich die Aufmerksamkeit zunächst auf das leibliche Wohl und dann erst auf die Ereignisse der letzten Tage konzentrierte. Die Hotelchefin konnte sich der Dankbarkeit der Männer sicher sein.

»Lasst es euch schmecken, dann hat das Ermitteln doppelten Erfolg«, sagte sie und war wieder verschwunden.

»Das hoffen wir.« Marvin füllte seinen gelb-schwarzen Becher hoch voll mit Kaffee. »Milch ist für die Katz.«

»Und nun? Was ist nun?«, nahm Gero später den Faden wieder auf, als die Männer sich die letzten Stücke Kuchen in den Mund schoben.

Doch schon wieder bekam der Kommissar aus Aurich keine Antwort, denn Röders Telefon meldete sich. Zunächst hörten die anderen eine Weile gar nichts, dann ein: »Nein, sag – echt?«, danach ein »Bist du sicher?«, und zum Schluss. »Ich komme!«

Wie in tiefen Gedanken steckte Röder sein Handy ein, sah in die gespannten Gesichter seiner Kollegen und sagte: »Sibyll Zahn ist wieder da. Sie ist gerade bei Helga Eggert aufgetaucht und fragt, ob ihr Gepäck wieder in der Pension liegt.«

Arndt Kleemann war aufgesprungen und schlug mit der Faust auf den Tisch. »Verdammt noch mal. Weiß die eigentlich, was die hier mit uns macht? Wir tun alles, um sie zu finden, lassen Spürhunde die ganze Insel absuchen und jetzt taucht die wieder auf, als wenn sie nur mal kurz in Urlaub gewesen wäre!«

»Arndt, setz dich und sei ruhig.« Röder schob seinen Freund sanft aber nachdrücklich auf den Stuhl zurück. »Du selbst hast gesagt, dass jeder Erwachsene sich aufhalten kann, wo er möchte. Die konnte nicht ahnen, was hier inzwischen abgelaufen ist.« Dann fiel es ihm wie Schuppen von den Augen. Natürlich. Die Frau, die vom Schiff gekommen war. Sibyll Zahn. Er hatte ihr Gesicht über einem Klappentext in einem ihrer Bücher gesehen. Daher war die Frau ihm bekannt vorgekommen.

»Ist ja gut.« Nervös wischte sich Arndt über die Stirn. »Ist ja gut.«

»Du wirst sie abholen, Michael?«, fragte Gero. »Darf ich dich begleiten?«

»Klar. Wir holen ein Fahrrad für dich aus dem Schuppen. Wir fahren hin und holen sie. Dann treffen wir uns zu einem Gespräch wieder hier«, schlug Röder vor.

Draußen nahm er sein Rad und gab Gero die Hundeleine. »Kennst du dich mit Hunden aus?«

»Nein, bis jetzt nicht. Aber Marlene, meine Frau, möchte sich gerne einen zulegen. Vorerst konnte ich das abwimmeln, aber du weißt, wie Frauen sind.«

Ja, das wusste er. Besonders wie Marlene war. Gerade in letzter Zeit hatte er beinahe täglich – er wusste nicht warum – an Marlene gedacht. Sie hatten wunderschöne Zeiten miteinander verbracht. Allerdings waren es auch Zeiten des Versteckspiels gewesen. Sandra hatte bis heute nicht erfahren, dass seine Dienstreisen ans Festland nur allzu häufig mit Marlene in einem der Hotels in Ostfriesland geendet hatten. Aber das war drei Jahre her. In der Zwischenzeit hatte er kaum mehr an seine hübsche Kollegin aus Esens gedacht. Tja, bis vor ein paar Wochen.

Inzwischen war Marlene mit Gero verheiratet. Er mochte Gero, keine Frage, aber der Gedanke, dass die beiden … Röder, reiß dich zusammen, die Zeiten sind vorbei. Aus und vorbei.

»Wir sind ganz froh, Amir zu haben. Aber ihr seid beide tagsüber unterwegs. Wird das nicht zu langweilig für einen Hund?«, fragte er.

»Genau das versuche ich Marlene auch beizubringen. Mal schauen, was daraus wird. Aber nun erst mal zu der Zahn. Erzähl mir mehr.«

»Warte, bis wir Amir abgeliefert und dein Rad geholt haben.« Sie gingen am *Frischemarkt* vorbei und bogen dann links zur *Alten Liebe* ab. Gleich dahinter befand sich die Wache. »Du kannst schon mal zum Gartenhäuschen gehen. Ein funktionierendes Rad müsste da stehen.« Röder brachte Amir in die Dienstwohnung. Sandra stand auf einem Hocker im Wohnzimmer und nahm gerade einen Karton vom Schrank.

»Was hast du vor?«, fragte er erstaunt. Den Karton hatten sie seiner Rechnung nach seit ein paar Jahren dort stehen.

»Stell dir vor, Salomon Bartels war hier und hat mit mir gesprochen.«

»Was wollte der denn?« In Röder machte sich schon wieder Misstrauen breit.

»Der wollte wissen, wie es für mich als Frau eines Inselpolizisten ist. Wie ich damit klarkomme, dass dein Dienst nicht immer regelmäßig ist, und so weiter.«

»Zum Donner, was geht den das an? Soll der doch mich fragen und dich in Ruhe lassen!«

»Ach«, Sandra lächelte, »es war eine sehr nette Unterhaltung. Wiebke war auch dabei.«

Er zeigte auf den Karton. »Und …?«

»Darin sind Bilder aus deiner Anfangszeit hier auf der Insel. Ich wollte mal ein schönes raussuchen. Bartels hat gemeint, er könne es in seinem neuen Buch eventuell verwenden.«

Jetzt reichte es. »Wenn du diesem Kerl noch einmal etwas sagst, dann gibt es richtig Krach. Der soll uns in

Ruhe lassen. Der verfolgt mich bald auf Schritt und Tritt. Ich habe die Schnauze voll von dem!«, rief er aufgebracht. »Kein Bild. Nein!«

»Wenn du mir eher davon erzählt hättest, hätte ich natürlich anders reagiert«, sagte Sandra kühl und stellte den Karton zurück auf den Schrank. »Aber was man nicht weiß …«

»Entschuldige. Ist wohl untergegangen«, erwiderte er zerknirscht. »Aber du glaubst nicht, wie das nervt mit dem Mann.«

»Er würde es vermutlich Recherche nennen«, überlegte sie.

Er nahm Amir die Leine ab. »Ich muss los. Gero ist eingetroffen und mit ihm hole ich – du wirst es nicht glauben – Sibyll Zahn ab, die bei Helga auf uns wartet.«

Sandra verfehlte beinahe die letzte Stufe des Hockers. »Sibyll Zahn? Sie lebt?«

»Offensichtlich. Bis später.« Ohne eine Antwort abzuwarten, ging er raus. Gero stand bereit und gleich darauf fuhren sie an der Volksbank vorbei und bogen dann zum Ostdorf ab. Röder informierte Gero über den Sachstand. »Bist du ein fleißiger Leser?«, fragte er zum Schluss.

»Nicht so sehr. Die Namen der Autoren, die hier sind, sagen mir nichts. Marlene kennt sich da besser aus. Wenn ich der berichte, wer alles hier ist, kommt die sofort.«

Röder bat alle Heiligen darum, dass das nicht passierte.

*

»Setzen Sie sich.« Arndt Kleemann deutete auf einen Stuhl ihm gegenüber. »Und dann erzählen Sie mir bitte, warum Sie die Insel verlassen haben und jetzt zurückgekommen sind.«

»Aber das habe ich bereits …«, protestierte Sibyll Zahn leise.

»Aber meine Kollegen und ich möchten ebenfalls aus erster Hand erfahren, was Sie zu diesem Schritt bewogen hat«, sagte Arndt.

Sibyll Zahn stöhnte auf. »Bitte. Dann fange ich eben von vorne an. Aber ich habe nicht sehr lange Zeit. Das Schiff fährt in knapp zwei Stunden zurück.«

Fünf Augenpaare schauten gebannt auf die Frau, die ihnen mit übereinandergeschlagenen Beinen und etwas verkrampft gegenübersaß.

»Ich bin abgefahren aus – wie soll ich es nennen – einem Impuls heraus. Ich hatte das Gefühl, ich musste weg.«

»Aber warum?«, fragte Wille Weerts.

Arndt schüttelte leicht den Kopf. Besser war es, die Frau jetzt nicht zu unterbrechen.

»Das hatte mehrere Gründe«, erklärte Sibyll Zahn. »Zunächst mal kam ich mit meiner versprochenen Kurzgeschichte nicht weiter. Die Zeit drängte. Der Lesungstermin rückte immer näher, was für meine Fantasie nicht hilfreich war. Und nicht nur die Zeit, sondern auch Herr Campen saß mir im Nacken. Immer wieder tauchte er bei mir auf und fragte und fragte. Entsetzlich war das. Außerdem hatte ich, eine Woche, bevor ich nach Baltrum kam, mein neuestes Manuskript an meinen Verlag geschickt und die waren überhaupt nicht begeistert. Die Lektorin hat mir mitgeteilt, dass sie den Text überflogen habe und dass viel Arbeit auf sie und mich warten würde. Glauben Sie mir, dass baut nicht gerade auf.«

»Aber haben Sie denn nicht auf der Insel zumindest ein wenig Auszeit genießen können?«, fragte Wille nach.

»Nein. Wirklich nicht. Zu meiner Schreibblockade kam eine große Unruhe wegen der Lesung. Nicht, dass es meine erste gewesen wäre. Aber ich hatte das Gefühl, diesmal wäre alles schwieriger. Wahrscheinlich lag es an Herrn Campen. Der redete dauernd von seinem anspruchsvollen Publikum und was die von mir erwarteten. Da bin ich einfach durchgetickt.« Nervös zog die Frau ein Papiertuch aus der Tasche und wischte sich damit über die Augen.

»Und weiter?« Arndt konnte die Reaktion der Frau gut nachvollziehen, wenn es auch einfacher für alle gewesen wäre, wenn sie eine Nachricht hinterlassen hätte. Zumindest bei ihrem Mann.

»Ich hatte auf dem Weg zum Hafen einen fürchterlichen Krach mit Campen. Der wollte mich logischerweise nicht fahren lassen. In Neßmersiel bin ich völlig ohne Plan in den Bus gestiegen, der mich zum Norder Bahnhof brachte. Dort habe ich den Zug genommen und bin in meinen Heimatort gefahren. Ich komme gebürtig aus einem kleinen Dorf in Bayern. Ich wusste, dass es dort oben am Berg eine Hütte gab, die vermietet wurde. Ich habe telefoniert und die Hütte war frei. Ich wollte nur noch weg. Raus. Kein Schreiben mehr, keine Lesung, kein Verlag und kein Herr Campen.«

»Das ist Ihnen prächtig gelungen«, konnte sich Arndt nicht verkneifen. »Aber warum haben Sie Ihren Mann nicht kontaktiert?«

Wieder stöhnte sie. »Ach wissen Sie, das ist eigentlich privat. Darüber möchte ich nicht reden. Ich habe es einfach nicht getan. Nur eines – er möchte, dass ich ein ganz großer Stern am Schriftstellerhimmel werde. Er ist unheimlich stolz auf das, was ich mache.«

»Da hätte Ihre Flucht von der Insel sicher nicht in sein Konzept gepasst«, sagte Röder.

Sibyll Zahn nickte. »So kann man es sehen. Ja.«

»Trotzdem will mir nicht in den Sinn, warum Sie Ihr Auto und Ihre Tasche haben stehen lassen«, sagte Arndt

Kleemann. »Übrigens war das mit ein Grund, warum wir davon ausgingen, dass Sie nicht abgereist, sondern auf der Insel umgebracht worden sind.«

»Ich sagte doch, ich war völlig durch den Wind. Hätte ich das Auto genommen, wäre der nächste Baum meiner gewesen. Aber das war nicht wirklich der Grund. So weit habe ich gar nicht gedacht. Ich habe nur gedacht, du musst alles hinter dir lassen. Alles! Sonst wirst du verrückt. So habe ich nur das Portemonnaie eingesteckt.«

»Und warum sind Sie zurückgekommen?«, fragte Röder.

»Das war so: Ich hatte mir auf dem Hinweg zur Hütte etwas zu essen gekauft. Das hatte ich dann aufgegessen und brauchte dringend Nachschub. Schließlich wollte ich nicht verhungern.« Jetzt stahl sich sogar ein kleines Lächeln auf Sibyll Zahns Gesicht. »Also bin ich runter ins Dorf zum Bäcker. Und was meinen Sie, was mir dort auf der Heimatzeitung entgegenblickt? Mein Gesicht. Und darunter war ein langer Bericht über mein Verschwinden. Natürlich nagte das schlechte Gewissen ein wenig. Erst habe ich mich dagegen gewehrt, wollte nicht weg von der Hütte. Dann habe ich es aber nicht mehr ausgehalten und hier bin ich. Und wenn ich ehrlich sein soll, hat auch die Bäckersfrau ein wenig nachgeholfen. Die kannte mich schließlich von früher und hat hinter der Theke gleich einen Riesenaufstand gemacht, als ich reingekommen bin. Da war's vorbei mit meiner Ruhe.«

»Dann haben Sie also auch gelesen, dass wir in zwei Todesfällen ermitteln.« Arndts Stimme klang müde.

Sie nickte. »Das war's doch. Ich hatte plötzlich Angst, dass mein Verschwinden damit zu tun hat.«

»Warum?« Es schien, als ob der Clubraum schlagartig elektrisch aufgeladen war. Bekamen sie jetzt den entscheidenden Hinweis?

»Ach, ich weiß nicht. Vielleicht hatte Johanna Meckseper nachgeforscht, was mit mir passiert war und ist dabei jemandem auf den Fuß getreten. Und dem Herrn Campen ist es vielleicht ebenso ergangen«, erklärte sie seufzend.

Die Spannung verpuffte. Auf diese dämliche Erklärung hätten sie verzichten können, dachte Arndt. »Weiß Ihr Mann Bescheid?«, fragte er ernüchtert.

»Ja. Ich bin gestern Abend zu ihm gefahren und er hat gesagt, ich solle herkommen und mich zurückmelden. Und natürlich meine Tasche abholen. Wir sind gemeinsam mit dem Zug angereist. Er hat gemeint, den Schlamassel, den ich hier verursacht habe, solle ich man alleine ausbaden, und ist in Neßmersiel geblieben. Ich fahre mit dem nächsten Schiff wieder zurück. Darf ich meine Tasche haben?« Sibyll Zahn stand auf. »Danke, dass Sie sich darum gekümmert haben.«

»Moment bitte.« Arndt winkte die Frau zurück auf den Stuhl. »Ich möchte Sie dringend bitten, für ein paar Fragen zur Verfügung zu stehen. Mein Kollege wird sich um Sie kümmern.«

»Wenn es hilft, gerne.«

Arndt wollte raus. Nur raus und frische Luft schnappen. Nicht, weil von der Frau ein intensiver Duft nach Lavendel ausging, sondern es war der Frust, wieder einmal keinen Schritt weitergekommen zu sein, der ihn kurzatmig werden ließ.

Sibyll Zahn griff nach ihrem Trolley und wühlte darin herum. »Herr Kommissar, wo ist mein Laptop?«, fragte sie ungehalten.

»Der ist am Festland. Unsere Experten haben versucht, einen Anhaltspunkt für den Grund Ihres Verschwindens zu finden. Wir lassen Ihnen das Gerät zukommen.«

»Na gut, solange die meine Texte nicht gelöscht haben.« Wieder schaute sie in die große lila Tasche und holte ein Buch heraus. »Darf ich Ihnen das schenken? Sozusagen als Wiedergutmachung?«

Mord in Blockwell Corner.

Wiebke würde es vielleicht gefallen. Arndt nahm das Buch, verließ beinahe fluchtartig den Clubraum und ging zu seinem Zimmer. Vielleicht war Wiebke sogar da. Und tatsächlich. Seine Frau saß im Bademantel auf dem Bett und schaute ihn überrascht an. »Was machst du denn hier?«

»Ich bringe dir ein Buch von unserer wiederauferstandenen Krimiautorin Zahn.«

»Die ist wieder hier? Es kann ja manchmal echt von Vorteil sein, mit einem Kommissar verheiratet zu sein«, überlegte sie, »erst bekommt Sandra ein Buch von dem netten Herrn Bartels und nun habe ich ebenfalls etwas zum Lesen. Hast du jetzt frei?«

Er lachte. »Schön wär's. Aber noch haben wir es mit zwei Todesfällen zu tun und wir sind keinen Schritt weitergekommen. Außerdem nervt dieser Bartels.«

Jetzt war es Wiebke, die lachte. »Also, ich finde den sehr freundlich. Jemanden, der zwei einsame Frauen zum Eis einlädt, muss man einfach nett finden.«

»Ich rate euch zur Vorsicht. Ihr kennt den Mann nicht und ihr wisst nicht, welche Absichten der hat.«

»Bestimmt keine erotischen«, sagte Wiebke. »Dafür sind wir zu alt. Und weil wir nicht nur alt, sondern auch weise sind, wissen wir, was wir tun, Herr Hauptkommissar. Mach dir keine Sorgen. Ich gehe jetzt zur Massage. Willst du mit?«

Ein wunderbarer Gedanke. Er spürte seine verkrampften Schultern und wusste genau, wie gut eine Behandlung getan hätte. Normalerweise. Wenn er den Kopf frei gehabt hätte und er sich nicht sicher gewesen wäre, dass genau dort die Ursache für seine Verspannung lag. Und dagegen half keine Massage. »Ich mache mich auf den Weg. Mal schauen, ob wir erste Ergebnisse auf dem Rechner haben.«

*

»Wir bleiben bis morgen.« Inga Schubert schaute ihren Mann entschlossen an. »Herr Campen, Gott hab ihn selig, hat die Zimmer bis Donnerstag für uns gebucht. Ebenso die Karten für die Theaterpremiere.« Keine Kenntnis hatte sie bis jetzt davon, ob die Abschlussfeier der Krimitage stattfinden würde. Allerdings konnte sie sich ein gemütliches Beisammensein kaum vorstellen.

»Ich will weg von dieser verdammten Insel«, begehrte Erich auf und klappte energisch seinen Koffer zu, der bereits fertig gepackt auf dem Bett lag.

»Nein. Ich bleibe. Wenn du fort willst, bitteschön. Ich weiß nur nicht, wie die Polizei darauf reagiert. Du bist nicht aus der Schusslinie.«

»Die wissen, wo sie mich finden. Ich werde mich nicht ins Ausland absetzen«, erwiderte Erich zynisch. »Schließlich bin ich unschuldig an ihrem Tod. Den bedauere ich übrigens zutiefst. Dass ich allerdings vor ihrem Tod bei ihr war – nein, das bedauere ich nicht und werde es niemals bedauern.«

Inga Schubert drehte sich um und verschwand aus dem Zimmer ihres Mannes. Alles klar. Sollte er fahren. Ihre Ehe war beendet. Das musste sie akzeptieren. Vielleicht war es sogar besser, wenn ihr Mann die Insel verließ und vor ihr zu Hause war. Desto eher konnte der seine Sachen packen und irgendwo anders hin ziehen. Im Haus seiner verstorbenen Eltern war gerade eine kleine Wohnung freigeworden. Aber das war nicht mehr ihr Problem. Kurz schoss ihr durch den Kopf, was wäre, wenn Erich gar nicht daran dachte, auszuziehen. Aber darum würde sie sich kümmern, wenn der Fall tatsächlich eintreten sollte.

Sie ging hinunter in die Küche. Inga hatte sich dort mit Salomon Bartels verabredet. Ihre Jacke und die Manuskripte von Johanna nahm sie mit. Sie hoffte, dass die Kattendorfs nicht abgereist waren. Die sollten die Unterlagen zurückbekommen.

Salomon Bartels erwartete sie bereits und auch Helga Eggert saß mit am Küchentisch. »Ganz schönes Durcheinander auf dieser Insel«, sagte sie. »So hatte Jens seine Krimitage bestimmt nicht verstanden haben wollen.«

Inga setzte sich zu den beiden. »Sicher nicht. Eigentlich wäre morgen die Feier vorbei, aber die ganze Geschichte hat doch nachhaltige Wirkung. Soeben habe ich mich endgültig von meinem Mann getrennt.« Sie musste es einfach loswerden, obwohl es die beiden überhaupt nichts anging. Aber Erichs Besuch bei Johanna in der Nacht ihres Todes hatte sich bestimmt schon herumgesprochen. Warum sollte sie also nicht darüber reden?

»Wie gut, dass Sie schon in getrennten Zimmer schlafen«, war die nüchterne Reaktion ihrer Wirtin.

Sie hatte bestimmt schon einiges als Vermieterin von Gästezimmern erlebt. Da war eine Trennung bestimmt noch ein kleineres Übel.

»Da gibt es keine Hoffnung?«, fragte Salomon. »Wenn die Zeit mithilft?«

»Nein. Die Zeit heilt nicht alles«, sagte Inga. »Für mich fängt eine neue Lebensphase an. Das ist sicher.«

»Dann werden Sie morgen reisen?«, fragte Helga Eggert.

»Ja. Heute Abend gehe ich zur Premiere. Der Abschiedsabend wird sicher ausfallen. Bin ich nicht böse drum. Darauf können wir wohl alle verzichten.«

»Das können wir«, stimmte Salomon zu. »Nur um die Bewertung unserer Kurzgeschichten ist es schade, aber nicht zu ändern.«

Inga stand auf. Wenn der keine anderen Sorgen hatte … »Ich gehe raus an die frische Luft.«

»Darf ich dir Gesellschaft leisten?«, fragte Salomon. »Ein Gang durch die Dünen wäre jetzt genau das Richtige.«

Bitte nicht. Was sollte sie antworten? Sie konnte keine Begleitung gebrauchen. Schon gar keine männliche. »Sei nicht böse«, sagte sie mit unsicherer Stimme, »aber ich muss jetzt alleine sein. Den Kopf freipusten. Ich hoffe, du verstehst das.«

Salomon schaute ein wenig enttäuscht, nickte dann aber. »Tue ich. Dann werde ich mal nachhaken, ob es bei den Ermittlern Neuigkeiten gibt und ob die Theaterpremiere heute Abend vielleicht auch ausfällt.«

Das sollte er. Hauptsache, sie konnte ohne jemanden, der an ihrer Seite lief und ihre Überlegungen störte, durch die Dünen streifen. Aber zuerst würde sie Johanna Meckseper Tochter aufsuchen und ihr die Manuskripte zurückgeben.

Im Hotelfoyer standen einige Koffer. Es schien eine größere Abreise bevorzustehen. Vor der Zimmertür angekommen, hörte sie laute Stimmen. Sie klopfte erst vorsichtig, dann etwas kräftiger. Die Stimmen verstummten, dann wurde die Tür aufgerissen.

»Was wollen Sie?« Bernd Kattendorf stand vor ihr. Mit Erstaunen sah sie eine lange Schramme, die sich über seine rechte Wange, am Auge vorbei, fast bis zur Stirn zog. Ein dicker Blutstropfen hing daran.

»Die Manuskripte«, sagte sie eingeschüchtert und hielt ihm die Tüte entgegen. »Das habe ich doch versprochen.«

»Geben Sie her. Sonst noch was?«

»Was ist mit Ihnen passiert? Kann ich helfen?«, wagte sie einen schüchternen Versuch, das Gespräch nicht abreißen zu lassen.

»Ich habe mich gestoßen«, war Kattendorfs kurze Antwort.

Inga Schubert erlaubte sich einen neugierigen Blick an ihm vorbei in den Raum dahinter. Von Simone Kattendorf war nichts zu sehen, obwohl sie sicher war, dass sie auch eine weibliche Stimme gehört hatte. Sie nahm all ihren Mut zusammen. Sie war sicher, dass ihre Privatdetektivin genau so gehandelt hätte. »Darf ich mich von Ihrer Frau verabschieden? Sie fahren sicher heute, oder?«

»Punkt zwei: Das geht Sie nichts an. Punkt eins: Meine Frau ist nicht zu sprechen.« Und mit einem fast süßlichen Lächeln fügte er hinzu: »Ich werde ihr die Manuskripte natürlich gerne geben.«

Das war es denn wohl. Das Gespräch war zumindest von seiner Seite beendet und Inga blieb nichts anderes übrig, als den Rückzug anzutreten. Für einen weiteren Versuch fehlte ihr einfach der Mut. Mit wackeligen Schritten ging sie die Treppe hinunter und verließ das Hotel. Was für ein unangenehmer Kerl. Sie schauderte. Wenn ich Simone Kattendorf wäre, dann hätte ich den Mann schon längst vor die Tür gesetzt. Aber manchmal ist es eben eine Sache des Zeitpunktes.

Sie selbst hatte bis vor einer Stunde schließlich auch keinen Gedanken daran verloren, ihren Mann zu verlassen. Warum auch? Erich und sie hatten sich gut verstanden. Trotzdem war es jetzt passiert. Bei Simone und ihrem Mann war von Harmonie nichts zu spüren gewesen. Zumindest nicht in den kurzen Momenten, in denen Inga ihnen begegnet war. Und trotzdem lebten die beiden miteinander.

Inga öffnete die schwere Pforte des Rosengartens, folgte dem mit Muscheln ausgelegten Rundgang und setzte sich auf die letzte freie Bank. Schön war es hier, gepflegt und ruhig. Die Rosen zeigten bereits kräftiges Grün, ein paar Spatzen tschilpten fröhlich und Inga hatte das Gefühl, als hätte sie alles Negative mit dem Eintritt in dieses verwunschene Stückchen Insel zurückgelassen. Sie lehnte sich zurück und schloss die Augen. Fast war es zu warm in ihrer dicken Jacke. Inga öffnete den Reißverschluss und ließ die Sonne auf ihren bloßen Hals scheinen. Die wärmenden Strahlen gaben ihr das Gefühl von Geborgenheit. Wenn es doch nur immer so sein könnte. Sie entspannte sich, ließ sich fallen und merkte, wie der Schlaf von ihr Besitz ergriff.

»Frau Schubert?«

Mit einem Schrei zuckte sie hoch.

»Entschuldigen Sie, aber wo ich Sie hier gerade sehe …«

Sie brauchte einen Moment, um zu erkennen, wo sie sich befand und dass sie von einer fremden Stimme aus dem Traumland geholt worden war. »Ja?«, fragte sie irritiert.

Ein Mann stand vor ihr, dünn und braungebrannt, mit einer Sonnenbrille, die er auf die Stirn geschoben hatte. Er hielt ihr ein Buch direkt unter die Nase. Sie erkannte das Titelblatt ihres neuesten Krimis. »Wenn Sie das bitte signieren können? Ich lese es gerade. Es gefällt mir sehr gut. Alles toll beschrieben, die Fließe, die Wälder, die Geschichte, die …«

»Geben Sie her!« Oh, Mann, das klang fast genauso wie eben bei Kattendorf, dachte sie lustlos, nur dass ich bei dem auf der anderen Seite gestanden habe. »Natürlich signiere ich es«, versuchte sie es ein wenig freundlicher.

»Dieser Rosengarten lädt einfach zum Lesen ein. Die Stille hier …«

Ja, wenn du endlich deine Klappe hältst, klappt das auch wieder mit der Stille, dachte sie. Zügig schrieb sie ein freundliches *Gute Unterhaltung*, Namen und Datum auf die erste Seite und reichte dem Mann das Buch.

Doch der ließ nicht locker. »Gibt es bald ein neues von Ihnen? Wie lange muss ich darauf warten? Ich bin so gespannt.«

»Frühestens in einem Jahr«, erwiderte sie, wohlweislich verschweigend, dass sie sehr zum Leidwesen ihres Verlages bisher gar nicht richtig mit dem neuen Krimi angefangen hatte. Nur den Titel hatte sie schon. *Fährmanns Tod* sollte der Roman heißen, aber welcher Fährmann warum und wo sterben sollte, darüber musste sie intensiv nachdenken. Und das ausgerechnet jetzt, da sie so viel anderes im Kopf hatte.

Sie merkte, wie die üblen Geschehnisse über den Zaun geflogen kamen und wieder den Raum in ihren Gedanken einnahmen. Entspannen konnte sie ab sofort vergessen. Besonders, wenn der Mann, der weiterhin vor ihr stand, keinerlei Anstalten machte, zu gehen. Beseelt vom Glück, eine leibhaftige Autorin vor sich zu haben, dachte der gar nicht daran, sich wieder auf seine Bank zurückzuziehen und zu lesen. So musste sie sich eben verabschieden. »Wie schön, dass Ihnen meine Bücher gefallen. Ich muss leider los«, sagte sie. Es gelang ihr sogar, ihm zuzuzwinkern. »Mir ist gerade klar geworden, wie eine ganz wichtige Sache in meinem neuen Buch weitergeht. Das muss ich natürlich notieren.«

Sofort machte der Mann einen Schritt zurück und gab ihr den Weg frei. »Verstehe ich«, flüsterte er verschwörerisch. »Danke, dass ich Sie treffen durfte.«

Als Inga die Tür des Rosengartens hinter sich schloss, seufzte sie auf. Sie hatte normalerweise nichts dagegen, angesprochen zu werden. Wer sich in die Öffentlichkeit begab, musste damit umgehen können. So war immer ihre Devise gewesen. Aber im Moment wäre es ihr lieber gewesen, wäre ihr dieser Fan erspart geblieben. Sie umrundete die Aussichtsdüne, hatte keine Lust auf Weitblick und ging in die Dünen. Auch hier zeigte sich bereits an jedem Strauch der Frühling. Zu Hause war die Vegetation zwar schon ein wenig weiter, aber die hatte auch nicht mit kräftigem und oft kaltem Nordseewind zu kämpfen.

Viel war nicht los. Ab und zu kamen ihr ein paar Wanderer mit und ohne Hund entgegen. Sie ging an der Liebeshütte vorbei und folgte dem Pfad, der an den grünen Dünen entlangführte, bis zu den Hellerwiesen. Rechts stand ein Haus. *Niedersächsischer Turnerbund* las sie auf dem Willkommensschild etwas weiter den Weg herunter. Das Gebäude sah sehr gemütlich aus, wie es da in die Dünen gebettet lag. Das war also das letzte Haus im Osten. Der Inselführer, Daniel Peters, hatte während ihrer Wanderung davon erzählt. Hier waren ständig wechselnde Gruppen zu Gast, die sich sportlich betätigten oder einfach nur ein angenehmes Wochenende miteinander verbringen wollten. Sie selbst war kein Mensch, der in größerem Kreis seinen Urlaub verbringen mochte. Erich und sie hatten an sich selbst genug.

Erich ... Sie würde sich daran gewöhnen müssen, dass sie ihr Leben alleine zu bestreiten hatte. Vielleicht wäre es gar nicht so schlecht, sich irgendwem anzuschließen? Die Umwelt schützen? Bergsteigen? Sie lächelte. Etwas würde sich ergeben.

Mit einem Ruck öffnete sich die Tür und ein Haufen Kinder drängte sich fröhlich lachend heraus. Ein junger Mann folgte ihnen und rief: »Leute, wartet auf die anderen. Dann geht es zum Strand.«

Die Kinder ließen sich jedoch kaum aufhalten. Sie hatten einen langen, grün bekränzten Stamm aufgehoben, der an der Wand des Hauses gelegen hatte. In der Krone waren bunte Bänder befestigt. War das nicht der Baum, der vor wenigen Abenden vor dem Rathaus aufgestellt und in der Nacht gestohlen worden war? Wie kam der hier zum Turnerbund? Die Kinder werden es nicht gewesen sein, die nachts draußen herumgeschlichen sind und den Baum ganz in den Osten getragen haben, überlegte Inga.

Sie wandte sich dem Mann zu, der die Kinder gelassen beobachtete. »Wissen Sie, woher dieser Baum stammt?«

Er schüttelte den Kopf. »Der war schon da, als wir angereist sind. Keine Ahnung.«

»Dann war vor Ihnen eine andere Gruppe hier?«

»Natürlich. Aber warum fragen Sie?«

Sie erzählte, dass der lange Stamm ihrer Meinung nach der Maibaum war, der in der letzten Aprilnacht gestohlen und nie eingelöst worden war.

Der junge Mann lachte. »Die Gruppe, die vor uns hier war, ist am ersten Mai abgefahren. Da haben die bestimmt gar keine Zeit mehr gehabt, den Baum gegen Bier und Schnaps einzutauschen. Ich wundere mich nur, warum sie ihn dann überhaupt geklaut haben.«

»Jugendlicher Übermut, was sonst?«, lächelte sie zurück. »Aber jetzt will ich weiter. Viel Spaß mit Ihren Kindern. Das Wetter lädt wirklich zum Strandgang ein.«

»Wir sind nicht nur zur Erholung hier«, sagte der Mann. »Das sind Sportleistungsschüler. Die haben hier ein flottes Programm. Lehrer sind übrigens auch mit da. Ich bin einer von denen. Schließlich sind keine Ferien.«

»Na, dann trotzdem alles Gute.« Gemächlich, den Wind im Rücken, ging sie den Weg zurück ins Westdorf. Gänse, Möwen und Enten, die auf dem Heller nisteten, schickten ohrenbetäubendes Gekreische zu ihr herüber.

Ob Erich die Pension schon verlassen hatte? Das würde ihr vieles leichter machen. Sie hatte keine Lust, ihm über den Weg zu laufen. Überhaupt nicht. Oder zumindest fast überhaupt nicht. Was war das? Ertappte sie sich gerade dabei, ihre Entscheidung zu hinterfragen? Und das gerade mal zwei Stunden, nachdem sie sich so heldenhaft von ihm getrennt hatte! Nein. Sie musste sich nur immer wieder Johannas Zimmer vorstellen. Darin das Bett. Und darin in liebevoller Umarmung Johanna und Erich. Und was eigentlich viel schlimmer war – die Trauer über Johannas Tod, die sie in Erichs Gesicht gesehen hatte, und die bewies, dass die kurze Begegnung der beiden für ihren Mann sehr nachhaltig gewesen war.

Es war wie damals, als sie versucht hatte, mit dem Rauchen aufzuhören. Trotz wochenlanger Zigarettenabstinenz wegen einer schweren Erkältung hatte der Wunsch nach einem Glimmstängel ihre Gedanken bestimmt. Dann, eines Tages, hatte sie dem Drang nachgegeben und sich wieder eine angesteckt. Sie hatte den Rauch im Hals damals als schrecklich ekelig empfunden. Als ob er sich wie ein Tennisball in ihrem Hals festgesetzt und ihr die Luft abgeschnitten hätte. Der Körper hatte nein geschrien, aber der Kopf sagte, nachdem sie die Zigarette nach drei grässlichen Zügen ausgedrückt hatte, nach wie vor: Wie schön wäre es jetzt, rauszugehen und eine zu rauchen. Aber Inga hatte durchgehalten, sich bei jeder Sehnsuchtsattacke den grauenvollen Rauchversuch vorgestellt und heute spielten Zigaretten für sie keine Rolle mehr. Vielleicht klappte das mit Erich genauso. Aktion Hotelzimmer. Sie musste die Trennung durchziehen.

In der Pension *Sorgenfrei* war es still. Weder Frau Eggert noch Salomon Bartels waren zu sehen. Sie ging in ihr Zimmer und legte sich aufs Bett. Es war ein wenig Zeit bis zum Abendessen und der anschließenden Premiere.

*

»Wir haben unsere Abreise auf morgen verschoben. Mein Mann liegt flach. Er übergibt sich und hat Magenkrämpfe.«

Arndt Kleemann sah förmlich Simone Kattendorfs verzweifeltes Gesicht vor sich. Es musste genauso aussehen, wie ihre Stimme am Telefon klang. »Danke für die Auskunft. Gute Besserung.«

Es war ein Schuss ins Blaue gewesen, als er beim Chef des Hotels *Strandhof* angefragt hatte, ob die Kattendorfs abgereist waren. Aber der hatte ihm von der Buchungsverlängerung erzählt. »Allmählich gerate ich mit meinem Zimmerplan in Schwierigkeiten«, hatte er lachend gesagt. »Wie gut, dass wir keine Hauptsaison haben, da hätte das schon schwieriger sein können, die beiden unterzubringen. Eigentlich hatte Frau Meckseper die Zimmer bis heute gebucht, aber seit sie tot ist, haben die Kattendorfs jeden Tag einmal angekündigt, abreisen zu wollen, nur um zwei Stunden später das Zimmer erneut zu reservieren.«

Nun hatte Simone Kattendorf selbst bestätigt, dass die Magenverstimmung ihres Mannes ihre Abreise vereitelt hatte. So blieb also weiterhin Zeit für eventuelle Fragen an das Paar. Obwohl er sich ganz sicher war, dass die beiden darauf gerade jetzt garantiert keinen Bock hatten.

Noch einmal griff er zu seinem Telefon. Ob es bei den Kollegen am Festland schon neue Informationen gab? Er hatte Glück und erreichte sofort den Fachmann, den er hatte sprechen wollen. Der bestätigte, dass es sich um Blut auf Tebbens Weste handelte. »Menschenblut. Kein Tierblut. Ob es allerdings von Campen stammt, den ihr mir netterweise rübergeschickt habt, oder sogar von Frau Meckseper, die hier wohlverwahrt liegt – das Wissen braucht ein wenig. Ich melde mich, wenn ich Näheres sagen kann.« Damit war auch dieses Gespräch beendet.

Arndt erhob sich schwerfällig von seinem Stuhl. Tebben hatte den Streit zugegeben und jetzt war klar, dass er keinem Hasen den Kopf abgeschnitten hatte. Mehr Hinweise brauchte es nicht, um den Mann erneut intensiv zu befragen. Auch wenn Arndt lieber gewesen wäre, wenn er bezüglich des Blutes genauere Kenntnisse gehabt hätte.

Er verabredete sich mit Marvin, Wille und Gero vor Tebbens Haus. Michael war im Gespräch und würde bei Bedarf später dazustoßen. Arndt hoffte nur, dass Tebben nicht immer noch in den Dünen steckte und seiner künstlerischen Ader freien Lauf ließ. Vielleicht war das aber schlichtweg eine Ausrede von Frau Tebben gewesen, um ihrem Mann die Zeit zu verschaffen, mit dem Schiff abzuhauen, das auf dem Weg nach Neßmersiel war. Aber das konnte er sich kaum vorstellen, so sauer, wie die auf ihren Ehegatten war.

Eigentlich mussten keine vier Kräfte vor Ort sein, um Tebben abzuholen. Aber er war sich nicht sicher, ob der Mann sie freiwillig begleiten würde. Also würden sie gleich größeres Geschütz auffahren.

Auf dem Weg ins Ostdorf traf er auf Wille, der auf Höhe der Apotheke gerade wieder auf sein Fahrrad stieg. »Was fehlt dir denn?«, fragte er erstaunt.

»Ach, eigentlich nichts.« Wille stopfte ein Päckchen tief in seine rechte Tasche.

»Und uneigentlich?«

»Lass man. Ist nichts. Sind die anderen unterwegs?«

»Ja, wir treffen uns dort«, ließ er sich auf Willes Ablenkungsmanöver ein. Sie fuhren an der Schule vorbei. Der bunte Seehund mit dem Baltrumer Wappen auf der Brust lag einsam und verlassen auf dem Schulhof. Der Unterricht war vorbei. Nur auf dem Spielplatz unterhalb der Schule tummelten sich ein paar Kinder an der Kletterwand und in der Sprungkuhle. Die Eltern ruhten sich auf den Bänken aus und schauten ihnen zu. Ein Vater wippte mit seinen Kindern. Zumindest ging Arndt davon aus, dass es seine waren, wissen konnte er es nicht, war ihm aber egal. Kein Ziel seiner Ermittlungen.

»Hast du schon was wegen der Schokolade gehört?«, holte sein Kollege ihn aus seinen Überlegungen.

Wortlos schüttelte er den Kopf. Auch das war im Moment nicht im Fokus seines Interesses.

»Ich habe erst gedacht, das wäre ein Dankeschön für unsere Arbeit«, sagte Wille, »aber es kann genauso gut sein, dass uns da jemand ganz gehörig verar…ulken will. So nach dem Motto: Den Jungs mal mit Futter für Gehirn und Nerven auf die Sprünge helfen.«

»Es mag alles sein, ist jetzt aber nicht unser Bier!« Konnte der Mann sich nicht besser auf die bevorstehende Festnahme konzentrieren? Oder den Straßenverkehr? Oder sonst was? Aber bitte ruhig.

»Hast du ein Problem, oder ein Problem mit mir?« Wille schaute ihn von der Seite an.

Nicht das noch. Nicht jetzt. Am liebsten wäre Arndt umgekehrt und hätte den Job seinen Kollegen überlassen. »Das einzige Problem, das ich habe, ist, dass wir einen oder auch zwei Mörder zu fangen haben. Da interessiert mich die Schokolade einen Dreck.«

Verdammt. Er erschrak über sich selbst. Was hatte Wille ihm getan? Nichts. Aber auch gar nichts. Wille war an der Aufklärung der Fälle ebenso gelegen wie ihm. Es war sein Job und er nahm ihn ernst.

Wille antwortete nicht, aber er war wütend. Arndt sah, wie der Mann in die Pedale seines Fahrrades trat, und war heilfroh, dass er nicht an deren Stelle war.

»Wille!«

Arndt konnte nicht sagen, ob der Kollege ihn nicht hörte, oder ob er ihn nicht hören wollte. Dann würde er es eben später noch einmal versuchen. Doch wann war später? Vor dem Einsatz oder hinterher? Nein, es musste vorher sein. »Wille, nun fahr doch mal langsamer. Oder bleib am besten gleich stehen.«

Wille bremste sein Rad und drehte sich zu ihm.

»Kommt da wieder einmal zum Tragen, dass ich nur Streifenbeamter bin und du der große Hengst von der Kripo?«, fragte er, bevor Arndt etwas sagen konnte.

»Sag mal, bist du bescheuert?« Arndt wusste, dass das kein guter Gesprächsbeginn war, aber er konnte nicht anders. »Wenn ich so denken würde, meinst du, dass Michael dann mein bester Freund wäre? Frag den doch mal, ob ich jemals den großen Zampano habe raushängen lassen.«

»Du hast recht«, sagte Wille. »So kenne ich dich nicht. Aber du bist wirklich unerklärlich anders in letzter Zeit.«

»Dafür gibt es einen Grund. Ich bin angeschlagen und hätte mich ehrlicherweise gar nicht in die Ermittlungen einmischen sollen. Aber es war die Macht der Gewohnheit. Wenn auf der Insel in den letzten elf Jahren etwas passierte, war ich in die Aufklärung eingebunden. Also konnte ich jetzt nicht kneifen. Meinte ich zumindest. Ich werde auch jetzt nicht das Handtuch werfen. Aber wenn alles vorbei ist und ihr mich bis zum Schluss ertragen habt, werde ich erneut einen Urlaub antreten. Und nicht nur eine magere Woche, sondern mindestens vier. Fernab vom Schuss.«

Wille lachte auf. »Nette Wortwahl. Ich hoffe, du ziehst das durch.«

»Das hoffe ich auch. Darum habe ich Wiebke bis jetzt nichts davon gesagt. Nachher klappt das nicht und ich muss mir wieder wer weiß was anhören.«

»Danke für deine Worte«, sagte Wille und stieg wieder auf sein Rad. »Aber denk dran, Gero hilft jetzt ebenfalls. Du hättest dir sicher sparen können, bei der Festnahme von Tebben anwesend zu sein.«

»Stimmt«, sagte Arndt, »aber wo ich jetzt schon mal da bin, komme ich mit. Ansonsten schubs mich an, wenn ich wieder nerve.«

»Versprochen.« Wille fuhr los und Arndt hatte Mühe,

ihm zu folgen. Bei dem Zahn, den sein Kollege aus Norden drauf hatte, konnte man glatt meinen, sie seien zu einem Einsatz unterwegs, der keinen Aufschub duldete.

Er merkte, wie sein Herz anfing zu rasen. Lange würde er das nicht mehr durchhalten. Dann plötzlich bremste Wille so scharf, dass Arndt um ein Haar mit ihm kollidiert wäre. »Wo stecken wir den Mann wenn nötig eigentlich hin?«, fragte der Kollege.

»Wieso? In die Zelle natürlich«, antwortete Arndt atemlos.

»Aber die ist nicht brauchbar. Der Handwerker kommt erst morgen«, erklärte Wille. »Da hat doch neulich einer so richtig rumgeschweinigelt und an den Wänden Flecken hinterlassen, die leider nicht mit Wasser und Seife zu entfernen waren. Und das Schiff fährt heute nicht mehr.«

»Ist mir alles bekannt. Das mit der Zelle wäre ja nur übergangsweise. Ich habe mit Michael vorsorglich abgeklärt, dass die Elli Hoffmann Röser die Fahrt übernimmt. Und wenn das Wasser nicht mehr reicht, bestellen wir einen Hubschrauber.«

»Gut zu wissen.«

»Und wenn das alles nicht funktioniert, setzen wir den Mann in die Wache und einer von euch bleibt so lange bei ihm sitzen, bis er abtransportiert werden kann«, grinste Arndt.

»Das kannst du dann machen und damit deine erwünschte Ruhephase einläuten«, schlug Wille stattdessen vor. »Ommhh …«

Arndt entschied, das Thema nicht mehr zu vertiefen.

Marvin und Gero warteten bereits, als sie das Haus der Tebbens erreichten. »Wille, du kommst mit«, bestimmte Arndt. »Gero und Marvin, ihr beide bleibt draußen und sichert die Eingänge. Sollte es kritisch werden, geben wir Bescheid.«

»Was ist denn hier für ein Auflauf?« Habbo Tebben war in der Haustür aufgetaucht. »Wollt ihr die ganze Familie verhaften?«

Wilfried Weerts machte ein paar Schritte auf ihn zu. »Nein, vorerst langt es uns, wenn wir Ihren Vater mitnehmen.«

»Aus welchem Grund? Haben Sie weitere Beweise?« Der junge Mann stand mit verschränkten Armen vor der Tür.

»Das besprechen wir mit Ihrem Vater. Lassen Sie uns bitte durch. Wo finden wir ihn?«

»Im Wohnzimmer.« Zögernd trat Habbo Tebben einen Schritt zur Seite.

Frank Tebben saß auf einem hölzernen Dreibein vor einer Staffelei, die er vor dem großen Panoramafenster aufgebaut hatte. Er hielt einen Pinsel in der Hand und schaute kritisch auf das Bild, das einen ganz leichten Geruch nach frischer Farbe im Raum verteilte.

»Herr Tebben«, wandte Arndt Kleemann sich an den Mann, der die Anwesenheit der Kommissare überhaupt nicht zur Kenntnis nahm, »Herr Tebben, wenn Sie uns Ihre Aufmerksamkeit schenken würden? Wir müssen dringend mit Ihnen reden.«

Erst jetzt drehte Frank Tebben den Kopf ein wenig. »Ich denke, es ist alles gesagt. Jens Campen hat seine Strafe bekommen.«

»Aber Sie werden gewiss zugeben, dass es nicht Ihre Aufgabe war, dafür zu sorgen, dass Herr Campen eine Strafe erhielt?«, fragte Wille.

»Der Fall ist erledigt. Für mich jedenfalls«, sagte Tebben ohne jegliche Emotion.

»Für uns allerdings nicht. Bitte kommen Sie mit. Wir werden Sie zum Hotel *Sonnenstrand* begleiten. Dort wird das Gespräch stattfinden.«

Noch immer machte der Mann keine Anstalten, aufzustehen. Arndt warf einen Blick auf das Bild. Es war sicher nicht fertig, aber schon jetzt strahlte es für ihn eine ungeheure Anziehungskraft aus. Dünenwälle, durchzogen von einem schmalen Wasserlauf, im Hintergrund einige Kiefern und darüber ein mattblauer Himmel. Grob gemalt, eigentlich nur angedeutet, aber mehr brauchte es nicht.

Arndts Telefon machte sich bemerkbar. Es war Michael. Der Hauptkommissar nickte Wille zu und ging in den Flur. »Was gibt's?«

»Ich habe gerade mit ein paar Insulanerinnen gesprochen, die vor dem Kinderspielhaus standen. Sie kamen vom Turnen …«

»Und? Weiter?«, unterbrach Arndt Michael ungeduldig. Das musste er jetzt nicht wissen. »Komm zur Sache.«

»Moment. Da hat mir eine erzählt, sie sei nachmittags zu Fuß aus dem Osten gekommen und habe gesehen, wie Tebben von Campens Grundstück herunterkam.«

»Ja, und? Wir wissen doch …«

Jetzt unterbrach Michael ihn. »Aber es war nicht Frank, sondern Habbo Tebben. Sie hat sich nämlich gewundert, was der Sohn dort zu suchen hatte. Aber letztendlich ginge es sie nichts an, hat sie gesagt. Genau so wenig wie der Streit zwischen beiden Familien. Und weißt du, was sie ebenfalls gesehen hat?«

Arndt stöhnte. Er würde es jetzt wirklich begrüßen, wenn Michael ihm den Rest des Gespräches mitteilte.

»Ihr sind, als sie fast auf gleicher Höhe mit Habbo war, einige Flecken auf Habbos Jacke aufgefallen!«

Arndt konnte kaum glauben, was er da hörte. »Habbo war drüben? Und ihm gehört die Jacke?« Sollten sie tatsächlich auf einem völlig falschen Dampfer unterwegs sein? Aber warum hatte der Vater nicht widersprochen, als man ihm unterstellte, dass das seine Jacke sei? Auch Frau Tebben hatte nichts gesagt. »Bist du auf dem Weg hierher?«

»Ich bin in drei Minuten da.«

Arndt öffnete die Haustür. Marvin sah ihm gespannt entgegen. »Na, hat er gestanden? Alles im Griff?«

In kurzen Zügen berichtete er von dem Gespräch mit Michael. »Er wird gleich hier sein. Bis dahin: Egal ob der Sohn oder Vater Tebben das Haus ohne uns zu verlassen versucht – festnehmen!«

»Okay. Ich gebe es an Gero weiter«, sagte Marvin.

Als Arndt zurück ins Wohnzimmer kam, saß Wille bei Frank Tebben und sagte: »Wenn Sie Ihr Anliegen jetzt erledigt haben, wie Sie behaupten, dann können Sie es ruhig zugeben. Ihr Werk ist getan.«

»Wille, einen Blick bitte.« Arndt hielt dem Kollegen sein Handy entgegen, in das er noch im Flur eine kurze Notiz eingegeben hatte. Er hoffte, dass Wille die Nachricht, dass die Ermittlungen ab sofort auch Habbo Tebben einbezogen, hinnahm, ohne große Überraschung zu zeigen.

Es klappte. Wille setzte sich kommentarlos wieder zu Frank Tebben.

Der schüttelte den Kopf, dann fuhr ein Ruck durch seinen Körper. »Ja, ich war's. Ich habe ihn gestoßen. Er ist gefallen und dann habe ich zugeschlagen.«

»Das ist sicher? Sie haben Jens Campen umgebracht?«, fragte Arndt. »Aus welchem Grund?«

»Weil er ein unverbesserlicher Lügner ohne jede Einsicht war. Deswegen«, murmelte er.

»Stehen Sie mal auf. Dann zeigen Sie an meinem Kollegen, wie das Ganze abgelaufen ist. Natürlich ohne fest zuzuschlagen«, fügte Arndt vorsichtshalber hinzu.

Mühsam erhob sich Frank Tebben und schaute den Kommissar unsicher an.

»Los, machen Sie schon«, forderte auch Wille den Mann auf. »Was Sie schon einmal getan haben, werden Sie wiederholen können. Zeigen Sie uns, wo Sie genau hingeschlagen haben. Welche Stelle Sie getroffen haben!«

»Also ich habe hierhin ...« Zitternd zeigte Frank Tebben auf eine Stelle unterhalb von Willes Kinn. »Also ungefähr da!«

»Herr Tebben, es ist gerade einen Tag her, dass Sie angeblich einen Mann getötet haben, und Sie wissen nicht mehr, wie Sie das genau gemacht haben?«, hakte Arndt nach. »Welchen Körperteil Sie so getroffen haben, dass der Mann daran sterben musste? Und wie oft haben Sie zugeschlagen?«

»Dreimal?« Frank Tebben schaute die Kommissare ratlos an.

Habbo Tebben stand unbeweglich mit verschränkten Armen und gekreuzten Beinen an die Schrankwand gelehnt und schaute sich an, was sich da vor seinen Augen abspielte. Der Hauptkommissar war gespannt, wie lange sie das weitertreiben mussten.

»Na, kommen Sie schon! Einmal – dreimal – zehnmal?« Wille ließ nicht locker. »Aus welcher Wunde hat er geblutet? Wie hat er geblutet? Kam das Blut direkt aus der Wunde auf Sie zu? Lag der Mann schon auf dem Boden und Sie haben sich über ihn gebeugt und noch einmal zugeschlagen? Hat er Sie dabei angesehen, oder waren seine Augen geschlossen? Hat er gezuckt? Oder um Hilfe gerufen?«

»Nein«, schrie Frank Tebben auf. »Ich weiß es doch nicht!«

»Er weiß es wirklich nicht.« Fenna Tebben stand plötzlich im Wohnzimmer. Sie deutete auf Habbo. »Er war's.«

Habbo Tebben blickte seine Mutter entgeistert an. Ehe einer der beiden Kommissare reagieren konnte, sprang er auf sie zu und schlug ihr mit der Faust ins Gesicht. »Verräterin!«, zischte er, drehte sich um und rannte aus dem Wohnzimmer.

Wille wollte hinterher, doch Arndt hielt ihn zurück. »Das machen die Kollegen schon«, sagte er bestimmt, dann wandte er sich der Frau zu, die auf dem Sofa zusammengesunken war. Daneben saß, in einem Meter Abstand, ihr Mann. »Brauchen Sie Hilfe?« Er sah einen schmalen Streifen Blut aus ihrem Nasenloch rinnen und reichte ihr ein Taschentuch. »Soll ich die Ärztin anrufen?«

»Nein. Es geht schon.« Sie wischte sich das Blut aus dem Gesicht. »Wir müssen die Sache hier zu Ende bringen.«

»Wie Sie möchten«, sagte Arndt. Ihm konnte es nur recht sein, wenn endlich Licht in das Geschehen kam. »Was haben Sie mir zu sagen, Frau Tebben?«

»Ich wusste es von Anfang an. Natürlich war es Habbos Jacke, die an der Garderobe hing. Aber es ist eben so, dass manches nicht sein kann, was nicht sein darf. Darum habe ich geschwiegen. Und mal ehrlich – eigentlich wäre der Angriff viel mehr meinem Mann zuzutrauen. So cholerisch, wie der ist.« Sie warf einen kurzen Blick hinüber zu ihm, aber die Anschuldigung schien einfach von ihm abzuprallen.

»Haben Sie Ihren Sohn darauf angesprochen?«

»Nein, das war nicht nötig. Als er von Campen zurückkehrte, waren seine Hände blutbeschmiert. Er kam direkt in die Küche, um sie zu waschen. Er hat mich nicht sofort bemerkt, weil ich im Abstellraum war. Aber ich habe ihn gesehen, wie er mit wackeligen Beinen an der Spüle stand und ständig vor sich hinmurmelte. Erst als er seine Hände abtrocknete, entdeckte er mich. Er hat mich nur angesehen, das Handtuch weggehängt und ist gegangen. Seine Jacke war ebenfalls blutbefleckt. Aber warum er sie nicht zur Wäsche gelegt oder einfach in den Restmüll geworfen, sondern sie stattdessen öffentlich an der Garderobe aufgehängt hat, weiß ich nicht.«

»Danke. Wir reden gleich weiter.« Arndt konnte sich jetzt durchaus vorstellen, warum die Jacke dort gehangen hatte, als seine Kollegen dagewesen waren. Aber den genauen Grund würden sie hoffentlich gleich erfahren. Er hörte laute Stimmen und gleich darauf erschienen Gero Schonebeck und Michael Röder, Habbo Tebben fest im Griff. Auch Marvin Lingenberg war bei ihnen.

»Wie gewünscht. Hier ist er«, sagte Gero und schob den Mann ins Wohnzimmer.

»Ihr bleibt bei ihm«, wies Arndt seine Kollegen an, dann fragte er: »Wollen Sie uns etwas mitteilen, Herr Tebben?«

Habbo Tebben schaute zuerst seine Eltern wütend an, dann den Kommissar. »Wahrscheinlich haben die schon alles haargenau berichtet, oder? Dabei waren die gar nicht dabei. Klasse, nicht? Haben Sie auch solche Eltern, Herr Kommissar, die einem hinterrücks eine verpassen, wenn man eigentlich nur etwas Gutes getan hat?«

»Habbo! Wie kannst du nur?!«, rief Fenna Tebben entsetzt.

»Ist doch wahr! Soll ich Ihnen erzählen, wie meine Kindheit abgelaufen ist, Herr Kommissar? Ganz kurz: Mein Vater, der dort so bewegungslos auf dem Sofa sitzt, hat geschimpft und meine Mutter …«

»Das ist die Frau daneben, der gerade das Blut aus der Nase läuft …«, unterbrach ihn Wille.

»Ja. Das tut mir leid. Aber ich war so aufgebracht.«

»Also was war mit Ihrer Mutter?«, fragte Arndt.

»Sie hat gestöhnt. Ein ganzes Leben lang gestöhnt. Statt dass sie sich von meinem bekloppten Vater trennt und ihr eigenes Leben lebt, hat sie alle, einschließlich mich, für ihr versautes Leben verantwortlich gemacht. Und mein Vater hatte nichts anderes im Kopf, als dem Campen nachzuweisen, dass dessen Vorfahren vor Urzeiten Arschlöcher waren. Ich weiß bis heute nicht, warum das für den so wichtig war. Schließlich ging es um nichts anderes als um zwei blaue Vasen mit ein paar weißen Figuren drauf und einem blöden Teller. Um nichts mehr als das!«

»Um nichts mehr?!« Frank Tebben blickte auf. »Es ging um die Familienehre. Einer unserer Vorfahren ist gestorben wegen der Vasen. Es gebietet der Respekt, die Sache aufzuklären.«

»Vater! Weißt du eigentlich, wie viel Menschen in der Zeit des bekloppten Korsen ums Leben gekommen sind? Da kommt es auf einen mehr oder weniger auch nicht an. Selbst wenn er aus unserer Familie stammt.«

Arndt Kleemann konnte sich nicht helfen, er musste dem zustimmen. Zumindest in Teilen. Das Resultat aus den Überlegungen war natürlich nicht positiv. Sonst wären sie nicht hier. »Kommen wir zu dem Tag, als Jens Campen den Tod fand. Wann haben Sie beschlossen, ihn zu töten?«

Habbo Tebben schaute den Kommissar überrascht an. »Beschlossen? Habe ich doch gar nicht. Das hat sich so ergeben. Mein Vater war wieder einmal da drüben gewesen und kam wutentbrannt zurück. Da platzte mir der Kragen.«

»Warum haben Sie dann nicht ihren Vater umgebracht?«, fragte Gero Schonebeck.

»Weil ich verdammt noch mal gar keinen umbringen wollte. Ich hatte nur die Schnauze gestrichen voll und bin rüber zu Campen, um einen letzten Versuch zu unternehmen, Ruhe in die Lage zu bringen. Hinterher hätte ich dann mit meinem Vater Tacheles geredet. Und dieser elende, verdammte Gedenktag hätte sich damit erledigt gehabt!«

»Was für ein Gedenktag?«, fragte Gero.

»Der zweite Mai. Wie mein Vater mir seit meiner Geburt erzählt, ist genau an diesem Tag nach seiner Recherche mein Namensvetter ans Festland aufgebrochen. Ich kann es nicht mehr hören. Ehrlich!«

»Na, das ist dann ja schon echt kultig, dass Jens Campen genau an diesem Tag sein Leben lassen musste. Wenn mir das nicht nach Vorsatz aussieht, dann weiß ich es nicht«, überlegte Marvin. »Was passierte bei Campen?«

»Als ich reinkam, stand Campen in dem Durcheinander, das im Wohnzimmer herrschte, und hob Papiere auf. Ich machte mich bemerkbar und als er mich sah – Sie werden es nicht glauben – fing der an zu lachen. Ich wartete einen Moment, bis er sich beruhigt hatte, wollte ihm meine Bitte vortragen, doch er winkte ab und rief: ›Vergiss es. Viel Lärm um nichts.‹ Tja, und dann hat der mir erzählt, dass die Vasen billige Nachbildungen seien, die er auf einem Flohmarkt während eines Griechenlandurlaubs gekauft hätte. Und dass er das mit der Kopie immer gewusst hätte. Aber er hätte die Wut meines Vaters immer so – wie sagte er – erfrischend echt empfunden, da hätte er das Spiel einfach mitgespielt. Außerdem wäre er sich sicher, dass mein Vater die Sache mit der Fälschung sowieso nicht hätte glauben wollen.«

»Worauf Sie natürlich ziemlich sauer wurden!«, warf Arndt ein.

»Natürlich! Wären Sie das nicht?« Habbo Tebben schaute den Kommissar fassungslos an. »Sie nicht? Warten Sie – es geht weiter! Campen: ›So werde ich eben mindestens einmal pro Monat angemotzt, aber das ist es mir wert. Ich habe jede Menge Karikaturen gezeichnet, da kommt dein Vater nicht besonders gut weg. Ich möchte dich bitten, ihm nichts davon zu verraten, dann wäre die ganze miese Stimmung dahin. Dabei macht das solch einen Spaß.‹ Er zog eine Pappkiste unter einem der Bücherhaufen hervor und überreichte mir grinsend ein paar ekelige Zeichnungen. Ich bin ausgerastet und habe zugeschlagen.«

»Halt! Womit?«, unterbrach Arndt den Mann.

»Mit einem Stein. Der lag quasi wie eine Einladung zwischen dem ganzen Kram auf dem Wohnzimmerboden. Ich habe ihn aufgehoben und den Mann damit an der Stirn getroffen. Er fiel hinten rüber und ich habe weitergeschlagen, bis er sich nicht mehr rührte. Diese ganzen scheiß Cartoons habe ich gestern auf der Müllstation entsorgt. Bis auf einen!« Habbo zerrte ein Stück Papier aus seiner Hosentasche, entfaltete es und reichte es Arndt. »Da. Klasse, nicht?«

Tatsächlich, das Bild zeigte einen Mann mit unverkennbar Frank Tebbens Gesichtszügen, der sich verzweifelt, mit heruntergerutschter Hose, in einem Laufrad abmühte. Darunter stand: *Der Wahrheitshamster.*

»Ich habe ihn umgebracht, weil mir klar wurde, dass er nur wegen dieser gehässigen Bilder meine ganze Familie jahrzehntelang hat leiden lassen. Das ist Grund genug, oder?«

»Es gibt keinen Grund, jemanden zu ermorden«, erwiderte Röder. »Aber wo wir gerade dabei sind – was hat dich angetrieben, Johanna Meckseper umzubringen? Was hat sie herausgefunden, dass sie nicht mehr leben durfte? Sie hat sich ausführlich mit deinem Vater unterhalten, oder? Hat auch sie etwas zu Papier gebracht, dessen Inhalt nicht für die Öffentlichkeit bestimmt war?«

»Ihr seid verrückt!« Habbo Tebben schüttelte den Kopf. »Wollt ihr mir alle Morde der letzten Jahre im Umkreis von hundert Kilometern anhängen? Du meinst die tote Schriftstellerin, oder? Was habe ich mit der Alten zu tun gehabt? Ich wusste nicht mal, dass die mit meinem Vater geredet hat.«

»Ob Ihre Aussage so stimmt, werden wir in Ruhe überprüfen«, warf Arndt ein. »Bitte sagen Sie uns jetzt, was es mit der Jacke auf sich hat. Dass es Ihre war, die an der Garderobe hing, wissen wir. Aber warum haben Sie die dort so offensichtlich deponiert?«

»Oh, kommt jetzt der Psychologe durch?«, höhnte Habbo Tebben. »Der Ruf nach Aufmerksamkeit, oder so? Nee, meine Herren. Ich habe schlichtweg nicht registriert, dass Flecken drauf waren. Man bringt schließlich nicht jeden Tag jemanden um.«

Arndt wurde es fast schlecht bei so viel Großkotzigkeit. Er wandte sich an Fenna Tebben. »Warum haben Sie nicht gleich die Wahrheit gesagt? Und – wollen Sie Anzeige wegen des Faustschlags erstatten?«

»Ich habe nichts gesagt«, schluchzte sie, »weil es nur recht und billig war, dass Sie meinen Mann zu Anfang in die Mangel genommen haben. Sollte er mal sehen, wie das ist, wenn man jemanden zu Unrecht verdächtigt. Und eine Anzeige werde ich nicht erstatten. Die Strafe für Campens Tod wird schon lang genug ausfallen, oder? Da kommt es auf einen Faustschlag nicht mehr an. Darf ich meinen Sohn zum Abschied umarmen, bevor Sie ihn mitnehmen?«

Arndt Kleemann zögerte. Wie sollte er entscheiden? Zu oft schon war dabei etwas passiert. Tabletten und andere Drogen zum Beispiel wechselten dabei dann gerne den Besitzer. Erst im letzten Jahr hatte ein Mann seinem Sohn ein Messer zugesteckt. Aber sollte er Frau Tebben eine Umarmung wirklich verwehren? »Tun Sie's.« Er nickte Gero und Marvin zu. Sollten sie Habbo Tebben zu seiner Mutter lassen.

Er musste sich zusammennehmen. Beinahe empfand er Mitleid mit den beiden, die sich gleich darauf in den Armen lagen.

Aber noch mehr mit Frank Tebben, der nach wie vor wie ein Häuflein Elend auf dem Sofa saß. »Und warum haben Sie nichts gesagt?«, wandte er sich an den Mann, dem dicke Tränen über die Wangen liefen.

»Warum wohl? Er ist mein Sohn. MEIN SOHN!«

Natürlich. Frank Tebben würde niemals freiwillig etwas auf seine Familie kommen lassen. Arndt war gespannt, ob dessen Frau sich tatsächlich von ihm trennte. Um Frank Tebben würde es dann einsam werden. Die Frau weg, der Sohn im Knast und das alles im Namen der Familienehre. Der Schuss war ziemlich nach hinten losgegangen.

»Bringt ihn weg«, sagte er zu seinen Kollegen, und deutete auf Habbo.

»Nein!«, schrie Fenna Tebben. »Ihr dürft ihn mir nicht wegnehmen.«

»Doch, Fenna.« Sanft versuchte Röder, die Frau aus der Umarmung zu lösen. Plötzlich schlug sie aus und rammte ihren Ellenbogen in seinen Bauch. Er knickte zusammen und stöhnte. Sofort waren seine Kollegen zur Stelle und dann ging alles ganz schnell. Zu viert trennten sie Mutter und Sohn, legten Habbo Tebben Handschellen an und brachten ihn nach draußen.

Es würde sich nicht vermeiden lassen, dass der eine oder andere Insulaner mitbekam, dass sie den jungen Mann in Gewahrsam genommen hatten. Arndt überlegte kurz, den Jeep der Feuerwehr zu ordern, aber da hatten Michael und Gero den Mann bereits zwischen sich und gingen los. Er schaute auf die Uhr. Zur Überfahrt mit dem Rettungsboot war nicht mehr genug Wasser da. Er wählte die Leitstelle an und bestellte einen Hubschrauber.

»Wird in einer knappen Stunde vor Ort sein. Der Hubi ist im Moment noch anderweitig im Einsatz«, erklärte der Mann.

»Frau Tebben, ich möchte Sie bitten, eine Tasche für Ihren Sohn zu packen«, wandte er sich an die Frau, die zitternd und ratlos im Raum stand. Sie reagierte nicht.

»Herr oder Frau Tebben, wenn Sie wollen, dass Ihr Sohn ...«

»Ich gehe.« Frank Tebben stand auf und verließ das Wohnzimmer.

»Meine Kollegen Weerts und Lingenberg werden die Tasche mitnehmen. Sie und Ihr Mann werden bitte morgen um zehn im Hotel *Sonnenstrand* im Clubraum erscheinen. Dort werden wir das Protokoll aufnehmen. Auf Sie, Frau Tebben, wartet eine Anzeige wegen Angriffs gegen die Staatsgewalt.« Arndt schaute der Frau ins Gesicht, versuchte den Kontakt herzustellen, doch die Frau blickte leer an ihm vorbei durchs Fenster, als ob draußen im Garten etwas ihre ganze Aufmerksamkeit in Anspruch nehmen würde.

»Frau Tebben! Haben Sie mich verstanden?« Arndt Kleemann wurde lauter.

Doch sie antwortete wieder nicht, drehte sich um und verschwand im Flur.

»Macht ihr das mit denen klar?«, fragte er Wille und Marvin. »Ich habe ein paar Fragen an den Jungen.«

»Natürlich«, sagte Marvin. »Wenn uns Frau Tebben nicht hören will, reden wir eben mit ihrem Mann.«

Arndt atmete tief durch, als er das Haus verlassen hatte. Er nahm sein Rad und folgte den dreien. Wie gut war es gewesen, dass sie mit versammelter Mannschaft bei den Tebbens aufgelaufen waren! Richtig bedacht waren fünf Kollegen nicht viel. Da hatte er am Festland ganz andere Einsätze erlebt.

Seine Gedanken liefen zu dem Mann, der tot in der Rechtsmedizin lag. Er war gespannt, ob es neue Erkenntnisse gab. Besonders interessierte ihn, ob die beiden Vasen nun echt waren oder nicht. Hatte Campen den jungen Tebben nur auf den Arm nehmen wollen, oder waren es tatsächlich billige Fälschungen? Aber was immer sich herausstellte – für Campen war es zu spät, um alles klarzustellen. Die Frage blieb natürlich bestehen, ob Frank Tebben eine Klarstellung überhaupt zugelassen hätte. Denn damit wäre dessen Lebensinhalt unwiderruflich verloren gewesen.

In Höhe des Spielteichs sah er Michael und Gero wieder. Habbo Tebben lief friedlich in deren Mitte. Jetzt mussten sie erst einmal sehen, dass sie ihn ans Festland bekamen. Aber das würde er tatsächlich seinen Kollegen überlassen. Er brauchte eine Pause.

*

Michael Röder konnte sich ein Lachen kaum verkneifen. Da stand dieses hölzerne Boot auf der Bühne und wackelte bedenklich, als Björn Buse, einer der Spieler der Baltrumer Theatergruppe, verzweifelt versuchte, einen imaginären Priel zu durchpaddeln, um einem vermeintlichen Verfolger zu entkommen. Und als wäre das nicht genug, sang er aus voller Kehle »Ein Schiff wird kommen …« Ein tolles Stück, von einem Juister geschrieben und passend zu den Krimitagen auf Baltrum inszeniert. Wieder war es voll im *Haus des Gastes*, genau wie am Abend zuvor bei Bartels' Lesung. Die Gäste, die zurzeit auf der Insel weilten, schienen alle ziemlich kulturwütig zu sein. Aber auch viele Insulaner waren zu der Premiere erschienen. Besonders natürlich die, deren Verwandte oder Bekannte – und das waren auf der Insel beinahe alle – mitspielten, saßen im Publikum. Es herrschte fröhliche Stimmung. Sobald sich der Vorhang gehoben hatte, war es, als seien die Todesfälle der letzten Tage einfach draußen geblieben.

Röder gefiel die Mischung aus Humor, Krimi und Slapstick in dem Stück. Der Inhalt hatte nichts mit der Realität zu tun und das gerade war das Schöne daran. Auch Sandra und Wiebke schienen ihren Spaß zu haben und beklatschten jeden Gag. Arndt war zu Hause geblieben. Er hatte ein wenig aufarbeiten und sich dann schlafen legen wollen. Er sei todmüde, hatte er gesagt und so war Michael mit den beiden Frauen losgezogen. Zwei Tage hintereinander in der Turnhalle, das war auch für ihn eine Premiere. Einmal in zwei Jahren, das war eher so seine Bilanz, wenn er es recht überlegte. Aber er hatte es bis jetzt nicht bereut, mitgegangen zu sein. Bis auf den Moment natürlich, als er bemerkt hatte, dass zwei Reihen hinter ihnen Salomon Bartels saß und ihnen lächelnd zuwinkte. In der Pause hatte der Mann sie allerdings in Ruhe gelassen und sich stattdessen mit Inga Schubert unterhalten.

Björn Buse hatte es geschafft. Sein Verfolger, der hinter einem Busch aus Plastik kniete, gab mit ein paar launigen Sprüchen auf. Tosender Beifall begleitete das Ende der Aufführung. Immer wieder mussten sich die Schauspieler verneigen. Vorne rief jemand »Zugabe!«, was die Schauspieler mit einem fröhlichen Lachen quittierten. Dann allerdings trat Buse nach vorn und sang mit eingängigem Bariton noch einmal sein Antrittslied. Singen konnte der Mann. Er war tragendes Mitglied des Shanty-Chores.

Allmählich verebbte der Beifall und die Zuschauer drängten nach draußen. Michael drehte sich um. »Kommt ihr mit?«

»Wiebke und ich gehen auf ein Bier in die *Alte Liebe*. Oder ins *Sturmeck*«, sagte Sandra entschlossen. Und dann, etwas weniger entschlossen: »Willst du mit?«

»Nein. Morgen ist wieder ein langer Tag.« Er kannte seinen Platz. Die beiden wollten Frauengespräche führen und das waren Unterhaltungen, die nie ein Ende fanden und zudem grottenlangweilig waren. »Ich gehe nach Hause. Bis später dann.«

Er legte einen Schritt zu, um möglichst schnell dem Gewusel vor dem *Haus des Gastes* zu entkommen, und war froh, als er die Tür zu seiner Dienstwohnung hinter sich schließen konnte. Er begrüßte Amir, der faul in seinem Korb neben der Küchenbank lag. Plötzlich überfiel ihn tiefe Müdigkeit. Er gähnte ausgiebig. Sollte er schon ins Bett gehen? Eigentlich sprach nichts dagegen. Andererseits war der Abend jung. Entschlossen holte er sich eine Flasche Bier aus dem Kühlschrank und setzte sich vor den Fernseher. Er zappte sich durch die Programme und blieb schließlich vor einem der älteren *Tatorte* hängen. Die waren oft genauso realitätsfern wie das Stück, das er eben auf der Bühne gesehen hatte. Er nahm einen Zug aus der Bierflasche, dann noch einen und merkte nicht, wie ihm die Augen zufielen.

Ein scharfes Geräusch riss ihn aus dem Schlaf. Verwirrt schaute er sich um. Alles ruhig im Haus. Der Lärm war aus dem Fernseher gekommen. Ein Waldarbeiter sägte sich durch einen dicken Baum, der mit lautem Krachen auf die Seite fiel. Die Fernbedienung hatte Michael in der Hand und sein linker Daumen lag genau auf dem Lautstärkeregler. Energisch senkte er den Pegel und schaute auf die Uhr. Er musste wohl zwei Stunden geschlafen haben. Warum hatte Sandra ihn nicht geweckt, als sie nach Hause gekommen war?

Mühsam erhob er sich vom Sofa und stieg die Treppe hoch zum Schlafzimmer. Doch zu seiner Überraschung war Sandras Bett leer. Decke und Kopfkissen waren unberührt. Das war ungewöhnlich. Sie war kein Nachtmensch. Sollte sie sich mit Wiebke so verquatscht haben? Egal. Er zog sich aus, stellte seinen Wecker, legte sich hin und löschte das Licht.

Doch der Schlaf wollte sich nicht einstellen. Immer wieder schaute er auf die Uhr. Halb zwei. Warum kam sie nicht? Da stimmte etwas nicht. Das kannte er nun wirklich nicht von Sandra. Ob er Arndt anrufen und sich der Gefahr aussetzen sollte, dass der ihm Kontrollzwang vorwarf? Andererseits gab es gute Gründe, sich

Sorgen zu machen. Auch Johanna Meckseper war während der Nacht verschwunden. Und er hatte nicht die geringste Lust, auch Sandra aus dem Spielteich ziehen zu müssen. Arndt wird mich verstehen, dachte er, und griff zum Telefon.

Gleich darauf hörte er die verschlafene Stimme seines Freundes und Kollegen. »Ja?«

»Hallo, Arndt. Ist Wiebke zu Hause?«

»Moment. Ja, ist sie. Warum?«

»Weil Sandra eben nicht da ist. Ich mache mir Sorgen. Es ist so ungewöhnlich.«

»Warte. Ich wecke Wiebke.«

Michael hörte Stimmengemurmel, dann war Arndt wieder dran. »Sie haben im *Sturmeck* gesessen. Dann ist Salomon Bartels reingekommen und sie haben sich zu dritt unterhalten. Wiebke wurde müde. Sandra wollte noch einen Moment bleiben und hat zu Wiebke gesagt, sie könne ruhig gehen, was sie auch getan hat.«

»Danke! Schlaft weiter!« Michael blieb beinahe die Luft weg. Ausgerechnet Salomon Bartels. Er wusste nicht, was der Mann für Ambitionen hatte. Aber er traute ihm nicht für fünf Pfennige. Er konnte nicht sagen, warum. Es war eben so.

Hatten die Kneipen noch offen? Michael stand auf und zog seine Uniform an. Einmal Bulle, immer Bulle, dachte er zynisch.

Zuerst schaute er bei der *Alten Liebe* vorbei. Doch ein schneller Blick verriet ihm, dass nur zwei Insulaner an der Theke saßen. Ansonsten war der Laden leer und der Wirt machte auch nicht den Eindruck, als wartete er auf weitere Gäste. Also weiter zum *Sturmeck*. Auch hier war geöffnet.

»Suchst du deine Frau?« Grinsend schaute ihn Nele an, die hinter der Theke stand und Gläser abtrocknete.

Sie war die Tochter seines Nachbarn und er kannte

sie seit vielen Jahren. Er schüttelte den Kopf. »Nee, allgemeine Kontrolle. Schließzeiten und so«, sagte er vage und deutete auf die Uhr. »Noch zehn Minuten.«

»Ich weiß. Gleich ist Feierabend«, sagte sie. »Aber falls du trotzdem wissen willst, wo deine Frau ist – keine Ahnung. Sie ist mit diesem Autor vor einer halben Stunde gegangen.«

»Woher weißt du, wer der Mann war?«

»Na, wer kennt den nicht?« Sie verdrehte die Augen. »Ich war bei seiner Lesung. Der Knabe kann nicht nur schreiben, der sieht auch so verdammt gut aus. Ich wäre gerne an Sandras Stelle gewesen, das kannst du mir glauben. Ging aber nicht. Musste arbeiten.«

»Alles klar, danke dir.« Der sah also verdammt gut aus. Das hätte jetzt nicht kommen müssen. War das vielleicht der Grund, warum er den Kerl nicht ausstehen konnte? Wäre es ihm völlig egal gewesen, wenn ein Typ wie Marvin, klein und kugelig mit beginnender Glatze, so häufig seine Spuren gekreuzt hätte? Oder wurde man als Polizist im Laufe seines Lebens einfach immer misstrauischer, selbst wenn ein Mann wie Bartels eigentlich nur freundlich daherkam? Er riss sich zusammen. Es war egal, was er für den Mann empfand. Seine Frau musste wieder her. Das war das Wichtigste.

»Da bist du ja«, sagte plötzlich Arndt neben ihm. »Ist sie wieder da?«

Verblüfft wandte Michael sich zu ihm um. »Was machst du denn hier?«

»Meinst du, ich lasse dich nachts alleine rumsuchen? Wo warst du überall?«

»*Alte Liebe* und *Sturmeck.*« Er berichtete, was Nele ihm gesagt hatte. »Was machen wir nun?«

»Du kontrollierst, ob sie auf der Strandmauer sitzen und guckst, ob weitere Kneipen offen sind. *Skipper's Inn* vielleicht. Ich fahre zum *Haus Sorgenfrei* und schaue, ob

Bartels dort ist. Sollten wir sie nicht finden, alarmieren wir die Kollegen«, schlug Arndt vor.

Michael war einverstanden. Das Letzte, auf das er Lust hatte, war, die beiden in Bartels' Zimmer in inniger Eintracht anzutreffen. Das sollte man Arndt schön übernehmen.

»Danke«, rief er hinter seinem Freund her, der sich schon auf sein Fahrrad geschwungen hatte. Michael eilte zur Strandmauer. Er war sich nicht ganz im Klaren darüber, warum Arndt ihn ausgerechnet dorthin geschickt hatte, aber als er angekommen war, sah er, dass er nicht alleine war. In einer Ecke saßen ein Mann und eine Frau, vor sich eine Flasche Sekt und jeder ein Glas in der Hand. Das Meer rauschte leise und kleine Wellen leuchteten vom Mond beschienen. Der Wind hatte nachgelassen und romantischer konnte es kaum sein. Wieso war das Arndt bewusst und ihm nicht?

Um die Schönheit zu erkennen, durfte man wohl nicht von hier sein, erklärte er sich die Tatsache, dass er nie auf die Idee gekommen wäre, mit Sandra hier ein paar romantische Nachtstunden zu verbringen. Allerdings war mit Arndts Hinweis auf die Strandmauer auch klar, dass sein Freund es Sandra durchaus zutraute, mit jemand anderem dort die Natur zu genießen! Röder suchte die Steine ab, die beim Neubau der Strandmauer etwas höher gesetzt worden waren, ging etwa hundert Meter nach links und wieder zurück, aber außer dem Pärchen, das eng umschlungen bei seinem Sekt saß, sah er niemanden. Und das *Skipper's Inn* müsste jetzt geschlossen haben.

Und tatsächlich brannte kein Licht mehr bei der Kneipe neben der Kirche. Wo steckte Sandra nur? Sollte er die Kollegen jetzt bereits alarmieren? Er hielt es nicht mehr aus, zog sein Telefon aus der Tasche und wählte. Hoffentlich hatte Arndt schon Neuigkeiten. Gute Neuigkeiten!

Arndt meldete sich sofort. »Der Mann ist hier. Allein. Er sagt, sie haben sich vor dem *Sturmeck* getrennt. Er ist dann nach Hause.«

»Das glaubt der doch selbst nicht«, brach es aus Michael heraus. »Der hat sie umgebracht. Bring den Kerl mit auf die Wache. Da nehmen wir ihn so lange auseinander, bis er uns sagt, wo Sandra ist! Ich wecke Gero, Marvin und Wille.«

»Moment! Nicht so schnell!« Auch Arndts Stimme war lauter geworden. »Wir wissen nichts. Natürlich müssen wir schnell handeln. Ganz klar. Aber geh dem Mann bloß nicht sofort an die Wäsche, wenn wir auftauchen.«

»Schon gut. Ich bemühe mich. Ich gehe zurück zur Wache und alarmiere die Kollegen.« Michael versuchte die Wut zu unterdrücken, die ihn gepackt hatte. Es gelang ihm nicht. Wenn die beiden bloß schon da wären! Bartels musste auspacken, daran ging kein Weg vorbei.

Als er die Wache erreichte, stutzte er. Was war das für ein Licht, das oben durch die zugezogene Gardine des Schlafzimmers schien? Er war sich sicher, dass er es ausgemacht hatte. Oder hatte er es in seiner Unruhe gefangen aus Versehen angelassen? Nachsehen oder gleich in die Wache? Er entschied sich für's Nachsehen und stieg die Treppe hoch. Als er die Tür öffnete, traf ihn fast der Schlag. Da lag seine Frau friedlich schlummernd im Bett!

»Sandra«, stieß er hervor.

Sie stöhnte leise, dann lauter. »Was ist?«

»Sandra, wach auf, wo warst du?«

Mit einem Ruck schoss sie hoch. »Was ist passiert? Wo kommst du her? Hattet ihr einen Einsatz?«

»Einen Einsatz? Was glaubst du denn wohl?«, fauchte er.

»Immerhin trägst du Dienstkleidung. Darum dachte ich …«

»Dachte ich, dachte ich«, schrie er. »Wenn du mal eher gedacht hättest, dann stünde ich jetzt nicht hier, sondern würde friedlich im Bett neben dir liegen. Ich habe dich gesucht, verdammt noch mal!«

»Das ist nicht wahr, oder?«, fragte sie tonlos.

»Doch. Arndt ist auch unterwegs!«

»Was? Arndt? Was hast du da losgetreten, nur weil ich mal ein wenig länger weggeblieben bin?!« Jetzt schrie auch Sandra.

Michael reichte es. Wollte die gar nichts begreifen? Wortlos verließ er das Schlafzimmer. Arndt und Bartels müssten gleich eintreffen. So konnte er die beiden umgehend wieder nach Hause schicken. Er ging hinunter in den Wachraum und schloss die Tür auf. Kurz darauf waren die Männer da.

»Herr Bartels, Sie können gehen«, sagte Röder knapp. »Meine Frau ist wieder da.«

Bartels lachte. »Das ist ja echt spannend hier. Jede Menge Stoff für meinen neuen Krimi.«

Röder machte einen langsamen Schritt auf ihn zu.

Das Lächeln in Bartels' Gesicht erstarrte zur Grimasse. »War nicht so gemeint. Bin schon weg.«

Als er verschwunden war, ließ Röder sich auf den Bürostuhl fallen. Auch Arndt setzte sich. »Nun erzähl mal«, sagte er.

»Die Nachttischlampe war an und sie war einfach da. Lag im Bett und schlief und hat sich gewundert, nachdem ich sie geweckt hatte, warum ich in Dienstklamotten vor ihrem Bett stand. Weiter sind wir leider nicht gekommen. Ich musste raus, sonst hätte es Tote gegeben.«

»Besser nicht. Zwei reichen«, sagte Arndt. »Bei mir ging alles ganz problemlos. Ich brauchte den Mann gar nicht zu wecken. Der saß im Aufenthaltsraum mit einer Flasche Bier vor seinem Laptop und schrieb. Ziemlich ungewöhnliche Zeit, wenn du mich fragst, aber jeder Mensch ist halt anders komisch. Er war sofort bereit, mitzukommen. Wir haben uns Helga Eggerts Fahrrad ausgeliehen und schon waren wir da.«

»Apropos Flasche Bier – möchtest du eine?«, fragte Michael. »So mitten in der Nacht ist das doch der richtige Zeitpunkt.«

»Na ja«, erwiderte Arndt, »wir sind zwar zu alt für jugendlich nächtlichen Partykult, aber unter diesen besonderen Umständen kommt es auf eine Stunde Schlaf mehr oder weniger nicht an. Du holst das Bier und ich schicke Wiebke eine Nachricht, damit sie beruhigt weiterschlafen kann.«

Als Michael zurückkam, schaute Arndt ihn aufmerksam an. »Du warst ganz schön angefasst, oder?«

»War ich«, bestätigte Röder. »Bin ich eigentlich jetzt noch. Unser Täter ist auf freiem Fuß. Und es könnte jeder sein. Ich begreife einfach nicht, warum Sandra und Wiebke getrennte Wege gegangen sind und sich unnötig in Gefahr begeben haben. Zu zweit wäre es erheblich sicherer gewesen.«

»Vergiss nicht«, gab Arndt zu bedenken, »dass eine der beiden auf jeden Fall hätte allein nach Hause gehen müssen. Sandra wohnt hier und Wiebke im Hotel. Ansonsten hätten wir die beiden begleiten müssen. Gibt es abgesehen von deiner ganz normalen polizeilichen Sorge um Sandra andere Gründe?«

Michael öffnete die Flaschen, reichte eine seinem Freund und stieß mit ihm an. »Es ist einfach so, dass ich den Bartels nicht leiden kann. Ich habe das Gefühl, dass hinter seiner freundlichen, besitzergreifenden Art mehr steckt. Ich traue ihm nicht.«

»Und was ist mit der ganz normalen Männerreaktion? Zum Beispiel Eifersucht? Auf sein Aussehen, seinen Erfolg, seine Art, mit Frauen umzugehen? Wäre nicht ungewöhnlich, wenn die eigene Frau mit diesem Mann unterwegs ist«, hakte Arndt nach.

»Mag sein«, gab Michael zu. »Ich denke, es ist eine Mischung aus allem.«

»Dann halte dich bitte ein wenig zurück, wenn es um Bartels geht. Du bist befangen. Überlass den Kontakt mit ihm den Kollegen«, bat Arndt ihn.

Fast wäre Michael wieder hochgefahren, doch er riss sich zusammen. Arndt hatte recht. Er war nicht neutral. »Alles klar«, sagte er und prostete ihm zu.

Sie unterhielten sich, bis sie die Bierflaschen geleert hatten, dann verabschiedete sich sein Freund. »Wir sehen uns morgen früh im *Sonnenstrand*«, sagte Arndt im Rausgehen. »Schlaf gut.«

Michael war sich trotz der Hilfe des Bieres nicht ganz sicher, ob er würde einschlafen können. Hoffentlich war Sandra nicht noch wach. Er hatte keine Lust mehr auf eine Diskussion. Die würde spätestens beim Frühstück erfolgen und bis dahin wollte er nichts als Ruhe finden.

Seine Frau schlief bereits wieder tief und fest. Doch als er endlich ebenfalls unter der Bettdecke lag, verfolgten ihn endlose Gedanken. Nur der Schlaf, den er so nötig brauchte, der wollte sich nicht einstellen. Sandra schnarchte leise und mit jedem ihrer Atemzüge wehte ein leichter Alkoholdunst zu ihm herüber.

Mit Schwung trennte er den Kopf vom Rest des Eis. Arndt Kleemann genoss die Zeit, die er mit seiner Frau am Frühstückstisch verbrachte. Wenigstens eine unbeschwerte halbe Stunde, bevor der Tag mit seinen ganzen üblen Geschichten wieder von ihm Besitz ergriff.

Der Raum mit dem liebevoll gestalteten Frühstücksbuffet war trotz der frühen Uhrzeit gut besetzt. Arndt wunderte sich selbst, wie fit er an diesem Morgen nach einer Nacht ohne viel Schlaf war. »Jetzt erzähl mir, was ihr gestern nach der Vorstellung erlebt habt!«, forderte er seine Frau auf.

Wiebke runzelte die Stirn. »Erlebt ist wohl ein bisschen zu hoch gegriffen. Sandra und ich sind einfach ins *Sturmeck* und haben uns unterhalten. Dann, so eine halbe Stunde später, stand Salomon Bartels plötzlich im Raum und schaute zu uns herüber. Er erkannte uns, lachte, kam näher und erkundigte sich, ob er sich zu uns setzen dürfte.«

»Und?«

»Nichts und. Natürlich durfte er. Ich glaube, wenn ich nein gesagt hätte, würde ich heute hier nicht sitzen. Sandra hat dermaßen gestrahlt, als sie den Mann gesehen hat – da durfte ich ihr die Freude nicht verderben«, sagte Wiebke verschwörerisch. »Aber kein Wort darüber zu Michael, versprochen?«

»Versprochen.« Arndt goss sich eine weitere Tasse Kaffee ein.

»Es ging so weiter, dass er Fragen über Fragen über das Leben hier stellte. Besonders über das Leben eines Inselpolizisten. Sandra hat die Fragen alle ausgiebig beantwortet. Bartels hat auch von seinen früheren Aufenthalten hier erzählt, aber irgendwann wurde es mir langweilig und ich wurde müde. Außerdem hatte ich das Gefühl, dass die beiden alleine sein wollten. Muss nicht stimmen, aber ich habe das so empfunden und mich verabschiedet. Es war schon spät genug und das *Sturmeck* wollte sowieso schließen.«

»Du bist nach Hause gegangen«, stellte Arndt fest. Schließlich hatte seine Frau schlafend neben ihm im Bett gelegen, als Michaels Anruf ihn geweckt hatte.

»Arndt?« Birgit Ahlers stand neben dem Tisch und hielt ihm ein Päckchen entgegen. »Hier! Lag an der Rezeption. *Für die Polizei* steht drauf.«

Er stöhnte. »Hat man denn nie seine Ruhe?«

»Entschuldige bitte. Aber es lag da nun mal«, sagte Birgit.

»Ich meine dich doch nicht. Aber du weißt, dass man Überbringer schlechter Nachrichten gerne mal …«, versuchte er es mit Humor, was ihm aber nicht so recht gelingen wollte. Er nahm das Päckchen und legte es neben seinen Frühstücksteller.

»Ich gehe lieber.« Birgit ging zum Buffet, nahm eine leere Platte und verschwand in der Küche.

»Musste das jetzt sein?«, fragte Wiebke empört.

»Nein. Tut mir leid.« Arndt stand auf. »Bevor ich hier …«

»Setz dich hin!« Jetzt klang Wiebkes Stimme scharf. »Du isst in Ruhe dein Frühstück und ich erzähle dir mehr über den Abend!«

Arndt tat, wie ihm geheißen, und je länger Wiebke erzählte, desto mulmiger wurde ihm. Ob Michael doch nicht so falsch lag mit seinen Bedenken Bartels gegenüber? Warum um alles in der Welt interessierte sich dieser Mann so sehr für seinen Freund? Steckte mehr als Autorenrecherche dahinter? Immerhin – Sandra war gesund und munter zu Hause angekommen. Aber das mochte natürlich dem Zufall zu verdanken sein. Arndt beschloss, gleich nach dem Frühstück ins Ostdorf zu fahren und mit Bartels zu reden. Natürlich, als Täter im Mordfall Meckseper war der beinahe auszuschließen. Oder nicht?

Nachdem er den letzten Bissen seines Brötchens gegessen hatte, stand er auf. Jetzt konnte Wiebke bestimmt nichts mehr dagegen haben.

»Wann sehen wir uns wieder?«, fragte sie.

»Keine Ahnung, was der Tag bringt. Ich melde mich«, erwiderte er, holte seine Jacke aus dem Zimmer und ging zu seinem Fahrrad.

Es war sonnig, aber als er unterwegs war, war er froh, gut eingepackt zu sein. Der Wind aus Ost war lausig kalt.

Im der Pension *Sorgenfrei* bot sich ihm ein ähnliches Bild wie im Hotel. Auch hier saßen die Gäste beim Frühstück. Allerdings war der Raum viel kleiner und auch das Buffet war nicht so umfangreich. Es roch nach frischem Kaffee. Er fand Inga Schubert und Salomon Bartels in intensivem Gespräch zusammen am Tisch. Von Erich Schubert war nichts zu sehen.

»Darf ich mich zu Ihnen setzen?«, begrüßte er die beiden.

»Aber gerne. Haben Sie schon gefrühstückt?«, fragte Salomon Bartels und schon wieder lächelte er.

Konnte dieser Mann eigentlich auch ernst sein? Die kleinen Lachfältchen um dessen Augen und der breitgezogene, leicht geöffnete Mund erschienen Arndt beinahe wie eingemeißelt. »Danke, ja«, sagte er und nickte Helga Eggert zu, die eine frische Thermoskanne brachte. »Aber was ich ebenfalls habe, sind ein paar Fragen.«

»Nur zu, bitte«, forderte Bartels ihn auf. »Ich helfe, wo ich kann. Darf ich mir ein paar Notizen machen?«

Irritiert schaute Arndt ihn an. Was sollte das?

»Nur falls mir was Besonderes auffällt. Spezielle Redewendungen und so«, erklärte Bartels.

»Von mir aus«, sagte Arndt knapp.

Doch bevor er seine erste Frage loswerden konnte, schaltete sich Inga Schubert ein. »Ich habe etwas erfahren, Herr Kommissar.«

»Was denn?«

»Ich weiß nicht, ob es wichtig für Sie ist, aber der Maibaum liegt beim Turnerbund ganz hinten im Ostdorf. Ich bin während eines Spazierganges dort vorbeigekommen und da lag er einfach. Die Leute, die jetzt dort wohnen, haben mir gesagt, dass die Gruppe, die am Montag wieder abgefahren ist, den wohl hatte mitgehen lassen. Aber mehr wussten die nicht.«

Das war wirklich eine interessante Beobachtung. Aber war sie wichtig? Er hatte keine Ahnung. Auf der einen Seite gingen ihn geklaute Maibäume nichts an. Auf der anderen Seite war der Baum durch die Nacht getragen worden, als Johanna Meckseper getötet worden war.

»Entschuldigen Sie mich.« Arndt stand auf, ging vor die Tür und rief Michael an. »Bist du aufnahmebereit?«

Arndt hörte ein Gähnen, dann die Stimme seines Freundes. »Ja. Ich sitze bereits im Clubraum. Also was gibt es?«

Arndt berichtete, was er erfahren hatte. »Jetzt wäre es nur schön, zu wissen, welche Gruppe das war.«

»Kein Problem. Ich kenne die Dame in Aurich, die die Organisation macht. Sie wird mir weiterhelfen können. Soll ich dann bei dem Gruppenleiter nachhaken?«

»Mach das. Ich bin auch bald wieder zurück.« Im Reingehen merkte er, dass eine Nachricht auf seinem Handy eintraf. Marvin hatte ihm geschrieben. Es gab Neues wegen der Schokolade. Sie war in Ordnung. Keine Spur von Zusatzstoffen. Trotzdem mochte er das Wort Schokolade irgendwie nicht mehr. Eine gute Grundlage, um ein paar Kilo abzunehmen, dachte er, wusste aber sogleich, dass es nicht viel nützen würde. Ein Rückfall wäre spätestens bei der Tafel mit Mandelkrokant vorprogrammiert, die er auf Vorrat in seiner Schreibtischschublade liegen hatte. Allerdings hielten sich seine Kilos immer noch stabil im Wohlfühlbereich. Bei Marvin sah das anders aus. Bei dem legte sich jeder Riegel ohne Umwege sofort auf die Rippen. Aber der schien damit leben zu können.

Als er zurückkam, ließen es sich Inga Schubert und Salomon Bartels immer noch schmecken. Er bat Bartels um eine Zusammenfassung des gestrigen Abends. Arndt wollte einfach hören, wie der das Zusammentreffen mit den beiden Frauen beschrieb. Was Bartels ihm erzählte, vor allen Dingen, wie er es erzählte, ließ für ihn keinen Zweifel aufkommen: Es war für den Mann nichts als ein Abend in netter Gesellschaft gewesen, den er gerne genutzt hatte, um mehr über das Leben der Insulaner und des Inselpolizisten zu erfahren.

»Glauben Sie mir: Das kommt mir hier vor wie in einem Zauberland«, sagte Bartels. »Natürlich verschließe ich die Augen nicht vor den Verbrechen, die hier passiert sind. Trotzdem ist das kein Vergleich zu dem Leben, das ich zu Recherchezwecken für meinen Thriller geführt habe.« Plötzlich war keine Spur eines Lächelns mehr in seinem Gesicht zu erkennen. »Ich habe mich mit Hilfe eines, sagen wir ›Freundes‹ in Erfurt undercover am äußeren Rand dieser Szene bewegen können. Das hat mir für mein Leben gereicht.«

»Und – fühlen Sie sich im Nachhinein sicher? Haben Sie keine Angst vor einem Überfall oder Ähnlichem, seit Ihr Werk erschienen ist?«, wunderte sich Arndt. »Die Frage stellte sich mir während Ihrer Lesung schon. Sehen Sie nicht hinter jedem Gebüsch einen Angreifer?«

»Herr Kommissar, was ich an Erfahrungen verwertet habe, das kratzt nur die Oberfläche dessen an, was da wirklich passiert. Über die mageren Informationen für meine Leser lachen die Chefs dieser Gangs sich doch kaputt. Das ist für die, die dort gegeneinander kämpfen, keine Gefahr. Dementsprechend auch für mich nicht. Hoffe ich wenigstens.«

Das hoffte Arndt auch für den jungen Mann, war sich aber nicht so ganz sicher, ob dessen positive Einschätzung der Realität entsprach. Er selbst hatte in seinem Job einige Drohungen von Menschen erhalten, die wegen seiner Ermittlungen verurteilt worden waren. Wenn die ihre Strafe abgesessen hatten und wieder frei waren, begann für ihn jedes Mal eine Zeit der Unsicherheit. Meistens konnte er das Gefühl ganz gut unter Kontrolle halten. Aber er merkte durchaus, dass es ihm mit den Jahren immer schwerer fiel, nicht hinter jedem Baum den Feind zu sehen.

»Trotzdem – was treibt einen Menschen, sich freiwillig dieser Gefahr auszusetzen?«, fragte Inga Schubert irritiert. »Abgesehen mal von jugendlicher Unbedachtheit? Das nächste Buch? Das würde mir nie passieren. Schreiben muss Spaß machen! Es kann nicht sein, dass ich mein Leben dafür riskiere.«

»Ich wusste zu Anfang nicht, wie tief der Sumpf ist. Aber ich wollte etwas mit Hintergrund schreiben. Keinen netten Heimatkrimi, bei dem sich zum Schluss alle wieder lieb haben.«

»Na, hör mal! Willst du damit sagen …«, protestierte Inga Schubert und Bartels wurde rot.

»Nein. Natürlich nicht. Alles hat seine Leser. Ist nur nicht mein Ding.«

»Aber haben Sie denn nicht genau das vor? Einen Baltrumer Heimatkrimi schreiben? Wozu sonst die ganzen Recherchen?«, fragte Arndt den Mann, der ihm gegenüber nervös mit dem Löffel in der Teetasse rührte.

»Klar ist, dass ich nie wieder so etwas wie die Erfurter Szene erleben möchte. Aber was jetzt folgt, das werde ich Ihnen nicht verraten«, sagte Bartels.

»Was aber nicht daran liegt, dass Sie Angst haben, jemand klaut Ihnen das Thema«, vermutete Arndt.

Salomon Bartels schüttelte wortlos den Kopf.

Arndt überlegte. Musste er sonst etwas wissen? Ja, er hatte noch eine Frage. »Gab es eigentlich den angekündigten Abschlussabend?« Er glaubte zwar nicht daran, aber es war gut, es genau zu wissen.

»Nein. Mangels Masse ist er ausgefallen. Was nicht verwunderlich ist«, sagte Inga Schubert bedrückt. »Ich werde heute nach Hause fahren. Mich hält wirklich nichts mehr hier.«

»Ihr Mann auch?«, erkundigte sich Arndt.

Sie schüttelte den Kopf. »Keine Ahnung. Soll er machen. Soll er lassen. Mir egal.«

»Und Sie, Herr Bartels?«, wandte er sich an den Mann, der eine weitere Scheibe Brot mit Butter beschmierte.

»Ich bleibe noch zwei Nächte. Die Nachbarn meiner Verwandten haben mich eingeladen. Wir wollen über alten Zeiten plaudern.« Jetzt zeigte Bartels' Gesicht das bekannte Lächeln. Arndt war sich sicher, dass genau dieses beinahe maskenhafte Lächeln verhindern sollte, dass die Ängste zu viel Raum bekamen.

Er verabschiedete sich. »Ihre Handynummern haben die Kollegen notiert, nicht wahr? Alles Gute.« Arndt winkte auch Helga Eggert zu und fuhr dann zurück zum Hotel *Sonnenstrand*.

Dort warteten seine Kollegen bereits auf ihn und hörten sich an, was es von den beiden Autoren Neues gab.

»Wenn Bartels man bloß nicht die liebevolle Gleichgültigkeit der Gangster überschätzt«, zweifelte Gero Schonebeck.

»Möglich ist natürlich, dass der sich alles aus dem Internet gezogen und somit gar keine direkte Verbindung zur Mafia gehabt hat«, überlegte Marvin.

»Das glaube ich nicht«, sagte Arndt. »Ihr hättet sein

Gesicht sehen müssen, als er davon erzählte. Es sei denn, er ist ein besonders guter Schauspieler. Aber egal – Michael, was sagt deine Expertin?«

»Die Gruppe kam aus Meppen. Die haben hier ein Juleica-Auffrischungsseminar gemacht. Es waren zwanzig junge Männer und Frauen.«

Arndt sah, wie Marvin den Inselpolizisten etwas ratlos ansah, und erklärte: »Juleica ist die Abkürzung für Jugendleitercard. Die bekommt man, wenn man eine entsprechende Ausbildung mitgemacht hat, und berechtigt, wie der Name sagt, zum Betreuen von Jugendgruppen.«

»Aha. Und zu solch einem Seminar gehört auch das nächtliche Klauen eines Maibaumes?«, fragte Marvin grinsend.

»Natürlich!«, bestätigte Michael. »Das fällt unter Brauchtumspflege.«

»Und was sagt der Leiter des Seminars?«

»Ich habe ihn zwar erreicht, er konnte mir allerdings nicht viel weiterhelfen. Er hat mir aber die Nummer von jemandem gegeben, der wohl bei der nächtlichen Aktion dabei war. Mit dem werde ich jetzt Kontakt aufnehmen.«

»Mach das«, sagte Arndt. Und als er Frank und Fenna Tebben in der Tür auftauchen sah, schob er hinterher: »Geh auf die Terrasse. Dort ist es ruhiger.«

»Wo ist Habbo? Geht es ihm gut?«, war das Erste, was Arndt von der Frau hörte, die mit energischen Schritten auf ihn zusteuerte. Ihr folgte langsam, als ob ihm jeder Schritt Mühe bereitete, ihr Ehemann. Von seinem forschen Auftreten bei früheren Begegnungen war nichts übrig geblieben. Es sah aus, als trüge er eine schwere Last auf seinen Schultern.

»Er ist in Oldenburg in Untersuchungshaft«, sagte Arndt. »Näheres werden Ihnen meine Kollegen sagen.

Sie werden auch das Protokoll aufnehmen.« Er deutete auf Gero und Marvin. »Bitte setzen Sie sich zu den Herren.«

Er verließ den Clubraum und folgte Michael. Der saß mit seinem Telefon am Ohr auf einem der wenigen Stühle, die Ahlers schon aufgestellt hatten. Auch Arndt zog sich einen Stuhl heran, setzte sich und wartete darauf, dass sein Freund das Gespräch beendete. Michael starrte auf den Boden und versuchte sich erfolglos an ein paar wenigen abgehackten Sätzen. Dann brach er kurzerhand das Telefonat ab.

»Na, was hast du erfahren?«

»Nichts. Jedenfalls nichts, was das NTB anbelangt.« Michael zog einen Zettel aus der Tasche. »Kannst du das übernehmen? Nummer steht drauf. Ich muss nach Hause.«

»Geh schon. Und komm nicht eher wieder, bis alles geklärt ist«, sagte Arndt.

Eigentlich wollte ich mir an diesem Morgen Zeit zum Sortieren der Sachlage nehmen, aber wat mutt, dat mutt, dachte Arndt und gab die Nummer ein. Ein kräftiges »Ja?« zeigte ihm, dass die Verbindung hergestellt war. »Hauptkommissar Kleemann, Polizei Aurich. Spreche ich mit Wolf Zander?«

Wieder hörte er ein »Ja«, aber diesmal etwas weniger forsch. »Sie waren am letzten Wochenende auf Baltrum. Im NTB-Heim, richtig?«

»Jaaa ...«

»Ist es richtig, dass Sie in der Nacht vor Ihrer Abreise den Maibaum haben mitgehen lassen?«

Wolf Zander holte tief Luft, dann sagte er: »Ich wusste, dass es uns einholen würde. Ja, wir haben den Baum geklaut.«

Warum war der Mann nur so nervös? Es stand bis zu diesem Zeitpunkt nichts Belastendes im Raum! »Herr

Zander, in dieser Nacht ist eine Frau einem Tötungsdelikt zum Opfer gefallen und wir suchen Zeugen. Bitte erzählen Sie mir genau, was sich abgespielt hat, nachdem Sie den Baum erobert haben. Aber zunächst einmal – wie kamen Sie auf die Idee, den Baum zu klauen? Kennen Sie den Brauch auch aus dem Emsland?«

»Es war so: Einer von unseren Leuten kommt ursprünglich aus Ostfriesland. Der hat den Vorschlag gemacht. Dazu kam, dass wir Kontakt zu einem Herrn Peters hatten, der uns während einer Inselführung ebenfalls von dem Brauch erzählte. Da haben wir uns vorgenommen, die letzte Nacht mit diesem aufregenden Abenteuer zu beschließen.«

»Gut, das ist nachvollziehbar«, versuchte Arndt, den Redefluss des Mannes in ruhigere Bahnen zu lenken. »Was passierte an dem Abend?«

»Das Schwierigste daran war eigentlich, uns alle wachzuhalten. Wir hatten tagsüber am Strand viel Sport gemacht und waren immer in Bewegung gewesen. Der eine oder andere aus unserer Gruppe war schon eingeschlafen, als Harm laut in die Hände klatschte und zum Aufbruch rief. Wir haben alle dunkle Klamotten angezogen und sind los.«

»Hatten Sie bis dahin Alkohol getrunken?«

»Also ich bitte Sie, Herr Kommissar, wir sind Jugendleiter, da …«

»Kleemann reicht«, unterbrach Arndt ihn. »Haben Sie …«

»Ja. Das ein oder andere Bier. Wir sind volljährig und es war der letzte Abend. Wir haben uns im Schutz der Dunkelheit auf den Weg gemacht. Wir haben uns sogar getrennt. Nach dem Motto getrennt laufen, vereint zuschlagen.«

Arndt hörte ein leises Lachen. »Und dann?«

»Als wir auf dem Marktplatz ankamen, war alles ruhig. Es war so ruhig, dass wir ohne Probleme die Taue lösen und den Baum aus der Erde ziehen konnten. Es gab keinerlei Gegenwehr. Der Alkohol hatte unsere Gegner niedergestreckt. Von denen hat keiner was gemerkt. Wir haben den Baum geschnappt, die eine Hälfte links, die andere rechts, und sind heimlich, still und leise ohne das Absingen von Maienliedern abgehauen. Wenn ich es mir recht überlege, war die ganze Aktion ziemlich unspektakulär.«

»War es tatsächlich so? Sie haben mir gesagt, Sie hätten getrunken, und dann haben Sie den Baumklau mit so viel Disziplin durchziehen können? War keiner dabei, der sich lauter bemerkbar gemacht hat?«, wunderte sich der Kommissar.

»Okay, also der Finn, der war ein wenig übermütig, aber den haben wir vorab mit einem Kumpel nach Hause geschickt.«

»Dann sagen Sie mir bitte, warum Sie bei diesem alten Brauch nicht auffallen wollten?«

»Weil wir doch als Jugendleiter auf dem Fortbildungsseminar waren. Was meinen Sie wohl, wie sich das in unserer Vita gemacht hätte, wenn wir besoffen grölend über die Insel gezogen wären«, erklärte Wolf Zander.

Das konnte Arndt sogar nachvollziehen. Aber jetzt ging es langsam ans Eingemachte. Hatten die Jungs auf dem Nachhauseweg jemanden getroffen? Wenn ja, um welche Uhrzeit?

Auf seine Frage erwiderte Zander: »Es muss so zwischen zwei und drei Uhr gewesen sein. Wir sind mit dem Baum an der *Volksbank* vorbei, dann am Hotel *Fresena* durch das Deichschart auf den direkten Weg zum NTB-Heim. Es war alles ruhig. Es war fast schon ein wenig langweilig. Es fehlte die Stimmung, wenn Sie wissen, was ich meine. Erst als ich den Jungs ein letztes Bier im

Heim versprach, ging ein Ruck durch die Truppe. Bald schon waren wir am Spielteich vorbei ...«

Arndt horchte auf. Spielteich. War es nicht so gewesen, dass der Rechtsmediziner ein nicht erklärbares Hämatom auf Johanna Meckseper's Brust identifiziert hatte? Er war gespannt, wie Zanders Geschichte weiterging.

»... und plötzlich war da diese Frau. Wie ein großer Schatten tauchte sie aus dem Nichts auf. Wir ... wir konnten nicht ausweichen, verstehen Sie? Es geschah so plötzlich.«

»Was geschah?«, fragte Arndt

»Wir konnten gar nicht so schnell bremsen und haben sie mit dem Stamm an der Brust getroffen.«

»Was passierte dann?« Arndt konnte es kaum aushalten. War das etwa die Auflösung des Falles?

»Sie zuckte zurück und wäre beinahe gefallen.«

»In den Spielteich?«

»Nein«, antwortete Zander energisch. »Hintenrüber. Sie konnte sich gerade noch auffangen. Sie hat kurz aufgeschrien. Ich habe sie gefragt, ob alles in Ordnung ist. Sie hat nicht geantwortet und ist einfach weitergelaufen. Am Spielteich waren wir übrigens längst vorbei, als das passierte. Wir waren in der Höhe vom Sportplatz, dort, wo unser Weg rechts ab ging. Sie tauchte mehr von links auf.«

»Und das soll die ganze Geschichte sein? Was verschweigen Sie mir? Haben Sie die Frau doch härter getroffen und die Bewusstlose aus lauter Angst vor den Folgen gemeinsam zum Spielteich getragen und dort versenkt? Ich sage nur: Juleica!«, hakte er nach.

»Wir haben nichts dergleichen getan! Sie ist gegangen und wir auch!« Jetzt klang Zanders Stimme ruhig und bestimmt. »Und selbst wenn es so wäre, wie Sie es beschreiben ... – Beweisen Sie uns, dass Sie recht haben.«

Arndt lachte. »Ach wissen Sie ... Nichts leichter als das. Wenn so viele Leute an einer Sache beteiligt sind, quatscht immer einer. Bitte melden Sie sich bei der Meppener Polizei und geben Sie dort noch einmal als Zeuge Ihre Geschichte zu Protokoll. Wir hätten auch gerne die Namen der anderen Teilnehmer. Das wär's dann für's Erste. Danke für Ihre Mithilfe.« Irgendwie glaubte er dem Mann, wollte das Gespräch beenden, musste dann aber noch zwei Fragen loswerden. »Moment, Herr Zander. Warum haben Sie uns nicht schon längst benachrichtigt? Und warum haben Sie sich nicht um die Einlösung des Baumes gekümmert? Gehört doch auch zur Tradition.«

»Erstens: Wir haben am nächsten Tag gar nicht gehört, dass etwas passiert war. Die NTB-Tagesstätte liegt, wie Sie wissen, ganz weit draußen. Mittags sind wir dann gefahren. Und darin liegt natürlich auch der Grund, warum wir uns nicht mehr um den Baum gekümmert haben. Wir haben ihn einfach liegenlassen. Vielleicht kein netter Schachzug, war aber so. Irgendwie hatten wir wohl die Lust an der ganzen Sache verloren. Außerdem war uns bekannt, dass man eigentlich nur dann einen Maibaum klauen darf, wenn man selber einen bewacht. Das war bei uns nicht der Fall. Zu Hause in Meppen habe ich zwar etwas von einem Todesfall mitbekommen, jedoch keinerlei Verbindung zu unserer nächtlichen Tour gesehen. Ich habe dort übrigens auch nur eine Nacht verbracht, bevor ich nach Göttingen aufgebrochen bin. Dort studiere ich nämlich. Da hat man natürlich ganz andere Dinge im Kopf. So. Darf ich jetzt wieder in den Seminarraum? Meine Vorlesung hat schon lange angefangen.«

»Dann melden Sie sich bitte bei der dortigen Polizei.« Arndt beendete das Gespräch. Er würde im Moment nicht mehr erfahren.

Was hatte das Telefonat gebracht? Die Mordnacht ein wenig beleuchtet, aber mehr nicht. Das, was Zander gesagt hatte, konnte so stimmen, führte sie jedoch bei ihren Ermittlungen keinen Schritt weiter. Natürlich war es möglich, dass Zander ihn angelogen hatte und die Jungs aus Angst um ihre Reputation als Jugendleiter geschwiegen hatten. Die Göttinger Kollegen würden sicher nachhaken. Er würde mit ihnen Kontakt aufnehmen. Es war immer besser, wenn man Zeugen bei ihren Aussagen ins Gesicht schauen konnte.

Arndt stand auf und überlegte. Sollte er zurück in den Clubraum gehen oder die Auszeit nehmen, die er zu Beginn des Tages so herbeigesehnt hatte? Nein, er musste seine neuen Erkenntnisse mit den Kollegen teilen. Doch bis Tebbens weg waren – er war sich sicher, dass die beiden immer noch mit ihrer Aussage beschäftigt waren – würde er einen kurzen Gang um die Strandmauer machen. Über den Westkopf, dann den ersten Abgang wieder rein, bei der Inselglocke vorbei und zurück zum Hotel. Zwanzig kurze Minuten den Kopf freipusten lassen.

Ein leichter Wind aus West streifte sein Gesicht. In der Ferne sah er die Wichter Ee, das Wasser zwischen Norderney und Baltrum, und am Ostende der Nachbarinsel aalten sich hunderte Seehunde in der Sonne. Obwohl keine Saison war, begegneten ihm viele Gäste. Großeltern mit Kinderwagen waren unterwegs und, was ihm besonders auffiel, Menschen mit Hunden. Nicht nur einen hatten einige Gäste dabei, nein, zwei oder drei Hunde an mehr oder weniger langen Leinen wurden ausgeführt.

Auf den Buhnen sah Arndt Angler und vor der Insel kreiste ein Motorboot zwischen den Sandbänken. Er schaute über den Sand unterhalb der Strandmauer. Es waren mal kleine Pakete angespült worden, der Inhalt

– jeweils ein Kilo Kokain – sorgsam verpackt, aber er sah nichts, was den Päckchen ähnlich war. Genau genommen hatte er auch keine Lust, darauf zu stoßen. Das, was sie zu klären hatten, reichte ihm völlig.

Er war sich ziemlich sicher, dass Habbo Tebben Johanna Meckseper nicht umgebracht hatte. Der junge Mann hatte außerdem ein Alibi. Er hatte voll mit Alkohol neben dem Maibaum gelegen und gepennt und war nie und nimmer in der Lage gewesen, auch nur einen tödlichen Stoß zu setzen.

Allerdings hatte Arndt die Jungs um Wolf Zander ebenfalls nicht auf seiner Liste. Warum auch immer. Wer blieb dann übrig? Frank Tebben mit der Verteidigung seiner Wahrheit? Oder dessen Frau? Erich Schubert, der nachweislich die Stunden vor Johanna Meckseper Tod mit ihr verbracht hatte? Oder doch der Schwiegersohn? Aber warum sollte der die Kuh töten, die er gemolken hatte? Arndt wusste es einfach nicht. Ihm war nur klar, dass ihnen die Verdächtigen ausgingen.

Er bog rechts ab, den schmalen Weg hinunter zurück ins Dorf. Gegenüber der alten Inselkirche fiel ihm ein neues Gebäude auf. Wuchtig überragte es die anderen Häuser des alten Ortskerns. Wie kommt man als Bauherr nur an die Erlaubnis für die Errichtung solch eines Klotzes, fragte er sich. Es gab eine Bausatzung und Michael hatte ihm mal gesagt, dass die Häuser nicht mehr als zwei Stockwerke hoch sein dürften. Daran hatte sich bei diesem keiner gehalten. Wahrscheinlich war es für den Bauherrn kostengünstiger, eine Strafe zu zahlen und dann den zusätzlich geschaffenen Wohnraum teuer zu verkaufen. Aber auch das war nicht sein Bier. Er fand es nur jammerschade, dass das Ortsbild dadurch zerstört wurde.

Wieder zurück im Hotel fand er Marvin und Gero sowie eine Tafel Schokolade vor. »Was gibt es Neues?« Er setzte sich zu ihnen.

»Nichts«, sagte Gero. »Die Tebbens sind bei der Version von gestern geblieben. Frau Tebben wollte ganz schnell wieder weg zu ihrem Sohn ans Festland, um ihm ein paar weitere Sachen zu bringen. Dass der einen Menschen umgebracht hat, schien ihr nicht das Geringste auszumachen. Hauptsache, der Junge hat alles, was er in einer Zelle braucht!«

»Wie hat sie auf die Anzeige wegen ihres Angriffs auf Michael reagiert? Und den Vorwurf wegen Vertuschung einer Straftat?«, fragte Arndt.

»›Machen se man.‹ Das waren ihre Worte.«

Arndts Handy meldete sich. Es war Wolf Zander. »Ich habe gerade mit einem anderen Teilnehmer gesprochen«, sagte der. »Er hat gesagt, dass da noch eine Person war.«

»Wie konnte der denn in der, wie Sie sagten, sehr dunklen Nacht jemanden erkennen?«, erkundigte sich Arndt argwöhnisch.

»Keine Ahnung. Wir sind alle in einer WhatsApp-Gruppe. Ich habe denen von unserem Gespräch geschrieben und sie gebeten, mir mitzuteilen, ob ihnen etwas Besonderes aufgefallen ist. Da hat er geantwortet, dass er eine Person gesehen hat.«

»Geben Sie mir bitte Namen und Telefonnummer«, bat Arndt. Wolf Zander nannte ihm die Daten. »Vielen Dank. Und wenn noch mehr kommt, wäre es gut, wenn die Jungs mich direkt kontaktieren«, sagte Arndt.

»Ich gebe es weiter.«

Arndt gab die neue Nummer ein und tatsächlich, der Mann bestätigte, dass er etwas gesehen hatte. »Die Person tauchte so unvermittelt auf wie die Frau, die wir mit dem Maibaum berührt haben«, sagte er. »Nur war sie ein ganzes Stück weiter weg. Es ist mir erst nach Wolfs Nachricht richtig bewusst geworden, dass da jemand war.«

»Größe? Geschlecht?«

»Schätze mal, eine Frau. Bin mir aber nicht sicher.« Er zögerte. »Eher eine Frau als ein Mann. Könnte aber auch ein Jugendlicher gewesen sein. Schlank, nicht so groß und, ja, ich glaube, mit längeren Haaren.«

»War die Person in der Nähe, als der Zusammenstoß passierte?«

»Keine Ahnung. Wir haben uns erst einmal um die Frau gekümmert und dann gesehen, dass wir zum NTB kamen. Da ist mir nichts mehr aufgefallen.«

Auch ihn bat Arndt, sich zu melden, falls die Erinnerung etwas ans Licht ließ, was bisher nicht gesagt worden war.

»Tja, da haben wir was«, überlegte Marvin, nachdem Arndt seinen beiden Kollegen von den Aussagen berichtet hatte. »Einen Mann oder eine Frau, oder auch gar nichts. Sehr erhellend.«

»Immerhin gab es den Hinweis: klein und schlank mit längeren Haaren. Das ist doch schon was!«, widersprach Gero resigniert. »Wo ist eigentlich Michael?«

»Der hat Klärungsbedarf zu Hause.« Arndt erzählte von dem nächtlichen Einsatz. »Die Nerven liegen ganz schön blank«, resümierte er und fügte hinzu: »Ist auch kein Wunder.«

»Darum gibt es für uns jetzt Nervennahrung.« Ehe Arndt es verhindern konnte, riss Gero das Papier von der Schokolade, brach ein Stück ab und steckte es sich in den Mund.

»Halt! Nein!« War der denn verrückt geworden? Es war nicht zum Aushalten. Jetzt tickte auch sein sonst so besonnener Kollege völlig durch.

»Beruhige dich. Erstens hat das Labor sich gemeldet. Auch die erste Tafel war völlig in Ordnung. Ich habe gesagt, sie sollen sie sich schmecken lassen«, sagte Gero. »Und zweitens hat eine sehr verschnupfte Frau Dr.

Mühlenholtz bei Birgit Ahlers angerufen und gesagt, dass die Schokolade von ihr ist. Tja, da staunst du, was?«

»Warum um alles in der Welt schickt sie uns Schokolade?«

»Die Frau hat wohl gemeint, dass Leuten wie uns, mit einem Job, der uns auch schon mal an unsere Grenzen bringt, ein Stimmungsaufheller nicht schaden kann«, berichtete Gero. »So hat sie die Idee gehabt, uns die Tafeln vorbeizubringen zu lassen. Sie konnte wegen der Erkältung, die sie erwischt hatte, nicht selber erscheinen.« Bedächtig nahm Gero ein weiteres Stück und schob die Schokolade dann zu Marvin und Arndt herüber. »Du siehst, ich bin nicht leichtsinnig, sondern nur versessen auf Süßes.«

Jetzt konnte sich auch Arndt nicht mehr zurückhalten. Zumal es tatsächlich seine Lieblingssorte war. Das größte Stück aber nahm sich Marvin und ließ es mit seligem Lächeln im Mund verschwinden.

*

Michael Röder war nach Hause gefahren, um mit Sandra zu reden. Aber sein Zuhause war nicht nur die Dienstwohnung, sondern auch der Wachraum gleich daneben. Und dort hatte Wille gesessen. »Bin gerade mit dem ganz normalen Wahnsinn befasst«, hatte der zur Begrüßung gesagt und sich nach seinen Kollegen erkundigt. So hatte Röder nicht einfach wieder gehen können und saß nun mit Wille Weerts beim Fachgespräch.

»Es gibt doch nichts, was es nicht gibt.« Wille schüttelte den Kopf. »Da hat einer versucht, sich im *Inselmarkt* an der Kasse vorbeizuschleichen. Der Mann hatte seine Sachen schon draußen im Fahrradkorb, als er von einem Mitarbeiter darauf angesprochen wurde. Er hat zwar behauptet, bezahlt zu haben, daran konnte sich nur keiner erinnern. Erst als ich auf den Plan gerufen wurde, wurde er ziemlich kleinlaut und hat seine Geldbörse gezückt. Und dann, du wirst es nicht glauben, hat der mit einem Fünfhunderteuroschein bezahlen wollen. Den wiederum wollte der Marktleiter nicht annehmen. Anderes Geld hatte der Mann aber nach seiner Aussage nicht dabei.«

»Und wie seid ihr da rausgekommen?«, fragte Röder.

»Ich habe nach dem Namen des Mannes gefragt und wo er wohnt. Wollte er nicht sagen. Aber an seinem Fahrrad stand *Haus Windfreude* und somit war das schon mal geklärt.«

»Wenn er das Rad nicht geklaut hat«, überlegte Röder.

Wille lachte. »Nein. Ich habe, nachdem der Mann seine Einkäufe wieder abgegeben hat, natürlich weitergeforscht. Inzwischen habe ich seinen Namen. Die Sache nimmt also ihren Lauf. Die Anzeige ist aufgenommen.«

»Tja, die Zeiten ändern sich«, sagte Röder. »Früher war Diebstahl hier überhaupt kein Thema. Nach dem Motto ›Hier kann sowieso keiner abhauen‹, blieben alle Türen offen. Heutzutage denkt da mancher Hausbesitzer anders.«

»Obwohl man hier wirklich im Paradies lebt, wenn ich das mit dem Festland vergleiche. Selbst in einer kleinen Stadt wie Norden passiert ständig etwas. Aber jetzt zu dir – was treibt dich hierher? Musst du nicht die Auricher Kollegen unterstützen?«

Röder nickte. »Eigentlich ja. Aber da gibt es noch etwas.« Er wollte Wille eigentlich nicht von den Ereignissen der Nacht berichten. Aber im Moment schien ihm alles gut, was sein Gespräch mit Sandra hinauszögerte. Je mehr er erzählte, desto mehr erwartete er, Wille lachen zu sehen, doch dessen Miene blieb ernst.

»Was glaubst du denn, was ich gemacht hätte?«, sagte Wille, als er geendet hatte. »Da wäre es mir scheißegal, ob meine Frau mich hinterher als Spion beschimpft hätte. Immerhin besser, als wenn ich sie tot aufgefunden hätte. So, und nun geh zu ihr. Sie wird dich schon nicht fressen. Und wenn – dann kommst du zu mir und ich tröste dich.«

Röder lachte. »Danke für die Hilfe. Ich sag ja immer – Polizisten sind Helfer in jeder Lebenslage!« Er stand auf. Es nützte nichts. Da gab es kein Zurück, sonst konnte er sein Abendessen ab sofort bei seinen Kollegen im Hotel einnehmen.

Doch bevor er sich verabschieden konnte, wurde die Tür der Wache aufgerissen. Frau Maurer kam entschlossen auf ihn zu. »Ich habe sie gesehen. Sie hat wieder blaue Kugeln verteilt. Nun macht schon. Ihr müsst sie festnehmen!«

»Birte! Mal langsam!«

»Ich habe keine Zeit für langsam! Die Katzen fressen das Zeug und sterben daran!«

»Ruhe jetzt«, donnerte Wille.

Röder zuckte zusammen. Es war das erste Mal, dass er seinen Norder Kollegen so laut erlebte.

»Frau Maurer, langsam und deutlich – warum sind Sie hier?«

Birte Maurer holte tief Luft. »Ich bin hier, weil ich meine Nachbarin, die zugezogene Frau Mendelssohn, dabei erwischt habe, wie sie herumgestrichen ist und Dinge hat fallen lassen. Als ich hinterher bin, ist sie in ihrem Haus verschwunden!«

»Haben Sie denn etwas gefunden?«, fragte Wille.

Sie nestelte in der Tasche ihres gestrickten Ponchos und hielt Röder eine Plastiktüte mit einem Fleischbällchen entgegen. »Da!«

»Wieso bist du so sicher, dass da Gift drin ist?«, fragte er.

Wieder fasste sie in ihre Tasche. »Ich habe eine weitere Bulette gefunden und zu Hause nachgesehen. Das war da drin.« Wille und Röder sahen in einer anderen Tüte viele kleine Kugeln.

»Du bist ganz sicher, dass du Frau Mendelssohn gesehen hast, wie sie die Klopse verteilt hat?«

»Ja, das war sie. Ganz bestimmt. Wenn es nicht ihr Aussehen war – sie trägt ständig diese bunten Leggins – dann ihr Geruch. Dieser Veilchenduft, mit dem die tagaus, tagein behaftet ist, kann einen wahnsinnig machen. Aber deswegen töte ich noch lange keine Veilchen«, sagte sie mit einem Ansatz von Zynismus.

Röder kannte die Frau kaum. Das Ehepaar Mendelssohn war erst vor ein paar Monaten auf die Insel gezogen. Sie waren wohl Rentner und hatten ihr ganzes Leben ihre Urlaube auf der Insel verbracht, wie Sandra mal gehört hatte. Sandra ... Eigentlich wollte er ... Aber jetzt hatte dieser neue Tatbestand Vorrang. »Wille, wir sollten die Frau befragen.«

»Wir? Das mache ich alleine. Du kümmerst dich um ... andere Dinge!«, erwiderte sein Kollege mit einem Nachdruck, der keinen Widerspruch zuließ.

Na gut, dann eben nicht. In der Wache zu bleiben und auf das Glück eines neuen Falles zu hoffen, erschien Röder doch zu albern. Er musste sich bei Sandra nur gut verkaufen, dann würde das sicher in Ordnung gehen. Wille hatte recht gehabt. Besser ein wenig mehr Fürsorge als gar keine.

Auf dem Weg in die Küche ertappte er sich in Höhe des Flurspiegels dabei, dass sein Gang dem einer alten Frau glich, mit durchgeknickten Knien und runtergezogenen Schultern. Nimm dich zusammen, Michael, schalt er sich und straffte seinen Körper. So war es besser. Amir begrüßte ihn mit gemütlichen Knurren, nur, wo war Sandra? Die Küche war leer. Er rief nach ihr, doch er hörte keine Antwort. Auch im Wohnzimmer war sie nicht zu finden. Er stieg die Treppe hoch zum

Schlafzimmer und dort war sie. Sie zog einen Stapel Wäsche nach dem anderen aus dem Schrank und legte ihn auf das Bett. Was sollte das? Wollte sie ausziehen? Er räusperte sich und Sandra drehte sich um.

»Meine Güte, was soll die Anschleicherei?«, sagte sie erschrocken.

Das fing nicht gut an. »Was hast du vor?«, fragte er kleinlaut.

Sie lachte. »Hast du gedacht, ich ziehe aus? Mach dir keine Hoffnung, ich räume nur auf.«

Er nickte nur, konnte die Situation nicht richtig einordnen, machte einen Schritt auf sie zu und sie nahm seine Hand. Er war platt. Dafür hatte er seit dem Aufwachen bei dem Gedanken an Sandras Reaktion einen Kloß in der Magengegend gehabt? Erleichtert schaute er sie an.

»Mensch, Michael, ich hatte gestern Abend leicht einen in der Krone«, erklärte sie. »Aber mit Salomon, äh, Bartels, ist nichts gelaufen. Und ich finde es ganz toll, dass du dir Gedanken gemacht hast. Du hattest recht mit deiner Sorge. Schließlich ist es möglich, dass hier immer noch ein Mörder frei herumläuft. Mir ist im Nachhinein klar geworden, dass du nicht aus Eifersucht oder Kontrollwahn gehandelt hast. Das haben wir nicht nötig, oder? Ohne Vertrauen läuft gar nichts. Ich habe schließlich auch nicht kontrolliert, ob du alleine in deinem Hotelzimmer übernachtest hast, wenn du am Festland zur Fortbildung warst.«

Röder stockte der Atem und ihm wurde schlecht. Er musste dringend raus aus diesem Zimmer. Weg von Sandra.

*

Wille hatte die Kollegen alarmiert, nachdem der Anruf des, wie er sagte, etwas ratlosen *Strandhof*-Hotelchefs

Hilmar Berding bei ihm eingegangen war. Sie hatten sich sofort auf ihre Räder gesetzt und waren zu ihm gefahren. Der Mann erwartete sie und ehe Arndt ein paar Worte loswerden konnte, sagte er: »Er liegt oben.«

»Ist er verletzt? Braucht er Hilfe?«, fragte Arndt.

»Ich habe den Rettungsdienst alarmiert. Herr Kattendorf wollte zwar nicht, aber ich habe darauf bestanden«, informierte Berding die Kommissare.

»Dann können wir also davon ausgehen, dass der Mann lebt und ansprechbar ist«, sagte Arndt. »Gehen wir zu ihm.«

Berding zeigte auf die Treppe. »Ich bringe Sie hin.«

Im ersten Stock blieb er vor einer der Türen stehen und klopfte. Ein schwaches »Herein« war zu hören. Berding öffnete und ließ die Kommissare eintreten. »Dort liegt er«, sagte er wenig einfühlsam, was Arndt allerdings gut verstehen konnte. In dem Zimmer herrschte ein wüstes Durcheinander. Leere Flaschen, ein halb gepackter Koffer und diverse auf dem Boden verstreute Klamotten versperrten den Weg. Bernd Kattendorf lag, nur mit einer Unterhose bekleidet, mit angezogenen Beinen auf dem Bett, hatte die Augen geschlossen und bewegte sich nicht.

»Herr Kattendorf? Was ist mit Ihnen? Hauptkommissar Kleemann. Kann ich mit Ihnen reden?«, versuchte er mit dem Mann Kontakt aufzunehmen.

Kattendorf nickte schwach und winkte Arndt näher.

»Was ist passiert?« Arndt bemerkte rote und blaue Flecke am Körper des Mannes. Wenn die alle von Schlägen herrührten, war dessen verkrampfte, um Schutz bettelnde Haltung kein Wunder.

»Meine Frau«, murmelte er. »Meine Frau ist schuld.«

»Und wo ist Ihre Frau?«, fragte Arndt den Mann, der nun versuchte, langsam seine Augen zu öffnen.

»Ich weiß es nicht. Ich hoffe, sie ist weg«, stöhnte er.

»Schauen Sie mich an. Sie hat mich geschlagen. Und außerdem ..., ihre Mutter. Sie hat ...«

»Was hat sie? Reden Sie bitte lauter! Bitte!« Arndt kam nicht weiter, denn Ellen Neubert und Maik Bernhard, der Krankenwagenfahrer, waren hereingekommen. Arndt war klar, dass er nun erst einmal abgemeldet war, und winkte Gero und Marvin zum Rückzug.

»Gehen wir ins Zimmer gegenüber«, schlug Berding vor. »Dort lagern noch immer Frau Mecksepers Sachen.«

Die Kommissare folgten dem Hotelchef. Hier sah es im Gegensatz zu dem anderen Zimmer sehr ordentlich aus. Zwei Koffer standen gepackt neben der Sitzgarnitur.

»Hat hier schon jemand saubergemacht?«, fragte Gero Schonebeck.

»Nein. Wir haben nur das Bett gerichtet. Gepackt hat Frau Kattendorf.«

»Aber das Zimmer war noch nicht freigegeben«, wunderte sich Marvin.

»Frau Kattendorf hat meiner Mitarbeiterin versichert, dass sie die Sachen ihrer Mutter mit Erlaubnis der Polizei zusammensuchen dürfte«, erklärte Berding. »Meine Mitarbeiterin hat ihr daraufhin den Schlüssel ausgehändigt. Zumal Frau Kattendorf sagte, dass sie alle die Insel verlassen dürften.«

»Was natürlich Blödsinn war. Wir haben die Erlaubnis zur Räumung des Zimmers bis jetzt aus ermittlungstaktischen Gründen nicht erteilt«, sagte Arndt.

»Wäre die Frau zu mir gekommen, hätte ich Sie natürlich angerufen. Aber so ist es eben anders gelaufen.«

»Ja, leider. Aber jetzt sagen Sie uns bitte, wie es dazu kam, dass Sie sich heute bei uns gemeldet haben. Gab es Probleme?«, fragte Arndt den Hotelchef.

Der setzte sich aufs Bett, holte tief Luft und sagte:

»Also, wenn ich nur solche Gäste hätte, dann wäre ich schon längst in der Klapsmühle, aber zum Glück ...«

»Herr Berding«, unterbrach der Hauptkommissar den Mann, »kommen Sie zum Thema.«

»Also – laute Worte gab es, seit die bei uns eingezogen sind. Damals noch mit der Mutter. So über den Flur weg. Die fielen allerdings immer zwischen Herrn Kattendorf und Frau Meckseper. Einmal hat sich sogar ein Gast, der in einem Nachbarzimmer wohnte, massiv bei uns beschwert. Ich habe dann um Ruhe gebeten und das hat auch ein paar Stunden geholfen. In der Nacht, als Frau Meckseper umgekommen ist, war es allerdings tatsächlich ruhig. Das weiß ich, weil ich unten lange im Büro gesessen habe. Aber das habe ich schon ausgesagt.«

Marvin Lingenberg nickte. »Stimmt. Das haben wir registriert.«

»Aber nach dem Tod der Frau kam es immer wieder zum Streit zwischen den beiden Kattendorfs. Nicht so schlimm, dass ich meinte, Ihnen Bescheid geben zu müssen, aber es nervte. Glücklicherweise waren einige Zimmer in der oberen Etage nicht mehr belegt. Die Gäste, die über den ersten Mai gebucht hatten, waren schon abgefahren. Und heute Nacht, da hat es richtig geknallt.«

»Geknallt? Wie soll ich das verstehen?«, fragte Arndt. »Ein Schuss?«

»Nein, ich meine nur, da wollte das Geschrei von der Frau gar nicht aufhören. Bis weit nach Mitternacht hat sie da rumgegrölt. Die Stimme des Mannes klang ebenfalls ziemlich aggressiv. Verstanden habe ich nichts, weil es zwischendurch immer wieder gescheppert hat. Ich war schon wieder auf der Treppe nach oben, und dann?! Dann war plötzlich Stille. Nichts mehr – kein Laut.«

»Haben Sie denn keine Sorge gehabt, dass Herrn

oder Frau Kattendorf etwas passiert sein könnte?«, fragte Gero.

»Nein. Ich war nur froh, dass das Gekeife endlich aufgehört hatte, da habe ich mir um nichts anderes mehr Sorgen gemacht. Ich bin dann wieder runter und ins Bett und habe vor dem Einschlafen kurz überschlagen, was die Einrichtung des Zimmers kostet.« Berding grinste.

»Und dann? Wie ging es dann weiter?«

»Nun, der Morgen kam, die Gäste haben gefrühstückt, bis auf die Kattendorfs. Als die nicht erschienen, habe ich mir ein wenig Gedanken gemacht und geklopft. So habe ich Herrn Kattendorf gefunden und euch angerufen. Die Frau war zu dem Zeitpunkt nicht mehr da.«

Arndt schaute auf die Uhr. Halb zwölf. »Wann geht die Fähre?«

»Um viertel vor zwölf«, sagte der Hotelchef. »Denken Sie, dass die Frau …«

»Gero, du rufst Michael und Wille an. Die sollen sofort zum Hafen fahren. Dann bittest du bei der Reederei darum, dass das Schiff aufgehalten wird. Wir sprechen mit Bernd Kattendorf. Wir werden darauf bestehen, auch wenn die Ärztin Einwände hat. Ich muss wissen, was da passiert ist. Marvin, du kennst Frau Kattendorf. Unterstütz die Kollegen.«

*

Geros Anruf erreichte Michael Röder auf dem Weg zum Hotel. Sofort bog er links statt rechts ab. Als er beim Nationalparkhaus auf die Hafenstraße einbog, atmete er auf, als er die Aufbauten des Schiffes sah. Es hatte also noch nicht abgelegt. Röder schaute sich um. Von seinen Kollegen war nichts zu sehen. Es konnte sich aber nur um Minuten handeln. Er umrundete ein paar Gäste, die mit voll beladener Wippe und ausholendem Schritt zum Schiff unterwegs waren. Für die wurde es tatsächlich Zeit. Normalerweise sollte eine Viertelstunde vor Abfahrt das Gepäck verladen sein. Aber es gab eben immer Leute, die zu spät waren.

Röder fuhr an den Schaukästen und am *Verhungernix* vorbei und stellte sein Fahrrad am Zaun ab, der die Be- und Endladefläche schützte. Neben einem der Container sah er den Kapitän. »Hallo, Gerrit. Ich muss dich bitten, nicht abzulegen, bis meine Kollegen da sind. Womöglich haben wir eine Festnahme zu tätigen«, sagte er leise, aber bestimmt.

»Mein Chef hat mich schon benachrichtigt. Wird das lange dauern?«, fragte der Kapitän zögernd. »Mir ist es egal. Wasser ist genug da. Es geht nur um die Passagiere, die mit dem Bus nach Norden weiterfahren und dort den Zug erwischen müssen. Die werden bestimmt nervös.«

»Ich kann es leider nicht ändern«, bestätigte Röder. »Aber es ist wichtig. Wir können die Frau nicht ziehen lassen, und aus diesem Grund müssen wir das Schiff durchsuchen. Nützt nichts.«

»Hast du ein Foto?«, fragte Gerrit. »Dann können wir helfen.«

»Leider nein. Aber eine grobe Beschreibung. Sie hat lange, dunkle Haare, ist etwa fünfunddreißig Jahre alt, schlank und natürlich weiblich. Vielleicht könnt ihr damit etwas anfangen. Ich gehe schon mal an Bord und arbeite mich von oben nach unten durch. Schickst du meine Kollegen direkt zu mir?«

»Kein Problem. Ich glaube, da kommt schon einer. Unschwer an der Uniform zu erkennen.« Gerrit deutete auf Wille, der gerade vom Fahrrad sprang. Gleich hinter ihm bremste Marvin. Bei ihm sah es weniger nach springen, sondern eher nach auf die Straße fallen lassen aus.

»Na, dann können wir uns den Kahn ja aufteilen. Aber wenn wir eure Hilfe brauchen, melden wir uns.«

»Michael, warte. Warum können wir nicht losfahren? Die Frau kann sowieso nicht abhauen und in Neßmersiel könnt ihr sie gleich euren Festlandskollegen übergeben.«

»An sich eine gute Idee. Aber erinnerst du dich an den Fall vor einigen Jahren, als ein Verdächtiger unterwegs über Bord gesprungen ist und sich an eine grüne Tonne geklammert hat, bis wir Hilfe organisiert haben? Das muss ich nicht noch einmal erleben.«

»Das stimmt«, erwiderte der Kapitän. »Denn man los. Desto eher seid ihr wieder verschwunden.«

Michael und Wille bestiegen das Schiff vorne über den schmalen Steg, Marvin nahm den hinteren Einstieg. Dann trafen sie sich vor dem Fahrkartenschalter.

»Schlage vor: Marvin, du durchsuchst das Unterdeck, Wille inspiziert die Mitte einschließlich der Toiletten und ich schaue, was auf dem Oberdeck los ist.«

Die beiden nickten und waren kurz darauf verschwunden. Michael ging von Bank zu Bank und schaute intensiv in die Gesichter der Menschen. Einigen sah man an, dass sie alle aus der gleichen Familie stammten. Besonders die sechs hinten am Fenster. Großvater und Enkel hatten die gleichen markant geschnittenen Züge und beide hatten blondes, volles Haar, der Junge mit einem Mittelscheitel und Locken und der Mann glatt nach hinten gekämmt. »Da, Opa, der Kran. Da hängt unser Container dran!«, rief der Junge und stellte sich auf die Bank.

»Füße runter!« Die Mutter griff dem Jungen resolut unter die Arme und setzte ihn wieder hin.

Röder sah Gäste, die sich fröhlich unterhielten, andere, die in ein Buch vertieft waren und wieder andere, die einfach aus dem Fenster schauten. Auf dem Außendeck hatten die Leute ihre Jacken an. Einige trugen sogar Mützen, obwohl es beinahe windstill und wunderbar sonnig war. Unter den Bänken lagen

Hunde und alle warteten darauf, dass das Schiff endlich ablegte.

Vor dem Schornstein lümmelte eine Jugendgruppe herum. Sie trugen alle die gleichen T-Shirts mit der Aufschrift *Sport ist Mord.* Das war bestimmt nicht die Gruppe, die Inga Schubert beim Haus des Niedersächsischen Turnerbundes getroffen hatte. Waren das nicht Leistungssportler gewesen?

Eine Person weckte seine Aufmerksamkeit. Er sah sie zunächst nur von hinten. Doch wenn er Glück hatte ... Nein. Beim Näherkommen musste er feststellen, dass sie bestimmt zehn Jahre zu jung war, um Simone Kattendorf zu sein. Es sah nicht so aus, als würde sich die Gesuchte hier aufhalten. Er stieg die Stufen hoch zum Ruderhaus. Röder warf einen Blick in den Raum, von dem aus der Kapitän das Schiff durch das Fahrwasser führte, aber auch hier Fehlanzeige. Er war gespannt, ob seine Kollegen erfolgreicher waren, viel Hoffnung hatte er jedoch nicht. Auf dem Zwischendeck sah er Wille im Gespräch mit einem Gast und winkte ihm zu, dann ging er ein Deck tiefer. In der Ecke rechts neben dem Kiosk sah er Fenna Tebben. Sie hatte den Kopf in ihre Hände gestützt und es sah aus, als ob sie weinte. Er würde sie in Ruhe lassen und lieber nach seinem Kollegen Ausschau halten.

»Marvin?« Wo war der Mann? Hatte der seine Suche beendet und sich schon wieder auf den Anleger begeben? »Marvin?« Keine Antwort ist auch 'ne Antwort, dachte Röder und nahm die Treppe nach oben. Vielleicht inspiziert der ja den Maschinenraum oder die Mannschaftsräume.

Er schaute aufs Vordeck. Wieder hob der Kran einen Container an Bord. Dann plötzlich sah er Marvin. Genauer gesagt, Marvins breites Hinterteil. Der Oberkörper steckte in dem Holzcontainer, der immer seitlich neben dem Einstieg auf dem Vordeck stand. Dorthinein wurde das Gepäck von Gästen gestellt, die in letzter Minute das Schiff erreichten. Auch Insulaner, die einen Tag am Festland verbringen wollten oder mussten, legten dort gerne ihre Taschen ab. Was suchte der Mann da? Neugierig trat Röder ins Freie und hörte jemanden weinen. Marvin? Nein, das konnte nicht sein. Es war das helle, verzweifelte Weinen einer Frau. Unten links, in sich zusammengesunken, saß Simone Kattendorf in der Ecke des Containers.

»Kommen Sie«, forderte Marvin sie auf. »Das ist kein guter Ort. Wir gehen irgendwo hin, wo es ruhiger ist.«

Der Kapitän kam den schrägen Steg herunter. »Sehe ich richtig? Ist das die Frau, nach der ihr sucht?«

Röder nickte und sagte leise: »Wir müssen sie nur hier rauskriegen und einigermaßen zivilisiert von Bord bekommen, dann könnt ihr losfahren.«

»Soll ich den Krankenwagen alarmieren?«, fragte Gerrit. »Drei Fliegen mit einer Klappe. Sie kann sitzen, wenn sie zu schlapp ist zum Laufen, ihr könnt sie in Ruhe befragen und wir können losfahren.«

Röder überlegte kurz. »Mach das. Aber die sollen ohne Sonderrechte anrücken.«

Noch immer redete Marvin auf die Frau ein. Auch Röder beugte sich nun in den Container. Simone Kattendorf hatte die Hände vors Gesicht gelegt und zitterte am ganzen Körper. »Ich will nicht raus. Ich will weg. Ich will weg«, schrie sie plötzlich auf. »Ich will nicht wieder zurück auf diese verdammte Insel!«

»Es hilft aber nichts. Später, da können Sie rüber«, versuchte Röder die Frau zu beruhigen. Er verschwieg, dass die Überfahrt dann ziemlich sicher nicht freiwillig und nur unter intensiver Bewachung erfolgen würde.

»Nein! Ich bleibe hier sitzen.« Sie klammerte sich an eine Klappe des Containers.

Meine Güte, wie konnte er die Frau nur davon überzeugen, dass es für alle einfacher wäre, wenn sie aufstünde und ihnen zum RTW folgte? Zur Not müssten sie sie den Steg hinauf tragen. Hier konnte sie jedenfalls nicht sitzen bleiben.

Röder atmete auf, als er den Rettungswagen auf der Hafenstraße sah. Kurz darauf stellte Maik Bernhard das Fahrzeug neben dem Bug der Fähre ab. »Was liegt an?«

Röder erklärte ihm kurz, worum es ging.

»Brauchen wir die Ärztin?«, fragte Bernhard. »Habe mich schon gewundert, dass sie nicht alarmiert worden ist.«

»Erst einmal nicht. Die Frau kann aufstehen, hat, soweit ich sehe, keine Verletzungen und sollte sich etwas anderes zeigen, kann Ellen natürlich nach ihr schauen. Zunächst schaffen wir die Kattendorf zum *Sonnenstrand* zur Befragung.«

»Dann wollen wir mal.« Maik Bernhard ging zu dem Container, schob Marvin zur Seite, beugte sich zu Simone Kattendorf und sagte mit energisch freundlichem Ton: »Wenn Sie aufstehen wollen?« Ohne eine Antwort abzuwarten, nahm er sie mit einem Griff, der von jahrzehntelanger Erfahrung zeugte, hoch und stellte sie auf die Beine. »Na, klappt doch. Wir gehen jetzt zum Fahrzeug. Die beiden Polizisten sind auch da, um Ihnen zu helfen. Ihnen kann also gar nichts passieren. Also – auf geht's.«

Widerstandslos folgte Simone Kattendorf den Anweisungen des Mannes, stieg aus dem Container und ließ sich von Marvin und Maik zum RTW führen.

»Wartet einen Moment. Ich muss Wille benachrichtigen.« Röder ging zurück in die Halle, aber da kam ihm sein Kollege bereits entgegen.

»Negativ in meinen Räumen. Habe zwar das eine

oder andere erfahren, was auf der Insel nicht richtig rundläuft, aber das war's auch schon.«

»Wir haben sie«, grinste Röder. »Du kannst dich also wieder der anderen kleinen Probleme annehmen.«

»Mach keinen Quatsch. Im Ernst? Erzähl!«

Röder beschrieb, wo und wie sie Simone Kattendorf gefunden hatten. »Sie ist im RTW. Wir sollten unsere Segel hier jetzt streichen. Die Zeit wird für so manchen Gast knapp und der Kapitän will ablegen.«

Die Tür des Krankenwagens war geschlossen. Röder öffnete sie wieder und sah Simone Kattendorf, die auf den Boden des Fahrzeuges starrte und Marvin neben ihr, der sie aufmerksam beobachtete. »Du begleitest sie? Wille und ich kommen nach und bringen dein Fahrrad mit.« Röder machte die Tür wieder zu und Maik Bernhard fuhr los. Im gleichen Moment löste die Besatzung die Leinen und das Schiff legte ab.

Im letzten Moment reichte einer der Matrosen eine Tasche über die Reling. »Kann es sein, dass die der Frau gehört?«, fragte er. »Die Tasche lag neben dem Holzcontainer.«

Röder schaute sie sich genauer an und hatte Glück. Ein kleines Namensschild zeigte, dass sie tatsächlich Simone Kattendorf gehörte. Er übergab sie Wille, nahm sein Rad und fuhr los, Marvins Rad mit der rechten Hand neben sich herführend. Das hätte bei anderen glatt für ein Knöllchen gesorgt.

Auf der Hafenstraße war es jetzt ruhig, es würde erst wieder belebter werden, wenn das Schiff erneut anlegte.

»Ich bin gespannt, ob sich jetzt alles aufklärt«, sagte Wille, der neben ihm fuhr. »Im Clubraum werde ich erst einmal Arndt und Gero anrufen, bevor wir mit der Vernehmung beginnen.«

Doch als sie dort eintrafen, telefonierte Marvin bereits. Simone Kattendorf saß ihm gegenüber, die Hände vor dem Bauch gefaltet.

»Arndt und Gero werden gleich hier sein. Wir sollen auf sie warten«, sagte Marvin, nachdem er das Gespräch beendet hatte. »Möchten Sie etwas trinken?«, wandte er sich an Simone Kattendorf.

Die Frau reagierte nicht. Er versuchte es ein weiteres Mal.

Sie flüsterte: »Einen Kaffee bitte.«

»Ich kümmere mich drum.« Michael Röder ging raus auf den Flur und hoffte, dort Birgit Ahlers oder einen ihrer Mitarbeiter zu treffen. Aber weder in der Hotelküche noch im Aufenthaltsraum war jemand zu finden. So würde er es eben in der Winterküche versuchen.

»Ist Sandra zu Hause?« Plötzlich stand Wiebke mit nassen Haaren und nur mit einem Bademantel bekleidet vor ihm. Sie lachte. »Kuck nicht so verwirrt. Ich komme gerade aus dem Schwimmbad. Das haben die Ahlers wirklich gut hingekriegt.«

Sandra? Er hatte bei seinem überstürzten Aufbruch morgens nicht nachgefragt, was sie vorhatte. Er hatte sich nicht einmal verabschiedet. Zumindest ziemlich sicher nicht. Er konnte sich rückblickend nicht daran erinnern. Michael Röder wurde es unbehaglich. Würde seine Frau ihn erneut auf seine Festlandsreisen ansprechen? Was sollte er antworten? Oder war ihr Satz nur ein Schuss ins Blaue gewesen?

»Michael! Hallo! Erde an Mond!«

Er zuckte zusammen. »Ich ... Ich weiß nicht, ob Sandra da ist«, stotterte er.

Wiebke schaute ihn ernst an. »Geht euch der Fall so nahe? Arndt ist mit den Nerven am Ende und du stehst auch vor mir wie ein Gespenst. Dein Gesicht ist so weiß wie die Wand im Schwimmbad.«

»Nnein. Alles klar. Ich suche Birgit. Wir haben eine

Frau zur Vernehmung hier, die will einen Kaffee.« Er merkte, wie hilflos dieser Satz klang, aber er konnte es nicht ändern.

»Wie gut, dass wenigstens die Mörder mit Kaffee versorgt werden!«, erwiderte Wiebke. »Wenn ihr euch mal so intensiv um euch selber kümmern würdet, wäre ich schon dankbar.«

»Ich muss los.« Röder mochte dieses Gespräch nicht weiter ertragen. Außerdem tauchte Birgit am Ende des Flurs auf. Er winkte ihr zu. »Kannst du uns zu einem Kaffee verhelfen?«, bat er sie.

»Natürlich. Kommt gleich rüber«, versprach sie und verschwand in der Küche.

Vor der Tür zum Clubraum traf er auf Arndt und Gero. »Was liegt an?«, fragte er die beiden.

»Bernd Kattendorf wird gerade ins Krankenhaus überführt. Verdacht auf Milzriss. Wir haben aber vorher mit ihm reden können. Er hat ausgesagt, dass seine Frau Johanna Meckseper umgebracht hat.«

»Das glaubt der doch selber nicht«, sagte Röder. »Er war es, der einen Groll auf die Frau hegte. Der unter dem ständigen Zusammensein gelitten hat. Nicht seine Frau.«

»Fragen wir sie.« Gero Schonebeck öffnete die Tür zum Clubraum und wandte sich sofort an Simone Kattendorf. »Haben Sie uns etwas mitzuteilen?«

Doch ehe sie etwas sagen konnte, klopfte es und Birgit Ahlers erschien mit dem Kaffee. »Wer bekommt …?«

Marvin deutete auf Simone Kattendorf.

Als die Hotelchefin den Raum wieder verlassen hatte, versuchte Gero erneut, die Frau zum Sprechen zu bewegen. Sie verstreute stattdessen bei dem vergeblichen Versuch, Zucker in den Kaffee zu geben, den Inhalt des Tütchens auf dem Tisch. Bevor sie allerdings zum Milchkännchen greifen konnte, war Marvin schneller.

»Darf ich«, fragte er und goss ohne eine Antwort abzuwarten einen guten Schluck in ihre Tasse.

Doch statt zu trinken, lehnte sie sich zurück und sagte: »Ich habe sie getötet. Ich wollte es nicht, aber es hat sich so ergeben.« In diesem Moment wirkte die Frau ganz ruhig. Ihre Stimme hatte keinerlei Ähnlichkeit mehr mit dem hellen, durchdringenden Ton, den die Kommissare von ihr kannten.

»Frau Kattendorf, bitte erzählen Sie uns jetzt genau, was in dieser Nacht passiert ist.« Arndt Kleemann unterrichtete sie über ihre Rechte und Pflichten, dann schauten die Männer sie gespannt an.

»Wir hatten an diesem Tag Streit. Nein, nicht wir – mein Mann mit meiner Mutter. Aber es war nicht das übliche Geplänkel, es war viel schlimmer. Bernd sprach ständig davon, dass die Manuskripte endlich zum Verlag sollten. Ich stand wie immer dazwischen. Wissen Sie, wie das an die Nerven geht, wenn man ständig vermitteln muss?«, schluchzte sie. »Wissen Sie das? Es macht einen fertig! Er sah das Geld. Nur das Geld. Und das war auch das Einzige, was ihn in unserem Dreierteam aushalten ließ. Aber natürlich kam auch wieder das leidige Thema, dass wir uns endlich auf eigene Beine stellen sollten. ›Du musst dich abnabeln, sonst haue ich ab‹, hat er geschrien. Richtig laut. Dabei hat der doch gar keinen Beruf. Wovon sollten wir denn leben? Also habe ich wie üblich versucht, Bernd zu beschwichtigen und meine Mutter in Schutz zu nehmen. Ich liebe sie doch!«

»Bitte beruhigen Sie sich«, sagte Arndt. »Wie ging es weiter?«

»Am Nachmittag sagte meine Mutter zu mir, dass sie zu dieser Veranstaltung mit dem Maibaum wollte. Ich war total überrascht. Das war sonst nicht ihre Art, aber ich habe mir keine weiteren Gedanken gemacht.

Ich bin nicht mitgegangen, weil ich ziemlich erkältet war. Nur eines ging mir nicht aus dem Kopf. Es war dieser Satz, den sie beim Weggehen sagte. ›Es kann sein, dass sich einiges ändert.‹ Mehr nicht. Sie hat ihre Jacke angezogen und war verschwunden. Ich bin irgendwann eingeschlafen und nachts gegen zwei durch ein Geräusch wachgeworden. Es klang so, als ob ein Mann etwas sagte, und dann klappte eine Tür. Mir war sofort klar, dass es sich um die Zimmertür meiner Mutter handelte. Die quietscht nämlich beim Zuziehen immer.«

»Ist Ihr Mann auch aufgewacht?«, fragte Marvin.

»Nein, der schlief wie ein Bär. Ich bin aufgestanden, habe mir etwas übergezogen und bin rüber. Ich hatte echt Angst, dass meine Mutter überfallen worden wäre oder so etwas. Aber nein, meine Mutter lag auf dem Bett und lachte. Können Sie sich vorstellen, wie verblüfft ich war?« Simone Kattendorf schaute in die Runde, als erwartete sie von den Männern uneingeschränkte Zustimmung, doch nur Marvin nickte verhalten.

»›Jetzt wird alles gut‹, hat sie gesagt und mir dann erzählt, dass sie wunderbare Stunden mit diesem wunderbaren Mann verbracht hat. Und dass sie ihn nur weggeschickt hat, weil sie spontan eine ebenfalls wunderbare neue Idee für ihr Buch aufschreiben wollte. Aber eigentlich wäre sie so aufgedreht, dass sie dringend raus müsste. Und ob ich nicht mitkommen wolle, dann könnte sie mir gleich erzählen, wie sie ihr neues Leben gestalten wollte.«

»Und das haben Sie getan?« Röder konnte es kaum glauben. Es lief wirklich alles darauf hinaus, dass diese Frau ihre eigene Mutter ertränkt hatte.

»Ja, habe ich. Denn Sie dürfen nicht vergessen, dass meine Mutter nicht ganz nüchtern war. Ich wollte auf sie aufpassen, wie ich es immer getan habe. Nur an diesem einen Abend nicht. Also hatte ich die Hoffnung, dass ihre Andeutungen dem Alkohol geschuldet waren«, erklärte Simone Kattendorf. »Wir verließen das Hotel, gingen durch das Deichschart Richtung Ostdorf. Doch schon sehr bald merkte ich, dass meine Mutter keineswegs so betrunken war, wie ich angenommen hatte. Und dass sie jedes Wort ernst meinte. Sie sagte, dass sie mit diesem Schubert zusammenleben wolle und da brauche sie uns nicht mehr. Dieser Mann wäre das Beste, was ihr in den letzten Jahren passiert sei und sie würde den niemals wieder aufgeben. Das müssen Sie sich vorstellen: Da verbringt die eine Nacht mit dem Mann und macht auf schwer verliebt. Die war doch keine pubertäre sechzehn, sondern eine erwachsene Frau! Ich war fix und fertig. Wusste nicht mehr, ob ich sie weiter begleiten und auf ein gutes Wort von ihr warten sollte oder nicht. Ich blieb ein Stück hinter ihr, was ihr aber gar nichts ausmachte. Dann, dort, wo es rechts ab zum Spielteich geht, tauchte plötzlich eine Horde junger Leute auf, stieß meine Mutter mit einem Baum gegen die Brust und verschwand in der Nacht.«

»Hat ihre Mutter sich dadurch verletzt?«, fragte Gero.

»Sie hat aufgestöhnt und sich immer wieder an die Brust gefasst. Ich bin natürlich zu ihr, um ihr zu helfen, aber statt dass sie mir dankte, fing sie wieder mit dieser unsäglichen Geschichte an, dass sie den Mann fürs Leben gefunden hätte und dass für Bernd und mich kein Platz mehr wäre. Wir gingen weiter und dann, in Höhe des Spielteiches, da sagte sie plötzlich: ›Ich bin so glücklich! Ich bin so glücklich! So, wie ich es in den letzten fünf Jahren nicht war.‹ Fünf Jahre – das war genau die Zeit, in der ich mich um ihre Texte gekümmert, mich um Verlage bemüht, ihre Verträge ausgehandelt und Interviews arrangiert habe. Fünf vergeudete Jahre, in denen sie mich nur ausgenutzt hatte. Das alles sah ich plötzlich ganz klar vor mir, während sie wie ein durchgeknallter Teenager auf dem Holzsteg über dem Spielteich herumtanzte. Und dann habe ich es getan!«

»Was haben Sie getan?«

»Ich habe sie ins Wasser gestoßen, bin hinterhergesprungen und habe sie so lange unter Wasser gedrückt, bis sie sich nicht mehr wehrte. « Simone Kattendorf überlegte. »Sie war von meinem Angriff, glaube ich, völlig überrascht.«

»Und dann? Was haben Sie dann gemacht?«, fragte Arndt.

»Ich bin ins Hotel. Als ich auf unser Zimmer kam, war Bernd wach. Ich musste ihm meine nassen Klamotten erklären und so hat er erfahren, was ich getan habe.«

»Dann wusste er also, dass Sie ihre Mutter umgebracht haben?«

»Ja. Leider. Statt dass er nun glücklich war, wurde er nämlich richtig widerlich. Jedes Mal, wenn ich nicht so wollte wie er, hat er gedroht, er würde zur Polizei gehen. Er wollte auch unbedingt von der Insel, aber das ging doch nicht.«

»Warum nicht?«

»Weil die Sachen von meiner Mutter doch beschlagnahmt waren und ich die nicht einfach hier lassen konnte. Bernd hat gesagt, dass die alte Kuh uns nicht mal im Tod in Ruhe lässt. Und dabei hatte er immer blendend von ihr gelebt. Da musste ich einfach reagieren.«

»Das scheint in letzter Zeit wohl Ihre Hauptbeschäftigung zu sein. Erst ertränken Sie Ihre Mutter, dann schlagen Sie Ihren Mann krankenhausreif«, fasste Marvin ihre Aussage zusammen.

Sie sprang auf. »Sie verstehen gar nichts, oder?«

»Ein paar Fragen sind tatsächlich noch offen. Erstens: Haben Sie für die Magenbeschwerden gesorgt, die Ihren Mann an der Abreise hinderten?«, wunderte sich Arndt.

»Zweitens: Warum hat sich Ihr Mann nicht verteidigt? Er ist ziemlich sicher um einiges stärker als Sie.«

»Woher die Magenschmerzen kamen – keine Ahnung. Ich habe meinen Mann nicht vergiftet, wenn Sie das meinen. Das war reiner, glücklicher Zufall. Aber warum sich mein Mann nicht gewehrt hat, kann ich Ihnen sagen. Er lag schlafend auf dem Sofa, noch ziemlich kaputt von den Magenbeschwerden. Dann habe ich Mails gelesen und fand eine Nachricht von der Lektorin meiner Mutter. Die Nachricht lautete: ›Lieber Bernd, ich denke, wir sind auf einem guten Weg. Der Tod der Autorin wird sich nicht negativ auf die Verkaufszahlen auswirken. Im Gegenteil …Wir bleiben in Verbindung, falls ich noch Fragen habe. Weißt du schon, wann die Beerdigung ist? Vielleicht könnten wir da ja …‹ Weiter habe ich nicht gelesen. Bernd hatte mir gegenüber bereits einmal angedeutet, wie gut ihm der Tod meiner Mutter in den Kram passt, aber dass das Ganze schon so weit gediehen war, hat mich schockiert. Ich habe die Vase mit den Trockenblumen genommen und zugeschlagen. So schnell konnte der gar nicht wach werden und sich wehren, wie ich dem die Schläge verpasst habe. Und mit jedem Schlag ging es mir besser, fühlte ich mich freier und stärker. Aber dann, plötzlich, konnte ich nicht mehr. Schließlich wollte ich ihn nicht töten, sondern ihm nur einhämmern, dass ich nicht mehr die Vermittlerin zwischen Mutter und ihm war, sondern dass ich was zu sagen hatte. Dass er sich hüten sollte, zur Polizei zu gehen, habe ich ihm auch klargemacht. Schließlich bin ich die Erbin meiner Mutter. An mich gehen die Tantiemen von den verkauften Büchern.«

»Wenn das man stimmt«, wandte Gero ein. »Ich schätze mal, das Erbrecht sieht da eine ganz andere Regelung vor, wenn Erben ihre Erblasser umbringen.«

»Wie ... Aber wie ... Die können doch nicht ...«, stotterte Simone Kattendorf.

»Der deutsche Staat wird für Sie sorgen, da können Sie sicher sein«, erwiderte Wille trocken und erklärte ihr die vorläufige Festnahme.

*

»Es ist echt erstaunlich, was auf Baltrum alles geboten wird.« Arndt Kleemann zeigte auf die Plakate, die im Schaukasten am Wasserwerk die Veranstaltungen bewarben. »Ob der Clown im Kinderspielhaus, der Shanty-Chor, die Theatergruppe oder was sonst noch alles. Den Gästen wird es hier bestimmt nicht langweilig.«

»Die wissen wenigstens, wo sie bei Regen hingehen können.« Michael Röder schaute kritisch auf die dunkle Wolke, die sich unaufhaltsam näherte.

»Ach komm, bis die da ist, sind wir zu Hause. Apropos zu Hause – hat Sandra vielleicht ...«

Röder lachte. »Sie hat. Der Apfelkuchen wartet auf uns. Was meinst du denn, warum ich so sehnsuchtsvoll gen Westen blicke? Und ich denke, Amir möchte sich auch in sein Körbchen kuscheln.«

Sie waren vor zwei Stunden aufgebrochen und hatten die Ereignisse der letzten Tage Revue passieren lassen. Arndt hatte darum gebeten und Röder hatte sofort zugestimmt. Er hatte gehofft, eine Lösung für sein Problem zu finden: Die Frage, ob er Sandra auf ihre Andeutung ansprechen sollte oder nicht. Kurzfristig hatte er überlegt, Arndt davon zu erzählen, hatte es bis jetzt aber nicht über die Lippen gebracht. Nun war nicht mehr viel Zeit. Sie waren bereits am Kiefernwäldchen vorbei und es würde nicht mehr lange dauern, bis sie wieder zu Hause waren.

»Was mir gerade einfällt – als ich neulich auf Wille

traf, kam er aus der Apotheke. Ist er krank?«, erkundigte sich Arndt.

Röder überlegte kurz, dann musste er lachen. »Fällt das jetzt schon unter Tratschen, was wir hier veranstalten? Wenn der sich nicht gut fühlt, wird er sich schon melden. Hier meldet sich übrigens auch etwas.« Röder nahm sein Telefon aus Tasche. Eine Weile hörte er schweigend zu, dann bedankte er sich für den Anruf. »Es gibt Neuigkeiten. Die Vasen sind tatsächlich nicht original aus der Zeit von 1802, sondern billige Nachahmungen. Somit hat Jens Campen zwar nicht den Sohn, jedoch den Vater angelogen.«

»Was zu einem jähen Ende führte. Ist die Untersuchung des Steins schon erfolgt, mit dem Campen erschlagen wurde?«

»Auch das wurde mir eben mitgeteilt«, sagte Röder. »Es sind tatsächlich Habbo Tebbens Fingerspuren darauf und die Blutspritzer auf der Jacke sind vom Opfer. Damit wäre sein Geständnis eindeutig richtig. Es ist eigentlich echt bekloppt, dass wir heute bereits nachweisen sollen, dass Geständnisse der Wahrheit entsprechen. Aber wenn ich andererseits bedenke, wie einfach es für Frank Tebben gewesen wäre, für seinen Sohn in den Knast zu gehen … Da ist es schon wichtig, der Sache auf den Grund zu gehen.«

»Das stimmt wohl. Wie heißt es so schön: Fakten, Fakten, wasserdichte, beweisbare Fakten schaffen. Das ist unser Job und der der fleißigen Helfer in der Forensik. Nimm nur mal Simone Kattendorf und auch Fenna Tebben. Was die uns im Vorfeld an Geschichten erzählt haben, wen die ohne Gewissensbisse belastet haben, das ist schon unfassbar. Die wären bestimmt wertvolle Mitglieder der Theatergruppe.« Arndt deutete auf den Rosengarten. »Sollen wir einen ganz kurzen Abstecher auf die Parkbank machen?«

Röder schaute seinen Freund erstaunt an. Was hatte der denn vor? Aber warum nicht? Im Rosengarten waren die Bänke bis auf eine frei. Röder setzte sich, gespannt, was Arndt zu sagen hatte. Doch sein Freund schwieg und blickte stur auf das Hochbeet in der Mitte des Rasens. Die ersten Rosen waren aufgeblüht und Röder meinte, einen leichten Duft zu spüren.

»Ich überlege, meinen Dienst zu kündigen.«

Überrascht schaute Röder seinen Freund und Kollegen an. »Sag das noch mal.«

»Ich überlege, meinen Dienst zu kündigen. Ich will nicht mehr. Es macht mich fertig. Ich will nicht mehr mit den Bildern von grässlich zugerichteten Menschen einschlafen müssen. Ich will nicht, dass mich Tag für Tag ungelöste Rätsel verfolgen. Ich will es einfach nicht mehr!«

Wumm. Das saß. Röder schwieg betroffen. Was sollte er darauf auch antworten? Er tat etwas anderes. Er legte seinen Arm um Arndts Schulter und sie schwiegen beide. Dann hielt es Röder nicht mehr aus. »Was willst du denn stattdessen …?«

»Keine Ahnung. Ich habe mich hier und da umgehört. Wiebke erzählte neulich von einer Dorfkommune mit Selbstversorgung. Ökologisch wertvoll, wenn du verstehst, was ich meine. Das heißt, dass ich meine Tage auf dem Feld verbringen werde.«

»Und im Winter?« Etwas anderes fiel Röder nicht ein.

Arndt lachte. »Nein, so schlimm wird mein Kontrastprogramm nicht ausfallen, aber ich werde mir etwas überlegen müssen. Denn eines weiß ich gewiss: Nur mit ein paar Tagen Urlaub kriege ich das alles nicht mehr in den Griff. Ich muss wirklich grundsätzlich etwas ändern.«

»Was sagt Wiebke zu deinen Plänen?«

»Gestern haben wir Simone Kattendorf mit Gero

und Marvin rübergeschickt. Dann haben wir bis spät in die Nacht den ganzen Schriftkram erledigt und nach Mitternacht bin ich todmüde ins Bett gefallen. Heute Morgen beim Frühstück erzählte mir Wiebke, dass sie die Nachricht bekommen hätte, dass eine Freundin von ihr schwer erkrankt sei und dass man das Leben genießen müsste, solange es ging. Da schlugen die Gedanken wieder über mir zusammen. Aber ich wollte keine schlafenden Hunde wecken. Ich hatte Angst, dass Wiebke die Neuorganisation meines Lebens sofort in die Hand nehmen würde und so wollte ich erst mit dir sprechen und Kraft sammeln. Was sagst du?«

»Ich denke, dass du genau das Richtige machst, wenn du dich anderweitig umsiehst, selbst wenn du finanziell ein wenig zurückstecken musst. Es gibt Schlimmeres. Natürlich finde ich es jammerschade, dass wir keine Fälle mehr gemeinsam lösen, aber immerhin bleibt unsere Freundschaft. Also wäre das auch geklärt!« Röder konnte kaum weitersprechen. Er hatte das Gefühl, wenn er noch ein Wort sagte, würde er anfangen zu heulen.

»Guten Morgen, die Herren Kommissare.« Salomon Bartels stand fröhlich lächelnd vor ihnen. Wer konnte es auch anders sein! »Ich höre, die Fälle sind gelöst und die Täter festgesetzt. Herzlichen Glückwunsch.«

»Danke.« Röder riss sich zusammen. Das, was Arndt und ihn gerade bewegte, ging diesen Schreiberling nichts an. »Und bei Ihnen?«, fragte er, als Bartels keine Anstalten machte, sich zu verdrücken.

»Ach, ich fahre morgen. Frau Schubert ist auch weg. Sie lässt übrigens schön grüßen. Aber ich werde wiederkommen. Ich habe festgestellt, dass mir die Insel guttut. Als Kind habe ich mich hier immer wohlgefühlt, und ich denke, dass mir die Ruhe hier zu vielen neuen Einfällen verhilft. Ich werde mich nach einem Haus umsehen.«

»Wie wäre es denn mit Campens Haus? Das steht jetzt

leer. Da haben Sie gleich das passende Ambiente«, sagte Röder und er merkte selbst, wie gehässig das klang. Aber gesagt war gesagt.

Salomon Bartels lachte jedoch. »Das Haus ist wunderschön alt. Mit ein paar Renovierungen kann man dort bestimmt gut leben. In anderen Häusern sind auch Menschen gestorben. Er hat mir nicht besonders nahe gestanden, wo ist also das Problem? Vielen Dank für den Tipp. Ich werde mich mal erkundigen, wer jetzt für das Gebäude zuständig ist. Bis bald also.« Er winkte zum Abschied, schlenderte gemächlich über den mit Muscheln bedeckten Weg zurück zum Ausgang, blieb dort jedoch stehen und drehte sich um. »Ich bleibe aber nur, wenn ich Ihre Arbeit ab und zu begleiten und Ihre Erlebnisse aufschreiben darf, Herr Röder.«

Der Inselpolizist merkte, wie Arndts Hand seinen Arm umfasste. »Sitzenbleiben!«

Gleich darauf war Salomon Bartels verschwunden.

»Ich schätze, du hast mit Bartels jemanden gefunden, der dich auf deinen Streifengängen begleitet. Da brauchst du mich gar nicht mehr! Du siehst, es gibt auch nette Seiten«, sagte Arndt. »Aber bis ich die wiederentdeckt habe …«

»… gehst du andere Wege. Und ich weiß genau, wo uns einer dieser Wege jetzt hinführt!«

»Apfelkuchen?«, schlug Arndt vor.

»Genau.« Er würde vielleicht irgendwann, später, mit Arndt über Marlene sprechen. Aber nicht jetzt. Jetzt waren andere Dinge wichtiger.

Ende

Es war eine schlimme Zeit unter der Besatzung durch die Franzosen. Gerade die Insulaner, die vom Fisch- und Muschelfang und von der Seefahrt lebten, hatten ein schweres Los. Hier erfahren Sie ein wenig mehr darüber.

Die letzte Kiste

Eine Geschichte aus dem Jahr 1810

Reemt

»Los, macht schon. Seht ihr? Ein erster heller Streifen am Himmel. Gleich kommt die Patrouille. Sie dürfen uns nicht entdecken. Vorwärts.«

Gestern sind wir von Helgoland wiedergekommen. Noch gehört Helgoland den Engländern. Aber wer weiß, wie lange noch. Die Franzosen sind uns über. Schon seit fünf Jahren sitzen sie hier auf unserer Insel. Lassen keinen Handel mit den Engländern zu. Wir tun es trotzdem. Wir fahren mit unseren Booten auch bei schlechtesten Wetterverhältnissen raus auf See. Nach Helgoland. Dort holen wir Tee, Kaffee, Tabak und alles andere, was wir zum Leben brauchen. Der Verdienst wird geteilt. Es war eine Idee von Tjark Ulrichs. Er ist unser Bürgermeister. Aber wir müssen ›maire‹ sagen. Das haben die Franzosen uns befohlen.

Wir wollen uns nicht bereichern an unseren Schmuggelfahrten. Wir wollen nur leben. Wir verkaufen auch an die Festländer. Die Leute hinterm Deich sind froh, wenn sie die Masten unserer Segelschiffe in ihren kleinen Sielhäfen sehen. Natürlich muss alles ganz geheim ablaufen. Wenn wir die oft gefährliche Fahrt über die Nordsee ohne Verluste hinter uns gebracht haben, beginnt die eigentliche Bedrohung. Die Angst, von der Obrigkeit entdeckt und in Ketten gelegt zu werden, steckt tief in uns drin. Aber der Hunger ist größer. Und wir haben viel gelernt in den letzten Jahren. Gelernt, was es heißt, die Naturgewalten zu nutzen, falsche Fährten zu legen, mit festem Blick die fremden Soldaten zu belügen. Wir sind hart geworden. Doch der Franzose ist nicht dumm. Zumindest der eine oder der andere nicht. Der Kommandant wittert schon lange, dass hier irgendwas läuft.

Jan, Mats, Eiko und ich sind gestern Nacht am Osterhook angekommen. Unsere Leute – Väter, Onkel, Nachbarn – warteten schon und haben das Schiff trotz starker Brandung entladen. Die Kisten – 25 an der Zahl – haben sie versteckt. Dann sind wir weitergefahren nach Neßmersiel. Dort hat uns der Wirt von der kleinen Kneipe, Folkmar, noch drei Fässer Branntwein abgekauft und eine Kiste mit Schollen übergeben. Damit wir was vorzuzeigen haben, wenn die Franzosen unser Schiff durchsuchen. Aber sie erschienen nicht. Es regnete wie aus Kübeln, als wir wieder auf unsere Insel kamen. Da mochten die Soldaten ihre trockenen Räume in der Schanze wohl nicht verlassen. Glück gehabt.

»Moin, Reemt.« Eiko. Ich ahne, was er von mir will.

»Moin, Eiko.« Ich schaue ihn von der Seite an. Weiß, dass er mir gleich eine Frage stellen wird. Doch Eiko schweigt.

Wir stehen nebeneinander. Unser Blick geht zur Schanze. Die Mittagssonne scheint auf die vier Sechspfünderkanonen, die auf dem Dach ihre Rohre gegen den Feind richten. Daneben das Blockhaus für die Soldaten und das Munitionslager. Um alles herum die große Palisadenwand mit den Schießscharten. Ein mächtiges Bauwerk, das die Franzosen dort haben errichten lassen. Mehr als zwanzig Schritte müsste man an jeder der vier Seiten gehen, wenn man die Innenfläche der Schanze abschreiten wollte. Über sechzig Mann – Franzosen, gedungene Holländer und Männer aus anderen Nationen – tun hier Dienst. Bewachen uns paar Insulaner, die nichts wollen als leben, ihrer Arbeit nachgehen.

»Reemt … Sag mal …«

Jetzt kommt's. Er wird mich nach der Kiste fragen. Der sechsundzwanzigsten Kiste.

»Reemt!«

»Was gibt's?«, schnauze ich ihn härter an, als es sonst meine Art ist, und bemerke das Erstaunen in seinem Gesicht. Wir sind Freunde. Schon seit unserer Kindheit. Ich bin hier geboren. Eiko ist mit seinen Eltern aus Hatshausen gekommen. Da war er vier. Von seinen sieben Geschwistern ist er allein übrig geblieben. Die anderen hat eine Epidemie geholt. Innerhalb einer Woche. Es war eine traurige Zeit damals.

»Nun hör mir doch mal zu. Es ist wichtig.«

Nein, ich will ihm nicht zuhören. Ich will nicht, dass sich diese Frage zwischen unsere Freundschaft schiebt. »Ich muss los. Habe es Vater versprochen.« Drehe mich um. Will gehen. Doch Eikos braune, von der Sonne gegerbte Hand gräbt sich in meine dünne, zerschlissene Jacke.

»Bitte. Bleib stehen. Was war das heute Nacht? Ich muss es wissen.«

Ich reiße mich los. Drehe mich um und laufe, so schnell mich meine bloßen Füße auf dem schmalen Sandpfad vorwärtsbringen. Aus den Augenwinkeln sehe ich Hieske, Tjarks Frau, vor dem Haus stehen. Mir wird die Luft knapp, aber ich laufe, laufe, als wäre der Teufel hinter mir her. Hinter jedem der kleinen Butzenfenster meine ich neugierige Augen zu entdecken. Ich traue mich nicht, mich umzusehen, erwarte, dass jeden Moment wieder Eikos Hand nach mir greift. Mich zum Stehenbleiben, zum Reden zwingt.

Ich will nach Hause, mich verstecken. Was habe ich nur getan? Schuldig habe ich mich gemacht. An unserer Freundschaft. An der Familie. Was wird der Pastor sagen, wenn er davon erfährt? Ich kann nicht heim. Mutter wird dort sein und mit Vater beim Tee sitzen. Sie werden sofort merken, dass etwas nicht stimmt. Vater wird schweigen. In seiner ruhigen Art abwarten, was ich zu sagen habe. Aber Mutter wird nicht locker lassen. Wird fragen, warum ich wie ein abgekämpftes Tier durch die Küchentür hereinkomme. Ich hätte keine Antwort. Auch Focko, mein Bruder, wird merken, dass ich ein schlechtes Gewissen habe.

Hätte ich nur nicht auf Jimmy gehört.

Jimmy wohnt auf Helgoland, sein Vater ist der Mann, dem wir die Waren abkaufen, die wir benötigen. Ich kenne Jimmy seit drei Jahren. Als wir vor zwei Monaten hingefahren sind, habe ich Jimmy erzählt, dass ich mich in Hanna verliebt habe. Dass ich sie heiraten möchte. Und dass ich genau weiß, dass Hannas Eltern nicht so ohne weiteres bereit sind, ihre Tochter herzugeben. Sie mit nach Baltrum zu lassen. Natürlich wissen die genau, wie schlecht es uns geht, seit die Franzosen da sind. Auch die Menschen hinterm Deich leiden. Aber sie denken, dass wir auf unserem kleinen Sandfatt noch viel schlimmer dran sind.

Ich habe Hanna noch nicht gefragt. Erst muss ich etwas vorweisen können. Das habe ich Jimmy erzählt. Gestern Abend dann irgendwann fing sein Gesicht an zu leuchten. Er drängte mich, mit ihm vor die Tür des

Ladens zu gehen, ein paar Schritte am Strand zu machen. Ich schloss mich ihm an, obwohl uns tiefdunkle Nacht entgegenschlug. Vorsichtig tasteten wir uns über kantige Steine, die das Meer angespült hatte. Hörten nur das Schlagen der Wellen in dieser stürmischen Nacht. Noch ein paar Stunden, und ich würde mit den anderen aufbrechen, hinausfahren, zurück in die Heimat.

Plötzlich blieb Jimmy stehen.

»Ich habe da so eine Idee«, sagte er nachdenklich. »Es soll dein Schaden nicht sein. Mit vollen Taschen lässt es sich leichter mit Hannas Eltern reden.«

Überrascht schaute ich ihn an, obwohl ich sein Gesicht in der Dunkelheit kaum ausmachen konnte. Wie sollte er mir helfen können?

»Es gibt da etwas, das ich jemandem am Festland versprochen habe. Der Mann kann selber nicht hierher kommen. Sein Boot liegt zerschlagen im Hafen.«

»Was willst du mir sagen? Worum geht es?«

Jimmy zögerte. »Es ist so ... – Nein, je weniger du weißt, desto besser. Ich gebe dir ein Paket mit. Frage nicht, was darin ist. Und noch wichtiger: Erzähle nichts meinem Vater. Er darf nichts davon erfahren. Es ist ein Geheimnis zwischen dir und mir, und so soll es bleiben. Du musst dich nicht sofort entscheiden. Aber denke darüber nach. Es sind einige Taler für dich drin.«

Ich schwieg.

»Komm, jetzt gehen wir zurück. Die anderen warten schon. Du nickst mir einfach zu, wenn ihr aufbrecht. Dann weiß ich Bescheid. Es dürfte nicht schwer sein, dass Paket auf eurer *Anni* zu verstecken.

»Reemt?«

Meine Mutter. Wenn sie mich nur nicht gesehen hätte!

»Reemt, holst du mir Wasser?«, ruft sie mir aus dem geöffneten Küchenfenster zu.

Natürlich. Ohne Wasser kein Tee. Ich nehme den Zinkeimer, der auf einem Schemel neben der Hauswand steht und lasse ihn an der Kette nach unten in den Brunnen. Immer wieder schaue ich mich um, ob Eiko nicht hinter der nächsten Düne auftaucht. Das Haus seiner Familie liegt nur ein paar Schritte von unserem entfernt.

»Wo ist Vater?«, frage ich, als ich in die Küche komme, und bemühe mich, Gleichgültigkeit in meine Stimme zu legen.

»Tjark hat ihn geholt. Ein Schiff ist angekommen. Mit Waren für die Franzmänner. Er muss mit abladen.« Prüfend schaut sie mich an. »Er hat nach dir gefragt. Wo warst du?«

»Ich … Ich … Ach, eigentlich bin ich unterwegs gewesen, um die Reusen zu kontrollieren. Ich habe aber leider keinen Fisch mitbringen können.«

»Ist wohl zu viel Wasser drüber«, sagt sie und ich bemerke eine Spur von Misstrauen in ihrem Tonfall.

»Du hast recht. Ich werde später noch einmal nachschauen.« Die Tür schließt sich hinter mir mit leisem Quietschen, als ich mich wieder auf den Weg mache. Ich habe es in der Küche nicht ausgehalten unter dem aufmerksamen Blick meiner Mutter.

Ich fühle mit der linken Hand die Taler in meiner Hosentasche. Ich habe Geld. Ich will mit diesem Geld die Eltern meiner Hanna gnädig stimmen. Doch wir haben eine Abmachung auf Baltrum. Alles, was wir durch den Schmuggel verdienen, kommt in eine gemeinsame Kasse. Daraus werden alle versorgt. So haben es die Insulaner beschlossen. Ich habe gegen diese Regel verstoßen. Meine Eltern werden das niemals verstehen können. Natürlich weiß auch ich, dass wir nur gemeinsam stark sind und uns nur gemeinsam gegen die Franzosen stellen können. Wenn jeder seinen eigenen Weg einschlägt, zerbricht alles. Aber es geht um meine

Zukunft. Um mein Glück. Nur deswegen und nur dieses eine Mal habe ich gegen die Regel verstoßen. Ich mache es nie wieder. Es ist nur, um Hanna zu gewinnen!

Doch das schlechte Gewissen hat mich mit aller Macht am Kragen gepackt. Wirft mir Selbstsucht vor. Was soll ich tun? Verzweifelt lasse ich mich ins Gras fallen. Es ist vom Regen der letzten Nacht feucht. Die Kälte zieht direkt in meine Seele.

Später wollen wir uns treffen. Mats, Jan, Eiko und ich. Wie soll ich ihnen gegenübertreten? Soll ich ihnen beichten, dass der Verrat an den Insulanern in meinen Taschen klingelt? Ich kann das nicht für mich alleine tragen. Muss mit jemandem reden. Eiko? Wird er mich verstehen?

Eiko

Was ist nur mit Reemt los? Ich erkenne meinen besten Freund nicht wieder. Seit ich auf die Insel gekommen bin vor vielen Jahren, waren wir immer zusammen. In der Schule haben wir nebeneinander gesessen, wenn Pastor Tammen uns das Wissen mit der Knute einbläute. Im Watt waren wir gemeinsam und haben die Fische aus den Reusen geholt. Auch als wir alt genug waren, um in den Gärten mithelfen zu müssen, die unsere Eltern angelegt hatten, haben wir das gemeinsam getan. An einem Tag waren wir im Garten von Reemts Eltern, am nächsten in unserem. So ging das den ganzen Sommer.

Seit gestern ist alles anders. Ich habe gesehen, wie Jimmy Reemt zugeblinzelt hat, wie die beiden nach draußen gegangen und nach einiger Zeit mit verschwörerischer Miene wieder hereingekommen sind. Ich war sicher, dass Reemt mir in einer ruhigen Minute erzählen würde, was Jimmy von ihm gewollt hatte. Aber er sagte kein Wort. Wir blieben etwa eine Stunde am warmen Ofen sitzen, bevor wir aufbrachen. Beladen war der Kahn bereits. Reemt und Jimmy verschwanden, kurz bevor wir ablegten. Kehrten dann zurück, als ob nichts gewesen wäre. Bis auf eines: Reemt schaute mir nicht mehr in die Augen. Er, der es sich sonst selbst im stärksten Sturm nicht nehmen ließ, zwischen den Wanten herumzuturnen, blieb verdächtig oft in der Kajüte in dieser Nacht. Das muss auch Jan und Mats aufgefallen sein. Gesagt haben sie aber nichts. Sie sagen überhaupt selten etwas.

Dann kam der Moment – es muss ungefähr um die Zeit gewesen sein, als wir Langeoog passierten – als Reemt kurz draußen an Deck war. Ich bin runter, habe mich umgesehen. Und tatsächlich: Ich fand eine hölzerne Kiste. Zwar gut versteckt, aber mir fiel sie auf, lugte sie doch mit einer Kante unter einem alten schmutzigen Stück Segeltuch hervor. Ich hatte keine Zeit, mir die Kiste näher anzusehen, denn schon kam Reemt mit lautem Poltern die kleine, schmale Treppe herunter. Schnell schlug ich das Segeltuch wieder darüber.

Ich hätte ihn fragen können. Als ich gerade den Mund öffnen wollte, rief Jan uns hinauf und die Chance war vertan. Aber bei einem bin ich mir ganz sicher: Ich hatte bei seinem Kommen nicht nur das Poltern gehört, sondern auch das Klimpern von Münzen in seiner Tasche. Vielen Münzen.

Als wir den Hafen von Neßmersiel verließen, war die Kiste verschwunden.

Warum ist er eben weggelaufen? Warum hat er so ein schlechtes Gewissen? Wenn ich es nicht besser wüsste, könnte ich fast meinen, er steckt mit unseren verhassten Besatzern im Bunde. Doch je länger ich darüber nachdenke, umso unwahrscheinlicher erscheint mir diese Idee. Es gibt nichts außer der Kiste, was diese Vermutung untermauern könnte. Oder sollte etwa das genaue Gegenteil der Fall sein? Befinden sich in der Kiste Dinge, die gegen die Franzosen verwendet werden können? Was plant Reemt nur? Er weiß, dass er mir vertrauen kann. Ich muss mit ihm reden.

Aber jetzt werde ich erst einmal zu meinen Eltern gehen. Ihnen sagen, dass ich zur See fahren werde. Geld verdienen. Der Franzose hat unser Haus und Grundstück mit hohen Steuern belegt. Und wo sollen meine Eltern das Geld hernehmen? Erst in der letzten Woche ist der Steuereinnehmer bei uns und den anderen Insulanern gewesen. Ein dünner, streng riechender Mann mit einem Gesicht wie ein Raubvogel. In alle Schränke hat er geschaut, ob sie nicht noch einen Taler vor ihm versteckt hielten. Der kleine Garten wirft gerade das Nötigste zum Leben ab, und mein Vater ist zu krank, um noch rauszufahren.

Ich muss mir meine Worte wohl überlegen. Sie werden versuchen, mich zurückzuhalten. Aber es gibt keine andere Möglichkeit, das Geld aufzubringen, das der Feind von uns eintreiben will.

Jan

»Jan Peters?« Vor mir steht einer der Soldaten. Ein Holländer. In französische Dienste gepresst. Mit den Holländern kann man ganz gut auskommen. Sie sind von unserem Schlag und wir können uns miteinander verständigen. Sie schauen auch mal weg, wenn sie hinschauen sollten.

Nicht wie die französischen Besatzer, diese Teufel. Machen uns das Leben zur Hölle. Essen unser Essen, nehmen sich aus unseren Gärten und nicht einmal ein ›Dankeschön‹, oder wie sie sagen würden, ›merci‹ kommt über ihre Lippen.

Ich nicke. Wortlos hält der Mann mir ein Stück Papier entgegen, und mit zitternden Händen nehme ich es an mich. Ich ahne, was darin steht. Schon seit ein paar Monaten habe ich auf den Befehl gewartet, jedoch immer gehofft, dass der Krug an mir vorbeigeht. Aber sie haben schon Aeilt und Freerk geholt. Warum also nicht auch mich? Langsam erbreche ich das Siegel. Ich lese *Aurich* und *11. Avril* und *tirage au sort*.

Der Soldat schaut mich mit mitfühlend an. »Das heißt Schicksalsauslosung«, sagt der Holländer mit leichtem Akzent. »Dort wird ausgelost, wer in die Dienste des kleinen Korsen treten muss. Wenn du unter die erste dreihundert bist, musst du Soldat werden. Wenn nicht, hast du Glück gehabt.« Damit dreht er sich um und verschwindet hinter der kleinen Düne.

Wir Insulaner haben nicht genug Geld, um uns aus Napoleons Klauen freikaufen zu können. Das kann man nämlich. Wenn man jemanden findet, der mindestens 1,65 Meter groß, nicht älter als dreißig Jahre und bereit ist, gegen eine gewisse Summe die eigene Stelle einzunehmen, kann man dem Kriegsdienst entkommen. Aber weder finde ich jemanden auf der Insel, der sich an meiner Statt unter die Knute des französischen Diktators begeben will, noch habe ich das Geld dazu.

… Geld …?

Wieder ist eines der Kanonenboote draußen vor der Küste. Was für ein Glück, dass die uns gestern Nacht nicht erwischt haben. Was für ein schändliches Leben.

Ganz zu Anfang, als die Franzosen kamen, wurde einer von denen bei uns einquartiert. Unser Vogt konnte nichts machen. Ihm wurden die Soldaten aufs Auge gedrückt, und er musste sie unterbringen. Der Besatzer war ein fauler Sack. Wollte immer nur das beste Essen. War nie zufrieden mit dem, was meine Mutter auf den Tisch brachte. Soff den Schnaps, den mein Vater für besondere Gelegenheiten aufbewahrt hatte. Mutter sah die Wut in meinen Augen. »Mats«, hat sie dann immer mit trauriger Stimme gesagt und warnend ihre Hand auf meinen Arm gelegt. »Mats.«

Dann wurde die Schanze gebaut. Und das Blockhaus dazu. Und wer musste das alles bauen? Natürlich wir, die Einheimischen! Die Soldaten liefen mit aufgepflanztem Bajonett herum und taten nichts weiter, als uns zu überwachen. Dann zogen sie bei uns aus und in ihre Garnison. Trotzdem bestimmten sie weiterhin unser Leben. Sie verlangten sogar, dass wir Französisch mit ihnen sprächen.

Mein Vater hat sein Leben lang mit Holz und Getreide gehandelt. Kaufte es von den Engländern und verkaufte es am Festland. Der Bedarf war groß. Er hat nicht schlecht verdient. Seit die Feinde da sind, ist es aus damit. Den ganzen Tag sitzt mein Vater in der Küche. Wenn er nicht gerade helfen muss, Schiffe mit Waren für die Feinde zu entladen. Gestern hat er meine Mutter geschlagen. Einfach so. Ich würde gerne weggehen von hier. Aber ich muss auf meine Mutter aufpassen.

Ich hasse das Volk, das sich in der Garnison herumtreibt. Sie sollen verschwinden. Dahin gehen, wo sie hergekommen sind. Ich will sie nicht mehr sehen. Da, da steht schon wieder einer. Bewacht den Signalmast. Und schaut hinaus auf das Meer. Schaut, ob die Engländer kommen.

Heute Abend treffe ich mich mit Jan, Eiko und Reemt. Reemt und Eiko haben sich gestern sehr seltsam benommen. Es war, als ob Eiko ständig den Kontakt zu Reemt suchte und Reemt ihm ausweichen würde. Warum nur? Sie sind doch beste Freunde.

Und noch eines fand ich seltsam. In Neßmersiel war Reemt plötzlich eine Zeitlang verschwunden. Wir haben bei dem Wirt, dem wir die Flaschen gebracht haben, einen Grog getrunken. Wir alle. Außer Reemt. Als Reemt wiederkam, hat er uns nur zugenickt und ist an Bord gegangen. Wir sind ihm dann bald gefolgt und nach Baltrum gesegelt. Ob er uns erzählen wird, was er zu erledigen hatte? Er sollte es tun. Vertrauen ist alles, wenn man zusammen auf Schmuggelfahrt geht. Es reicht, wenn einem der Feind im Nacken sitzt.

Auf der Düne

»Sag uns, Reemt, was hast du mit Jimmy besprochen? Was war in der Kiste? Was ist mit dem Geld, das gestern in deiner Tasche geklimpert hat?«, fragt Eiko seinen Freund.

Reemt schweigt. Er sitzt auf halber Höhe auf der Düne, die den Blick weit über das Wasser zwischen Norderney und Baltrum freigibt.

Leicht stößt Eike seinen Freund an. Wartet. Dann sagt er: »Ich habe beschlossen, zur See zu fahren.«

Reemt nimmt seinen Blick vom Wasser und schaut Eiko wortlos an.

»Meine Eltern hungern. Ich muss sie unterstützen. Mir bleibt keine andere Wahl.«

»Reemt, rede! Was war das gestern? Hast du Geld?«, fährt Mats dazwischen. »Auch ich habe mitbekommen, dass da gestern bei dir und Jimmy etwas Seltsames abgelaufen ist. Erzähl uns, was zwischen euch gewesen ist.«

Aber Reemt sagt kein Wort. Er hat die Arme um seine Brust geschlungen und wiegt den Oberkörper hin und her. Sein Blick ist wieder starr auf die See gerichtet.

Eine Weile schweigen auch die Freunde, dann sagt Jan herausfordernd: »Auch ich könnte Geld gebrauchen. Der Brief kam heute. Muss am 11. nach Aurich. Der Korse braucht Futter für sein Heer. Ich will mich loskaufen von dem Frondienst. Aber womit, wenn man nichts hat?«

»Na, los, Reemt. Deine Freunde sind in Not. Haben wir uns nicht im Angesicht unseres Feindes geschworen, zusammenzuhalten? Du hast Geld, oder? Warum schweigst du?« Mats macht einen Schritt auf Reemt zu, greift in das zerschlissene Wams und versucht ihn hochzuziehen. Reemt wehrt sich nicht.

»Sag etwas. Sag endlich etwas. Wir haben das Recht, zu wissen, ob wir einen Verräter in unserer Reihe haben.« Jetzt schreit Mats es laut heraus. Auch Jan und Eiko greifen nach Reemt, schütteln ihn. Mats holt aus. Schlägt zu. Blut läuft aus Reemts Nase. Er schweigt.

Wieder schlägt Mats zu. Die anderen lassen es geschehen. Er schlägt und schlägt, bis Reemt mit blutüberströmtem Gesicht zusammensinkt. Sein Kopf fällt nach hinten.

»Los! Geht nach Hause. Und kein Wort!", ruft Mats.

Sie sitzen in der Kirche. Ganz hinten. Vorne, vor dem Altar, steht Pastor Tammen. Auch sein Gesicht ist von Trauer gezeichnet.

»Wir begraben heute unseren Reemt«, sagt er mit dunkler Stimme. »Tot ist er. Erschlagen wurde er. Noch wissen wir nicht, vom wem. Aber die Zeiten sind schlimm im Moment. Stoßen die Menschen in die tiefsten Abgründe.« Langsam lässt Pastor Tammen seine Augen über die Trauergemeinde schweifen. Bei Jan, Mats und Eiko angekommen, verharrt sein Blick für einen Moment. »Gerade heute ist es so wichtig, Freunde zu haben«, sagt er mit leiser Stimme. Trotzdem kommt Wort für Wort bei den Männern an.

Der Sarg wird in die Erde gelassen. Reemts Eltern stehen wie erstarrt neben dem Loch.

Pastor Tammen kommt auf Jan, Mats und Eiko zu. »Ich muss mit euch reden. Kommt nachher in mein Haus.«

Sie haben Angst. Wollen dem Pastor nicht unter die Augen treten. Trotzdem stehen sie kurze Zeit später schweigend und zitternd in der kleinen Küche des Pastorenhauses. Sein Wort gilt etwas auf dieser Insel.

»Habt ihr mir etwas zu sagen?« Pastor Tammen sieht die Männer ein zweites Mal an diesem Tag aufmerksam an. Die drei schweigen. Jan schüttelt fast unmerklich den Kopf.

»Reemt war am Tage seines Todes bei mir«, sagte der Pastor. »Er erzählte mir die Geschichte von einer Kiste, die er heimlich mit ans Festland genommen hatte. ›Ich darf mit keinem darüber reden. Auch nicht mit meinen besten Freunden. Ich darf sie nicht in Gefahr bringen‹, hat er gesagt. Ich habe ihn gefragt: ›Warum erzählst du mir davon? Ihr vertraut mir doch sonst nicht eure Schmuggelgeschichten an.‹ Seine Antwort war: ›Den

Pastor lassen die Franzmänner in Ruhe. Also bin ich hier hergekommen, um meine Seele zu erleichtern. Es kommt mir wie Verrat an meinen Freunden vor, dass ich sie nicht einweihen darf.‹ Ich habe ihn gefragt, ob er den Lohn für seine Tat etwa nicht abgeliefert, sondern selbst eingesteckt habe. Und ob ihm das wohl viel mehr auf der Brust liege?«

Pastor Tammen sieht, wie Eiko von einem Fuß auf den anderen tritt. »Er hat mir versichert, dass er kein Geld bekommen hat«, fährt er fort. »Es sei Dienst am Volk gewesen. Aber er hat mir erzählt, dass er sich nach unserem Gespräch mit euch treffen wollte. In den Dünen um West. Genau dort, wo er …«

In Eikos Gesicht beginnt ein Muskel unkontrolliert zu zucken.

»Geht jetzt. Betet zu Gott in diesen harten Zeiten«, fordert der Pastor die Männer auf. Er schaut ihnen hinterher, als sie sich auf dem schmalen Sandweg mit schweren Schritten entfernen.

Kurz darauf, als die Männer verschwunden sind, dreht er sich um und geht ins Schlafzimmer. Er nimmt die kleine, blaue Holzkiste heraus, öffnet den Deckel und lächelt, als er die vielen Münzen darin blinken sieht. Er ist sich sicher, dass er damit so manch gutes Werk vollbringen kann. Genau so hätte Reemt es gewollt. Das Dach des Pastorenhauses – erst vor drei Tagen hat es durch die vielen Löcher wieder hereingeregnet – das wird das Erste sein.

Ich werde Reemts Vater bitten, überlegt er. Er kann ein paar Taler gut gebrauchen.

Ulrike Barow

1953 in Gütersloh geboren, lebt mit ihrer Familie im schönen Leer (Ostfriesland) und auf der Nordseeinsel Baltrum.
Sie ist gelernte Buchhändlerin.
Der erste Kurzkrimi *Baltrumer Wintermärchen* wurde in der Anthologie *Inselkrimis* (Leda-Verlag, 2006, TB 2010) veröffentlicht. Dort erschienen auch ihre Kriminalromane, die alle auf Baltrum spielen.
Endstation Baltrum (2008)
Dornröschen muss sterben (2009)
Baltrumer Bärlauch (2010)
Baltrumer Dünengrab (2011)
Baltrumer Bitter (2012)
Baltrumer Bescherung (2013)
Baltrumer Maskerade (2014)
Baltrumer Kaninchenkrieg (2015)
Baltrumer Eiszeit (2016)
Baltrumer Badezeit (2017)

Außerdem ist sie in vielen Anthologien mit Kurzgeschichten vertreten, unter anderem in *Tee mit Blattschuss* (Leda-Verlag).
Sie ist Mitglied bei den *Mörderischen Schwestern e.V.* und im *Syndikat*
Weitere Informationen unter www.barow-baltrum.de.

Ulrike Barow
Endstation
Baltrum
Inselkrimi
978-939689-09-6

Ulrike Barow
Dornröschen
muss sterben
Inselkrimi – Baltrum
978-939689-14-0

Ulrike Barow
Baltrumer
Bärlauch
Inselkrimi
978-939689-31-7

Ulrike Barow
Baltrumer
Dünengrab
Inselkrimi
978-3-939689-62-1

Ulrike Barow
Baltrumer
Bitter
Inselkrimi
978-3-86412-000-8

Ulrike Barow
Baltrumer
Bescherung
Inselkrimi
978-3-86412-014-5

Ulrike Barow
Baltrumer Maskerade
Inselkrimi
978-3-86412-070-1

Ulrike Barow
Baltrumer Kaninchenkrieg
Inselkrimi
978-3-86412-083-1

Ulrike Barow
Baltrumer Eiszeit
Inselkrimi
978-3-86412-096-1

Ulrike Barow
Baltrumer Badezeit
Inselkrimi
978-3-86412-202-6

Peter Gerdes
Sand und Asche
Inselkrimi
Langeoog
978-3-939689-11-9

Peter Gerdes
Wut und Wellen
Inselkrimi
978-3-939689-34-8

Peter Gerdes
Der Fluch der goldenen Möwe
Inselkrimi
978-3-86412-013-8

Peter Gerdes
Langeooger Lügen
Inselkrimi
978-3-86412-067-1

Peter Gerdes
Langeooger Serientester
Inselkrimi
978-3-86412-092-3

Monika Detering
Langeooger Liebestöter
Inselkrimi
978-3-86412-002-2

Monika Detering
Witwenlust auf Spiekeroog
Inselkrimi
978-3-86412-015-2

Ingrid Schmitz
Spiekerooger
Utkieker
Inselkrimi
978-3-86412-097-8

Barbara Wendellen
Tod an der Blauen Balje
Inselkrimi
978-3-939689-78-2

Sandra Lüpkes
Die Sanddornkönigin
Der Brombeerpirat
Juist, Norderney
978-3-939689-06-5

Tatjana Kruse
Wie klaut man eine Insel?
Inselkrimi – Borkum
978-3-934927-96-4

Regula Venske
Juist married
oder Wohin mit der Schwiegermutter?
Inselkrimi
978-934927-85-8

Regula Venske
Bankraub mit Möwenschiss
Inselkrimi – Juist
978-939689-18-8

Tatjana Kruse
Pizza, Pasta, Sanddorngrog
Inselkrimi – Juist
978-3-86412-001-5

Thomas Breuer
Leander und der tiefe Frieden
Inselkrimi Föhr
978-3-86412-006-0

Thomas Breuer
Leander und die Stille der Koje
Inselkrimi Föhr
978-3-939689-82-9

Thomas Breuer
Leander und die alten Meister
Inselkrimi Föhr
978-3-86412-071-8

Thomas Breuer
Leander und der Lummensprung
Inselkrimi Helgoland
978-3-86412-084-8

Dietrich Petersen
Strandraub
Inselkrimi
Fehmarn
978-3-934927-96-4

Dietrich Petersen
Todesbelt
Inselkrimi
Fehmarn
978-3-86412-069-5